晚清文状元骆成骧

何晓苇　何世进

—著—

中国言实出版社

图书在版编目（CIP）数据

晚清文状元骆成骧 / 何晓苇，何世进著 . -- 北京：
中国言实出版社，2024. 6. -- ISBN 978-7-5171-4835-7

Ⅰ . I25

中国国家版本馆 CIP 数据核字第 2024VX2316 号

晚清文状元骆成骧

责任编辑：佟贵兆
责任校对：李　颖

出版发行：中国言实出版社

　　　　地　　址：北京市朝阳区北苑路180号加利大厦5号楼105室

　　　　邮　编：100101

　　　　编辑部：北京市海淀区花园北路35号院9号楼302室

　　　　邮　　编：100083

　　　　电　话：010-64924853（总编室）　010-64924716（发行部）

　　　　网　　址：www.zgyscbs.cn　　电子邮箱：zgyscbs@263.net

经　　销：新华书店
印　　刷：成都市兴雅致印务有限责任公司
版　　次：2024年6月第1版　　2024年6月第1次印刷
规　　格：880毫米×1230毫米　　1/32　　11.25印张
字　　数：310千字

定　　价：78.00元
书　　号：ISBN 978-7-5171-4835-7

目 录

第一章
骆文廷细说家史

一

先前还是烈日炎炎的湛湛蓝天，突然乌云密布，闷热使得在田里耕种的七里沟人热汗直流。一会儿天空中的乌云越积越厚，如同锅底一样墨黑，隐隐的雷声从天边滚了过来，又一会儿，闪电像金蛇一样蜿蜒浮动。一阵咔嚓嚓惊天动地的雷鸣之后，暴雨哗哗啦啦自天而降。腆着大肚皮的李慧，背着大半篓猪草兀自在田埂上遛走。正在家中织布的婆婆蔡氏急切叫唤还在给生员讲课的私塾先生骆文廷赶快戴上斗笠去田坝里接媳妇李慧回家。

此时李慧在暴雨袭击下左脚一滑跌倒在水沟里，腆着个大肚皮，怎么也爬不起来，她声嘶力竭地叫唤："快来人呀，救命哟……"

私塾先生骆文廷戴着斗笠四处张望，怎么也难以在狂风暴雨中寻找到妻子李慧的身影。他一面逡巡一面呼叫，心急火燎，声嘶力竭，却不见妻子踪影。

幸得薅秧的邻居王山路过，听见凄厉绝望的呼叫声，方才冒雨从水沟中将孕妇李慧拉了起来。奈何李慧肚子疼得直不起腰，挪动一步甚为艰难。王山正急得没抓拿（方言，没办法），骆文廷闻声赶了过来。这位二十多岁的私塾先生一反昔日的温文尔雅，双手扯过怀孕的妻子，搭在肩膀上气喘吁吁地冒着暴雨直往家里跑。

刚进房屋，突然在瓢泼般的暴雨中，闪电像红彤彤的火球猛烈地滚动着撞击石阶沿，吓得骆文廷和刚躺下的妻子失魂落魄。精明贤惠的母亲蔡氏急急忙忙从织布机前走了过来，发觉儿媳李慧痛得厉害，生恐出现不测。她飞快脱下儿媳身上淋得浸湿的衣裳，且惊异地发现儿媳裤裆流着血污。她意识到情势紧急，很可能是子宫出血。若发生小产那就糟了。她立即端来烧在铁锅中的热水，小心翼翼地给儿媳擦拭，再用被子捂住。她又摸了摸儿媳的额角，不感觉烫手，基本可以断定儿媳并未感冒，体温大体正常。她估摸是儿媳临产了，吩咐儿子骆文廷赶快再烧一锅热水，又急急忙忙从抽屉里拿出一把明晃晃的剪刀，镇定地守候在儿媳身边热情地鼓励着说："使劲，吸气，使劲，再使劲！"李慧痛得十分难受，不住地呻吟："妈呀，好胀哟……"她痛苦得几乎昏倒过去。婆婆蔡氏小心翼翼地伸手仔细摸了摸儿媳隆起的肚皮，感觉胎位正常，她叫儿子端来一碗热乎乎的姜汤，借以去除意外的风寒，增强儿媳的抵抗力。儿媳将姜汤喝下，迅即发出了阵疼的叫唤声。蔡氏继续鼓励儿媳再加一把劲："加劲，加劲，再加加劲……"

大约过了一个时辰，屋外风停雨驻，远方天际闪现出晴朗的亮光。突然听见"哇"的一声嘹亮的啼哭，宛如雄鸡报晓，阳雀叫春，婴儿终于从肚子里钻了出来。蔡氏从容不迫地用剪刀剪断了脐带，双手捧着赤裸裸的婴儿，乐滋滋地呼叫："文廷，快来看，又生下一个儿子，长得肉嘟嘟的，好逗人爱哟！"

骆文廷转忧为喜，双手抱起婴儿，走到门槛边，不住地旋舞："我又添儿子了哟……"

此时，突然从遥远的天边飞架起一条七彩绚烂的彩虹。骆文廷曾苦读经史，他似乎在冥冥中受到了天人感应，这孩子莫非是文宿星下凡？他将这奇思异想告诉了娘和妻子，妻子李慧娇嗔道："你想得真美哟！"

精明干练的蔡氏盯眉盯眼地眺望着遥远天际飞架的七彩长虹，似乎真正有所感悟："奇怪，真的奇怪，想一想哟，临产之前乌风暴雨，电闪雷鸣，惊吓得失魂落魄，婴儿一呱呱坠地，突然天朗气清，飞架长虹。孙儿出生，绝不寻常，要是他爷爷在他会多高兴！"

骆文廷见母亲也出奇地欣喜，激情涌生，对天发誓道："上天保佑，我家又添一子，即便砸锅卖铁，摸鱼捉虾，我也要教儿子习文读经，励志成才，榜上题名！"

二

寡居的蔡氏治家多年，教子有方，远近闻名。蔡氏中等身材，一张瓜子脸，她已年过四旬，依然眉清目秀、端庄淑静。她有一双像井水一样深沉而又明亮的眼睛，更有一刻也闲不住的双手。她的双手已不像许多中青年妇女那么细皮嫩肉。久经搓磨的这双结满茧花的手，里里外外忙个不停。除了种植庄稼，养活一家人，她还要起早贪黑地纺纱织布，用以换回购买油盐酱醋肉的钱财。丈夫早死，她誓不改嫁，只将兴业发家的希望寄托在仅有十二岁的儿子骆文廷身上。儿子骆文廷在母亲辛勤教养下，除了帮忙料理家务，还十分喜爱习字读书。

骆文廷二十岁出头，居然考上了秀才，不久又喜出望外娶上了贤淑贞静、聪明灵慧的妻子李慧。这还得从骆文廷十二岁寡居母亲蔡氏的勤俭持家、教子有方说起。

骆氏家族居住在资中县舒家桥七里沟一座破旧的瓦房中。聪明好学的骆文廷是在蔡氏"唔唔唔"的纺纱声和飞梭织布的轧轧声中一天天成长的。父亲死得早，年轻的母亲埋葬丈夫后，她含悲忍泪，从一只竹箱中拿出丈夫遗留的一部部经书，教儿子跪在遗像前发誓继承父志，发奋苦读。幼小的骆文廷似乎在冥冥之中得到了启示，成天书不离手，黎明即起，借助母亲烧锅煮饭点亮的桐油灯琅琅诵读。直至夜晚，母亲在月光照映下的地坝里摇动纺车，骆文廷手捧经书，映月诵读。成长到十二岁，他能只身带上母亲织成的布匹去乡场贩卖。

母亲在"唔唔唔"的纺纱声中，不时娓娓讲述历史上传说的凿壁偷光、萤光照读的故事，用以激励儿子好学上进。骆氏独门独院，没有殷实的邻居，得以凿壁偷光。然而蓝湛湛的天空中明晃晃的月色是可以任意享用的。少时的骆文廷在月光下的地坝里一面陪伴母亲纺棉纱，一面手捧经书摇头晃脑地吟诵。蔡氏从儿子有滋有味的吟诵中看见了一线蔷薇色的希望，可是月有阴晴圆缺，有月光的夜晚毕竟是稀有的天日。骆文廷早已读书上瘾，黑夜无油灯可照，他便默默背诵，直至背诵得滚瓜烂熟。他确信前辈的教诲："读书百遍，其义自见。"从此，他在少年时期便养成了反复背诵，逐步深化认识和理解，苦读硬拼的求学方式。

蔡母不仅教育儿子文廷发奋读书，还教育他学会做人。春节前几天，他上街贩卖了母亲纺成的棉纱之后，突然遇见一个有钱人家的子弟，经常与他一道习读经书。这有钱人子弟秉持孟子的教诲："老吾老以及人之老，幼吾幼以及人之幼。"日渐懂得助人为乐乃人生的一种美德。他深知骆文廷家境穷困，春节来临便赠给骆文廷一千文铜钱，骆文廷感激得潸然泪下。他琢磨如何用这一千文铜钱购买鸡鸭鱼肉，还有祭奠先父的香蜡纸烛，过上一个热热闹闹的春节。他正要向一家商铺走去，突然眼前出现了一个衣裳破烂，冷得瑟瑟发抖的乞丐，向他伸出了颤抖的双手。当骆文廷触碰到那乞儿凄楚的眼神时，心窝子蓦然一震，出于一种无可抗拒的悲悯与同情，毅然将身上大部分钱给予了比自身还贫困的乞儿，仅用所剩二百多文铜钱，购买了两斤猪肉和其他必备的过年货，匆匆忙忙赶回家中。慈祥的蔡氏不但未责备他出手太大方，反而称赞他积善成德，必有好报。

骆文廷励志苦读、乐善好施的美名一传十、十传百，他已成为了七里沟远近闻名的少年英俊。一家较为富裕的乡邻姓李，生有一女，已满十八岁，待字闺中，中等身材，一张鹅蛋脸，生得清秀俊俏，更有一手织麻纺线的好手艺。骆文廷在赶场天，曾见过几次。似乎心有灵犀，彼此不约而同地目光相碰，骆文廷很想与她打招呼，却又虑及孔子教诲："男女授受不亲"，便愧疚地低下了头，只得擦身而过。他却隐隐闻到了发自少女的肌肤之香，似一朵绽放的洁白素馨的栀子花。真也天缘巧合，骆文廷二十二岁这年春节，媒婆主动上门说亲来了，喜乐得母子俩如同天上掉下一个馅饼，李氏人家居然看上了这穷困之家。媒婆讲：李家相中的不是钱财，而是文廷的才貌。

骆文廷成婚之时，依然是一个童生。李氏像骆母蔡氏一样，鼓励他发奋用功，朝夕揣摩，并主动承担了一切家务。骆文廷精进不息，婚后一年便考上秀才。骆文廷二十五岁这年，李氏为他生下次子骆成骧，出生之时，雷鸣闪电，狂风暴雨后天挂七彩长虹。骆成骧一生下来啼哭之声如凤凰矜鸣，十分中听，一双黑眼珠子滴溜溜的像两枚黑葡萄，个子甚为细长。骆文廷爱不释手，凑在嘴边亲了又亲，他反复思虑，终于取上了一个不寻常的名字——骆成骧，意在将其精心养育，日后成为吾家千里驹也。长大成人，必将如七彩长虹，灿烂辉煌。

三

骆文廷生于 1840 年，在母亲蔡氏与妻子李氏的一再激励下，终于在他二十三岁这一年考上了秀才。

"七里沟出了个穷秀才！"从此骆文廷令人刮目相看。岳父大人也为之沾沾自喜，赞誉自己没看错人，虽然说不上是乘龙快婿，总算是苦读诗书的才人。穷秀才骆文廷虽然中举无望，但他一天也未放松励志苦读，且潜心教育儿子成才立业。但这一切必须建立在衣暖饭饱之后，骆文廷一面当塾师，一面利用闲暇摸鱼捉鳝。他知黄鳝极富营养，又十分味美。他更仰赖七里沟依山傍水，家门前有一条小河，在石砌的三里桥畔有一个深潭，不仅有游来荡去的鱼群，还有价值昂贵的乌龟王八，一旦捕捉住便会在资中城里卖个好价钱。母亲蔡氏与妻子李氏真也勤劳贤惠，孵上一抱又一抱鸭仔鹅仔赶往门前小河边放牧。年刚四五岁的骆成骧一面发蒙读书，一面手持长杆，沿河放牧鹅鸭，家庭生活日渐温饱。但在一年之中也常有缺食短粮的时候。即使如此，骆文廷勒紧裤带也要儿子发奋读书。"书中自有黄金屋，书中自有颜如玉"，成为了骆文廷教育儿子的口头禅。

有时家中穷困得无米下锅，骆文廷的妻子愁苦着脸调侃道："看是要将中举的顶子煮来吃哟！"骆文廷依然沉浸在给二儿骆成骧的诗文讲授之中，他淡淡地回应道："不是还有一筐红苕么？可以用来煮红苕粥嘛！"即便家庭困穷到这地步，骆文廷依然醉心于教子苦读之乐。

骆成骧十岁这年，即光绪元年（1875年）穷秀才骆文廷带他从资中老家赴省城成都，就读于著名的锦江书院，"先君自课余群经，而命从同州魏西棠先生学诗赋。"（《观澜诗社序》）

骆文廷随身带儿子去成都锦江书院学习前的一天晚上，他别有意味地在如豆的灯前给儿子讲述家史，为的是不忘祖先创业谋生的艰辛苦难，要勇于自立自强，闯荡出一个光明美好的人生。

骆文廷细眯双眼，眺望着蓝湛湛的夜空，让思绪像骏马一样驰骋进遥远的历史传说。

我骆氏祖先是远古的周文王第六世孙，名姬正，封河南骆邑，遂改姬姓为骆，开始有了产业。至第七代，周朝日渐衰败，进入了纷争的战国时代。家族给冲杀得各散五方，以浙江、安徽、河南最多。到了唐朝，在文学上号称"初唐四杰"之一的骆宾王以《讨武曌檄》最为著名。及至宋朝，外敌金人入侵，天下大乱，骆氏族人朝不保夕，骆氏先祖从浙江迁徙至湖北麻城孝感乡，繁衍十余代。尔后又迁移到贵州，到了清朝初年才迁移到四川省资中县，居住在县城北门外七八里地的舒家桥边骆家沟。在清代曾有祖先官至御史大夫。从先祖骆万钟始至骆成骧已是第十四代。秀才骆文廷殷殷期盼骆氏家族的振兴，就寄托在子孙上了。其拳拳之心，殷殷之盼，令少年的骆成骧铭记在心，一刻不忘。

骆文廷教书育人堪称高手，料理家务、经营产业却相形见绌。一次，骆成骧参加童子试，衣衫破烂，守门的杂役认为他是一名乞丐，来这儿讨吃的，不让进门。直至骆成骧掏出考牌，方才放行。骆成骧心理素质极好，沉沉稳稳应对自如，居然名列第一，传颂一时。骆成骧在乃父持续不断的教诲下，心志益高。诚如诸葛亮所教示："志当存高远。"他在少年求学时期，一个家住射洪县的同学名谢泰来，二人皆家境贫困，成日愁眉不展。谢泰来慨然书写"至穷无非讨口"。骆成骧则对以"不死总要出头"，是以表明青少年时期处于经济生活十分贫困的读书环境中，他自强不息的奋斗精神达到了何等高远的境界。

骆成骧长子骆凤嶙在《述略》中称："述祖德为先曾祖母蔡夫人事。太夫人甫逾二十即孀居，先高祖时年六十余矣。先祖才数龄，门无一丁，与叔曾祖母蔡，冰霜共励，分宵夜织，兼以防窃。如是者二十年不辍。……沔阳公（骆文廷）……十二龄即入市，以家织布易所需物，虽大雷雨夜深途远必归。归则蔡太夫人杂谈日间事，然后读书写字以寝，则近鸡鸣矣，以为常。弱冠后入泮，乡邻尽惊曰：'此布贩也，亦入学耶？'"

遵循儒家先哲的教言："言传不如身教。"骆文廷自幼养成的勤劳智慧与虔诚孝道，对于骆成骧的发育成长及世界观、人生观的形成产生了极大的影响。尤其是苦读经书、精进不息的奋斗精神，在耳濡目染、潜移默化中日渐形成。三更灯火五更鸡，已成为了骆氏父子固有的生活习尚。有哲人说苦难是人生最好的老师。骆氏父子一辈子几乎都在苦难中度日，然而他们的思想精神境界，可谓高山仰止，景行行止。先说父亲骆文廷，励志苦读到二十三岁才考上秀才。就一般生员来讲学业已如枯萎的禾苗，要想结出丰硕的果实，真也难乎其难。然而骆文廷居然有了分外精彩的后半生。他知识功底过硬，教子有方，1882年十七岁的骆成骧应州试成绩优异，被资州州牧高培谷所赏识。高培谷爱才如命，思贤若渴。当他获知骆成骧能取得如此优异的学业成绩，缘于良好的家庭教养，高培谷毫不犹豫地聘任骆文廷为家庭教师，成为了名享一时的高师。尔后任命骆文廷为南充教谕，实也顺理成章。实践证明骆文廷不仅是最优秀的家庭教师，他更有出类拔萃处理纷繁的社会事务的非凡才能。适当南充县城一武官仗势欺人，民怨沸腾，致使数千人围攻县城。知县亲自出面也无法平息。有人提议请骆教谕出面调解。骆文廷晓之以理，动之以情，终于化干戈为玉帛，兵不血刃，平平和和地化解了事端。

尔后南充发生惨不忍睹的雹灾。骆文廷不仅主动捐献，还说服与动员了不少有钱的生员集资捐赠。他经十天的不懈努力，动员全县有钱人家共捐银万两，妥善地解决了雹灾所导致的饥荒。这事不久传到朝廷，朝廷任命他为陕西汧阳县县令。他为汧阳人民办了不少好事盛事，直至年逾七旬，告老还乡。汧阳人民一齐挽留，上司还许以征收捐税的厘金局这一肥缺，他慨然应答："我来陕西，是想为民办点实事，绝非为钱而来。"是年为辛亥（1911年），乃多事之秋，但送行者络绎不绝。骆文廷的口碑相传百年。

四

骆文廷将青春岁月倾注在苦读经书，追求仕进与教子励志，走出一条靠翰墨功夫出类拔萃，为社会所赏识与荐举的人生险道，难免在搞活家庭上有些智穷力短，捉襟见肘，往往迫于经济困窘，四处赊欠。有时不免碰壁，他总会涨红着脸，赌咒发誓："别说这几十文铜钱，将来我儿子中了举人、进士，乃至于状元，何愁偿还不起吗？"店主人奚落他道："你的这些花言巧语全部是写在水瓢上的，我需要你偿付的是响当当的硬通货！"店老板一面挖苦他，一手将铜钱在柜台上跌得当当响，羞辱得骆文廷气不打一处来，面红耳赤地悻悻而归。

骆文廷于郁苦中，似有天神于冥冥中劝慰他不必与俗人一般见识，既然认准教育儿子发愤苦读，以科举应试为终极目标，就必须紧紧抓住每时每刻。

他暗自吟哦："次子骆成骧，骧者骏马也，神骏也。我要培育儿子为吾家千里驹，首先要清楚了解巴山蜀水历代状元的成功之路。"他手脚不停地查阅史料，竟然发现四川历代状元多达十八九名。倘若让儿子成骧有朝一日命中状元，装足二十名之数，那会有多荣耀多风光呀！

每思及此，他飞快展纸磨墨，将四川历代状元的姓氏抄录了下来，然后叫来骆成骧笑模悠悠地细说四川状元史。

首先是距离家乡资中不远的内江的范崇凯，阆中的尹枢、尹极，云阳的李远，成都的李余，绵阳的李环，巴中的张曙，中江的苏易简，还有阆中的陈尧叟、陈尧咨，成都的杨置，双流的费黄裳，简阳的王归朴，新都的杨升庵。若以朝代计，唐代六人，宋代九人，元代一人，明代一人。至于说到清代尚无一人高中状元。骆文廷油然感慨："骧儿呀，你定当如诸葛武侯所勖勉：'志当存高远'，老夫将你取名骆成骧，是要你成为吾家千里驹，日行千里，夜行八百。你要为四川人争光，打破神话传说，石头开花马长角，以坚忍不拔、万难不屈之志，考取大魁状元公！"

年纪轻轻的骆成骧断没想到乃父寄望如此之殷，关爱如此之切。他苦苦地沉吟了一阵子，仰脸道："能否中状元，儿心中实在没有把握。因为人生事业的成功，往往是多种因素促成的，常言道：天时、地利、人和，缺一不可。就儿当今的环境条件看，既已进入全川第一流的锦江书院，在家乡资州已有高培谷州牧识拔，儿顿觉两肋生翅，鼓翼翔飞于白云蓝天。诚如庄子《逍遥游》所畅想：翅如垂天之云，扶摇直上九万里。我坚信有朝一日在高师的谆谆教诲下，赴京参加会试，中进士是满有希望的！"

骆文廷从儿子炯炯的目光与琅琅的言辞中看见了希望与亮光，他动情地抚住儿子的臂膀，长长地舒了一口气，沉声道："儿具有如此鸿图远虑，爹就可以放胆地赊欠了，爹一再许诺，所欠之账，往后定将由吾儿中试后加倍偿还！"

骆成骧为乃父将毕生的奋斗目标定为替全川人民争光，填补清代四川无状元的巨大空白。他委实感觉肩上的担子太为沉重，却并非毫无作为。当今有必要将唐宋以来四川所中状元的履历认真地研读一番。除了乃父刚才所列举的近二十名状元，还有在成都郊外的双流县突然冒出的一个武状元——彭阳春。

他高声叫唤："爹，谁说四川清代无状元？你知道几十年前双流县出了个武状元彭阳春么？"

骆文廷惊讶道："有这种事？让爹看看。"骆成骧在史料中查找到彭阳春的一些零散资料。

彭阳春生于1827年，四川双流县青杠林曾家坝新宅。祖父名彭洪镇，父亲名彭宗铭，考中武举。母亲赵氏生有四子，彭阳春系次子，自幼习读经书，苦练武功，曾乡试中会元。道光三十年（1850年），彭阳春赴京会试名列第一，相继在咸丰帝亲自主持下名列殿试第一，锁定武状元，岳汝忠位居第二中榜眼，第三名探花缺。

"啊呀呀，好个双流县的彭阳春，由咸丰帝亲自主试命中武状元，了不起，真的了不起哟！"骆成骧父子兴奋得手之舞之。

骆文廷又有了新的发现，惊讶道："儿快看，彭阳春并非名门贵胄，乃草根出身！"

"啊呀呀，一介草根，居然命中武状元，且由皇上钦点，真个是朝为田舍郎，暮登天子堂！"骆成骧从彭阳春身上管窥到了人生命运的彩色希望。

"孩儿呀，从今天起，你就以彭阳春成才之路为先导，再为四川人争一分荣光吧！"骆文廷从来没有像今天这么激动，他一把抱住儿子的腰身，撑开阔大的巴掌，疼爱地拍打着儿子的后背，油然沁出了两颗泪花。

"爹，你哭了？！"骆成骧举着衣袖为父亲拭泪。

"爹心里有底气了！"骆文廷哽咽着应答。

第二章
高培谷慧眼识英才

一

骆成骧时来好运，遇上了资州循吏高培谷，真乃天时、地利、人和，韩文公（韩愈）曾感叹伯乐相马道："千里马常有，而伯乐不常有。"在骆文廷孜孜不倦的教诲下，骆成骧自幼聪明颖悟，且像乃父励志苦读，即便成为了千里驹，若没有伯乐似的爱才如命的高人发现与识拔，在那封建时代要能成才立业，实也至难至艰。所幸出生于资中县域北门外舒家桥七里沟的骆成骧遇上了从云南来四川资州任州牧的高培谷。他就是最先相中骆成骧这匹千里马的伯乐。

高培谷生于 1836 年，字怡楼，贵州贵筑（今贵阳）人。时运不济，少年时期刚入县学，贵州各地便暴发农民起义，以至于例行乡试都停办了。骆成骧十五岁时，是高培谷任资中州牧的第二年，骆成骧在他手下参加童子试。

高培谷本是贵阳人，为何要来四川做官呢？他所生活成长的贵州发生了遍地风烟的农民起义。贵州乃多民族杂居的边远地区，恶劣的自然环境，造成了贵州生存发展的严重困境，有谚语曰："贵州地无三里平，天无三日晴，人无三分银"，再加之以官绅勾结对各族人民残酷的压迫与剥削，人民群众困苦得"终日采芒为食，四时不得一粟入口"。人民群众在严酷现实的教训下，渐次悟出生存之道："犯法可以赊死，忍饥则将立毙。"自19世纪中期以来，贵州农民起义风起云涌，对青年的高培谷直接产生威胁的是1863年，罗光明部高举义旗占领了都匀，苗军潘名杰进军贵定，义军何得胜部攻克开州（今开阳），各路义军协同作战，将省城贵阳重重围困，如同铁桶一般。清军将领兀自哀叹："我军若右出都匀，则罗光明据其前，（潘）名杰袭其后，左出平越，则得胜据其前，（罗）光明、（蓝）三寿袭其后，都难得志。……数年来贼踪不常，我军无可如何。"（罗文彬《平黔纪略》）是年12月，潘、何联军在贵阳以北黑石头大败赵德昌部清军，进逼贵阳，"附郭一带，烽火相望，阖城皆惊"。身为文弱书生的高培谷和家人一道无时不在战乱惊慌中过日子。义军闹腾得官府连乡试都停办了。他只好奋志在兵荒马乱的时局下刻苦研习经史，意欲从历朝历代的文治武功中寻绎出治理地方政治、军事、文化的要理妙道，日渐成为苦研经书的饱学之士。时地方财政窘迫，允许纳钱捐官，他不惜动用家产捐上县令，被分配到四川梓潼任县令。他看透了满清官场的腐败，如若蹈袭前任继续充当贪官污吏，必将像今日之贵州各地闹得官逼民反，不如遵循先贤圣哲的人生理念："为天地立心，为生民立命，为先圣继绝学，为万世开太平。"和为贵的中庸哲学是他行事谋政的基本指导思想，他努力在刚上任的梓潼县境，微服私访，始发觉冤狱遍于县境，民不堪命，一片沸腾。他经明察暗访，弄清了几桩冤案的来龙去脉，亲自升堂重审，彻底推翻先前判决，还百姓以正义和公道，严惩贪赃枉法的酷吏，社会风气为之一新。长此以往，高培谷在县境有口皆碑，名声大振。不久，又调他去政局不稳的西充任县令。他的治政方略又有了进一步发展与完善。他将惩治腐败与奖励耕织、活跃商业经济结合起来，一并加以施行。他笃定一个地方由乱至治，必须造就一批饱读经史、爱民恤民的英才俊彦。故此，兴学施教是一日不可忽视的当务之急。"谨庠序之教，申之以孝悌之义。"他努力将孔子的教学思想付诸县域实践。一时之间，办学之风蓬勃兴起。四川总督赞誉他乃第一流的循吏，尔后又调他任绵竹知县。光绪五年（1879年）四十三岁的高培谷升任资州（现资中县）知州。正当盛年的高培谷勤政爱民、奖励农耕、兴修水利，大力倡办教育，一时之间苦读上进成风，贪官污吏慑于严刑峻法日渐藏迹，民风大变。少年骆成骧在高培谷上任州牧第二年，参加童子试。他衣衫褴褛，差一点让门卫堵住，不让进场，被误认为是饥荒的乞儿来讨口，幸得少年的骆成骧出示号牌，方才准予步入考棚。骆成骧回眸一视，嗤之以鼻，暗自在心中嘀咕："动辄以貌取人，愚不可及！"

骆成骧经多年苦读经书，自有其深湛的文化积淀，别人看不起他，误认为他是颤栗在温饱线上的讨口子，他在骨子里愈益自信自尊。他将心中的怨恨与不平化而为答好试卷的强劲动力。他迅捷地将试卷浏览了一遍，心中底气油然涌生。他沉心静气，从容不迫地信笔书写试卷，他简直是在以绣花的功夫，绣制一件人见人爱的艺术品。

他的答卷传送到知州高培谷手中，高培谷惊喜得满脸堆笑，赞不绝口。诚如骆成骧外甥周叔平所追忆："（骆成骧）初应童子试，独尽得题解，且正其误，文如宿构。州官高怡楼（培谷）大惊喜。试半遽取卷入内密圈之，出问：'业师，谁也？'闻由庭训。骆父文廷，少孤贫，勤学，为同治时秀才。试事毕，高遂聘骆父入署训其子，备至敬礼。"

高培谷之慧眼识才不只于此，他既当面给少年的骆成骧以勖勉与激励，并毫不犹豫地聘请乃父骆文廷为家庭教师。他如同对待自家的子侄一样设计谋划着少年才俊骆成骧的宏图远景，并以知州的名义，热情推荐骆成骧入成都尊经书院深造。从此，少年的骆成骧如同搭上了一艘劈波斩浪的渡船，驶入了绿草如茵、鲜花盛开的教学伊甸园。少年的骆成骧享有了长达十年全国第一流的高师王闿运的精心教诲与培育，他的乡试、会试、殿试之路变得更加坚实而宽广。即便途中布满了荆棘，显得分外漫长崎岖，而他的文化底蕴、心理素质与抗压能力皆步上了一个新的台阶。他含笑雍容、手挥目送，似大雁南翔，亦似鹰击长空，鱼翔水中。文墨瀚海来去自如，远非昔比。

二

1882年，十七岁的骆成骧在资州州试名列第一。知州高培谷获知实乃家教所玉成，赞赏有加，即急切聘乃父骆文廷任家庭教师。他还举办了拜师礼宴。在资州历史上从来没有像高培谷这样高度重视教育，善于识拔人才，并给饱学之士以崇高的社会地位与荣誉的人。单就这次童子试而言，他特别聘请了知名人士杨锐、范溶、胡研荪和大儒宋育仁来资州察视考场，并设置讲坛，恭请诸上名人雅士畅论经世之学。高培谷为拜师专设的礼宴，诸上人士连同骆文廷及其子骆成骧都参加了，作陪的还有资州教谕韦靖杰。在座各位无不对骆文廷教子之道大加赞誉，更勖勉骆成骧出类拔萃，前程无量。骆氏父子受宠若惊，骆成骧彬彬有礼，打心底里感激高大人及在座名师的关爱与扶持，表示从今往后更加勤学苦读，精进不息。州教谕见童生骆成骧如此知书明礼，气度不凡，当即发问："不知有何立志成才的体会与认知？"骆成骧思略片刻侃侃而谈："晚生以为当以唐代大诗人杜甫为楷模：'转益多师是吾师'，正如养生之道，不可偏食，凡是有营养的食物都需吃，即便五谷杂粮也需百吃不厌。愚生就读于成都锦江书院，此次得到高大人恩准参加家乡资州童子试，也是一次拜师的大好机遇，倘能得到更多高才良师的指教，定会比长期呆在一所学校一位恩师门下，受益更多。"

州教谕韦靖杰带头鼓掌道："此言有理，韩文公（韩愈）云：'道之所存，师之所存也。'学而时习之，取之有道，必将大器有成。佩服，佩服！"

骆成骧面对韦教谕的奖掖与勖勉感激不尽，立忙起身执弟子礼，"请受晚生一拜！"

韦教谕双手扶起，始察觉十七岁的骆成骧长得又高又长，己身只及他耳门，喜孜孜地轻轻揍了揍他胸脯道："你小子长得真快，吃的是啥金玉美食？"

"启禀韦教谕，我家贫穷，一年之中少有细粮，多系红苕、玉米，五谷杂粮！"

高培谷知州朗声道："五谷杂粮养人呀！"

在场诸人一齐哈哈大笑。

"转益多师是吾师"，此言不虚，言必行，行必果。第二年，即1883年，十八岁的骆成骧在父亲骆文廷的引领下，又从成都锦江书院回到资州，拜见了德高望重的高培谷知州，准予骆成骧就读于高培谷创办的资州艺风书院，师从著名改良主义思想家宋育仁。高培谷委任宋育仁担任山长（校长）。高培谷悉知骆氏家境贫困，不仅给任家庭教师的骆文廷以优厚的俸禄，还拨冗与骆氏父子切磋诗文技艺。高培谷对教育事业情有独钟，他甘愿挤出一半的俸禄给艺风书院优秀生员颁发奖金，自然名列前茅的骆成骧奖金最多。

每当高培谷前来看望，年轻的骆成骧便会心跳血涌。他早已不将高培谷与己身视为官民关系，俨然成为了第二位父亲。他深知彼此之间毫无血缘关系，不是亲人却胜是亲人，相互皆为了一个共同的理想目标而奋斗不息。高培谷身为知州，确立给资州人良好教化为己任。他忘不了捐官来到资州之前，家乡贵州省贵阳城被义军重重围困的情景。官吏一旦视官兵为盘剥与被盘剥的关系，必将发生激烈的冲突，乃至酿成战乱，那将是尸横遍野、民不聊生。"民不畏死，奈何以死惧之？"高培谷清楚认知：当官不为民做主，不如回家种红薯？己身千里迢迢来四川资州做官，却不能在经济上给人民百姓以良好的衣食住行，在精神心理、道德情操上以良好的教化与启迪，当上这知州又有什么价值与意义呢？高培谷爱才如命，他视骆成骧为义子，有时一谈便是一个时辰。正处于青春发育期的骆成骧从高培谷身上不仅学得了宝贵的文化知识，还懂得了一个儒生之于社会人生的诸多事理。这对尔后骆成骧世界观、人生观的形成产生了极其重要的影响。应该说高培谷之大力倡导办学，予民以良好教化，为骆成骧中状元之后，以毕生精力致力于兴学育才打下了牢固的思想基础，廓开了远大前景。

三

担任资州教谕的韦靖杰眼见高培谷如此器重与赏识骆成骧，便也视骆为手中的一张王牌，并直接与己身的政绩联系了起来。他日渐成为资州官府第二个赏识骆成骧的官员。韦靖杰忠实实施高培谷的教育理念，敢于打破传统的教育模式，不拘泥于"四书""五经"的死记硬背，重在培育"通博之士，致用之才"，着意于考察学以致用的实践能力，为国家和地方源源不断地培养和输送治政、理财、爱民为民的有用之才。

资州艺风书院宋育仁成为了骆成骧第三位恩师。宋育仁底蕴丰厚，见识广博，除讲解"四书""五经"，还不断地谈论中外见闻。资州艺风学院购置了中国地图和世界地图，还有可以转动的地球仪。宋育仁手执教鞭，一一指点四川资州所在地理位置，然后依次连接到成都、重庆等川域大城市，再沿重庆、万州而下走出夔门、三峡进入江汉平原的大都市武汉，再顺江而下是南京、上海，若是在南京浦口沿运河北上，可以直抵北京。山海关以外是东北三省与内蒙古大草原。如此给生员勾划出中国地大物博的版图之后，放下教鞭，手捧地球仪，不断地转动方位，逐一介绍亚洲、欧洲、非洲、南美洲、北美洲。为的是让广大生员认识和了解中国之地大物博与世界之辽阔，激励莘莘学子奔向广阔远大的未来。

宋育仁又意味深长地反问生员："我们长大成人后能仅凭双

手双脚闯世界么？不能。我们每一位艺风书院的生员，学成毕业后必须具有广博的学识，深厚的文化底蕴，尤其要学习与掌握先进的科学技术。此之谓'以夷之技制夷'，变法维新，势在必行。否则将会受侵略挨打，丧权辱国。试问国将不存，民何以堪？"

宋育仁讲说得声泪俱下，泣不成声。在十八岁的骆成骧及众多同学心中沸腾起一片爱国热忱。

骆成骧回头一望，蓦然看见知州高培谷在州教谕韦靖杰陪伴下悄无声息地端坐在教室后面，像学员一样毕恭毕敬地听取宋育仁激情飞扬的精彩讲授，亦似宋老师一样情致触动，掏出手帕，不住地拭泪。

光阴荏苒，不觉进入甲申年，是为光绪十年（1884年），十九岁的骆成骧岁试第一名，即将选送成都最有名的尊经书院。担任主讲的是闻名全国的经学大师王闿运，这意味着正处于青春期的骆成骧在长达十年的求学征途上，又将攀登上全省最高的求学台阶。这既是莫大的欣幸与欢悦，却又于高培谷、宋育仁、韦靖杰怎么也掩抑不住离情别绪。

临行之前，州教谕韦靖杰别开生面地设置了一场隆重的家宴，这家宴是专为送别骆成骧父子而设的，理所当然请来了爱才惜才的州官高培谷和高师宋育仁作陪。

韦靖杰的家院坐落在资州城大西街，距离州府衙门不远。这家院砖木结构，规模不十分大，约占地两亩，一个白墙青瓦的四合院，庭院中央有长条形的花台，种植着玉兰花、腊梅、山茶花、月季花、栀子花等。四合院背后有一个小花园，植有翠竹、桂花树与枇杷树等，却也清幽宜人。

餐桌设置在堂屋里，一张油漆得铮光发亮的圆桌摆设着全鸡全鸭，还有从河水中打捞的鲜鱼，以及过春节必不可少的腊肉、腊香肠之类的冷盘。最具色香味的是一位正当发育期的身着湖绿色丝绸短袄待字闺中的少女袅袅婷婷地手捧一钵东坡肘子走了进来。在场诸位无论官大官小、年长年少皆惊艳了。

只见这少女伸出纤纤玉指，不动声色地将一钵热气腾腾的东坡肘子端在圆桌中央，旋即就要鞠躬施礼，退出餐厅。韦教谕从容不迫道："素儿，快来拜识大伯大叔和学长！"

这少女便也止住了脚步，满面含羞地睐视着众多贵客。韦教谕从知州高培谷介绍起，一直介绍到骆文廷与骆成骧。少女黑亮亮的眸子，如同一潭澄碧的清水中亭亭玉立一株含苞待放的荷花，那椭圆形的鹅蛋脸略带红晕娇羞，连同那袅袅婷婷的苗条身段看得骆文廷心头微微一怔："想不到韦教谕还有这么乖巧娴淑的女儿！"这对正值青春期的骆成骧，无异于石击深潭，掀腾起一道道波浪。"多美啊，清水出芙蓉，天然去雕饰。"他默默地在心中赞美，俨然看呆了，看傻了。久经官场与人间世事的知州高培谷油然诱生一丝联想：岂不正好与求学上进、频频夺魁的骆成骧天缘巧合结为连理么？

他乘兴询问："韦教谕，你家闺女年纪几何？"

"我家素儿年刚十七。"

"唔，尚未出阁么？"

"是哟，而今待字闺中。"

"资州纵横百里，难道没有合适人家？"高培谷煞有介事地反诘。

"唔，哪家子弟有真才实学，哪家公子系纨绔子弟，一时难于弄清楚，也就拖延了下来。"韦靖杰见顶头上司如此关心女儿的婚事，也只好如实应答了。

女儿韦素见宴席上居然议论起自身的婚事，深情地冲骆成骧剜了一眼，便羞答答地转身出去了。骆成骧灵犀相通，一见钟情。

宋育仁也像高培谷一样疼爱亲手培育的得意门生，饶有风趣地调侃："韦教谕不妨在我艺风书院打着灯笼火把，认认真真地照一照，一旦相中，本主讲定当竭力玉成！"一席话说得满堂生辉，众人哈哈大笑。

四

宴席散后，各自就要回家。韦教谕别有意味地招呼骆成骧道："唔，成骧，你不是要我带你进县城书市购买几本新书吗？"

"是了，是了，我见教谕繁忙，也就未再提起。"骆成骧抱歉地应道。

"今日有空，快去快回。"韦靖杰素来以办事迅捷著称。待送走高知州和宋太师，急切吩咐骆成骧去书市购书。

骆文廷感觉一人坐在这儿无聊，便也一道随行。

原来韦靖杰邀骆成骧去书市购书，只不过是他意欲挽留的借口。今日设宴，一半是为了给骆成骧饯行，一半则是为了促进骆成骧与女儿的姻缘。从宴席上高知州意味深长的问话以及女儿那含羞带笑的情态，他已经认定骆成骧是他踏破铁鞋也难觅的乘龙快婿。今日让女儿与之见见面，可谓用心良苦，他已在心中琢磨多次，认为骆家虽然贫穷，仅仅是眼前的事。单说骆文廷尽管尚是秀才，而他具有的真才实学亦不亚于许多举人，尤其教育后生之认真负责，方法得体，成效显著，即使在偌大的资州也是百里挑一。而他亲自培育的儿子骆成骧从童试到州试，又被成都尊经书院所接纳，未来前程绝不下于一个举人，且满有希望赴京会试，高中进士。这样的英才俊彦在今日之资州堪称凤毛麟角。当今小女韦素年满十七，已到谈婚论嫁的妙龄，若不在骆成骧再次离开资州，赴成都尊经书院深造之前，敲定此桩事，将会成为过眼烟云，遗憾终身。

待到骆成骧选购上钱谦益《杜诗笺注》等几部新书之后，回到西街家院，韦靖杰殷勤致意："天色不早，就在敝舍歇宿吧！"

骆文廷还有些不大情愿，骆成骧却满口应承："多谢韦教谕的美意盛情，爹留下就留下吧，去了成都难得一见了。"

恰在此时，闺女韦素手捧一幅正在绣制的雪白的门帘袅袅婷婷走了出来，嗲声嗲气地诉说："爹，你喜欢这绣帘不？"

韦靖杰凑近一看，朗声道："荷塘月色，鸳鸯戏水！"

骆文廷也凑合道："太漂亮了，骧儿快看快看，真个是金屋藏娇呀！"

骆成骧双手捧住，定睛观赏，兀自吟哦："只应天上有，人间哪得闻！"

"大哥要是喜欢，小妹就送给你吧！"韦素羞红着脸，当面敬赠。

"多谢妹子的刺绣，请受愚兄一拜！"骆成骧鞠躬施礼。

勿须多言，这段姻缘，大体确定了下来。

骆成骧对高培谷给他青少年时的关爱、教诲与助持终生难忘。时至1913年冬还在写诗怀念和祭悼这位拟之如父的恩师。

资州牧高怡楼先生祠

南皮再倡文翁教，蜀学惟公早知音。
万卷图书侯在泮，十年教训士如林。
独魁殿试同州试，孤负师心等帝心。
再疏朝廷怀旧德，专祠列传慰讴吟。

壮心千里老摧藏，字我灵均愧骕骦。
桃李满门通杏苑，枌榆移社恋桐乡。
神来车马风云外，泪落衣冠俎豆旁。
旧许苦心天不负，驱驰无主鬓苍苍。

诗中骆成骧对恩师高培谷在资州十年教化的不朽勋绩连同对己身茁壮成才的培育何其感恩戴德，铭记难忘。而今恩师已驾鹤西去，不禁潸然泣下，哀不自胜。己身虽然中了状元，奈何局势动荡、朝代更替，瞻望前程，一片苍茫。

他尤其忘不了，在州牧高培谷的热心撮合下，尚在四川尊经书院深造的骆成骧二十岁出头，便与十九岁的才女韦素成婚。骆家说不上富裕，只能算小康，婚事却也热热闹闹。韦素虽说不上绝色美女，却也端庄秀丽。苗条的身段，穿一身鲜红的嫁衣，头顶搭一块遮羞帕，更让新郎迷醉。当拜过高堂，双双进入洞房。新郎骆成骧急不可耐地揭开遮羞头帕，他惊艳得颤抖双手，紧紧将她搂在怀里，张开阔嘴凑上一个热吻。他与新娘皆不约而同地酥了，醉了。

夜莺在树林间婉转鸣叫，给新婚夫妻奏上了一曲天籁。

对于高培谷在资州执政十二年所建树的业绩，骆成骧在抒写前诗的前一年，即1912年的《代资州五县绅士为故州牧高培谷建祠呈》一文有着更为翔实具体的描述。在骆成骧及其资州众多绅士心中，一定得给这位从贵州前来做官的异乡州牧建祠立碑，才能让资州百姓永世不忘，且将其优良的教化一代代传承与发扬。

窃惟前资州直隶州知州高培谷，励精图治，教养兼施。下车之始，首创艺风书院，提倡经史、政治、性理、文章之学，筹集经费，购置图书，靡不备具。凡岁试月课，悉加经史，以畅其比；凡典教衡文，悉聘名宿，以精其鉴。复躬自提命，如父兄之诲子弟；严为督责，如金泥之受陶钧，前后十有二年，夙夜勤劳，始终不懈。五县人士，闻风兴起数千人，朴塞之风，为文丕变；资属庠序，渐有声巴蜀间，莫非高前牧之赐也⋯⋯

这篇祭悼文，着重从高培谷十二年治理资州的诸多政绩中，就兴办教育、培养人才而加以推崇与评述。祭文不仅全面地诉说了高培谷如何集资兴学，实施教化，还突显了高培谷磊落崇高的人文情怀，"复躬自提命，如父兄之诲子弟，严为督责，如金泥之受陶钧"。高培谷认知儒家文化的核心贵在情本体。他在资州长达十二年的施政中重情重义，尤以骆成骧感同身受，将高知州拟之如父如兄，师友之情，何其感人至深。高知州之光，山高水长。他为状元骆成骧矢志不渝地献身教育事业，成为典范与楷模，为其尔后的成长有着父兄般的恩义。

第三章
从师十年的青春记忆

一

常言道：名师出高徒。骆成骧在少年时期受到资州州牧高培谷的关爱与提携，打下了坚实的文化基础。更为重要的是高培谷不让才华横溢的骆成骧一辈子拘守资州艺风书院，让他在岁试中获取优异成绩之后，又从主讲宋育仁手中接下接力棒，马不停蹄地向着更加长远的目标奋力冲刺。骆成骧在1884年，岁试获取第一名之后，进入由王闿运主持的成都尊经书院深造，一读就是十年。犹如一株茁壮成长的果苗，移栽进肥田沃土，长年累月地精耕细作，除草施肥，培育灌溉，长达十年殚精竭虑，含辛茹苦，终将结出硕大而又甜美的果实。王闿运便是踏破铁鞋也难寻觅的清末名闻全国的经学大师。咸丰皇帝身边最富于雄韬伟略的大臣肃顺曾聘王闿运为家庭教师。

王闿运何许人也？

王闿运生于1833年，他因祺祥政变，较惨遭慈禧太后凌迟处死的大臣肃顺多活了许多年，竟然享有八十三岁的高寿，贵在他文化底蕴分外丰厚，心胸坦荡。孔子曰："君子坦荡荡，小人长戚戚。"王闿运字壬父，号湘绮。他先担任咸丰皇帝最为倚重的大臣肃顺的家庭教师，尔后又任另一大臣鸿儒曾国藩的幕僚。其先祖原在江西，到了明代才迁徙到湖南衡阳西乡，随后又迁居湘潭。王闿运青少年时代也像骆文廷、骆成骧父子一样极度艰难贫困，父亲早死。他并非童年时代便聪明颖悟，如常人所说笨鸟先飞，他后来能成才立业，全靠刻苦努力。"不成诵不食，夕所诵者，不得解不寝。"他恳于在读熟弄懂上下苦功夫。他所学的知识也极其广博，举凡"经史、百家、靡不诵习，笺、注、抄、校，日有定课"。功夫不负有心人，他八九岁，就能写文章，尔后有缘进读长沙城南书院。他的仕途也并不顺利。咸丰二年（1852年）考上举人，此时他年将二十岁，全靠学政张金镛慧眼识珠，激赏他才识非凡，名声日隆。到了咸丰九年（1859年），王闿运进京参加会试，连进士都未考上，他心里郁苦不堪时却又遇上了敢于招贤揽圣、位高权重的大臣肃顺聘任他为家庭教师，且备极推崇和器重。但王闿运不久就辞职。也算他有好运，躲过了1861年的祺祥政变。这一年咸丰帝病死于热河承德避暑山庄。慈禧太后与恭亲王奕䜣联手，一举诛杀咸丰帝最为倚重的以肃顺为首的八大臣。其中以狂妄自大、掉以轻心的肃顺遭遇最惨，其幕僚诛戮无数。倘若王闿运继续留在肃顺身边做家庭教师，也将难逃一劫。尔后他总算以经学大师的铮铮傲骨撰写出极具影响力的《祺祥故事》，替屈死的大臣肃顺还原了历史真面目。许是他看透了清廷政治的黑暗与腐败，常以经学大师的身份四处讲学，聊以维持清贫的家庭生活。他于光绪五年（1879年）应四川总督丁宝桢的盛情邀请，来到四川成都，荣任尊经书院山长，即校长。

向来闭塞的四川大兴讲学之风，还应该推算到咸丰二年（1852年）著名文学家何绍基任四川学政。他上任后，迅即整饬学校，大力提拔风雅博学之士。在他门下，可谓高朋满座，胜友如云。谈笑有鸿儒，往来无白丁。他爱与众多文人互赠诗词，竞相唱和，一时之间，文化人的社会地位空前提高。

这一良好社会风气延续到同治十二年（1873年），洋务维新的著名人物张之洞奉旨任四川乡试副考官，九月简放学政。他新官上任三把火，一举创办了四川尊经书院（四川大学前身）。

自何绍基、张之洞主持四川学政以来，学风为之大变。骆成骧生逢其时，他于1882年以资州岁考第一名的优异成绩，由知州高培谷荐举，送到全川第一流的四川尊经书院深造，又逢经学大师王闿运担任山长。真可谓"好雨知时节，当春乃发生"。

尊经书院在王闿运的主持下之于莘莘学子骆成骧的培育成长，所受沾溉是全方位的。他不仅在焚膏继晷的经书勤学精研，功底愈益深厚，且在诗文创作上也大有长进。其书法艺术，无论行书、楷书、隶书皆师法传统，而又有大胆创新，逐渐形成独特的风格，受人称道。

二

骆成骧的求学成长之路，值得浓墨重彩地予以书写和挖掘，不仅牵涉到学校如何育才，更关系到国家栋梁之材的建树与造就。骆成骧堪称从晚清到民国初期一个卓越的典范。

日本思想家池田大作说："所有的实干加在一起，它的本质就是机会和才能。"据此他做了十分动情入理的描述：

……人生就是建设，一旦建设停止，人生就失败了。

对自己眼下能做的事必须点燃起你的热情，对眼下能做的事情不付出全力的人，是没有资格谈未来的。

首先得稳稳地站住脚跟，才能进行下一个大飞跃。

一天只有24小时，利用交通工具跑得再快，也不能改变这一点。这样说来，不管在哪，不管怎样做，只有自己的存在才是确实的。

怎样充实这个自我呢？就看你怎样充实每一天，甚至能够使自己的人生丰富多彩，是否能在社会上有主动权，关键也在每一天的充实。

有利的环境本身也是单调的，如果你没法利用这些有利因素，使自己的人生变得充实起来，这种脑力劳动本身就是丰富多彩的。

决战每一天，昨天的成功并不能保证今天的胜利，昨天的挫败并不一定导致今天的失败。

每一瞬间的实干才是重要的，所有的实干加在一起，它的本质就是机会和才能，这才是你一生的总决策。

骆文廷在生活的穷困与苦难中，不仅自己靠着踏实苦干，在家教育儿子骆成骧朝夕苦读，四处求拜名师，而且自身也逐渐脱颖而出。先是任南充教谕，任职期间不仅让南充学风大变，且凭借在广大生员中树立的崇高威信，在救济全县惨重雹灾中，连知县都感觉力不从心的事，他一经上手，仅用十天时间募集上万两银子，极大地缓解了赈灾的困境。尔后升任陕西沔城县县令，所干利人利民的实事好事有口皆碑，年逾古稀告老还乡，夹道相送何其壮观。

在他悉心教养下的儿子骆成骧，紧紧抓住先天的才智和可能具有的机遇，先由资州的童子试和尔后的岁试脱颖而出，兼之知州高培谷的爱才惜才，一举推荐到刚建立不久的四川尊经书院，又巧遇主持校务的经学大师王闿运的悉心教养，全方位、多侧面、多角度地开发固有的智力资源，逐渐踏上了一条广阔的求学之路，真个是天时、地利、人和，件件具备。十九岁的骆成骧在尊经书院如鱼得水，似鹰击长空，其自身才华横溢，极一时之胜。试读他这一特定历史时期创作的诗歌，方可以管窥豹，略见一斑。

骆成骧由资州牧高培谷荐举进入成都尊经书院，在学识渊深的著名经学大师王闿运的亲自教诲下，他如虎添翼，焕发出蓬勃的生机与活力。他常在梦中会见淑女韦素，牵住她的纤纤素手在清粼粼的河水岸上游玩。韦素在温情脉脉的交谈中，别有意味地询问："你知道爹为何看中你吗？"骆成骧信口调侃："看我个子高，有冲劲吧！"

韦素掩住樱桃小口，咯咯咯地笑道："要说高，你哪里比得上晾晒衣服、放牧鸭群的竹竿呢？"

"你这小女子，伶牙俐齿，挖苦我徒有高长的身材，却两腹空空么？"骆成骧气恼得脸红心胀。

韦素见他生气，慌忙伸出纤纤玉指堵住他的阔嘴，娇嗔道："你真要两腹空空，爹才不会相中你呢！爹喜爱你是全资州童试第一名，还被推荐到尊经书院深造，你是响当当的资州才子。"

"真的如此?!"骆成骧喜乐得一把捏住了她的玉腕。

韦素害羞地挣脱手腕，直指蓝天道："我要是有半句假话，必遭雷劈火烧。"

"快别说这种不吉祥的话！"骆成骧急忙又伸手堵住了她的樱桃小嘴。

"可爹说，你未来是否有造化，就看你能不能珍惜时光，不断填补知识空缺，精研学问了。从这个意义上讲，其实我觉得把自己当作一根长长的竹竿也未尝不可，竹竿虚怀若谷，够一辈子充实填补。我就喜欢长长的竹竿……"韦素自幼在乃父韦靖杰的精心培育下，雅爱读书习字，还有一手挑花绣朵的刺绣手艺。她从常读不倦的诗文中，仰慕未来的夫婿必将是学富五车、出口成章、风度翩翩的文人雅士。

骆成骧听了，如醍醐灌顶，幡然醒悟，他高声呼叫："虚怀若谷，精进不息。"

他睁眼一望，四壁皆空，哪里有心爱的韦素在身边？也许她正盼着自己学业大进，榜上题名，早日归家吧！

一思及此，他旋即翻身起床，手捧唐宋诗文选注，在熹微的晨光中放声吟诵。

他深心喜爱与仰慕的是初唐四杰之一的王勃，翻阅到王勃的《滕王阁序》，感慨王勃未及弱冠便才华横溢、语惊四座。他读至

"十旬休暇，胜友如云，千里逢迎，高朋满座。腾蛟起凤，孟学士之词宗；紫电清霜，王将军之武库。家居作宰，路出名区；童子何知，躬逢胜饯"，不由从胸中涌生敬慕之思。少年英俊的王勃是那样追慕文场，勇于一试身手，信心满满，亦不忘掬示出谦恭的姿态，以平等友好的口吻，切磋技艺。及至后文，居然灵府洞开，思如涌泉，写出了卓绝千古的名句："落霞与孤鹜齐飞，秋水共长天一色。"骆成骧读罢《滕王阁序》，于仰慕之中不免为王勃才高命短唏嘘慨叹。他不解为何王勃仅活二十六岁就活活淹死水中呢?!

不，我不能像王勃那样不珍惜生命，如若不能干成一番事业，就过早离世，怎么对得起一辈子含辛茹苦养育自己的父亲骆文廷，珍惜自己如子侄的高培谷与乎备极厚爱、倾全力培育自己的山长王闿运呢?还有渴盼着己身早日还乡的新婚妻子韦素呢?

"我要像北宋眉山苏轼一样热爱生活与生命，即便在未来险峻的征途上遭遇多少大灾大难，也要顽强生存，笑看人生，从困窘中崛起，创造出前所未有的辉煌业绩!"骆成骧一思及此，心潮汹涌，欣然翻开苏轼《赤壁赋》放声吟诵!

客曰："月明星稀，乌鹊南飞，此非曹孟德之诗乎?西望夏口，东望武昌，山川相缪，郁乎苍苍，此非孟德之困于周郎者乎?方其破荆州，下江陵，顺江而东也，舳舻千里，旌旗蔽空，横槊赋诗，固一世之雄也，而今安在哉!"

诵读至此，没想到太师王闿运也悄然无声地走到他身边，欣然乘兴道："苏轼之《赤壁赋》乃千古绝唱，须知这正是他因乌台诗案被贬谪到湖北长江边的黄州任团练副使，一个毫无签字权的末等官时创下的。可以想见他精神心态何其郁苦!但他却因此而攀登上了文学创作的巅峰。他这段关于三国时期曹操与敌手周瑜的描画何其汪洋恣肆，笔致纵横，可谓思接千载，视通万里!

境界之豪壮达于极致。成骧呀，要学就要学苏轼这样的大家。苏轼之所以不同于柳永那么浅斟低唱，而是握有如椽巨笔，气势豪纵，便在于他饱吸天地之精英，善养吾浩然之气。气韵之获得一要苦读几千年老祖宗传承的博大渊深的经、史、子、集，二要走出狭小的书斋，到生机勃勃、林木葱茏的山野中去感受大自然的伟大造化，真正体悟到'天人合一'之奥妙无穷。齐梁时期山水诗人谢灵运可堪效法。在他儒雅宽容而又丰富灿烂的情怀中，大自然不仅色彩绚丽且韵律和谐，启人灵智。姑且诵读一段与君赏析：'夫五色相宜，八音协畅，由乎玄黄律吕，各适物宜。欲使宫羽相变，低昂互节，若前有浮声，则后须切响。一简之内，音韵尽殊；两句之中，轻重悉异。妙达此旨，始可言文。'"

王闿运诵读至此，捋一捋胡须，炯炯目光遥望晨光初现的远空进而阐说："谢灵运以山水诗色彩绚烂，韵律谐婉，极一时之盛。西晋文学家成公绥别开生面，作《天地赋》：'尔乃旁观四极，俯察地理。川渎浩汗而分流，山岳磊落而罗峙。沧海沉滦而四周，悬圃隆崇而特起。昆吾嘉于南极，烛龙曜于北址。扶桑高于万仞，寻木长于千里。昆仑镇于阴隅，赤县据于辰巳。'"

吟诵至此，王闿运以此指点骆成骧，欲有远大前程，既要读万卷书，还得走万里路，像李白杜甫一样，尽览名山胜水，方可写出不朽名篇。王闿运拍了拍骆成骧的胸脯道："勿妨利用节假日，先去距成都不太远的峨眉山与青城山游览，体味其巴蜀名闻天下的山岳胜境，何其清秀雄奇！尔后赴京应试，再出夔门，穿三峡感受江峡豪情！"

骆成骧俯首恭听，王山长一席话令其茅舍顿开，仰脸回敬道："遵师所嘱，成骧将做好日程安排，与学友一道，畅游峨眉、青城，习作山水诗，聊供太师指教。"

"相信不虚此行，我将拭目以待。"

甲申年（1884 年）四月创作的《峨眉杂咏》：

误入山林路转封，黄昏投寺但闻钟。

一宵风雨响空谷，明日青山为我容。（伏虎寺）

半山以下绿成丛，洗象池边万象空。

只有蔚蓝天不改，一轮红日抱珠宫。（洗象池）

振衣千仞拂寒星，回视苍苍入杳冥。

三十六峰齐俯首，长眉横扫一天青。（群峰）

回首倾崖倒景东，日华云彩荡青红。

飞身直下三千尺，只有团圞五行中。（佛光）

常言道：青城天下奇，峨眉天下秀。骆成骧在经学大师王闿运的精心培育下，一反传统迂腐的死记硬背。在苦读"四书""五经"等原创经典的基础上，不放松研习唐诗宋词的流风逸韵，让其心灵情感在天人合一宇宙观的启示下，皈依画山绣水放飞艺术想象。由此可见王闿运在尊经书院施行的是理性认知与艺术想象相融合的教学方法，促使生员的智慧才情得到全方位的立体开发。

宗白华先生在谈中国艺术意境的诞生时讲："儒家哲人云：'天地细缊，万物化醇。'这生生的节奏是中国艺术最后的源泉。"他又说："艺术家经过'写实''传神'到'妙悟'境内，由妙悟，他们'透过鸿蒙之理，堪留百代之奇'。这个使命是够伟大的。"

在经学大师王闿运的长期教诲下，骆成骧不仅知识视野廓开了一片广阔而又深远的新天地，而且对构建一个充实而富有的人生有了新的认知与感悟。王闿运教育他既要立足于尊经书院苦思精研，焚膏继晷，孜孜以求，又不可局囿于窄小的书院，要敢于走出去，认知地域之辽阔，山川之秀美，从而激发起血热千沸的澎湃挚情与深心向往，去拥抱与皈依大自然，吸取天地精华之气，用以充实与完善自我。骆成骧进入尊经书院不久的甲申年（1884 年）的人间四月天，他兴致勃勃地参与了距离成都三四百里的嘉州峨眉之游。

峨眉山乃巴蜀最为雄奇而又秀美的名山，崇峦耸翠的峨眉山上自古以来修建了多座寺庙，为佛教鼎盛之地，成年累月香烟缭绕，钟鼓长鸣，在山峦峡谷中悠悠回荡，不绝于耳。更有佛光幻妙之景，令人观赏不尽，涌生遐思远想。在山腰崖畔多的是成群结队的猴群，它们最通灵性，路见游客便抓耳搔腮地伸出长长的手臂讨要食物，还会回报以礼。

当年的李白、杜甫之所以成为闻名千秋的大诗人，其诗篇迄今脍炙人口，不就因为"一生好入名山游"么？

农历四月的巴蜀，风和日丽，桐花烂漫。有诗吟唱："人间四月芳菲尽，山寺桃花始盛开。"峨眉山的气候，愈往高山爬，愈觉清凉。即便是晴朗的天日，行走至半山腰于浓雾缭绕之中也会有霏霏细雨，纷纷扬扬地弥漫山道。王维诗云："山路元无雨，空翠湿人衣。"这奇妙的气候变化是骆成骧未曾体验过的。他攀爬上伏虎寺已是热汗沾背，气喘吁吁，好在他个子高长清瘦，童年少年时期在家乡资中舒家桥七里沟，经常放牧鹅鸭，还在炎夏下河游泳，筋骨日渐坚劲。他步入伏虎寺，见成百和尚手执木鱼念经吟诵，酷似美妙的仙乐；大雄宝殿里经幢高悬，多座塑金菩萨。他不解寺庙如此清幽吉祥，为何它的名称与虎豹相连。方丈两手合十，娓娓道来："这寺庙已有上千年历史，始建于唐代，名曰神龙寺，后因峨眉山高林密，人烟稀少，常有虎豹出没，伤及人畜。寺僧增建经幢以镇虎邪，故而更名伏虎寺。"及至清朝顺治八年（1651 年）重建，其规模格局较前更为宏伟轩敞。在伏虎寺周围的悬崖绝壁间广植珍稀的楠木，高达几十丈，笔立参天，一时传来一声声雀歌鸟语，益觉其"鸟鸣山更幽"。骆成骧步入如此神奇妙境，灵感泉涌，诗兴大发："误入深林路转封，黄昏投寺但闻钟。"其情境之清幽，伴随暮鼓钟磬清越的声响神志也随之悠远。"一宵风雨响空谷，明日青山为我容。"峨眉山高，林深道险，气候变化无常，不时风雨飒然而至，但在青年诗人骆成骧心目中，他早已被峨眉山的奇异神幻给迷醉了，他祈盼着明日定会天朗气清，有着观赏不尽的美景等待着他。

果真不出所料，待到在山寺中住了一夜。第二天，天刚亮，他早早起床，沿半山腰与伙伴一道直往高山上爬。此时天色渐亮，但见空谷上面的天空云蒸霞蔚，仲春的红日从弥漫的云雾中冉冉升起，红彤彤的太阳穿云破雾，幻化出妙不可言的神奇景观，仿佛只身不是在峨眉山上，而是进入了缥缥缈缈的天宫殿堂。他凭高视下，灵思泉涌，写下了又一首七绝："半山以下绿成丛，洗象池边万象空。只有蔚蓝天不改，一轮红日抱珠宫。"他清晨向下俯视，顿觉巍巍峨眉是一片堆绿叠翠的奇山仙境，先前在洗象池边观赏到的七彩佛光渐渐退去，弥漫的晨雾一旦被灿烂阳光扫射一空，高远的天空立刻像翡翠一样湛蓝，蓝得清纯，蓝得透心。灿烂的阳光愈来愈鲜红铮亮，直将先前虚幻的佛光用红鲜鲜的大氅紧紧搂抱住，仿佛一身红装的新郎搂抱住身着七彩裙裾、美若天仙的新娘那么令人销魂荡魄。

诚如北宋王安石《游褒禅山记》所云："世之奇伟瑰怪非常之观，常在于险远，而人之所罕至焉，故非有志者不能至也。"正当青春年华的骆成骧，即便行走得热汗淋漓，游兴却丝毫不减，他攀登上一个又一个铺绿叠翠的峰峦，觉得景观比想象的还要神奇迷离，兴之所至，又口生一首七绝："振衣千仞拂寒星，回视苍苍入沓冥。三十六峰齐俯首，长眉横扫一天青。"他愈往崇山峻岭上攀登，愈觉峨眉山距离天宫愈近。此时此刻他似乎有了李白《蜀道难》的幻觉，"以手抚膺坐长叹，畏途巉岩不可攀。"骆成骧却反其意而用之，他的感觉是置身于高远的峨眉山巅，离天宫愈来愈近了，可以抚摸住广寒宫中像珠宝一样的星辰了，似乎正在游仙，出离了苍茫的人间世事，于沓冥之中进入仙界胜境。一座座险岭奇峰全都踩在脚下，一旦舒眉展目，满眼是青湛湛蓝荧荧的寥廓天宇。

骆成骧初上诗坛，攀登名山峨眉，探奇览胜，体验巴山蜀水的雄奇秀美，一腔热爱祖国大好河山的壮志豪情油然涌生，信笔写下了一组瑰丽的旅游诗。这些虽在他尔后接连不断数以千计的诗歌创作中称不上上乘之作，但千里之行始于足下，从此他在长达十年的尊经书院苦读精研中，源源不断地写出不少锦绣文章与瑰丽诗篇。

三

及至庚寅年（1890 年），年方二十五岁的骆成骧在四川尊经书院跟从经学大师王闿运习读深造已经六年。他不仅与韦氏婚娶几年，且已添子骆敬瞻。九月金秋，他跟随恩师杨叔峤去其家乡绵竹拜谒了双忠墓。是日天高气爽，澄明如洗，大雁南翔。敬拜之后，恩师杨叔峤要他吟诗寄志。杨叔峤乃变法维新派的先锋人物，博学多识，深具政治远见。他中举之后，受聘于洋务派张之洞幕府，掌管机要文牍，深受信任。就在拜谒绵竹双忠墓的前一年，即光绪十五年（1889 年）被光绪皇帝任命为内阁中书，参加《大清会典》修纂要务，继而升任内阁侍读，系光绪皇帝最为亲近的臣僚。杨叔峤像山长王闿运一样十分看中骆成骧的聪明才智与发展前景。此行既是秋游览胜，也是一次传经授道、论诗作文的教示与考评。骆成骧肃然惊惧，再不似几年前漫游峨眉山那样任意挥洒。他在恩师们的长期教诲下，日渐领悟作诗贵在审时度势，不仅要讲求格律，还得富于思想文化涵蕴。他凝神结想，写下的《绵竹双忠墓》四首七律，凝聚对先贤诸葛瞻父子的哀思。这祠庙非同凡俗，修建于清乾隆三年（1738 年），肃穆的正殿供奉着诸葛瞻、诸葛尚及同时殉难的李庶、黄崇、李球等人的灵牌，启圣殿中供奉诸葛亮端庄肃穆的坐像，两侧分塑诸葛瞻、诸葛尚遗像，祖孙三代享祀一堂。杨叔峤意在教育年轻的骆成骧要像三国当年的蜀将诸葛瞻与诸葛尚那样具有勇于征战、宁死不屈的高尚气节，做一个为国为民忠贞的文臣武将。骆成骧心领神会，成竹在胸，信笔挥毫：

> 昨宵霜气入秋林，一寸丹枫一寸心。
> 祸及臣门哀卞壶，魂依弟子哭刘谌。
> 残山路失绵关险，荒冢云埋汉月深。
> 臣罪不堪亡国恨，杜鹃啼罢泪沾襟。

　　此诗寄寓着对三国时期蜀国诸葛武侯及其子嗣的敬悼与哀思。青年学子骆成骧将忠于职守誓死不降伏凶猛的魏将邓艾的诸葛瞻与诸葛尚，比拟为晋代的英杰卞壶（281—328 年）与三国时期宁死不屈的刘谌。"一寸丹枫一寸心"此句不仅生动地描画出金秋时节枫林如丹的绚烂景观，更在于确切地喻示耿耿丹心，抒发出磊落的抱负与高远的志向。

　　"臣罪不堪亡国恨，杜鹃啼罢泪沾襟。"诗人抒发出了内心情感的悲怆，这悲情的思想重量全集注在"不堪亡国恨"上，结句之杜鹃啼血、热泪沾襟也就顺理成章，毫无矫揉造作之失。这标志着骆成骧历经五六年尊经书院的深造，在尊孔读经与人生信仰上渐趋成熟，诗歌艺术也较当年上升到一个新的高度。

　　第四首诗的家国情怀更为鲜明强烈，诗人激情澎湃，奉献出的是一个杰出而又忠诚的巴蜀子弟的耿耿丹心。

> 渝舞巴歌感霸图，用川无敌守川孤。
> 人犹蜀虎还争陇，天赐秦鹑已到吴。
> 灵爽归来应识我，江山不改旧成都。
> 百年唇齿多窥伺，独立苍茫忆虢虞。

　　骆成骧身为巴蜀资州之子，对巴蜀悠久的历史文化情有独钟："渝舞巴歌感霸图，用川无敌守川孤。"然而历史是这样残酷无情，三国时期诸葛亮辅佐蜀主鞠躬尽瘁，励精图治，最终未能守持住一方霸业，眼睁睁地被魏所灭。想当年一代英才诸葛亮"出师未捷身先死，长使英雄泪满襟"。诗人长期就读于成都，其钟爱之深，难以尽言，"灵爽归来应识我，江山不改旧成都"，江山依旧，初心难忘，"百年唇齿多窥伺，独立苍茫忆虢虞"，百年的风云变幻，仍不失其唇齿相依的亲情与归属感，兀自在苍茫的暮色中回思往昔，感慨殊深。

　　创作于 1890 年的《绵竹双忠墓》，在骆成骧的人生征程中，具有里程碑的价值与意义，它标志着二十五岁的骆成骧身为尊经书院的优秀学子，在王闿运与杨锐等的辛勤培育下，业已建树其忧国忧民的崇高情怀与乎为巴蜀及国家民族建功立业的壮志豪情，心中有目标：维新变法；身前有榜样：诸葛武侯鞠躬尽瘁、死而后已的人生价值选择。

　　荀子有言："锲而不舍，金石可镂。"骆成骧在高师王闿运与杨锐等的长期教诲下精进不息，他对经史子集的学习与领悟愈益深湛。就诗词创作而言，有似一艘鼓满春风的白帆大船，在波翻浪涌的江面上自由远航，每遇急流险滩他会像川江上的纤夫脚踏沙滩，任纤索勒进肩胛也要奋力前行，用以展示的是一位具有雄心壮志的川江子弟万难不屈、力争上游的拼搏精神。他于 1891 年应学使瞿鸿禨（1850—1918 年）命笔的《观射诗》，此首近七八百字的长调，其笔力之遒劲，气势之磅礴，大有李杜风范。诗一开题便一往情深地讴歌锦城（成都）暮春时节风和日丽豪杰义士大显神威的非凡气概。诗人描写武士上阵纵马奔驰的勇武与豪迈，"马蹄雷电日千里，左顾右盼皆英英。下马入辕跧馀足，鹄立千人无一声"。阅读至此，情不自已地联想到咸丰元年（1851 年）秋，四川双流县青杠林曾家坝新宅的武举人彭阳春年方二十五岁，赴京接受咸丰皇帝主持殿试的场景，彭阳春之威武坚挺武功非凡，令咸丰帝赞赏不已，不仅以名列第一的特优成绩钦定为武状元，而且还是四川有史以来唯一的武状元。仿佛半个世纪后未来的文状元骆成骧冥冥之中与当年的武状元默契神交，骆成骧笔力千钧，浓墨重彩地塑造出了武功盖世的巴蜀武勇的卓异风采。看啊，箭术何等神奇，"杨叶百步谁精良，士弓三人不可张，何人自倚拔山力，当面能倾扛鼎强。忽闻鼓鼙思将帅，谁专弓矢出侯方？此才岂是万人敌？临时须用百夫防。"诗人纵情描述其武功盖世，力敌万夫，令人震惊。

诗人继而将诗歌的题旨涵蕴，深化到富国强兵，提高国民整体素质上加以开掘，"莫言四海人熙熙，治可忘乱安忘危。自古有备始无患，建侯选士非儿嬉"。生于忧患，死于安乐，自古皆然。诗人忧国忧民的情怀，洋溢满纸。他沉重地感到，列强虎视眈眈，迫切需要全民奋起，御敌于国门之外。"即今两序列贲育，岂无一人定边虏？会当万里取侯封，一箭天山报明主。君不见板楯诸蛮射白虎，努力成功与汉主，巴将蜀相自今古，愿为翁归兼文武！"青年学子骆成骧以其中华民族五千多年文治武功的自信自强，历数古巴蜀板楯蛮之孔武有力，有壮士箭射白虎，为民除害。亦如汉武帝时李广之镇守边关，匈奴一旦听说李广率军来战，于惊恐中赞叹："汉之飞将军也！"巴蜀历史上川东的板楯蛮亦有射杀白虎的神奇传说，当今在蓉城观射，所高度显现的四川武生之武功盖世，必将为挽救民族危亡立下丰功伟绩。从这种意义上，骆成骧堪称预言家。

骆成骧而后高中的是文状元，但他临到暮年还主持建立武士会、射德会，绝非一时兴起，实乃青年时期便立定了文武兼备，强国强种的宏图伟愿。

四

甲午年，骆成骧已到二十九岁，屈指点数，从家乡艺风书院进入四川尊经书院已经十年。他一生的青春年华几乎都是在王闿运主持下的四川第一流的书院度过的。他已从一个资州的少年才俊修炼成长为饱学之士，等待他的是一场紧接一场的考试。在前一年即1893年，光绪十九年癸巳，他二十八岁参加恩科乡试，以名列第三中举。较之父亲骆文廷中秀才稍迟一点，但与他的奋斗的目标相距甚远，他不能不警示自己要以加倍的奋发努力，争取在此后的进京会试中获取更加优异的成绩。中举第三名，只能说是初见锋芒，且系乡试，今后的挑战会更加紧张和酷烈。

他于次年所作的七律《梦游泰山顶》，便是借梦境抒写一己的壮志雄心。登临泰山极顶既是士人旅游的胜境，也是缔造人生灿烂辉煌的一种借喻与比拟。"俯视如知峻极尊，苍凉孤影对乾坤。江河泻地疑无路，日月飞天幸有门。"首联与颔联，借助梦中想象登临泰山顶是一桩险峻而又尊荣的人生快事，然而就己身而言，面对岁月乾坤不免身孤影只。他高标自许，哪怕登临险境恶道终归着如同日月经天一样的门径。既然有着明确的奋斗目标，便将年年吸取更多的知识营养，以备赴朝廷应试获取浩荡皇恩。骆成骧对己身漫漫的求学之路是这样自信而又忐忑不安。在未来的会试中，能否攀登上科举之路的泰山极登既有所祈盼，却又把握不定。诚如后来鲁迅所感叹："两肩余一卒，荷戟独彷徨。"

他忘不了在家乡舒家桥七里沟，接连生下两个儿子，又怀上胎儿的贤妻韦素，长期住在闭塞的七里沟，在年老母亲蔡氏的主持下，无怨无悔地操持家务，养育孩子。韦素不愧为出身书香之家的贤妻良母。她忠实地继承着骆氏家族耕读传家的宝贵传统，无时无刻不教育年幼的凤嶙、凤钦要像爹爹和爷爷一样苦读经书，奋发有为，有时太劳苦，亦不时思念长期在外求学深造的年轻丈夫。"少妇今春意，良人昨夜情。"在孤独寂寞中她是多么盼望丈夫金榜题名，载誉而归。

第四章
殿试夺魁壮志酬

一

骆成骧在四川尊经书院多年苦读，他的天资与学识深受王闿运的赏识与褒奖。但他的科举之路远不如三十多年前的双流县青杠林的草根彭阳春那么一路抢关夺隘，以万夫不当之勇接连获胜，年刚 23 岁（1850 年）便在咸丰帝主持的殿试下以高超的武功获取第一名，钦定武状元。骆成骧于 1893 年乡试取第三名之前，接连三次乡试皆名落孙山，给他刺激之大可想而知。终于在第四次乡试中获取第三名，只能说是含泪的微笑了。但他的心态与定力非常人能攀比。他失败了，绝不气馁，从头再来。他一次次地总结经验教训，调适心态，既继续深研苦读，又不断地改进学习方法，不断地在反思中超越自我。

1894 年与他同道的学友郭灿在赴京会试中中了进士，他又榜上无名，这打击委实沉重。他不仅对郭灿无丝毫嫉妒，反而吟诗为之祝贺。他于甲午四月作《贡士复试日与刘仿阳同年登西山妙峰寄同年郭梓楠贡士》。

郭梓楠即郭灿，骆成骧亲密学友。郭灿天赋与学识不一定较骆成骧高，但运气比他好，郭灿中了进士，而骆成骧却名落孙山，他的思想心理定然郁苦不堪，但他继续在险恶的科举道上登攀的意志与勇气仍未消减。他赋诗言志："万叠云霞拥妙峰，太行高处控居庸。雄连碣石三千里，秀过巫山十二峰。玉女香烟飘翡翠，金城佳气绕芙蓉。蓬莱宫阙遥回首，应向青天礼暮钟。"他首次进京为的是应试。无论命运如何，他始终勇于攀登，也乐于攀登。他赞誉北京西门外的妙峰山，耸立在万叠云霞之中，其雄奇与灵秀强过巫山。他对妙峰山的喜爱与向往，不惜以玉女装饰着名贵绚丽的翡翠来描状，他竟然那样地对京城情有独钟，俨然将己身的命运与京城连结在一起了，以至于在他心中似求仙访圣的蓬莱宫阙于虚幻缥缈中仍不失其倾情向往。

然而现实的求学上进之路毕竟是严酷的，他未能像学友郭灿一样考中进士，但他并未落魄丧志。他怎样才能面对穷极一生仍无时无刻不在勉力支撑他励志苦读的老父骆文廷；又如何回报像传递生命的接力赛一样从乃父手中接过他这嗷嗷待哺的童生，在资州建立的艺风书院悉心培育，又接连送他进全省最高学府尊经书院深造的高培谷；驰名全国的经学大师王闿运手把手地传经授道，在众多名师管教下整整耗费了十年，哪会想到深心向往的京城却让他跌了一个大跟头。他最难忘怀的是，父亲骆文廷及乡邻们拳拳之心，殷殷之盼。在家乡资州流传着骆成骧带酒赴京应考的故事。骆家贫困得有时无米下锅，却要送儿子赴京应试，乃父骆文廷初心不改，只好四处借贷。时金带场有个商人名邹风梧，向来以仗义疏财闻名乡里。穷秀才骆文廷厚着脸皮向邹老板求情道："吾子成骧就要赴京会试，一旦高中进士，加倍偿还。"这邹风梧早已听说骆成骧就读于四川尊经书院，深得王闿运赏识，前程无可限量。他寻思中进士，定然大有希望。兼之邹老板素来疏财仗义，接济过不少困难人家，便同意赠送白银十两，外加佳酿"金玉露"，两坛八罐，重达八十斤。是否真有这么多，一时无法考证，但是邹风梧借钱赠酒完全可能。

邹老板的临行赠言更是别有意趣："区区小礼，不足挂齿。酒能提神，又可御寒，小酌当助贤侄神思，考试自然妙笔生花，待贤侄高中状元，再亲到贵府贺喜。"（田成《骆成骧带酒赴

考》）

然而若将赴考的成败全都寄托在美酒佳酿的提神鼓劲是不现实的。骆成骧于1894年赴京应试却未能中试，可贵的是他虽无颜面还乡面对父亲及借钱送酒的邹凤梧，却要横下一条心，既已跌倒在京城，就得在京城爬起来，有朝一日依然是身高七尺、伟身玉立的一个巴蜀才子，伸伸展展一条硬汉。他主意已定，如同当今从千里之外的乡村进入大城市的打工仔。不同的是他不是出卖苦力，而是推销十多年励志苦读积存在脑海中的满腹经纶、文韬武略与十多位恩师传授的教学理念、方式方法。几经周折，他终于被京城一所满族官学聘任了。他真正懂得学员的出身无法选择，管他满人汉人，只要是虔心向学的弟子，他皆以"传道、授业、解惑"为己任。他像对待自己的兄弟、儿女一样爱护学员，也像当年的高培谷、王闿运关爱自己一样贴心贴肠地教育满族学员。不出几个月，全体生员学识大进。他所得薪俸亦不丰厚，但他情愿拿出一半奖励优等生与贫困生。从此声名鹊起，便也在京城稳稳地立住了脚跟。在忠诚执教的同时，他一天也未忘记焚膏继晷，潜心研习经、史、子、集，做好道德文章，以备应对来年的会试。他琢磨既然考场设在京城，就得摸熟摸透京城的社会形态与人文景观，深度探究会试的章法与方略，"知己知彼，百战不殆"即此谓也。

书山有路勤为径，学海无涯苦作舟。他回思二十多岁中秀才的家父，自幼勤俭苦读连油灯都点不起，只好借月偷光，夜读至月色下沉，为何不能循此继进，高中举人、进士呢？原来乃父局囿于资州西门外舒家桥七里沟这一闭塞环境，他而今不仅早已出离资州，在省城深造十年，今又置身全国首府，思想眼界比当年的父亲开阔了许多，他对社会时局的了解也深入了许多。

适逢中日甲午之战，如何从积贫积弱的危境中刷新政治，施行变法维新的大政方略，已为当务之急。骆成骧身为有理想有抱负，从挫败中挺立起来的莘莘学子又去应试，已大不同于昔日的浅见陋识，自有其储藏于胸的雄图伟略。邹凤梧赠送的佳酿金露液是可以开怀畅饮的时候了。

二

时间进入1895年，中日甲午之战初败，丧权辱国、割地赔款，政局动荡，民不聊生。一大批有志向、有抱负的知识精英紧张地思谋着救亡图存的治国方略。三十岁的骆成骧正是怀着与国家民族共存亡的忧愁忧思进入会试考场的。

1895年赴会试时的骆成骧在尊经书院思想理念已经成型，他在"为天地立心，为生民立命，为先圣继绝学，为万世开太平"的儒家哲学指导下，确立撰写策论之类的道德文章的思想意念，国家的治理者，应当"通其变，使民不倦，神而化之，使民宜之。易穷则变，变则通，通则久，是以自天祐之，吉无不利"（《易经·系辞下》）。其思想内涵如此，在行文的艺术法则上，骆成骧深深领悟"中国美学一向高度重视气势、力量、运动、韵律的美的哲理基石……中国历代诗论、文论推崇'风骨''气势'，书论推崇'多力丰筋'，画论推崇'气韵生动'等，都清楚地显示了这一特征"。（李泽厚、刘纲己《中国美学史》第一卷）骆成骧于1895年不仅会试得中，他更在光绪皇帝亲自主持的殿试上，踌躇满志、意气风发、洋洋洒洒地写下了《殿试策对（乙未）》：

臣对：臣闻殷忧所以启圣，故盛世不妨有水旱之灾；直言所以竭忠，故诤臣不避斧钺之罪，传曰："禹汤罪己，其兴也勃焉。"贾谊曰："遇祸而惧，祸反成福；遇福而喜，福反成祸。"

骆成骧直面试题，抚今追昔，引经据史，以"殷忧启圣"这一话题为中心，深刻阐述祸福相因的辩证关系。

紧接以敢于直面现实危境的勇锐之气,以一个有远大抱负的文人学士的铮铮风骨,一针见血地指出:"近以时事多艰,人才孔亟,诏书勤勤恳恳,举治兵、会计、节俭、农事诸大政,期与臣等图之。"骆成骧当面表态"直言无隐"。继而坦言他对君臣相依为命、唇亡齿寒的关系,说出了最足以触动心灵情感的认识和理解:"主忧臣辱,主辱臣死。"将其相依为命的不可分割的联系说到这个份上,年轻的光绪皇帝能不怦然心动么?

骆成骧以丰富而又确凿的历史事实,阐说他对富国强兵的理解与认知:"承平之后,君委之将帅,将帅委之偏裨,上下以虚文相应,一旦缓急有事,无可持者。此非择法之难,而实力行法之难也。"他直言无隐,当今兵力愈来愈弱小,不堪列强之一击,失在君臣上下虚文相应,未能亲自察明练兵实情,在相互欺瞒中日渐沉沦。"今之兵额何其多而无用,知必由奉行之不力,而非法之不善。"文章既指出症结所在,又给皇上留足了脸面,并一针见血地指出了当今的积弊,他恳切地说出了破解的方略:"亲临大阅,取其不力者正以军法,则将士咸思自奋,而自强之计得矣,"然后归结为"此臣所谓殷忧启圣者一也"。

下面谈会计,即财赋之法。骆成骧在概述唐宋明会计之法后,旋即话及清代雍正、乾隆时期为何屡次缓征免赋而财用充足,兵饷不乏。当今钱财贫乏,"而贫富悬绝者,知必由兵额太广,糜费太多,侵渔太众,上下相蒙,隐忍不言;而非会计之不能工也"。骆成骧已将当今社会之腐败根由说得淋漓尽致,光绪皇帝能不深思猛醒么?他几乎饱含酸楚的泪水泣诉:"臣愿陛下念生民之日蹙,思物力之有限,严为定制,有敢越度,罪之无赦,则士庶自相习而成风。……此所谓殷忧启圣者三也。"骆成骧直击社会现实奢靡之风,力倡节俭清廉,诉说得实实在在、恳恳切切,令光绪帝心悦诚服,肃然自警。

制策言及农事,骆成骧从一种朴素的理念出发,论及民生以农为本,"臣愿陛下思根本之宜,固念转运之维艰,诏于内地节次开办，则内地足食而自强之计得矣"。

骆成骧畅论殷忧启圣四个方面之后，深切指出诸上四者人所共知，重在身体力行，"断而行之，惟在陛下怀必行之志，操必行之法，悬以必行之赏，则转祸为福，转败为功之机实将于是乎在矣"。综观全制策，骆成骧迥出时流，一反文人面对君主之胆战心惊、唯唯诺诺、阿谀奉承。他敢于正视现实，特别是中日甲午之战后，清政府处于风雨飘摇的危机，一切假话空话都会误国误民。唯有针砭时弊不留面子，推心置腹坦言直说，而又心怀慈柔，掬示出一片爱国为民之诚，方可拨动年轻的光绪帝的心弦。如孔子所言：不愤不启。骆成骧敏锐地扣住了"殷忧启圣"这一君臣之义，将其构建为命运共同体，"主忧臣辱，主辱臣亡"，将其君臣关系说到这个份上，光绪皇帝能不从心底里喜爱么？

三

韩愈云："世有伯乐，然后有千里马。千里马常有，而伯乐不常有。"骆成骧历经应试失败后，总结经验教训，殚精竭虑、酣畅淋漓地书写出的这篇近千言的制策，并非光绪皇帝立即就能读到。殿试的主考官亦非个个皆为伯乐，自古道："诗无达诂。"一篇诗文可以自出心裁地加以讲解。正如毛诗将《诗经》误解为"思无邪"。直到后来方才有先贤圣哲予以辨识，作出正确讲解。

骆成骧的遭遇还不及当年彭阳春赴京会试与殿试，他的制策竟然在主考官中产生了激烈的争议。就连骆成骧长子骆凤嶙（敬瞻）于骆成骧病逝后的二十二年，即1948年骆凤嶙整理父亲诗文时，感慨其父"误解相沿，竟遍海内……浅人不察，疑文中（即殿试卷）语俱质朴，何以动人主若是。遍览之余，竟以发端例语'主忧臣辱'等词当之，瞬即流传万口，轰动全国，至今无改。"

此次殿试考场设置在保和殿，考生多达二百八十二人。问卷官员齐聚文化殿，阅卷官一人分阅约三十份。每个阅卷官抽出一份优等试卷，共计十份呈送给光绪帝定夺"一甲"入选。照惯例，一甲分为状元、榜眼、探花，全交密封卷，考官们必须就试卷本身的优劣评定名次。蹊跷的是骆成骧的考卷未列入前三甲。时主考官为武英殿学士徐桐，放置前三篇试卷顺序时，骆成骧的试卷并未放于前三名。副主考礼部侍郎李文田，仗义执言认为骆的这篇制策击中时弊，有理有据，且气势充沛，文笔流畅，扣人心弦，理应放在最前列。而徐桐则不认为这是最为卓异的。李文田依然据理力争道："此文坦诚宽阔，议论证据今古，又处处紧扣主题，畅说时局，语语扣人心弦，不失大汉风骨，上追述贾谊，近针砭当今弊端，尤其殷忧启圣之思，情深意挚，如此说理透彻，情致昂扬的文章，恐怕你我都难于做出。"徐桐急得面红耳赤，他依然摆出一副主考的架子，煞有介事道："你这么偏袒此文，莫非你认出是乡友康有为的试卷么？"当时康有为高倡维新变法，被慈禧太后所嫉恨，如若在朝廷里与康党有瓜葛是要治罪的。李文田赌咒发誓道："我身为副主考，一心只为皇上识拔英才俊彦，如有偏袒，甘愿杀头！"徐桐见李文田如此理直气壮，分寸不让，担心闹翻了，触怒龙颜，责备其办事不力，只好表示妥协。经商议，将骆成骧这篇试卷置放在第三位，最终交光绪皇帝审阅后，予以裁决。

光绪皇帝经中日甲午之战，已是痛彻骨髓，为了挽回已成的败局，像三四十年前咸丰皇帝受中英鸦片战争割地赔款的奇耻大辱后意欲刷新政坛，励精图治，大胆起用贤才，他认为文武殿试皆是识拔贤才的大好时机，故此十分重视这场科举。他并没有将呈送到手中的十份优秀试卷匆匆草草地依顺序颁发一甲前三名，而是逐一审阅。按照既定的标准谨慎地予以辨识。他看罢前两篇只是微微地点了点头，当读到骆成骧的这一篇"殷忧启圣"时，这四个字像天际传来的仙乐一样深中雅怀，眉目为之一展，读及"主忧臣辱，主辱臣死"，他仿佛灵犀相通，找到了千载难逢的知音。光绪帝俨然如痴如醉地缓缓起身，手捧试卷琅琅诵读，真个是"初读之而心惊，潜玩之而味永"。此文不仅富于文采，更道出了挽救危局的大计长策。文章不虚美，不伪饰，全说的是心里话，现实事，具有海瑞似的敢于直谏的铮铮风骨，光绪帝在朝中阿谀奉迎的话听多了、腻了，今日能亲眼看见一个学子的真话直说，无异于炎夏之中凉风轻拂，心神为之一爽。不仅如此，他似觉于人生二十五岁的迷途困境中蓦然望见一派柳暗花明，情意为之昂扬。他审视再三，当着肃立身旁的徐桐、李文田等考官道："朕欲以此卷点魁，如何？"考官们只好应承"谨遵圣裁"。

既钦定一甲第一名，还不知道此考生姓甚名谁？拆开一看，原来是四川资中的骆成骧。

好个川仔骆成骧，他敢于也善于言众多考生所未能言、不敢言。他俨然直谏之士，直击现实，针砭时弊，却不止于发发牢骚，而重在谈古论今，面对四大现实问题畅抒己见，既点明症结之所在，更阐明治理与之应对的办法方略。他诉说得多么恳切实在哟！"大抵艰难之君事必躬亲，故将帅不敢欺，承平之后，君委之将帅，将帅委之偏裨，上下以虚文相应，一旦缓急有事，无可恃者。此非择法之难，而实为行法之难也……臣欲陛下思昔日之所以强，今日之所以弱；昔日兵额何其少而无敌，今日兵额何其多而无用，知其必由奉行之不力，而非法之不善。然后亲临大阅，取其不力者正以军法，则将士咸思自奋，而自强之计得矣！"骆成骧从国家兵力昔强今弱的比较分析中，讲明了君主事必躬亲，严察督责，一追到底的重要性与迫切性，令年方二十五岁的光绪皇帝不能不深思猛省。他心志豁然顿开，这些年来如此掏心掏肺、求真务实的忠谏之臣实在太少太少了。倘若不给这份试卷以公道的评判，那简直是屈才，还会误事！骆成骧成为钦定状元势所必致。此所谓时势造英雄也！

也得归结到骆成骧在一代又一代名师，像传递接力棒一样，在长达二十年的求学历程里，从父亲骆文廷到资州牧高培谷再到尊经书院王闿运、杨锐等一代又一代的接力传教，方得以夯实文化功底，读懂弄通"四书""五经"，刻苦钻研历代经、史、子、集，且在京城满族官学的执教生涯中，严峻而又深刻地反思自我，从挫折中吸取求学仕进的经验教训。更在京城这政治、军事、经济、文化中心洞察时局，了然一心，方才写出洋洋洒洒近千言切中肯綮的制策，绝非偶然得之。

四

阳本志先生在《骆状元的"麻烦事"》中言及："当年骆公中状元之时，除主流的叫好外，社会上也曾出现丝丝杂音，遇到一些麻烦，这一点连状元的儿子骆敬瞻亦不否认。

阳本志先生以一个文化学人的求真务实精神义正词严地驳斥了高树之于骆成骧高中状元的胡言乱语。

阳本志援引高树《金銮琐记》中议论骆成骧的一段话："'殿试临期目欠明，杨君爱惜旧门生。状头拔取君恩重，禅表书名隆裕惊。'骆公骧临殿试，有目疾，不能完卷。其师杨叔峤（即戊戌六君子之一的杨锐）为预备三抬头策材料，骆携上殿照写，添君辱臣死等语。皇上拔为状头，李姚琴曰：'辛亥年山西联名请禅位表至，隆裕太后睹骆名泣曰：爱国状元亦出名，势不可挽矣。遂将大权交出。'"阳本志慨叹："骆成骧这下麻烦大啦，不但拍马屁，而且殿试作弊，是他的老师杨锐将答案预先准备好，他夹带进场照抄的。"岂非咄咄怪事！

凡是有一定历史知识的人，都会了解殿试要能作弊，除非太阳从西边出来，清代殿试之严格远胜于当今全国高考以及考研、考博。

阳本志驳斥高树的胡言乱语，先从高树的身份与人品入手。层层予以剥离。

他首先反诘：高树何许人也？此公生于 1848 年，死于 1931

年，四川泸县人，曾中进士，乃京都要员。

他长期跻身官场，八面玲珑，见风使舵，身为满清重臣，却又在民国初年肩任过总统府顾问，实也官运亨通。不知是出自标新立异、耸人视听，还是文人相轻、嫉才妒能，居然造出了状元骆成骧作弊的谣言。犹如屈原所喟叹："谣诼谓余以善淫。"阳本志先生义正辞严地反诘："首先，杨锐能事先获知考卷吗？殿试考场制度十分严格，皇帝是名义上的主考官，评阅试卷的官员称读卷官，另有提调、监试、受卷、收掌、弥封、印卷、巡绰、供给、写榜各官，分别负责殿试卷的每项工作，其定题和刊印极其机密……读卷官所进策目向有内阁预拟之陋例，漏泄揣摩，不可不防其弊，应一概禁止。届期令读卷官密拟进呈，候朕裁定，发赍刊刻。著为令。"

条例如此细密森严，如若真有敢于冒犯者，动辄戴枷处治，施以酷刑。谦谦君子骆成骧会那么愚顽不冥，冒天下之大不韪么？

阳本志同时指出骆成骧患眼病实有其事，但不是在殿试之时，而是中状元之后。骆成骧之子骆敬瞻回忆："先君云乙未殿试后，德宗每切关注，凡典学衡文之差，每届必与。一次差试时，目力忽不济，随手书之而已，自信必无望。后仍受命。尔时德宗已失势，所得主持者，大抵类此。殷勤之意足感也。"阳本志据此参悟："说到这里，我明白了，高树这是做了移花接木之事，很可能是无意的吧，但他那首诗的后两句，'状头拔取君恩重，禅表书名隆裕惊'就有点对骆成骧大不了然的意思了。皇帝对你恩重如山，你却在辛亥革命爆发、清廷失势时忘恩负义，提笔在山西臣工奏，请清皇逊位的表章上签上自己的大名，使隆恩太后看到他的名字，哭着说：'骆某亦谓当如是耶？'"

阳本志咄咄逼人地反诘："骆成骧真的是这样忘恩负义吗？非也，对于辛亥革命，骆成骧十分纠结，他告诉儿子凤嶙：'清政久失人望，不免于亡，予岂不知？然革命事业，人可为，汝不可为，以吾家所受知遇，非众比也！'……不久武昌起义成功，他深感光绪知遇之恩，痛不欲生，奔井自杀以殉，被家人团团劝阻未成。事后含泪赋诗：'纵是瀛台亲笔点，皇清添个送丧臣。'"

阳本志以确凿的事实作证据，有力地批驳了高树对状元骆成骧的攻击与诽谤，还骆成骧以清白。

五

骆成骧对于参加由光绪帝主持的殿试的情感体验，于1895年抒写的七律《纪事》有着绘声绘色的描画。

> 神州风雨尚飘摇，虫鸟翻飞动百僚。
> 曲突恩随双涕堕，薰风声傍五弦调。
> 笙簧酒醴升三雅，冠履衣裳下九霄。
> 领袖群英惊未已，谢章先上圣明朝。

骆成骧人生旅程虽曾多次遭受挫折，终于在1895年，年满三十岁之时，高中状元。在其人生旅途中，堪称"会当凌绝顶，一览众小山"。他也清楚地看到1895年，中日甲午之战刚败，清廷被迫签订了丧权辱国、割地赔款的条约。值此国家民族面临危亡，风雨飘摇的乱局中，清廷举办乙未殿试，他作为参试人感动得泪水双流。且有急管繁弦，礼乐高奏，峨冠博带，衣履焕然一新，群英聚会，能不打心底感激皇恩浩荡么？

他定然隐隐约约地感知夺魁之后，一己的使命与责任担当，能否如制策所论四大关乎国计民生的重大课题，在光绪帝跃跃欲试的变法维新中得以付诸实施，尚是悬而未决的事，只能是走一步看一步了。

同道应试的改革家康有为仅中进士，他依然雄心万丈，主动征求新点状元骆成骧的意见与看法。骆的态度并不如康有为、梁启超那么鲜明而又激进，只能应答："事不宜急，得慢慢来。"

但他终于有了脸面回报恩师高培谷、王闿运和杨锐了。十年教育不寻常，一朝高中费思量。他尤其忘不了乃父骆文廷为他升学读书可说是呕心沥血，将家当都赌上了。进京赴试，家乡酒老板邹凤梧借给他的十两银子连同多达八十斤的佳酿玉露液，总算可以在衣锦还乡之时当面称谢致情。他虽然是一个穷状元，但是父亲为他赊欠的账务终于有钱财得以分期分批地偿还了。

乡里人有的曾嘲笑骆文廷白嘴一张，成天"冲壳子"（自我吹捧），是一个不知天高地厚的滑稽人物，而今却真正成为预言大师，培育人才的高才圣手。穷秀才的骆文廷不仅当过县教谕、县令，更是一个打造一代英才俊彦的杰出人物。他满可以挺着胸口走路，扬眉瞬目应对乡里了。

骆成骧中状元后，衣锦还乡的情景一时找不着翔实具体的记载。不过就骆成骧的为人行事风格而言，他是一个只知勤勤恳恳做事，不事声张的人。不用说他中状元之后，返回老家资中七里沟，前来祝贺者定会络绎不绝，他也一定会感谢先前曾经襄助过的乡邻，特别是酒老板仗义疏财、捐赠旅费，他还会赴省城去十年寒窗的尊经书院向恩师们作回报。从资州脱颖而出，少不了高培谷知州甘当伯乐。当他以乙未状元的身份再次来到州府衙门，高培谷会怎样兴奋异常！谁会想到在资州作官十二年的高州牧，竟于弟子骆成骧中状元后的第二年便永远离开了人世呢？高培谷将晚年心血全部倾注在资州政治、经济与文化教育建设上了。骆成骧含泪写下了不少诗文，留待后文记叙。

从骆成骧中状元后的行程作考察，他似乎在老家舒家桥七里沟停留的时间并不长。因为他于次年（1896 年）写了不少沿长江过运河进京的诗篇。不过，可以肯定的是先前破败的老家，在他中状元后有所修缮，以至于扩建。据他的曾孙骆鸣津、骆鸣涛《从七里沟到重龙山家乡资中的记忆》作考察，在其童年的记忆中，坐落在重龙山半山腰的老家是一个四合院，已经具有一定规模，"上房正中是堂屋，供有祖宗牌位，面对大门，堂屋左边及左厢房是状元公哥哥一家居住，前面是状元公弟弟一家居住。我们住在堂屋右边及右厢房。四合院中间是用三合土打成的院坝，农忙时作为打谷场"。

文章又说："大门门厅挂有状元、经魁的两块牌匾，门前有一水塘，墙边有两棵桂花树，再前面是水田，在院右边的旱地上种有桃、李、橘、柚、枇杷、樱桃……"

不难想象，骆成骧虽然是一位穷状元，毕竟有了与之相衬的职业，再不会像童年与少年时代那样缺吃少穿了。从此父母及子女总算有了可以遮风挡雨的四合院。

在骆鸣津与骆鸣涛的记忆中，七里沟老家还具有小桥流水的优美田园风光，"院前不远有一条小溪——七里沟，溪边有树林，每年种稻时，在溪里用水车车水灌溉。溪上有座桥，过桥是去资中城的大路"。真所谓"枯藤老树昏鸦，小桥流水人家。古道西风瘦马，夕阳西下，断肠人在天涯。"

骆成骧中状元后，在外奔走的时日居多，回七里沟老家的日子渐渐稀少。他心中潜藏的依然是挥之不去的乡愁。

第五章
维新变法中的骆成骧

一

1895 年高中状元后的骆成骧一时声名鹊起，维新变法的领袖人物康有为这一年也考中进士，他去棉花胡同四川会馆面见骆成骧，希望能对他的维新变法主张得到有力的支持。

1894 年中日甲午之战后，清政府已日渐成为被帝国主义侵略与奴役的傀儡政权，屈辱的《马关条约》为列强敞开了大门，在中国兴建企业、修筑铁路，进而企图直接掌握中国的经济命脉，侵略者们瓜分中国的狂妄叫嚣日甚一日。19 世纪 90 年代，清统治处于风雨飘摇之中，康有为的《上皇帝书》、梁启超的《时务报》发出了时代的最强音，血气方刚的梁启超大声疾呼："变亦变，不变亦变"，他气势豪迈，如狂涛巨浪，有学者描状，"张目大骂，如人人意所欲云；江淮河汉之间……争传诵之"（胡思敬《戊戌履霜录》）。康有为在保国会上，义愤填膺地演说。

吾中国四万万人，无贵无贱，当今日在覆屋之下，漏舟之中，薪火之上，如笼中之鸟，釜底之鱼，牢中之囚，为奴隶，为牛马，为犬羊，听人驱使，听人宰割。此四千年中二十朝未有之奇变，加以圣教式微，种族沦亡，奇惨大痛，真有不能言者也。

康有为痛切地揭示出现形社会在列强侵略与瓜分下的种种弊端与潜藏的危机，一时各地学会、研究会如雨后春笋蓬勃涌生。康有为一针见血地指出变法须从制度法律上予以变革，"今所言变者，是变事耳，非变法也。臣请皇上变法，须先统筹全局而全变之，又请先开制度局而变法律，乃有益也"。（《康南海自编年谱》）

康有为将所设计的变法主张向骆成骧概括地进行了讲述。骆成骧听了十分入耳，连连点头称是，却又认为康有为态度有所偏激，他认为事关国家政策体制上的大变革，急躁冒进往往欲速不达。为稳妥起见，须慢慢来，君稍安勿躁。交谈未能真正求得共识。不过在原则上骆成骧是支持变法的，他从中日甲午之战后的败局已清楚意识到国家民族面临着将被列强侵略与奴役的严重危机，现有的腐败局面再难以维持下去。但他主张渐变，而不可激变。

果然不出所料，西方列强好似在与日本进行一场瓜分和侵略中国辽阔土地的竞赛。1897年11月，德国侵略军悍然占领胶州湾。身为钦点状元的骆成骧胸怀一腔爱国热忱愤怒谴责德寇的侵略行为，他已不止于坐而论道，而是主动积极地与恩师杨锐、刘光第为领军人物的"蜀学会"联系上了。其宗旨为："讲新学，开风气，为今自强之策。"他忘不了己身的出道贵在精进不息地钻研学问中努力吸取西方的先进思想理念与科学技术，千方百计为国家社会培养一大批栋梁之材。不久，他与杨锐、刘光第等一道建立蜀学堂，其办学理念定为"兼学中西学业"，一致认为："非兼习西国文字，期能语西人之书，西人之政，则风气无由而开。"

骆成骧在维新变法的步调上不如康有为、梁启超那么激进，但他的敬业精神却分外积极主动，为兴办设立在北京的蜀学堂，他率先报名参加，既以状元的崇高威望担任教师，又以其谦谦君子之风甘当学员。诚如韩愈所云："道之所存，师之所存也。"他虚怀若谷，即便三十岁已经出头，他依然放低身段，以甘当小学生的姿态进课堂听取教师讲授新学，贪婪地学习与吸取西方的人文和科技知识。他的这种虔心求教的行为操守，似无声的号令，在广大教职员学生中产生了热烈的反响。

他率先垂范在京城有口皆碑，到了1898年夏天，骆成骧以崇高的威望被任命为京师大学堂的提调。京师大学堂与康有为、梁启超等发起成为"强学会"有密切关系。光绪皇帝听取康有为等的主张，实施变法维新，其中重要的一条是设立京师大学堂，废除八股，改试策论。康有为、梁启超大肆宣传演讲，组织讨论研究，学习西方的办学理念，讲求学以致用的实践理性，用以为国家培养文武兼备的建设人才。

1896年五月初二，刑部左侍郎李端棻在给朝廷的奏折中，响亮地提出设立"京师大学堂"。

另一状元公孙家鼐以光绪皇帝太师的身份，上书议复开办京师大学堂折，延续至1898年光绪皇帝竭力推行康有为维新变法的一系列主张，筹办京师大学堂提上了重要的议事日程。光绪二十四年（1898年）四月二十三日，皇上颁明定国是诏，庄严宣布全方位的维新变法，诏书中明确提出"京师大学堂为各行省之倡，尤应首先举办"，责成军机大臣、总理各国事务衙门大臣"会同妥速议奏"。

康有为为了加快进程，又接连上奏"请开学校折"，恳切奏请尽快筹办京师大学堂。光绪皇帝赓即诏谕军机大臣会同总理衙门努力举办，并拟出详尽、妥帖的章程。很快章程初步拟订：一、宽筹经费；二、宏建学舍；三、慎选管学大臣；四、简派总教习，并附录维新变法领袖人物之一的梁启超代为草拟《筹议京师大学堂章程》。光绪皇帝在同一天颁布诏谕，充分肯定其"纲举目张，尚属周备"，并明确要求"即著照所议办理"。光绪皇帝为防止相关部门办事拖沓，实施不力，郑重强调"京师大学堂为各行省之倡，必须规模宏远，始足以隆观听而育英才"。年轻的光绪帝似乎从康有为、梁启超等维新派设计的系统方案中兴办京师大学堂这一创举，管窥到培育一批批国家栋梁之材的重要途径。当下国穷民困，在列强虎视眈眈极欲瓜分大好河山的严重危局中，兴办京师大学堂，造就一批中西学识兼备，勇于担当的建设人才，必将使国家富强之望如旭日临窗，闪现出一缕缕玫瑰色的曙光。他从没有像现在这样情志昂扬，朱笔一点，委派孙家鼐管理大学堂事务，原设官书局及新设译书局皆并入京师大学堂。五月十五日（公历7月3日）定为京师大学堂创办之日。

梁启超不愧为既有维新变法的满腹经纶，又能以超群的实践理性办理好重大事务的精英干才。他遵循光绪皇帝旨意起草的《京师大学堂》，计八章52条，明确规定："中学为体，西学为用，中西并用，观其会道。"此章程不仅是当时我国的第一个大学章程，也是我国近代高校教育最早的办学纲要。

真也命途多舛。京师大学堂这艰难分娩的婴儿，于1898年建立之后，如同一只漂流在苍茫大海中的小船，在狂涛巨浪的颠来倒去中，生存与发展至为艰难。1898年9月21日发生戊戌政变，京师大学堂作为维新变法的"产儿"，面临着即将被扼杀于怀抱之中的空前危机。谁会想到一贯顽固保守的慈禧太后居然高抬贵手，京师大学堂被保留且延续了下来。

诸上详尽的叙述，意在浓墨重彩地描画骆成骧与全国最早最具威望的京师大学堂的血脉情缘。孙家鼐堪称京师大学堂的第一位校长，状元骆成骧亦不失为孙校长最为得力的助手，就其所作贡献而言，骆成骧与孙家鼐不分伯仲。

孙家鼐既已委以重任，便不能不为办好全国第一所大学有所宏图远虑。常言道：一个巴掌拍不响。他又能从哪儿寻找和衷共济真诚而又干练的伙伴呢？"众里寻他千百度，蓦然回首，那人却在灯火阑珊处。"他终于找准了享有崇高声誉，最具真才实学的状元公骆成骧等第一批贤才俊彦。为表郑重，大学士孙家鼐迅速呈送了《拟保总办提调名单》，明确举荐状元骆成骧担任京师大学堂提调。

刑部候补主事张元济，拟派充总办。

翰林院修撰骆成骧、翰林院编修黄绍箕、翰林院编修朱祖谋、翰林院编修余诚格、翰林院编修李家驹，以上五员拟派充稽查功课提调。

詹事府左庶子李昭炜，拟派充藏书楼提调。

工部候补郎中周暻，拟派充仪器院提调。

户部候补员外郎涂国盛，拟派充支应所提调。

工部员外郎杨士燮、户部候补郎中王宗基，以上二员拟派充杂务提调。

孙家鼐悉知，创办大学于中华民族尚属首次。大学之大，不在于拥有宽广几百亩上千亩的高楼深院，重在有一大批文化功底深厚、博学多识的名师贤才。他既为总负责人，便不能不广揽人才，张元济、骆成骧成为了他举荐与招揽一大批学校管理人才的核心人物。

骆成骧高中状元之后，由翰林院修纂，提拔为京师大学堂的首席提调。他真真正正干上了他最喜爱干的大学教育事业，体验着鸢飞鱼跃般的自由。他感觉在大学士孙家鼐的识拔下，有了一个施展才干、报效国家的坚实平台。他并不仰慕高官厚禄、富贵荣华，他多么希望在年近不惑之时，能将从父亲骆文廷到知州高培谷再到恩师王闿运、杨锐等多年如一日的精心培育下所积累的文化知识，毫无保留地奉献给京师大学堂，以报答光绪皇帝的知遇之恩。

骆成骧之子骆凤麟在《述略》中忠实记载了骆成骧的这一段美好的心路历程。

戊戌夏办京师大学堂，大学士孙家鼐任监督，下设四提调执行一切。先君名首列，三人者皆前辈也，疑不解其故。先君独襆被宿学堂，巨细亲之；余则月月至焉而已。暇时偶话所疑，其人曰"以君有条子耳"意指请托书也。先君瞿然曰："此所决不敢为！"其人又曰："条子来且甚高。"询之，则孙德宗面谕，云"骆某可大学堂中与一差事"故也。先君云："乙未殿试后，德宗每切关注，凡典学衡文之差，每届必与。一次差试时，目力忽不济，随手书之而已，自信必无望。后仍受命。尔时德宗已失势，所得主持者，大抵类此。殷勤之意足感也。"

由此道出不仅骆成骧担任京师大学堂提调是监督孙家鼐之慧眼识珠，更是力倡变法维新的光绪皇帝的认真选择。当年乙未殿试时，光绪帝激赏骆成骧的那篇制策，且钦定一甲一名，令其高中状元。筹建京师大学堂的1898年，正是光绪帝听取康有为、梁启超的谏言，厉行变法维新之际。光绪帝念念难忘骆成骧的道德文章，富国理政的远见卓识。他亲自提名骆成骧在京师大学堂担任要职也是顺理成章的事。骆成骧受到光绪帝的信任与倚重非其他状元进士可攀比。倘若光绪皇帝主持下的变法维新得以成功，骆成骧的人生命运得以向着更高台阶攀登，作出不朽的业绩。惜乎变法维新很快在顽固保守的慈禧太后的干预下，终至宣告失败。而骆成骧对光绪皇帝的知遇之恩，可说是终生铭记，时刻不忘。

他在光绪帝去世后，于1909年所作七律《德宗御像》悲情之深，寄意之远，令人愀焉动容。

> 一片神光彻太清，重瞳回照万方明。
> 愔愔王度思如在，穆穆天容画不成。
> 门外周公原叔父，席前贾谊本书生。
> 龙颜忽隔桥山远，不遣中原见太平。

在状元骆成骧的心中，光绪皇帝是力图治理乱世的贤君明主，他力主变法维新，有似一片神光照彻大清江山，让人顿觉前景一片光明。惜乎光绪皇帝过早地离开人世，辅佐他立志改革的能人贤士死的死，逃的逃，终至造成国家民族的悲剧，再也难以挽救危局，开创出太平盛世。可以想见骆成骧感时伤世，将一片哀思寄托在光绪帝的遗像上了。

骆成骧深知将传承了几千年的封建制度，要在光绪年间，推行康有为、梁启超一整套的改良主张，必然会遭受到顽固保守派，既得利益者的拼命反抗。他原以为由至尊无尚的光绪皇帝出面主持变法维新是大有成功希望的。岂知，光绪帝于1898年6月11日庄严颁发明定国是诏，正式宣布维新变法从今天开始实施，哪里想到刚推行107天，到了9月2日慈禧太后公然发动政变，将光绪皇帝给软禁了起来，好端端的维新变法就此宣告失败。比光绪帝更为惨烈的是戊戌六君子杨锐、刘光第等全遭杀害。

骆成骧骇然惊惧，六君子之一的杨锐是他当年在四川尊经书院的老师，还亲领他去自己家乡绵竹拜谒过双忠墓，并写下了四首七律《绵竹双忠墓》。当今面对的竟然是爱国志士杨锐惨遭杀害的局面。可惜杨锐仅仅活了四十一岁（1857—1898年），正当英年却死于顽固保守派的屠刀之下。怎不为之哀不自胜，悲痛万分呢？再说杨锐、刘光第与自己一道在京城先是发起成立蜀学会，尔后兴办"蜀学堂"，在京城的四川会馆观善堂讲授新学，何其意气风发，挥斥方遒！想不到而今已成刀下之鬼。他默默地吟诵文天祥的诗句："人生自古谁无死，留取丹心照汗青。"

他确信杨锐、刘光第等六君子死于非命，但他们立志为国为民实施变法维新的耿耿丹心，堪比日月，永存在千千万万人民心中，将照耀着未来的革新征程。

二

时间如白驹过隙，一转眼就到了 1900 年，拼搏一生的穷秀才骆文廷做六十大寿了。三十五岁的骆成骧在这年春天，从京城归返四川资中县舒家桥七里沟老家，为辛苦了一辈子的骆文廷祝寿。骆氏家族经一代又一代的励志苦读，不仅儿子骆成骧高中状元，穷秀才骆文廷也以其善性善为与乎扎实的文化功底为时局所看中。骆文廷乃一介穷秀才，且不说尔后他乐于为民办事，声誉日隆，终于跻身官场，成为了有口皆碑的能人贤士。他自幼在勤俭智慧的老母蔡氏的良好教育下，不仅能做事，肯下苦功夫识字读书，而且一表人才，据骆成骧之子骆凤嶙描述：祖父骆文廷"长躯伟干，精力弥满，目光射人，与人语不怒而威，不誉而人喜，所至人乐就之，顷刻环立坐左右重叠不能去。及今思之，皆家人常语，不知其何人得此也？作事见义辄为，不少却顾，每述所遭艰阻，意趣欣然，使闻者竟忘其艰阻也"。长孙骆凤嶙将祖父骆文廷体魄容貌、气质风采作了绘声绘色的描画。骆文廷虽然家境困穷，但从来不屈服于命运的捉弄，他有着特立独行的人格魅力，不怒而威却又受人喜爱与亲近。他是一个智多星，从来不惧困难与挫折，而且勇于化解。故此深受乡里敬重与爱戴。他为穷困的骆氏家族树立了从老母蔡氏传承的良好家风。骆成骧从一个七里沟出身的穷孩子最终高中状元，乃父骆文廷付出的心血岂能忘怀？

儿子中状元之后，骆文廷亦随之声名远扬，无不赞誉其教子有方，堪称高人圣手，给任命为南充教谕，且不断地为南充县民做了不少善事实事，已是声名大振。

骆成骧远道还乡为父祝六十大寿，家中环境不可同日而语。不用说，先前的破败房屋已改建成宽敞的四合院。祝寿不久，逢母丧，遂在家丁忧。

此次还乡为的是给乃父祝寿及为母丁忧，却也乘此难得的机遇，游览家乡资州的名胜古迹，写下了不少情浓意深、脍炙人口的律诗。七律《资州重龙山三贤祠》是此行的代表作之一。诗的前面有其明快的题记："祠太白子美东坡，神像宛然。光绪辛丑，余率子弟读书其中，江山朗溪，梅竹幽茂得城之胜也。"

> 两代文章百代师，寄公廊庑读公诗。
> 一堂馨欬青灯见，数卷英灵彩笔知。
> 变体高为风雅主，孤臣偏是圣明时。
> 云台不上苍龙岭，天外三峰肯放谁？

名胜三贤祠坐落在资中重龙山永庆寺内东厢房。这座山峦位于资中县城东北，高峻而又陡险，漫山苍松翠竹，清幽迷人，道路左盘右旋，如同游龙戏凤。移步换形，境界愈走愈奇，深得历代名人学士流连缱绻，吟诗作赋者络绎不绝。骆成骧自习读诗书以来，便引李白、杜甫、苏东坡为楷模，在求学征途上精进不息。首联"两代文章百代师，寄公廊庑读公诗"，李白、杜甫乃唐代的诗仙诗圣，苏东坡为北宋一代文豪。大凡有志于学业者无不诵读三贤诗文，而今借住三贤祠教育子弟习读三贤诗文，何其意气洋洋。颔联"一堂馨欬青灯见，数卷英灵彩笔知。变体高为风雅主，孤臣偏是圣明时。"骆成骧盛赞三贤传留下优良学风，青灯经卷诵读不已，从三贤大量的诗文中，层出叠现的是五彩画笔描绘出的万千气象。

骆成骧教育正在成长中的孩子凤嶙、凤钦等虔诚地敬仰神龛上供奉的李白、杜甫和苏东坡的画像与灵位，要像李白那样青年时期身背书剑游侠天下，以雄放不羁之才出入名门，更以其天才禀赋抒写出豪放的诗篇，令唐朝皇帝为之惊叹，且勇于傲视金钱富贵，任其思想个性自由驰骋，"安能摧眉折腰事权贵，使我不得开心颜"；也要学习诗圣杜甫，放低身段，两眼向下，关注民间疾苦，以沉郁顿挫的诗风，将己身磨炼成永远值得铭记与效法的人民诗人，且在诗歌格律与思想内涵上精益求精，直至暮年愈益严谨，"晚节渐于诗律细""新诗改罢自长吟"，乃至"吟安一个字，捻断数茎须"；至于苏东坡更有许多方面值得学习、借鉴与崇敬。苏氏三父子在文化思想与文学建树上是一大奇观，苏洵、苏轼（东坡）、苏辙三父子在唐宋八大家中就占据了三家，此乃空前绝后的壮举。苏轼的聪明才智尤其冠绝一时，他二十岁赴京应试，主考为显赫一世的文坛领袖欧阳修，对苏轼的考卷惊叹不已，甚至疑心是否为他人所作，本应廷试第一，却为慎重排名第二。但苏轼毫不计较，且从此拜欧阳修为师，苏轼对欧阳修的崇敬，令骆成骧打心底感激恩师高培谷与尔后的王闿运的精心培育。苏轼最值得效法的是他那超然旷达，随遇而安乐观豪迈的人生态度。即便乌台诗案触怒了皇帝，差一点杀头，多亏兄弟苏辙为之上下奔走，才得以释放出牢狱，发配到黄州作没有签字权的团练副使。即使身陷逆境也不改其乐观超拔的人生态度，且在这一时期创作出了千古绝唱《前后赤壁赋》和脍炙人口的词《赤壁怀古》，达到了他个人及至宋代文学的巅峰。乃父之所以让孙子们进这三贤祠读书学习，就是为了教育你们身临其境，以李白、杜甫、苏轼（东坡）为人生标杆，矢志不渝地向着人生的高远境界不懈攀登。

骆成骧在谆谆教诲儿子向三贤学习的同时又联想到乃父骆文廷。他紧接补充道："其实效法三贤的榜样我们骆家亦有人在，你们祖父骆文廷为之奋斗了一生。他虽然只是一名穷秀才，但他处事为人无不符合儒家准则。他教育子孙之勤谨亦不亚于苏洵之于苏轼、苏辙兄弟，他不但己身刻苦得借皎洁的月光习读经书，即便家里穷得无米下锅，他老人家也不放弃教我辈读经、史、子、集。今天读书学习的环境条件比乃父乃祖好了许多，为何不奋发努力呢？"

爱妻韦素站在一旁一边给丈夫扎新鞋鞋底，一边聆听丈夫对儿子苦口婆心的教诲，她的心窝子发颤了，她下意识地用扎鞋底的钢针掠了掠鬓边的秀发，乜斜了一眼丈夫方正的国字脸，与他炯炯的目光触碰了。尤其见他不住地挥动右臂激情四射、唾沫四溅、口干舌燥的模样，她既感觉兴奋，打心底里赞叹他是一位打着灯笼火把也难找的奇男子。这辈子当上状元公的夫人，算是爹娘虔心修佛、慧眼识才，半是包办，半是在巧遇中两情相悦。她虽在乃父韦靖杰教谕的养育下学会了读书习字，但较之才高八斗、名冠一世的丈夫只能说是初通文墨，很想在婚后虚心向丈夫求教，继续习读诗书，怎奈婚后不到一年便怀上胎儿，又不忍心勤苦了一辈子的婆婆太为劳累，她必得腆着一天天胀大的肚皮帮忙烧锅做饭，洗浆缝补，甚至出门去田坝打猪草，哪还有精力习读诗书呢？所幸几个孩子争气，尤以长子凤嶙像他父亲骆成骧，手眼闲不住。即便叫他去灶头传柴火，他也捧书本，一边劳作一边不停地吟诵。在她这当娘的耳中，儿子的琅琅诵读声，宛似田野间催促春耕春种的布谷鸟鸣那么清脆悦耳，入心悦神。她年刚三十岁出头，不觉已与骆成骧结婚十年。十年之中，丈夫多在外地谋生谋事，同床共枕的日子愈益稀少。但他每次回家，她都喜乐得精心收拾打扮，擦胭脂抹口红，她不能那么奢侈也不能太为做作，就连出嫁时大红大紫的旗袍，她也一直压在箱子底下。只有在盛暑炎天掏出来在院坝里的阳光下晾晒一日半天，除除霉气。

丈夫每次外出归来，她像婴儿一样依偎在他宽厚的怀抱里，相互有说不尽的离情别绪。她说有时去田间打猪草或种植蔬菜，远远地望见大路上行走着一个穿长裳，个子高长的汉子，她以为是意中人回来了，她激动得飞动双脚前往迎接。凑近一看，这哪里是骆状元呢？原是去赶集的布客。她乘兴而去，败兴而归，心窝子有多纠结，你知道么？骆成骧听到这里，止不住热泪长流，他将妻子韦素冰清玉洁、光滑温软如凝脂的胴体牢牢地拥抱在怀里，任彼此脸膛上的泪水飞迸交融在一起。

待到丈夫骆成骧从远方归来，相拥在一团的则是她又怀上一个胎儿的大肚皮。骆成骧惊喜得埋下头颅贴着耳朵，倾听胎儿在腹中躁动的妙音。

"是男孩，还是女孩？"骆成骧满怀期待地询问。

妻子韦素满心愉悦与激动，调皮似地伸出纤纤玉指刮着他高高的鼻梁骨曼声道："你想要男孩还是女孩？"

"唔，已经生下一个男孩了，就要一个灵灵秀秀像你一样聪慧娴淑的女孩子吧！"

"真的生个女孩，将来再也不能像她爹一样赴京会试了哟！"韦素温婉的答话寄寓的是对丈夫高中状元的崇拜与仰慕。

"当今兴办新学了，哪还有什么科举？"骆成骧信口反诘，生恐她大失所望，旋即凑上一个长长的热吻，"我不希求儿女享有高官厚禄，但愿生下一个千金能像你一样温柔体贴，生儿育女，和睦温馨，有多美。"

一席窃窃私语，韦素打深心感知丈夫尽管名享一时，他并未像历史上高中状元进士的达官贵人，在外三妻四妾出入绣楼妓院，嫌弃默默操持家务、养育子女的发妻。她尽管腆着大肚皮，依然一头扎进丈夫宽厚笃实的怀抱中，像含着一颗糖儿甜甜地融入情感血脉之中。

眼下，望见丈夫对几个还未成年的孩子这么聚精会神地谆谆教诲。她真正领悟到不可为小夫妻的缠绵温情拖丈夫后腿，且将未来的希望寄托在孩子身上吧！

一席长谈，如春风拂面，三个儿子为之深受教育与启迪。此后，长子骆凤嶙不仅在名牌大学毕业，还去德国留学八年，回国后在造币厂任工程师。尔后在著名的重庆大学任教，再后来毅然离职，从事四川水电建设。他多才多艺，木匠、石匠、泥瓦匠、电工、钳工件件俱能，他不仅长于工程设计，还当现场指挥。他注重工程质量，在重庆北碚澄江镇指挥修筑的水坝，八十多年了至今完好无损。尤为神奇的是，他以高超的天文知识，曾经就地球磁极地极的变化，推算出地球曾有很大的气候变化。现代的温带比远古热得多，有大片的森林，现在矿化成为煤，而动物界原来地上有犀象猛犸之类的奇异猛兽，也皆因后来温度降低而灭绝。

据骆鸣津、骆鸣涛回忆，许是由于遗传基因，加之自幼在状元公骆成骧的精心培育下，骆凤嶙（敬瞻）虽然学的是工程科技，但是在文学上亦不乏其高深造诣，且有较大的名气。重庆大学校歌由校长写成初稿，曾请他修改打磨。骆凤嶙还单独创作歌词《从军歌》，由萧友梅谱曲。骆凤嶙在文学上突出的成就是晚年编印了《清漪楼遗稿》，为状元父亲骆成骧生前著述的传扬做出了不朽奉献。

二子骆凤钦，生于1903年，他习得一手太极拳，擅长踢足球，还喜欢弹弄古琴。由此展现的是骆成骧的教育思想，促进德智体美全面发展。

骆文廷、骆成骧、骆凤嶙代代传承的良好家风教风一直影响到子孙后代，生生不息，卓有建树。荫及第四代骆鸣津、骆鸣涛，在回忆录中娓娓叙说："资中读书时，我们还是爷爷敬瞻先生和周三表叔公周叔平先生之间的通讯员。我们祖父和周三表叔公是忘年交，他们有很多共同感兴趣的谈话内容。那时，周叔平教我们中学国文，我们也是第一次在他那里看到了状元编的《国文中坚集》。周三表叔公在资中县中教英文。我们是他们的真传弟子，受教良多。我们后来到重庆继续上学，分别考取了清华大学、四川化工学院（现已并入四川大学），又分配到外地工作，离开了资中，离开了四川，但仍怀念祖荫之地，怀念教我们的师长，怀念资中这座文化名城优秀的传统……"（骆鸣津、骆鸣涛《状元公和子孙点滴》）优良家风，世代传承，后继有人，弦歌不绝！

期间，发妻韦素之甘于付出，深令长年累月在外奔波的骆成骧万分感激。尤其在父亲骆文廷年满六旬，仍在外地谋事，母亲不久便去世之后，家中重担全落在韦素身上。她不辞劳苦，竟将三个儿子培育得个个成才。在娘家养尊处优，成日读书习字、挑花绣朵的大家闺秀，自嫁到骆家之后，种菜做饭，洗浆缝补，先前白如葱根的纤纤玉指，日渐磨粗磨短，生出茧花，个中甘苦，在外漂流的骆成骧只能大体了解，却未曾真切感知其中辛酸苦辣麻。出嫁前尚是千金小姐的韦素已是甘苦备尝。五谷杂粮、粗茶淡饭，她早习以为常。她心中的情与爱，先是倾注在丈夫长身玉立、一表人才、满腹学识、风姿儒雅受人敬慕上。尔后生下一个又一个孩子，渐渐将情爱转移与寄托在望子成才上。以凤嶙为长子的三个男孩，真也听话，无一不像爷和爹一样珍惜时光，无时无刻不励志苦读。尤其长子凤嶙不止一次向韦素讲："人都说我模样像爹，是不是有爹爹那样的聪明才智，这就难说了。我听了既高兴又别扭，一时弄不清是赞许还是挖苦，甚至讥讽，真不知如何应答是好！"

韦素疼爱地拍了拍凤嶙瘦削而又稚嫩的肩膀道："嶙儿，无论对方的话是好意还是恶意，都得虚心听取。要紧的是在骨子里不服输。你才十岁，究其一生好比黄瓜才起蒂，往后的生长全靠阳光雨露的滋润了。你那在外谋事的爷爷和爹爹已做出了榜样，你生长发育的环境比他们当年好了许多。衣食不愁，学费也有，还有什么不能发愤努力，刻苦攻读的呢？再说你五官端正，身体健康，有什么能阻挡你像三贤祠的李白、杜甫、苏轼那样潜心向学，勤奋苦练，茁壮成长，受人称道？常言道：膏药一张，全靠熬炼。娘这辈子只怪受女子无才便是德的毒害，未能在童少年时期认认真真、踏踏实实地攻读诗书，只落得初通文墨，这些年全累在做农活、干家务上去了。未来家业的振兴就指望你们三兄弟了。娘只会供你们穿衣吃饭，读书做学问实在帮不上什么忙。一切全靠自己了！"韦素这半生有说不尽的感慨。她既庆幸自己一个黄花闺女嫁了状元郎，如同麻雀掉进糠箩里，够福分了，却又为己身未能在少女时期学得高深的文化知识，最终沦为养家糊口、生儿育女的家庭妇女感觉自卑以至于失落。好在夫君从未羞辱她这结发之妻，还与她和和美美地接连生下三个儿子。而今丈夫又引领三个孩子进三贤祠，令其发愤图强，以"三贤"为榜样，志存高远，刻苦用功，夯实文化知识功底，而不拘守于狭小的舒家桥七里沟老家，也不满足于进资中城读初中，拿到毕业文凭，更要像他自己一样，在读书做学问上上下求索，成为国家栋梁。

第六章
在时代的滚滚浪潮中

一

1900年，骆成骧慈母不幸病逝，骆成骧乘此丁忧期间，在重龙山三贤祠开馆授徒，包括自己的三个儿子骆凤嶙、骆凤钦、骆颖等。1902年11月丁忧期满。年已三十八岁的骆成骧出任广西秋闱乡试主考。

在之前八国联军进犯北京，慈禧太后挟持年轻的光绪皇帝逃奔西安。钦差大臣李鸿章代表清廷与列强订了屈辱的《辛丑条约》。慈禧太后与光绪皇帝惊魂未定，于10月从驻跸的西安返回北京，11月才抵达开封。因道路阻塞，逗留至次年2月才改乘火车回京城。这一段仓皇失措，逃亡与回归的艰辛历程，荣禄在《庚子拳变始末记》有所描述："中历八月二十四日，即西历一千九百零一年十月二十号，由西安启跸，驺从极多。太后先致祭于城外之万寿山。……太后在开封刚和议签字，李鸿章已死于一千九百零二年正月六号之正午，即光绪二十七年。两宫乘特别火车，抵近京之站。……太后目之，帝即匆匆上轿而行……到宁寿宫，约下午二点钟。"

骆成骧闻讯作七律《闻驾发秦经梁归燕》：

喜色龙旗下帝台，欢声鼍鼓动春雷。

戈挥白日西南起，路绕黄河东北来。

西裔本无谋夏略，八王争种召胡胎。

阴消阳长非无祸，屋大心寒小柱材。

昔日八国联军进犯北京，吓得慈禧太后挟持光绪皇帝逃奔西安，直至而今方才闻讯太后和光绪帝安全地绕道河南，驻跸开封，最终乘专车归返北京。闻此讯，骆成骧喜忧参半。喜的是有知遇之恩的光绪皇帝终于安全回归。忧的是江山社稷仍处于风雨飘摇之中。统治集团勾心斗角闹得四分五裂。慈禧太后顽冥不化，将励志维新的光绪帝挟持起来，一片丹心锐意革新的六君子惨遭杀害。他目睹乱糟糟的时局，兀自慨叹："阴消阳长非无祸，屋大心寒小柱材。"尽管八国联军进犯北京的浓重阴霾已经吹散，闪露出阳光映射的晴碧云天，但是国家大厦缺乏栋梁之材的有力支撑，倾颓之势令人忧心。纵有报国之志，也难于施展，徒唤奈何?!

骆成骧将郁闷的情怀寄寓在游山玩水的意趣之中。他乘兴登临距成都不远的鏊华山。时当 1902 年炎夏。这山主峰高达 3000多米，日出、云海、佛光、花山，景观变幻无穷，赠人许多遐思远想，"一重云尽一重重，上到鏊华小住筇"。山高路陡，登攀一重复一重，终于登临鏊华峰顶。极目四望，"绣壤练江三四派，屏山玉叠百年峰。飞来佛地双崖雨，积雪侵肌七月冬"。登临峰顶，放眼四望，秀美山水，堆绿叠翠，岷江涌流，如玉带缠绕。山岭间飞泉银瀑极为壮观。尤令人奇异的是，山岭上七月积雪，不仅暑热俱散，且觉寒气蚀骨。夜宿山寺恍惚置身广寒宫一样清凉，梦中醒来寺钟清越，将神志心灵不知不觉地带入了缥缈的神幻世界。

后一首《自红白庙分水岭登鏊华寺，还就岩下寺餐息岩下潭水盥漱》标题较长，将漫游鏊华山经历的胜境逐一叙述，足见骆成骧创作此诗之情怀冗冗。

> 一崖高与彩云平，践葛人绿瀑布声。
> 猎卒三驱呼犬过，牧童九折叱牛行。
> 山家薯芋蔬兼饭，野寺桑梨茗代羹。
> 长啸高岑临谷底，虎溪源水是龙泓。

骆成骧游兴正酣，直往深山中走，景观愈奇愈美，"一崖高与彩云平"极写鋆华山之巍峨高峻；"践葛人绿瀑布声"，踏倒荆棘葛藤，眼前呈现的竟然是飞流直下的瀑布银泉，路遇猎户带着猎犬不住地呼吼，牧童驱赶着牛群走过一湾又一湾。最令人喜庆的是，山里人家的红薯芋头粗茶淡饭，野寺中雪梨在口中慢慢地化，清茶爽心透肠。诗人在高山峡谷中吟咏长啸，高声赞美这虎踞龙盘、源头活水壮美风光。

骆成骧游兴不减，愈见愈奇，向有"峨眉天下秀，青城天下幽"之说。他在这一时期所写《和青城题壁诗三首》，可以管窥到他的山水诗渐次进入更为高远的思想艺术境界，兹将第三首援引于下：

> 郁郁青城对赤城，深秋爽气扑人清。
> 书台草长重围合，仙洞花开四照明。
> 风过桂丛留客坐，两余松盖倚天擎。
> 玉真闲共金华语，子晋归来鹤夜声。

葱茏蓊郁的青城山，深秋时节清爽宜人。唐末杜光庭在青城山所建书台芳草萋萋，一丛丛环绕，神仙洞外花开烂漫，何其鲜明敞亮。在习习秋风吹拂下，游客多么安闲，雨过天晴，高大的松树张开宽阔的枝叶，像大伞一样遮挡住雨水的侵袭。遥想远古周灵王太子晋，息隐深山野岭，手执一管竹笙，纵情吹奏，何其逍遥自在；且身骑白鹤伫立山巅，手挥目送，翩然而去，游仙之乐何其快哉！骆成骧游览名山青城，放飞自由想象，油然涌生远离尘嚣，隐居山野的遐思远想。

这仅是他出自天人合一宇宙观一刹那的浪漫想象。正当风华正茂，他是多么渴望为国家民族建功立业。尔后《观都江堰》一诗，在气势磅礴、挥洒自如的描状中，借以抒发的是效法李冰开凿宏伟水利工程都江堰的壮志豪情。骆成骧笔力千钧，酷似李白的豪放泱荡，"岷江万里如龙走，满腹长江一开口。雪沫千年吐不干，云绵四壁嘘仍厚"。气势何其雄壮。紧接描述它特殊的地理位置，"东夹玉垒西青城，天府中开一掌平"。继而讴歌李冰开凿都江堰的鬼斧神工，"化龙老守斗龙还，风雨不惊江帖妥。更截石骨起离堆，分江入沱江倒回"。由此抒发游览青城山路过都江堰玉垒时的感思，"不知身世成古今，欲遣文章化山水"。此际，诗人胸襟顿开，遥想自古以来多少明君贤士为江山社稷建功立业，"夏王秦守功相继，百世风云走奇气。生无一滴沾万人，昂藏八尺愧天地"。他面对李冰和二郎以毕生精力开创的都江堰雄伟水利工程，联想到自古以来，祖辈先贤所建造的勋绩自增惭怍，说己身高达八尺，竟毫无一点一滴奉献给人民大众的实事善行，有愧天地神灵。骆成骧于自省自责中，昂藏的是一腔献身敬业的万丈豪情。

二

骆成骧丁忧期满，他于这年旧历十一月冒着呼啸的寒风，离开家乡资州舒家桥七里沟老屋，溯江而上，情怀冗冗，心绪悠悠。题《自资州赴京壬寅冬十一月》：

> 一叶扁舟出郡门，无边哀感满乾坤。
> 九天玉树玲珑色，四海青袍涕泪痕。

此去朝章非汉晋，当年庭训是蒙屯。

老亲若问儿消息，圣祖高宗社稷存。

骆成骧从京城返乡为的是给家父骆文廷祝六十寿，岂知福无双至，祸不单行，慈母李氏不幸病逝。骆成骧丁忧期满，就要离家赴京述职，临别时乡梓之情、亲人之恋依依难舍。故而体验着"无边哀愁满乾坤"的悲情愁绪。即便外在的胜景如同"九天玉树玲珑色"，但是心中储满的却是"四海青袍涕泪痕"，他继而言及此次赴京所要面对的朝廷已非历史上汉晋的辉煌灿烂。即便如此，长辈亲人若问儿赴京后的音讯，回报的将是为国家民族江山社稷的生存而奋斗不息。他拜谒白帝城，路过神奇险峻的巫山十二峰，进入浩瀚的江汉平原，放声高歌《武昌》，"万里雄天堑，孤城压水关。分阴陶日月，寸土汉江山。文物开三楚，风威动百蛮。江南轻重地，自古上游间。"他为武昌特殊的地理位置，连同丰厚的文化底蕴赞叹不已。

三

光绪二十九年（1903 年），骆成骧已三十八岁，受朝廷派遣任广西秋闱乡试主考，随同一道的有河南道御史钱能训。他从来热爱教育事业，肩任广西乡试主考官，实也兴致盎然。趁此良机，他路过湖南，登临南安，写下了《登南岳望湘流》：

衡岳壮南纪，辊棹勇登临。

独抱五峰骨，谁知九转心？

苍茫虞夏迹，怅望杜韩吟。

明日劳回首，潇洒徒自深。

他一往情深地礼赞南岳衡山为此次南行提供了良好登览机

遇，他甘愿弃下江河中行走的舟楫，乐陶陶地徒步攀爬登览。他是那么激情澎湃，张开双臂拥抱铺绿叠翠的秀美山峰，千回百转，一派苍茫险峻，抬头观览历代名流题写的诗词，吟诵再三，低回不已。待到明日手挥目送，潇湘的秀丽山水铭记难忘。

骆成骧早进而立之年，都快40岁的人了，但他从来对于学问孜孜以求。"学而不厌，诲人不倦"是他一贯的人生态度。他不图名望，甘愿放低身段，切切实实干一些有利于振兴国家教育事业的事。他显得出奇的积极主动，既当教师又当学生，不断请教造诣高深的一切贤士精英。

在这一时期，骆成骧在思想上逐渐冲破了僵死的封建体制的牢笼，积极主张由议员选举执事。他在奏折中坦诚地表达了一己的政见："当今各国其政治最善者莫要于议院，议院之最善者莫要于公举执政。"骆成骧旗帜鲜明地宣扬与拥护议会制，他又不完全赞同康有为、梁启超的激进主张。许是出于他对光绪皇帝的感恩戴德，同时他又清楚看到以慈禧太后为代表的封建保守势力还十分强大，故此他以极为务实的态度主张"议院不能骤开。"他恳切地向光绪帝进谏，方可借鉴"近日各国公举执政之法"，同时指出其有效途径为"择大臣之通达时务者，畀以事权"，他又极为务实地提出实施办法，"必公其议于众庶，所以见集思广益则天下情通，然后定其议于圣明。所以见执两用中，则天下之权正"。骆成骧如同当年殿试时所应对的制策，不仅阐明了政治主张，还在提出一整套纲领的同时，深入细致地提出行之有效的具体措施。他设身处地为光绪皇帝着想，"简派各直省由考取出身京官二三百员，齐赴保和殿，各就素所景仰的中外大臣，有能公忠亮直通达古今政体者，书名投签，各举一人，应请皇上及得股肱之助，经纶百出而不劳；群臣有山斗之资，策力并输而不滞。新政良法莫要于此"。

骆成骧竭忠尽智为光绪皇帝采取甚为温和的手段推行其新政良法，提出了极为务实的办法举措。一则借此报答知遇之恩，再则为了挽救中日甲午之战后，清廷统治下的中国积贫积弱的危殆时局，其耿耿丹心，拳拳诚意，洋溢满纸。

这奏折既情恳意挚，又心地平和且举措得体，可操作性强，光绪皇帝见了定然欣喜异常。

值得注意的是骆成骧的这一奏折上呈时间为1898年9月9日，当时后派与帝派斗争十分激烈，几乎达到势不两立的紧张程度。骆成骧在这顽固保守与改革维新斗得难以开交的时候，毫不犹豫地选择了坚决支持以光绪皇帝为领袖人物的帝派。更为值得考察的是，他上呈奏折距离慈禧太后发动剪除变法维新帝派政变的时间仅有12天，足以见证骆成骧政治勇气与办事胆魂之大之高，远非常人可攀比。

因为顽固守旧派是实实在在的既得利益者，他们视哪怕是细小温和的改革皆为洪水猛兽，一个个诚惶诚恐，"多失所恃"。

康有为、梁启超为代表人物的激进派与乎骆成骧为代表的温和派，无不受到顽固守旧派的强烈攻击与反对。就连洋务派的代表人物张之洞都对变法维新强烈反对，甚而恶毒攻击，斥之为异端邪说。令人尤为惊讶的是被光绪皇帝分外倚重，任命为京师大学堂第一任监督（校长）的孙家鼐也跳了出来，上书对康有为、梁启超等人进行弹劾，可见保守顽固势力之强大。慈禧太后更是大动淫威，竟将一国之尊的光绪皇帝囚禁于瀛台，更将杨锐、刘光第等六君子杀害，不少有志之士惨遭通缉与逮捕。康有为、梁启超被迫逃奔国外。一时腥风血雨，一片恐怖。所幸骆成骧态度较为温和，未被列入通缉抓捕之列，侥幸躲过一劫。

第七章
赴日本留学考察

一

光绪三十二年（1906 年），骆成骧奉命远赴日本学习法政。这是他第一次走出国门，他乘海船驶过朝鲜周边的岛屿，满眼惊奇。在波翻浪涌中心灵情致随之飘向远方，"路转成山日向东，如烟如雾雨溟濛。樯悬蟏蛛追随远，岛接蓬莱宛转通"。在浩茫的大海中，船驶过一个接连一个岛屿，仿佛蓬莱仙岛就在遥远的前方。他心中充满了朦朦胧胧的希望与愿景，真有说不出的奇思异想，日本是岛国，风景秀丽迷人。

他赴日抒写的《南湖》，其景观更为神奇迷离，有着观览不尽的旖旎风光，"羊肠历尽七盘关，一镜南湖万笋山。但见湖连天上下，不知山涌海中间"，骆成骧惊异于这南湖乃苍茫大海中山崖环抱的一个湖泊，迥然不同于在祖国大陆所见的湖泊，"珠宫荡漾秋云净，贝阙参差夕照殷。暂饱鲑鱼仍纵棹，信风吹去又吹还"。游船荡漾在明净的湖水中，白云蓝天侧映湖水悠悠晃动，观赏不尽的珍珠贝壳在血红的夕阳映照下呈现出五彩缤纷的景观，饱餐美味的鲑鱼，游兴仍酣，游艇在湖中悠来荡去，真有难以言状的逍遥自适。

他创作的《华严瀑》一诗，许是受李白豪放诗句"飞流直下三千尺，疑似银河落九天"的启迪，气宇之磅礴，造境之奇特，达到了一个新的高度。"上界何年敞玉扉，瑶池下注洒珠玑，九天龙影悬青嶂，万壑雷声转翠微。蹴涧浪添沧海去，冲风沫化白云飞。遥知满地兵难洗，千丈银河挽不归。"诗人想象之奇幻，视域之广袤，叹为观止。

骆成骧游兴不减，愈往前行，景象愈美。《汤湖》："汤潮更在南湖上，同访仙源步步行。红叶引人山万转，白云留我三月明。香炉不散诸天气，瀑布长含太古声。回忆匡庐山远近，石门深处学长生。"这汤湖地势较西湖更为高峻，他与同伴一道深怀求仙览胜的强烈心愿，步步向上爬行。金秋时节枫叶如丹，令人在深山野岭中千回百转，观览不尽。银泉瀑布飞湍直下，将人带回了远古缅怀庐山秀甲天下的名山胜景，更加向往进入石门深山求道访仙，求取长生之术。

二

骆成骧东渡日本学习法政，乃变法维新之所需，康有为在光绪皇帝授权下大力倡导并实施的变法维新虽然仅实施了一百天，就遭到以慈禧太后为首的保守派给残酷扼杀。然而列强日剧一日的侵略，八国联军将慈禧太后赶出北京，逃亡西安，清廷已处于风雨飘摇之中，逼迫清廷不能不面对危局寻思转弱为强之策。

骆成骧接受清廷派遣前往日本学习与考察法政。他虚怀若谷，对东洋日本的强国之策抱一种客观而又谨慎的态度进行学习与研究、考察。此时他已四十一岁，却以一个学子的青春激情进入政法学堂，潜心学习与研究日本与西方的政治法律，收获颇丰。

按照清政府派遣留日生的意图，中日甲午之战惨败之后，迫切需要"以夷技之长以制夷"。诚如曾训骐先生在《骆成骧留洋不为"镀金"》中所说："甲午战争之后的日本展现出的风貌与力量使之日益成为国人艳羡和仿效的对象，加之种种'事半功倍'的便利条件，游学日本勃然而兴。1902 年后，赴日研习政法者迅速增多。1903 年，日本公爵近卫笃麿和东亚同文会副会长长冈护美子爵，与清留学生总监汪大燮商议，欲于东京为中国游历官绅，专设法政学院。"

延续至 1906 年，"清政府曾将 95 名在学进士送入政法大学，入补习科 37 人，入速成科五班 58 人，法政速成科先后共招收五班学生。此外还于 1906 年招有补习一班，其学生来源较为复杂，年龄也参差不齐，大多是国内已有功名秀才、举人，甚至是进士。第一班的夏同龢，即为光绪戊戌科（1898 年）状元；1906 年入补习班的杨兆麟和商衍鎏分别是癸卯科（1903 年）和甲辰科（1904 年）的探花；乙未科（1895 年）状元骆成骧于 1906 年 7 月，进入速成科第五班（政治部）。这个班共有 58 人，都是中国留学生。"

骆成骧虽已年届四十一岁，他有幸东渡日本，不仅有观览不尽的名山胜水，其神奇景观为他先前所未见，快慰平生。他怎么也未想到一个蕞尔岛国，自明治维新以来发展得如此迅速，他日渐知悉，位于东亚的日本一直向西方学习，从政治、经济、科技、文化方面，无不取其所需，为我所用。术业有专攻，他学习的是法政。他真正懂得能给积弱得不堪一击的清政府吸氧输血的重要举措，便是从国家体制上变封建专制为议会制。通过日积月累的学习，他的思想境界愈益开阔。他真正了解议会制并非日本独创与专利，早已在西方各国广为推行。

身为留学生，首先必须学习和了解日文，才能更多地研习日本法政。渐渐他已不满足于学习日文，英文才是真真正正的世界语。在学好日语的同时，加劲学习英语，阅读与研究西方政法理论，眼界更为广阔。

在赴日深造的两年里，他一面与同道的留学生研究探讨日本法政诸多优长，哪些值得中国学习与借鉴，并试图从西方多国的法制建设中得到更多的借鉴。

他与同学们一道习于边游览边讨论，日子过得分外舒心暖肠。骆成骧游兴之酣，仅用七律或五律的精短诗行不足以抒写奇闻异见，他索性采用长调的形式，抒写出五彩迷幻、脍炙人口的《日光山》："海内名山踏欲遍，更从海外访奇巇。"一开篇便慨叹：今朝所游览的日光山，迥然有别于中国大陆任何一座名山。而今面对的果真是别有情致的蓬莱仙境，"蓬莱果有三神山，天风吹我恣游燕。阴阴苍松夹路长，溜溜清溪抱山转。高崖忽作仙掌开，磴道不醉蛇盘远。双峰出云不可梯，胜游只在云峰半"。年已不惑的骆成骧将格律诗玩得如珠转盘，分外得心应手。他采用的是长调，满可以从容不迫地细腻描绘登日光山，沿途所见奇景异观。它的特色与美点不止于此，愈往高处走，景象更为奇异，"高原十里湖两重，重重瀑布夹珠串"，有别于李白《望庐山瀑布》之"飞流直下三千尺，疑似银河落九天"。李白重在写瀑布气势之雄伟，而骆成骧将其新颖的发现从横向加以描画，湖有两重，互相叠加，溅珠跳玉，成堆成串。继而作深层次的探揽"南湖逶迤广且深，四面抵山为畔岸。湖外连娟八九峰，参差回绕各葱蒨。……重岩幽树无纤尘，清泉百道来输灌。"他又从南湖独特的地理形势刻画，四面八方皆以山崖为畔，绝对不同于中国内陆浙江杭州的西湖与武汉的东湖，此乃高山湖泊。紧接写湖外景观："湖外连娟八九峰，参差回绕各葱蒨。穿林映水起楼台，贝阙珠宫杂隐见。不闻履声闻叶声，避人狐兔各惊窜。重岩幽树无纤尘，清泉百道来输灌。"他移步换景，极写湖外山绕峰环，树木葱蒨，幽静得没有脚步声，只有落叶细微的飒飒声。沿途除了重岩幽树，了无纤尘。地面与空气之洁净令人惊叹，清泉流淌不是一道两道，而是百道争流，何其壮观。

以下描述游赏之其乐无穷可以跳进清粼粼的湖水冲浪嬉戏，野雁海鸥忽起忽落，静中有动，鸢飞鱼跃，目不暇接。洗浴之后，把酒豪饮，但见崖壁上刻写着历代名人诗画，"傅老草书凌米颠，颜子八分逼秦篆……醉笑徐福空往还，不与山林留诗卷"。

骆成骧从中日文化交流沟通的层面，遥想早在两千年前的秦代，徐福上书秦始皇，携带一大批童男童女远涉大海去蓬莱、方丈、瀛洲求仙访道，采摘长生不老之药。而天有不测风云，仙药未能采摘到，船队却漂流到日本岛，从此生息繁衍，及至汉唐，中西文化更为频繁沟通。

骆成骧与同道游伴，诗酒唱和，狂欢极乐，也如同北宋苏东坡夜游赤壁，在舟上酒酣醉梦。一旦惊醒却不似苏东坡见道士乘仙鹤嘎嘎嘎地展翅飞腾而去，而是在衣袖上望见几片从树林中落下的红叶。其动静之轻微，环境之清幽与乎诗情画意之鲜美，启人遐思悠悠。于此我们不得不惊叹骆成骧赴日留学时，在法政学业与诗歌艺术上有着更为高深的造诣。

三

骆成骧志存高远，留日期间游山玩水，吟诗作赋仅为业务爱好。他一天也未忘记学好法政，借鉴东西，报效国家。他与同仁一道以求真务实的治学精神，学业期满于1908年回国，与留学同仁一道，翻译了整整十六个国家的宪法条文，汇编为《宪法议院渊鉴》，并附录《议院法》于其后。骆成骧作为领军人物，气宇轩昂，笔酣墨饱写下了约两千字的序言，呈送清廷，题名为《宪法议院法渊鉴序》。

序言，勿须转弯抹角，他一开篇便开宗明义："兴国三要学，法政、实业、武备，缺一不可。"紧接分类讲述："实业以开利源，养民命；武备以遏乱萌，张国权；而内以条理百官，外以折冲四国，则以法政为纪纲。"以此点明法政在三者中的重要地位。继而谈法政的内容涵蕴："法政三要件，宪法、民法、刑法，缺一不可。"然后又分别说明各种法规实施的对象与功用。

骆成骧所认同与弘扬的是君主立宪，他竭力调和君与民的亲睦与协调，他宣称："夫国者，君主与卿士、庶人之所合体而成者也。"不难发现，他赖以维护的是摇摇欲坠的封建君主制。他认为当今需要更新的是相沿几千年的君主专制而代之以"君主立宪制"。他引经据典，历数历史上贤明的君主谋及卿士庶人，不宜专制。

他经过两年留学，对世界各国制宪立法，有了广泛而深入的了解。他信笔侃侃而谈："若国际立法，缔结条约，各国不同，或交议院，或不交议院。则又君主可以独断，而不必尽使人民参与者也。而世人不察，谓三权分立，为伸张民权，而限制君权。吾以为三权分立，乃限制政府，而非限制君权；乃伸张民心，而非伸张民权。非惟不限制君权，而又将伸张君权；非惟不伸张民权，而又将限制民权。盖三权中，行政范围最广，君主实总领之。而法律敕令，必须辅弼大臣之副署，使对于国会而任其责。事有不协众心，国会面为质问，大臣面为剖析，盖防政府之阴持枢要，而阳辞责任也。故谓限制政府可也。"如上所述，骆成骧所理解与宣扬的议会制有较为严重的局限性。他的忠君思想根深蒂固。他不仅不认为君主的权力应当限制，而且主张应予以维护，君主甚至可以总揽。而人民的权力不仅不能伸张，且仍属限制之列。故此，他宣扬的议会制，与真正与严格意义上的资本主义法制是有差别的。但无论怎么说，骆成骧宣扬的议会制是对封建专制制度的严重挑战。从历史的发展进程做稽考，毕竟大大地进了一步。骆成骧从维护神圣君权而又反对专制出发，他认为人民的权力可以在推举地方官员时行使，"惟一市一乡之长，乃得由人民推选，以为自治团体，而实则听朝廷之指挥，受官司之监督，此不过体恤民情耳，何得为伸张民权乎"。骆成骧主张在中下层适当给民众以选举权，较之几千年的封建专制确实进了一步，但人民在国家中的地位，依然是只有服从，没有真正意义上的自主。他处处以维护君主权威说事，所要监督的仅是政府，而不是定于一尊的君主。

他甚而宣称："若君主大权，固独断行政裁判矣。"骆成骧从始至终都在维护君主至高无上的权威，实行议会制，只不过为君主在作出决裁时提供必要的有理有据的参照系。

他引用《礼记》所言："民以君为心，君以民为体。"他否定伸张民权，而力主"伸张民心"。进而阐说："凡圣君在上，无不欲审民心之好恶者，兆民至众，不可堂聚而户问。"继而称："君权伸则下情得以上通，上泽得以下流，而人民爱国之心乃油然而生，人民愤发之志乃勃然而起，立宪国之精神将于是乎在。"骆成骧高倡的君主立宪，既有其借鉴西方议会制，反对封建专制的进步一面，又有其落后守旧的一面。因为他一言一语、一举一动都离不开以君主为中心的忠君思想。从总体作考察，他旨在维护摇摇欲坠的清王朝得以从积贫积弱的危机中挣脱出来，重新走向繁荣富强，不至于被列强所瓜分。

他满有信心地说："圣上酌古今之情，察中外之势，诏令海内臣民，预备立宪，所以维持国家之安康，增进人民之幸福者，至深且远。又于京外，广设法政学校，开发智识，以为预备立宪之基础。凡抱公益之心，存爱国之志者，皆留心于法政之学，以备议员之资格，应文明之运会。"他一往情深，忠君爱国之思洋溢满纸。

他进而诉说：这序言，代表的不单是个人的意志与主张，他会同陈国华、王光鼎、贾晋、姚树圻等，翻译十六国宪法条文，且将议院法辑录于后，旨在研究与施行法政者作为参考。其拳拳之心，殷殷之盼，何其感人至深。

然而命运多舛，时局瞬息万变。诚如骆成骧之子骆凤嶙所加按语："译本曾经进呈，意在使君主立宪无损于君而早行宪，不意清皇豫备立宪贻人口实，亡某宗社，数十年后尚有训政之名称与事实也。男嶙识。"

同年，本已达成和解的慈禧太后与光绪皇帝天不假年，先后一命呜呼。尔后由幼小的溥仪继承王位，君主立宪难以实施，亦如常言：竹篮打水一场空。

　　然而历史的前进不是以个人的意志为转移的。康有为、梁启超提倡的变法维新虽然宣告失败，继之而起的是孙中山组织的同盟会发起的武装革命彻底推翻清政府，建立中华民国，使国家民族绽放希望之光。

第八章
广西桂林之行

一

　　骆成骧从日本法政学堂毕业归国时年已四十三岁，照习惯思维，已进不惑之年，凡事必须安分守己，不可异想天开。他却自认风华正茂，挥斥方道。而今通过海外留学广见博闻，不仅学问大进，眼界开阔，且练得一手娴熟的笔墨功夫，诚如当年苏轼所言："有笔头千字，胸中万卷，致君尧舜，此事何难？"

　　他既与留学同仁翻译十六国宪法条文，汇编为《宪法议院法渊鉴》，又元气淋漓、笔酣墨饱地撰写出《序言》，认为上呈光绪帝后定会击节赞赏，付诸实施。他已听说保守的慈禧太后已与年轻有为的光绪皇帝达成和解。也许整治乱世，走向国富民强有了一线希望。

　　适当暮春四月，莺飞草长，他与友人一道冶游江南。上有天堂，下有苏杭。畅游西湖，感觉风光旖旎，景点甚多，远远高出日本的南湖、汤湖。他早从史书上考察，杭州西湖经历代疏浚、治理，已成为国内外第一流名胜。尤其自唐代白居易、北宋苏东坡在杭州执政，大兴水利建设，将宽阔浩渺的湖面设置有白堤苏堤，又将西湖分为外湖、里湖、岳湖、西里湖、小南湖等五个部分，互为关联，且形状各异，姿采纷呈，有三潭印月、曲港跳波等数十个景点，湖光山色，优美如画。历代文人雅士题写的诗文琳琅满目，争奇斗胜，脍炙人口，观赏不尽，骆成骧兴致正酣，提笔写下七律《西湖》：

> 两屏山色六桥通，万顷湖光一鉴空。
> 神女将归飘断雨，仙人欲渡唤清风。
> 翩翩舴艋星河上，历历楼台水月中。
> 遥想老僧双鬓雪，独依灵鹫锁龙宫。

　　骆成骧试图跳出前人的窠臼，以独特的视角抒写出一己的新颖感思。他从两侧屏障似的山峦入手，点画出六桥勾连的地域特征，紧接描绘气象之浩阔与清幽澄明，由此陡生幻想，"神女将归飘断雨，仙人欲渡唤清风"。往昔所为远涉大海赴蓬莱瀛洲等仙山琼阁访仙求道，而今一切幻境历历在目，何其销魂荡魄！"翩翩舴艋星河上，历历楼台水月中"，南宋时女才人李清照觉其最为惬意的生活情景是轻解罗裳，独上舴艋舟，任其在湖水中潇洒自如地漂流。而今置身的是万顷碧波的西湖，疑似在天空中的银河游荡。湖岸上的亭台楼阁倒映水中，酷似海市蜃楼，幻妙无穷。尾联"遥想老僧双鬓雪，独依灵鹫锁龙宫"，西湖边多的是佛寺庙宇，当时北宋苏轼便与杭州西湖边的辩才和尚有多年交往，令人遐思悠悠，仿佛从杭州又一名胜景点飞来峰上驾鹤西去，飞往梦幻中缥缈的龙宫。骆成骧触景抒怀，想象飞驰，尽情地抒发对祖国名山秀水的热爱之情。

　　他游兴未尽，游览广阔西湖后，又转而游览外湖三岛之一的湖心亭，作《湖心亭赠秦少伯》：

> 谁取东南作海邦？关门受尽五湖降。
> 倒涵碧落三分月，屈注玻璃九派江。
> 菡萏红妆千万万，鸳鸯彩翼一双双。
> 路人不识神仙侣，少伯西施共绮窗。

不同于前诗，着重描绘西湖浩渺壮阔的景观，他寄兴于荷花盛开的湖面上红男绿女配对成双，穿行其间何其风流倜傥，男女结伴之情意缠绵，有似鸳鸯舒展彩色的羽翼双双对对地高飞远举，令人何其神往！像这么情深意挚的神仙伴侣，即便是春秋战国时期越国美女西施也会倚窗眺望，艳羡不已。以上两诗，我们可以管窥从日本学成归国后的骆成骧似乎享有志满意得的中年人生，将一腔报效祖国的壮志豪情化作西湖的旖旎风光，予以审美观照。

骆成骧游玩西湖之后，又登临杭州另一名胜灵隐寺后的北高峰。他从高峰峻岭中俯视西湖四周的名山胜水，又别是一番雅趣，故而创作《韬光寺上北高峰》：

> 不到青云眼不开，万松夹道上崔嵬。
> 一天明月湖留住，千里雄风潮送来。
> 禅意诗心无碍境，霸图王气不凡才。
> 东南自古好山水，小别岷峨唤来回。

他愈往前走游兴愈酣，成千上万株苍松翠柏夹道耸立，更加映衬出山势之雄伟，皎洁的月光在湖水中荡漾，强劲的晚风从遥远的天边掀腾着湖水扑面而来。其心中顿生美好的画意诗情，畅想历代王朝雄踞东南山水的霸业，的确英武盖世。祖国东南地带，从古至今皆以名山胜水扬名天下，他暂别家乡巴蜀前来江南游历，实也快慰平生。

状元骆成骧沉酣于杭州西湖名胜，游览至西湖边栖霞岭下的岳王庙拜谒宋代英雄岳飞的坟墓，忠君报国之情勃然涌生。他以无限崇敬的心情高歌："耿耿丹心照紫宫，将军一去万方空。生疑李广来天上，死羡张巡在寇中。"他打心底里崇敬岳飞保卫祖国万里江山的赤子之心，怎能不为岳飞遭奸臣谋害而无比悲愤呢？回想岳飞当年与北虏征战的豪迈气概，在危境中孤掌难鸣，纵有宏图远虑也难以挽救破败的厄运，即便在行将国破家亡之时，岳帅仍不忘亲笔书写三国时期贤相诸葛亮的《出师表》，其鞠躬尽瘁、死而后已的奉献精神多么值得效法。不难发现状元骆成骧留日学习法政毕业归国后，深心向往要像南宋民族英雄岳飞一样具有尽忠报国的壮志雄心，即便为国捐躯，虽死犹荣，重要的是必须继承与发扬坚强不屈的民族气节。

二

是年（1908年）八月，骆成骧漫游杭州西湖回京，春去夏来，他度过闷热的夏天之后，又应广西巡抚张鸣岐之聘，去桂林担任广西法政学堂监督。他一生酷爱教育事业，且留日专攻法政，应聘广西法政学堂不仅专业对口，且可实现教育兴国、实施君主立宪的宏图伟愿。他欣然前往，乘海船路过澎湖群岛眺望美丽的台湾宝岛，诗兴大发，作《澎湖舟中望台湾诸山》一诗：

> 六鳌无迹不堪寻，路绕澎湖向桂林。
> 鹏举只凭风上下，龙骧终并水浮沉。
> 青天万里星河近，碧海三台岛屿深。
> 自弃吾民鱼鳖里，珠崖前事是何心？

爱国志士骆成骧于1908年乘海船从北京去广西桂林路过澎湖群岛，远远地眺望美丽的台湾宝岛，心潮如海浪般奔腾激荡。多好的台湾岛，竟于1894年的中日甲午之战后，眼睁睁地割让给日本。

骆成骧在屈辱的《马关条约》订立之后赴日留学学习法政。两年后回国，直面积贫积弱的大好河山，一日复一日地遭帝国主义蚕食鲸吞的破碎现状，怎能不悲愤不已，愁绪万端呢？他早已

没了捕鱼捉鳖的雅兴，他一心只望绕过澎湖列岛，迳奔目的地广
西桂林。然而在蓝湛湛的天空中银河上呈现出璀璨的景观时，远
远望见的竟然是遭日本侵占的祖国宝岛台湾。丧权辱国之耻，深
令台湾同胞像海中的鱼鳖一样无依无靠，任其宰割、役使，甚至
被吞食，遥想汉元帝时舍弃珠崖的伤心事，令人肝胆欲裂。

骆成骧此行有着难以言喻的向往之情，而又深怀山河破碎，
受列强侵略的悲愤与屈辱，痛定思痛，痛何如哉？他寻思不在沉
痛中奋起，就将在沉痛中灭亡。他反复思虑，必须殚精竭虑去广
西桂林政法学堂培养造就一批批激荡着一腔热血的"法政志士"，
为国家民族在屈辱中奋起，做出力所能及的奉献。

此时此际法政学堂已如雨后春笋般在全国各省筹备。有着远
大抱负的广西巡抚张鸣岐亦不甘落后。他深具慧眼与法眼，认为
高中状元且留学日本研习过法政的骆成骧不失为最佳人选。

骆成骧抵达广西桂林后，巡抚张鸣岐给予了隆重的礼遇，亲
自交谈现有状况，且引领骆成骧实地考察。始发觉开办的法政学
堂存在诸多困难与问题，不仅校舍窄小简陋，最大的问题是师资
匮乏，学员素质参差不齐，真正合格者甚为寥寥，"佐杂居十之
七八，州、县以上仅十之二三，其中年齿已长、难期深造者，又
居十之八九，大都由于强迫，勉就讲习科，以期速成，其热心向
学肯入别科者，盖无一焉。"（张鸣岐《奏请拣发粤、闽等省举贡
来桂考选学习法政折》）巡抚张鸣岐立志为官一任，造福一方，
总得在广西办成几件看得见摸得着的实事善政。其中刷新广西法
政学堂，便是他励精图治的一桩义举。他油然慨叹：如不抓紧振
兴，必将造成"无才之困难，将来较无款而更甚者"。为了解决
这棘手的问题，他接二连三地向朝廷上奏章调请外省学员来桂林
就读，又恳请吏部、礼部从其他各省推荐成绩较为优异的生员，
凡年在四十岁以下者，"自宣统起按年拣发二百员来桂，考验合
格，俾入法政学堂肄业"。张鸣岐思虑周密，务必竭尽一切努力
填充广西桂林生员之不足。他又提出了另一举措，"并请推广兼

收捐纳人员，无论籍何省，候补候选之员，年在四十以下者，均准自行投考，毕业奏留奖励，悉照拣发人员办理"。他用心良苦，举措妥帖，多头并举，终于赢得朝廷恩准。张鸣岐感觉比招收生员更为迫切的是广西法政学堂师资空前匮乏。他通过多种渠道打听到从日本法政学堂留学归国不久的乙未状元骆成骧，就极为郑重地草拟了《奏调修撰骆成骧等办理法政学堂片》。他几乎是饱含热泪哀求："广西地居边徼，吏材素乏。近值厘定官制，举凡司法行政需材尤殷"，恳请朝廷，"免扣资历俸，不停升转铨选……俾得专心任事，造成法政人才"。

据骆成骧研究专家曾训骐在《骆成骧与桂林山水》一文所述，张鸣岐之所以对骆成骧情有独钟，原因有四：一、骆成骧是乙未科（1895年）状元，在学界有很高的声誉，才学更毋庸置疑，张鸣岐在京师求学的时候，曾经读过骆成骧的《宗元干愿乘长风破万里浪赋》，雅慕其文采；二、骆成骧人品端方，清廉耿直；三、骆成骧刚毕业于日本法政大学，并有《宪法议院法渊鉴》等法学类专门著作行世；四、骆成骧曾经主持癸卯科（1903年）广西乡试，取士公正，为广西选拔了一批人才，在广西官民中很有口碑。

骆成骧像唐代李白一样"一生好入名山游"，桂林山下甲天下，乃闻名全国的锦绣山川。他一面岌岌于兴办广西法政学堂的诸多事务，处理得井井有条，面貌为之一新，一面不忘撰文纪实，畅述沿革，文采斐然，雅俗共赏。

光绪戊申，粤抚张公与方伯余公、廉访王公既平粤难，定粤民，复与学史李公，建法学，明宪政。走书海外，召骧司校事。骧以公意聘礼名贤，分主讲席，所谓文翁倡其教，相如为之师。而骧以无用之身，得介绍其间以为荣，公复以暇日，身帅僚属，升堂听讲如弟子。越明年，宣统纪元，师乐于教，士勤于学，生徒日倍，乃拓讲堂，建寝楼，令足容千人，以藏以修。因其余材，依山为圃，凿石通道，上下千级，为台四五，以息以游。

　　这篇《桂山游息园诗序》，简明扼要地记叙了骆成骧应聘来桂林任广西法政学堂监督的来由，深情赞美巡抚张鸣岐高度重视法政学堂的建设，还以学员的谦诚姿态入堂听课，并将学堂规模逐步扩大，可容千人之众，又兴建了宿舍与游乐场所，从而使先前死气沉沉的法政学堂建设得"师乐于教，士勤于学"，学员成倍增长。而今学堂依山为圃，凿石通道，上下千级，成台四五，俨然一座公园式的新美校园。此中功德除巡抚张鸣岐的高度重视、倾情投入，也与担任学堂监督博学多识、抱负远大的骆成骧的才思智慧、卓越创造关系至为密切。

　　骆成骧广揽天下英才贤士，一时之间曾任广西道台的光绪进士刘人熙、四川温江的高师陈国华、赴德留学归国的浙江才子王钟声以及四川华阳的光绪进士颜楷，纷纷云集广西法政学堂，有的担任监督，有的任课堂主讲，一时之间名人荟萃，教师敬业，学员勤奋努力，声名鹊起。

　　骆成骧长子骆凤嶙在《述略》将办学盛况作了绘声绘色的描述：

　　张坚白中丞聘主桂林法政学校。张身率官属听讲如学生，自谓在京师南学时，见《宗元干赋》，倾倒特甚。故相延聚处，幸共晨夕，因以暇日为诗酒欢，极一时宾主倡和之乐。又谓按时制，属官试列三等，方遣入校，法校起色必少；特抑才学佳者多人三等中。后学生官绅丙班，彼此竞胜，至牌禁非时读书，仍不能止。桂林法校所出人才之盛，遂冠全国。

　　由一所死气沉沉校舍简陋的学校，建设成为高师云集、教学相长、生气勃勃、名冠全国的广西法政学堂，何其艰辛。

三

骆成骧的广西应聘，堪称他致力于祖国教育振兴的黄金期。他留学归国不久，正当四十岁出头，才华横溢，学术研究臻于成熟的盛年，他不仅为广西培养了一大批学以致用的法政人才，且为尔后回归四川，无论是干预时政风云还是筹备高等学校皆作好了人才准备，并奠定了牢固的友谊基础。尔后在四川军界政界产生了极大影响的胡景伊、学界书法界的名人颜缉祜、颜楷父子，皆曾在广西法政学堂任过职或充当学员。

特别要浓墨重彩加以描述的是刚从日本士官学校毕业归国，尔后在四川军政界的领袖人物尹昌衡。尹昌衡以无限的崇敬与仰慕拜状元公骆成骧为师他一旦执弟子礼，从此两人成为命运与共的莫逆之交。

尹昌衡，四川彭县人，生于1884年，卒于1953年，原名尹昌仪，字硕权，号太昭，别号止园。他祖籍在湖南，系湖广填川移民潮涌入四川长期定居的外来户。尹氏耕读传家，尚属清贫的乡下人。他发愤好学，十四岁（1902年）便以出色的成绩与品貌考入四川武备学堂第一期。尹昌衡绰号尹长子，他个子长得快也长得高，他的身材与实际年龄，看去有相当大的差异。1903年，他才十五岁，已长得与成人一般高，兼之学业成绩优异。他仅在四川武备学堂学习一年，便被破格选拔赴日本士官学校步兵科，留学深造。

据朱必谦《对〈四川学生官费留日考订〉之商榷》一文所记述："我在日考查其军学两制，历时五月，于次年（1900年）春返渝所写日记，于舟次涪陵，竟遭水厄。不久井户川辰亦来，即上成都与川督奎俊商洽，除聘日本武官为武备学堂教习外，并允选派学生前赴日本肄业。事关初举，必须奏请立案。井户川辰返渝告我，业已允派学生，其定额为二十人，询我是否再去留学，他已保荐有江庸、周嗣培（以上两人为客籍）、陈崇功、胡景伊、邹绍陶等，不久即行考送（数人均系前在领事馆肄业者）。及至定期放洋，揭晓后多一龚秉权，少一邹绍陶（旋知临时外出，以其聪明而不端谨，不合条件），我曾临别送行……想因川中风气已开，当时应官幕子弟之要求，故至增加。"（《四川文史资料选辑第十五辑》）。十五岁的尹昌衡大抵在此时此际碰上好运，由四川武备学堂以优异成绩送日本士官学校步兵科，一读就是六年。尹昌衡于1909年毕业回国，当时慈禧太后与光绪皇帝已在前一年去世，继位的是三岁小皇帝爱新觉罗·溥仪，年号宣统。年方二十五岁的尹昌衡，以留日军校毕业生的勃勃英姿挺立在声誉日隆的广西法政学堂监督骆成骧面前，毕恭毕敬地执弟子礼。骆成骧颇为激动，经一番仔细观察，不失为仪表堂堂的英才俊彦，当即表示要设宴庆贺。四川老乡颜缉祜、颜楷父子应聘亦在广西法政学堂分别担任监督、总办等要职，为骆成骧的得力助手，也应邀赴宴。

留学归国的尹昌衡滔滔不绝地讲述在日本士官学校步兵科学习六年的情景，便也勾起了骆成骧三年前赴日研习法政的种种回忆与联想。年已老迈的颜缉祜见尹昌衡如此气宇轩昂，抱负巨大，他笃定此人日后必将轰轰烈烈地干出一番大事业，且又同是四川人。颜缉祜打心底里喜欢上了这位青年军官尹昌衡。他正为自家女儿颜机待字闺中发愁，他蓦然颖悟，眼前这尹昌衡不正是踏破铁鞋也难寻觅的乘龙快婿么？

吃过晚饭，他轻轻敲响了骆成骧的房门，如实说出了愿将女儿颜机许配给尹昌衡的打算。

骆成骧击掌惊呼："好哇，太好了，郎才女貌，天缘巧合。这媒人我做定了！"

骆成骧早已面见过颜机，他不仅为她玉白中喷吐着嫣红的甜脸蛋惊艳，更为她在父兄的长期教育与熏陶下雅爱诗文，写得一手娟秀的楷书而击节赞赏，不住地赞叹："真才女也！"

骆成骧迅即转告了颜缉祜欲将令女许配婚姻的事，尹昌衡思略片刻，仰脸询问道："恩师以为如何？"

骆成骧成竹在胸，他思谋无须太多的转弯抹角，直将尹昌衡带进颜缉祜家中。尹昌衡一眼望见书房中颜缉祜正在教女儿颜机操练书法。此时颜机才十四五岁，情窦初开。

还不等骆成骧介绍，尹昌衡按捺不住阔大的脚步迳直闯入书房，倒剪双手审视颜机的书法艺术。惊得颜机慌忙搁下毛笔，欠着腰身，羞红着脸道："尹大哥，多指教！"

尹昌衡一旦望见颜机绯红如彩霞飘飞的俏脸蛋，颇为惊艳。他在心中捉摸："人说日本女人温柔贤淑，怎敌川妹子多才多艺香艳迷人?！"

骆成骧促成了尹昌衡与才女颜机的这段姻缘，可谓郎才女貌、门当户对。颜机父亲颜缉祜是著名的书法家，其兄颜楷也是受人称道的人文学者。颜机自幼生长在书香之家，乃父视为掌上明珠，容貌秀丽，聪慧好学，年方十五岁便巧遇海归学人、青年教官尹昌衡，真有说不出的欢欣愉悦。双方很快订下了婚约。从此骆成骧身边又多了几个肝胆相照的挚友与弟子。

若论思想性情，执弟子礼的尹昌衡在行事作风上迥然不同于状元出身的骆成骧。骆从来文质彬彬，极高明而道中庸，凡事他皆能处之以平心静气，温蔼谦和。而日本士官学校毕业归国的尹昌衡血气方刚，锋芒毕露，他十分赞成孙中山发起成立的同盟会，且关系日益密切。他积极主张彻底推翻腐朽的清政府，这与骆成骧宣扬的"君主立宪"判然有别。

且说广西巡抚张鸣岐乃清廷委任的一方高官。他怎么容得下尹昌衡要造清廷的反呢？尹昌衡不仅有激烈的宣传革命的言论，且与谭鎏鑫、吕公望、赵正辛等筹办了鼓吹革命的刊物《指南月刊》。张鸣岐害怕惹火烧身，令其停办审查。尹昌衡睿眼明目，看透了清廷腐朽的本质，洞穿了行将灭亡的命运，岂能在顽固的清廷重臣的挟制下窝窝囊囊过日子？他将心态向骆成骧委婉地表白之后，便愤然离职要回四川轰轰烈烈干一番事业。

骆成骧见无可挽留，深表叹惋。

颜缉祜作为未来的岳父大人，必得对尹昌衡回四川后的发展前程作考虑，颜氏父子递给尹昌衡一封荐介函，叫他回成都拜见川督赵尔巽。颜缉祜声称他与赵是老朋友。颜楷委婉地规劝尹昌衡："你作为军人刚直侠义有其优势，但不宜任性纵酒。一旦失控，会无端招惹是非，孔子'慎独'的教言不可不铭记于心！"

尹昌衡见颜楷情恳词切，深表谢诚。

骆成骧却认为尹昌衡学业有成，气度不凡。回归四川，似鱼翔水中，鸢飞蓝天，必将有大的发展前景，也须记住颜楷兄的劝导，凡事须三思而行，断不可急躁鲁莽。切记！切记！

四

沸腾着一腔青春热血，恨透了腐败的清廷统治的留日军人尹昌衡莫法与清命官张鸣岐政见相合，可钦定状元骆成骧却与巡抚张鸣岐如逢知己。皆认为只要能办好广西法政学堂，培养出一批批能融会贯通日本和西方法律与议会制的英才俊彦，在君主立宪制的推行中，使艰危的时局具有复兴的希望。期间，骆成骧漫游桂林山水，写下了不少脍炙人口的诗篇《桂江骤雨》。

> 浓墨翻云塞太空，跳珠飞雨响孤篷。
> 神州黯黪朝沉海，鬼府仓皇放徙宫。
> 明灭江山无定电，回旋天地不羁风。
> 百年梦幻须史事，身在惊涛骇浪中。

他极写船游桂林的名川漓江，突降暴雨，江山明灭，天旋地转的恐怖景象，顿生百年梦幻，在惊涛骇浪中，难于把握自身命运的惊吓与恐惧。

如苏东坡所言:"人有悲欢离合,月有阴晴圆缺,此事古难全。"桂江之游突遇狂风暴雨,惊吓了一阵子,但未消减骆成骧对桂林山水的喜爱。游览至阳朔,但见漓江两岸峰回水转,秀丽如画,沿江山峦茂林修竹,清幽迷人。骆成骧遐思悠悠,吟诗《阳朔舟中》:

> 万仞山围百步江,玲珑巧使客心降。
> 山稠樵杖嫌迂径,江曲渔篙厌转艭。
> 千片莲花分华岳,两行枫树梦吴邦。
> 贪看天苑人间少,不觉空青扑绮窗。

山高百仞,游船在江中缓悠悠地划行。江流宛转,打鱼船轻点篙竿在曲折蛇行的江水上张网捕鱼。河岸上莲花万朵,如云似霞,枫树成林,梦绕情牵。船在江上走,疑似天上游;蓝湛湛的清空从漂亮的窗户中映现进来,别是一番奇情美景。

学贯中西的一代英才,骆成骧置身桂林的秀山丽水,发思古之幽情,又写下了《桂林怀古》:

> 一壁严关俯祝融,秦开汉闭事匆匆。
> 桂林山水通天秀,铜柱风霜绝地雄。
> 漓水不湮监禄迹,昆仑谁数五襄功。
> 南来哭谒苍梧帝,隔岭瞻云叹路穷。

骆成骧身临其境,思接千载,视通万里,他回想远在秦始皇时,力图将位居湖南的湘江与广西漓江相沟通。奈何湘江水位低下,而漓江水位高峻,他派出多位将相皆难以使湘江水爬坡沟通高远的漓江,一怒之下斩杀二将。及至偏将李将军福至心灵,发明了"陡门法"(开船闸),历时九年,终成灵渠。骆成骧遥想远古贤人的鬼斧神工,情不自己地赞叹历史上名将狄青大破广西昆仑关的高强武功。远古时的大舜皇帝埋葬在苍梧之野，娥皇女英为之恸哭，泪下沾竹何其至恸至哀。眺望崇山峻岭，湛湛青天，人生道路何其艰难曲折，令人嗟叹不已。

骆成骧在桂林广西法政学堂所创作诗歌，最具思想分量与真情实感及其纪念意义者，当数《桂山游息园诗有序》。其序言长达五六百字，概括而又深情地描述了他应广西巡抚张鸣岐之聘，来主持校务的法政学堂建成了规模巨大，且有游乐园的最美的公园式校园，一骋发展教育事业的宏图伟愿，并与众多师生一道享有教学相长的盛事美誉与乎游园之乐，怎能不打心底感激和敬佩开创一方乐土的张鸣岐巡抚？故此他赋七章以献，不忘张公识拔与厚爱。

他在序言中历数学堂英才荟萃，极一时之盛。

在历数学校建筑成就之后，话及桂山在桂林城中，"前案穿山，后屏鹤岫，叠彩盘龙，夹辅左右，竦然列侍，洑波独秀、阳江、漓水，带萦辐辏，明湖开镜，平皋错绣……国之所宝，公之所守，与山同镇，与山同寿"。

继而推崇巡抚张鸣岐系山东人，来广西任巡抚之职，"骧愿公志于孔子所志，其被公所教者，又以公之志为志，副五岳三公之望"。为此，创作五言七首，择其要者略加评述。

> 大禹凿龙门，劳费民不怨。
> 谢客独何事，孤赏惊属县？
> 吾堂容千人，课严强者倦。
> 何以乐其劳，处女宜闲燕。
> 吾以师运覽，陟降日益健。
> 千锤破顽石，坦道盘绝巇。
> 丈夫意有决，天地性可断。
> 宁论智叟嗤，终使愚公羡。（其二）

　　此诗历数法政学堂以大禹凿龙门的大无畏气概，修建拓展校址。学堂可容千人，学生老师即使身强力壮，长久坐课堂亦难免疲劳不堪，而今校园里凿石修路，宽阔的道路盘山而建，沿山拾级而上，来来去去，亦为强身健体、休息游乐的最佳处所，就连自己身体也强壮了许多。不得不赞叹校园建设者以愚公移山的坚韧毅力，建设了宽阔而又雄伟的校园。

　　　　　　建堂翠微中，朝夕风吹雨。
　　　　　　浮云将流波，奔腾自千古。
　　　　　　上台倚星辰，去天无尺五。
　　　　　　顾瞻穷八荒，神州一栋宇。
　　　　　　征苗抚南交，重华嗣神武。
　　　　　　股肱马与狄，桂管令大府。
　　　　　　天地无定心，闻鸡泣刘祖。（其三）

　　将课堂建造在葱绿苍翠的山林中，朝朝暮暮皆闻风声雨声读书声，声声入耳，扣人心弦。蓝蓝的天空涌动着棉朵似的白云，像江水一样万古奔腾。高高的亭台仿佛倚天而建，苍天触手可及，纵横四面八方。这雄奇的校园不失为神州大地坚强的支柱。当今有着如同当年马援狄青一样能征惯战的宿将为辅佐，用以管控广西桂林堂堂官府，宇宙天地没有一成不变的节律，活在世上的名士贤人宜当自强不息，闻鸡起舞。

　　　　　　群仙集昆圃，鸾凤凌秋霜。
　　　　　　仙贤待金马，剑佩迎朝阳。
　　　　　　吾独何为者，飘飘天南方。
　　　　　　岂徒好游衍，从来骋清狂。
　　　　　　参昴不孤映，鸿鹄必从翔。
　　　　　　日暮啸俦侣，兼包江汉湘。

——快高论，精神四飞扬。

逍遥九万里，曼衍欺蒙庄。

谁能举厄酒，搔首问苍苍？（其七）

众多名人贤士，荟萃于美好的校园。一个个如鸾似凤勇于凌霜傲骨，精进不息。贤能学士俨然骑着骏马，挥动利剑，向着晨光初现的远方奔驰而去。自己又何德何能像候鸟一样飞向这南方的锦绣大地。骆成骧素有鸿鹄之志，向往万里鹏程。四处寻求志同道合的战斗伙伴，无论是来自长江、汉水还是湘江、漓江。与朋友们高谈阔论，精神情感得以飞扬无极。亦如庄子所言，鲲鹏扶摇九万里，一骋雄伟襟抱，且让朋友们举酒把盏，叩问苍茫大地，未来征途又在何方？

骆成骧在广西法政学堂鼓足余勇，兢兢业业开办教育事业。他深信法政学堂连同广西政局，有张鸣岐励精图治，现实环境既已如此美好，未来亦不失为驰骋雄图远虑的一方沃土。骆成骧已深深爱上法政学堂连同桂林山水了。

1909 年，广西法政学堂于年底已有 160 名学员毕业，为广西及至其他各省输送了新型的法政人才。骆成骧踌躇满志，颇有成就感。

第九章
辛亥革命前后

一

鸿爪雪泥，忽东忽西，漂泊难定行踪。骆成骧于1910年暮春，调离他所钟爱的广西法政学堂，赴山西升任提学使。此时已是宣统二年，他对广西桂林依依难舍，情怀冗冗，作《甘棠渡留州三首庚戌年四月初八》，其一：

> 才过桃花桂岭春，骊歌忽唱诏书新。
> 盈盈碧水当歧路，恋恋青山似故人。
> 后事有盟心系辘，旧情无语泪沾襟。
> 从今异地同苓客，塞北江南一叶身。

暮春时节，接到朝廷诏书，就要奔往山西。生活与工作了两年的广西法政学堂，早已融入秀美的桂林山水，碧水粼粼，恋恋青山，难忘故人深情厚谊。临别时语重心长地相互祝愿，回想朝朝暮暮为一个共同的目标奋斗不息的情景，不由泪水盈睫。从此以后天各一方，又将成他乡之客。无论是塞北江南，都将像一叶扁舟东飘西荡，难有归依。

前程遥指碧云峰，白鹭青枫大小融。

分手愁攀棠渡柳，知心闲护桂山松。

鲲鹏一息难期定，鸿雁从来信自封。

陆贾何年三度岭？落花芳草旧行踪。（其三）

船行江中，遥指前方峰峦叠嶂，真个是青山隐隐、绿水粼粼，一行行白鹭从青苍的枫林中扑棱棱地展翅飞翔。送别的挚友就要在桃叶渡分手，从今往后只能在闲暇之时依桂想望了。纵使胸怀壮志，如鲲鹏展翅高飞远举，却也行踪难定。期盼的是鸿雁传书，息息相通。即使是汉代初年陆贾一样敢作敢当的谋臣，也难以约定何时重逢，而又多么盼望落花时节寻觅往昔的行踪。

"青山遮不住，毕竟东流去。"骆成骧最终告别了建功立业执教两年的广西法政学堂，连同洋溢着画意诗情的桂林山水，辗转来到山西太原任提学使。如果说前两年的职责与使命主要在倾情打造广西法政学堂为全国一流的名校，培育造就法政人才，那么，此次赴山西太原任提学使，则是要在全省范围内推行德、智、体全面发展的办学方针。

山西不同于南方的广西。当地习俗多热衷于经商，晋商闻名全国。若论办学，相对落后，前任提学使汪贻书难有作为，依然按部就班，毫无改革与创新，上下级之间多系公文往来，不少学子怨声载道。骆成骧虽已四十五岁，但他雄心不减，意欲为官一任，务必身体力行，多谋善举，干出一番实事。他一上任，便带上两个随员深入到全省各地，认真考察办学现状。山西远不如广西桂林风和日丽，这儿多崇山峻岭，冬季风雪盈野，坚冰封冻，履步维艰。他却一反往昔高官，出则高轩驾驷，鸣锣开道的架势，他轻便简从，多徒步行走，深入各地学校实地考察。无论是每一州县的教谕，还是学校教师、学生他都促膝恳谈，从中了解真情实况，任对方畅述办学所遇到的困难与障碍，共同探讨兴办教育事业的办法举措。一时之间，他这草鞋提学使声名远扬。各地州县莘莘学子向其诉说欲求者，填门塞户。

他在充分占有第一手资料后，回归太原，经一番深思熟虑，草拟出兴办山西教育的实施方案。他认为要振兴山西教育，必须具有责任担当而又勇于改革创新的贤才俊彦充当各级学官。现有的那些投机取巧、无所作为，甚至贪赃枉法的学官必须坚决予以撤换。他言必行，行必果。待到严厉惩处了几位贪官冗员之后，一时学风大变。他大力提拔了一批学识深厚、为政清廉、敢于担当的贤才能士。然后召集各地学官共同探讨改革实施办法细则，并上报朝廷学部。学部甚为欣喜，准予不折不扣地付诸实施。

骆成骧试图扭转山西重商轻文的风习。

一时之间，山西境内各州县掀起了兴教重学的热潮，不少官绅还有众多平民纷纷将子弟送官办学校读书学习，不出两年，山西学务被评为全国之冠。

二

骆成骧在考察并指导山西全境各州县兴学重教的同时，亦乐于登山览胜，并写出气势峭拔、雄奇超迈的诗篇《雁门》。

> 截断长城一线齐，雁门回首雁飞低。
> 南通海运双鹏翅，北阻天骄万马蹄。
> 六出关山云作阵，回愁天地雪成泥。
> 书生不羡封侯印，满塞弦歌静鼓鼙。

《水经·海内西经》云："雁门山，雁出其间。"山势陡峭，道路盘旋而上，绝顶置关，谓为西陉关，亦名雁门关。自古为戍守的雄关险隘。他盛赞雁门关高耸云端，将雄伟的长城拦腰截断，其地势之险要堪称一绝。它南通海运，北阻匈奴入侵，关山难越，直插云表，四野雪花飞扬，道路一片泥泞。身为一介书生，来到这风雪弥漫的边塞疆域，不是为了做官封侯、称霸一方，而是为了继承传统文化，振兴教育事业，使之重教兴学弦歌不绝。此诗抒发了骆成骧身任山西提学使的雄伟抱负与志趣追求。不难发现他的人生价值取向与在广西法政学堂任监督时一脉相承，且有所发扬光大。

《太原视学》一诗直抒胸襟，抱负远大，即便风高雪寒，也矢志不渝地关注青少年求知若渴的殷切期待，他要沿着既已认定的兴学重教之路，扬鞭催马，奔驰向前。

> 太原三百里，只在万峰间。
> 箭激东涡水，屏遮北罕山。
> 风高知地迥，雪早觉衣单。
> 童屮遥相待，征鞍莫遽还。

太原万峰环绕，河水像响箭一般疾驰而去。天高地远，北风呼号，雪花飘飞得比哪儿都早，单薄的衣衫怎抵凄紧的风寒？即便自然环境如此恶劣，也丝毫改变不了骆成骧纵马驰骋，奔向重学兴学的远大前程。

这一时期，已入不惑之年的骆成骧不似昔年在广西桂林那样寄情于山水的秀美与神奇，抒写出一己的审美快感，当然也涵盖办好法政学堂的欣然自得，功成名就；而到了山西任提学史后，这一时期的诗歌创作，更着重于对山西悠久历史文化的深度开掘与探寻。《晋祠庚戌十一月》堪称这一时期的代表作：

> 太原平地三尺雪，晋祠梨花千树白。
> 流水玲珑玉镜明，枯木瘦人两奇绝。
> 悬瓮山头万仞高，千秋汾晋几英豪。
> 绵山虚掩真王冢，霍水空横国士桥。

亡国翻为兴国水，买丝欲锈赵襄子。

追想同车肘履时，智囊决胜遥千里。

诗作开篇便一往情深地描绘出太原市西南晋祠银装素裹的壮美景观。晋北是那么玲珑别致，像明镜一样清澈见底，太原城南的绵延群山埋藏着一处处王冢，汾水之滨山西男儿出现了几多英雄豪杰！历史上的赵襄子濒临国破人亡的逆境，反而抓住机遇转危为安，一举兴国，多么值得旌表。回想到在险恶的人生境遇中，足以决胜千里的是具有雄才大略的智囊人物。而今意欲在山西境内培养的不正是这类具有非凡才识、高度智慧的英才俊彦么？骆成骧在重学兴教的宏图远虑中看见了一线希望之光。

骆成骧钟情于重教兴学，在历代状元中难有出其右者。他在充分挖掘山西境内固有文化资源给当时学子以沾溉的同时，又别出心裁地编写长调《武丐歌》，以此砥砺学子不惧苦难，奋力前行，并让他们以武训为榜样，学习与发扬"行乞兴学"的奉献精神，从根本上改变山西重商轻教的社会风气。

诗歌先叙武训的穷困与其在困境中的奋起，"但有一丐儿，上无爷与娘。朝出行乞，暮还故乡。念我不学穷至此，中夜起徬徨。环顾四邻诸子弟，复不识字何怅怅？天之所弃不自弃，人之所伤皆吾伤"。骆成骧倾情打造的武训"行乞兴学"的这一特立独行的崇高精神形象，着力开掘其人生价值选择，"宁我百年入地狱，愿他诸子上天堂"。武训这一舍己为人的思想理念，堪称孟子"老吾老以及人之老，幼吾幼以及人之幼"的进一步发扬光大。下写武训的艰苦创业，"三年营一塾，五年营一庠。"武训矢志不渝，殚精竭虑，为之奋斗终身，"抱饥负凉五十载，弦歌百里声相望。余钱分弟使娶妇，独行独止乐洋洋。"真所谓先天下之忧而忧，后天下之乐而乐。

终至描述武训对己身从事教育事业的感召与启迪："学臣闻之汗如浆，私室百拜夜焚香"，他愤然直击现实社会一些官吏的

胡作非为，"胡为大吏司封疆，尽毁讲肆充马厩，欲销笔砚磨干
将"。结尾愤怒谴责："不如武训一丐儿，愚公之志不可量，文翁
之德不可忘。"卒章显其志，誓以武训为榜样，以愚公移山的精
神，搬掉愚昧无识这座大山，让中华儿女为国家民族之振兴，励
志苦读，精进不息。此情此志，光比日月。

骆成骧身在山西太原，仍不时思念在广西法政学堂执教的日
日月月，在全国上下推行法制乃是他矢志不渝的求索。他激情满
怀地送四妹夫古述臣去广西桂林充当法官，写下了《送外弟古述
臣以法官之桂林呈王铁珊法使》：

祝网仁风偏九垓，长官尊重法官才。
苍茫碧海孤舟入，踊跃青山匹马开。
别后明月思玉树，到时花信报红梅。
故人尊酒遥相待，为我殷勤访桂台。

在骆成骧的情感意绪中，厉行法制是一股浩荡的仁义之风，
以王铁珊为代表的司法界十分重视法政人才。贤弟古述臣孤身只
影乘坐一叶扁舟在茫茫碧海中冲波逐浪前往桂林，何其豪迈飒
爽。告别之时月光遍地，多么盼望对方抵达桂林之后传来如鲜花
绽放的好消息，并带去自己对桂林朋友的亲切问候。桂林多的是
名山胜水值得游览，一抒磊落襟怀。

三

骆成骧时常赴山西各州县视学，他在访谈中发现不少社会问
题，皆缘于子弟不学无术，严重丧失人伦道德，不敬父母，骨肉
相残，令人痛彻骨髓。他愤而写《恭祠》一诗，此诗于辛亥年
（1911 年）七月视学至平定川作。诗作满怀愤懑之情，一开篇便
斥责："一家群小聚凶顽，黑白难分骨肉间。"一个失去了人伦道

德的家庭，为一己私利骨肉相残，成何体统呢？他不堪所闻不尊崇天地君亲的乱贼逆子胡作非为，感叹自古以来孝敬父老的优良文化传统已遭破坏，古时晋灵公那样凶残的豪霸无恶不作，皆败在不以诗书传家，不尊孔孟之道。用以显现的是骆成骧对破败的社会风气的痛切针砭连同杜甫所曰"致君尧舜上，再使风俗淳"的殷切期盼。

骆成骧景慕清官贤臣治政，他仿佛在山西识见了一个楷模，那就是山西巡抚陆钟琦。他跟随陆巡抚视学大加礼赞，作《随陆抚部视学》一诗：

> 文昌六曜近三台，喜见鸾旂色笑开。
> 循吏爱民先劝学，大臣忧国早储才。
> 他年桢干参天出，此日陶钧币地开。
> 有语百城贤守令，闻风即起莫徘徊。

骆成骧赞誉陆钟琦巡抚威临州县学界备受欢迎，陆巡抚一路旌旗高扬，声势显赫。作为一代为政清廉、励精图治的循吏，其爱民义举以劝学为先导，亦如辅佐贤君的重臣，重要的识拔与举荐德才兼备的人才。年深日久，成长为参天大树，栋梁之材。

这两句诗，立片言而居要，乃一篇之警策。我们亦可管窥，状元骆成骧的人生价值选择与乎为政理念，"循吏爱民先劝学，大臣忧国早储才"成为他毕生为之奋斗的座右铭与行稳致远的航标。亦可见骆成骧此一时期诗歌哲思理趣得到了进一步拓展，耐人咀嚼与品味。

在父亲骆文廷的精心教诲下，骆成骧及兄弟骆成骙皆以孝悌为本，无论身在何处，念念不忘侍亲。大抵骆文廷正是七十高龄，离任陕西汧阳县后，告老返乡。其子骆成骙为侍亲自秦（陕西）归蜀（四川资中）。骆成骧感于兄弟孝悌之义，吟诗赞颂：

吴山汧水静无埃，桃李新阳满县栽。
郭有道来人共劝，王无功去驾难回。
秦城白帝三峰峻，蜀道青天万里开。
暗数中秋行到否，为余洒扫读书台。

在骆文廷心目中，任在陕西境内的吴山与汧水社会风俗如同胜山秀水一样淳朴宁静，毫无尘埃，县城桃红李白一派阴凉。如同汉代贤者郭有道离任还乡时千乘送别一样热闹非凡，依依恋恋，也像隋唐时期王绩一样，扬州任县丞，离职还乡那么慷慨潇洒。陕西地带峰峦高峻，回归到故土巴蜀的道路早已开通。心中暗自盘算中秋时节能够到家么？千万也要为我这当兄长的收拾打扫好书房哟！

骆成骧乃文状元，他对于骑马射箭之类的武功操练亦情有独钟。文武兼备，是他毕生的追求，还积极鼓励自家子弟参加体育锻炼，要具有强壮的体魄，且对技艺超凡的武士也赞赏不已。于辛亥（1911 年）七月撰写的《观射诗赠杜子诚议长》便是这种思想意志、兴趣爱好的审美表达。

他倾情颂扬："弧矢之威万古同，利器坐钝输火攻。众人共弃我独取，高张大侯树白羽。却忆当年观射时，夹阶貔虎看吟诗。马埒至今杳无迹，二十年来事可知。"骆成骧深切领悟以武功扬威的重要性，从古至今无不如此，当今似乎滋生出崇文轻武的社会风气，而自己唯独欣赏树立靶的箭羽飞驰的壮丽景观。回想当年夹道观赏威武之士豪强逞威的热烈场景，不禁诗兴大发，赞颂不已。而今的比武场日渐销声匿迹，许多年来衰败之势令人叹惋。

他继而引发出神思妙悟，"选弓如官有弱强，驭箭如吏有短长。植的如事有远近，引彀如道有弛张。矫揉能使枉者直，习惯能令柔者刚。正鹄在心中在手，偶得偶失复何有？"我们不得不赞赏骆成骧进入不惑之年，在青少年时期经过多个名师指教下积累了渊深的文化知识，尔后有缘赴日留学，研习法政，再经受长期历练，进入不惑之年后对社会人生有着更深的参悟。他仅从观射便引申出不少治学行事的妙理要道，从而也使他的诗更加富于哲思理趣，上升到一个更高的思想艺术境界。

他好用比拟，将选弓驭射与当官从吏联系起来，表明一个人的长短强弱与所下操练功夫是成正比的，练武如做人谋官，同样有强弱高下之分。紧接又说树立靶的有近有远，可以是五十步，也可以是一百步，拉弓瞄准也会时张时弛，一切视需要而定，无论是树枝、弓箭还是做人的品性，皆能矫正弯曲使之正直，一个人有了良好的思想与生活习惯，柔弱也能变得刚强。一个人只要心中有目标（靶的），而且能用灵巧的双手稳稳把握住，成功与失算也就无须计较了。

骆成骧用诗歌形式，驰骋形象思维，运用一连串比喻，化抽象为具象，变枯燥的说教为可感可触的生动意象，将文武兼备，优良品性的养成与乎功业的建树描述得多么在情在理，生动而又鲜活。

文武兼备的办学思想，骆成骧在广西开风气之先已刻骨铭心，想入非非。夜里，他做了一个酣梦。梦见在太原城讲武场里，举办了一个空前盛大的武赛。

广场中央的高台上，峨冠博带、正襟危坐着山西巡抚陆钟琦，左右并排而坐的是巡抚衙门的高官显贵，以及全省各州县的知州知县。他本人身为山西提学使，理所当然地主持了这场盛大的武术赛。来自全省各个州县，以数十计的学校武术队，无不行列整齐，气宇昂首，身着色彩鲜艳的武术装，头缠各种不同的纶巾，一旦整队入场，齐刷刷的跑步声分外悦耳动听。竟然有一些州县的代表队，人手一把雪亮的钢刀，刀柄上系着鲜艳的红绸或黄绫，各自在体育教师的引领下，拉开弓步，手挥钢刀，左右飞舞，杀伐有声。此时此际，主席台旁战鼓擂动，号角齐鸣，"杀！杀！杀！"吼声震天，一个个手持钢刀的健儿虎跃龙腾，健步如飞。坐在观礼台中央的山西巡抚陆钟琦兴奋得立身站起，带头鼓掌，观礼台上的大小文武官员皆跟随陆巡抚鼓掌庆祝。

尤令人心神备极振奋的是太原城防军的一支子弟兵，个个身骑骏马，手执钢刀，肩挎弓箭，如同闪电般飞奔而至，一匹匹战马，昂首嘶鸣，声震云霄；一个个骑兵，身手矫健，忽儿挥动马刀左劈右砍，忽儿弯弓搭箭，在离箭垛三十五步处，嗖嗖嗖连发三箭，箭箭中的，赢得众声喝彩；技能稍差者，二箭中，一箭有失，皆为之叹惜。忽然从马队中窜出一个神驭手，竟然从马肚子里钻了出来，依然弯弓搭箭嗖嗖嗖三箭三中，喜乐得群情振奋，众声叫绝。最令人大饱眼福的是这骑手发箭之后，他一手挥刀，一手攀住马肚，任腰身与奔马成水平线，比翼齐奔，忽儿左旋右转以白鹤亮翅的优美姿势，一手攀住马背，一手挥动马刀如闪电般飞驰向前。

观众欢声叫绝之时，忽然一个骑着白马的妙龄女骑手身着红艳艳的武术服，头缠一条荷绿色的绸巾，居然从马肚子里溜了出来，高叫一声："大哥，看我的！"只见她一个鱼跃跳上了前面奔驰的马背，眼看就要滑倒在地，她却一伸手抱住了马背上骑手的腰杆。待这男骑手奋臂将其抛下马背之时，只见她一个鲤鱼打挺，身轻如燕，袅袅婷婷地立在奔马背上，喜乐得男驭手不住地握住她的玉臂亲吻。她忍受不了在大庭广众中被如此对待，愤愤然一个霹雳掌将这无礼的男驭手赶下马背，观众正为之大惊失色。这男驭手却一纵身跃上了女驭手先前骑的那匹白马背，忽又与女驭手并辔驰骋，似凤凰比翼齐飞。

骆成骧兴奋得猛叫一声："奇绝呀奇绝！"

可睁眼一看，躺在床上，乃南柯一梦。

命运多舛，神妙难测。张锡銮突然接到清廷诏谕，命他迅速去山西太原任山西巡抚之职。1910年9月25日，上谕：山西巡抚着张锡銮补授。嗣后又于十月初四日旨："内阁奏请饬山西巡抚张锡銮迅赴新任。山西地方紧要张锡銮著迅速赴任，毋稍延缓。"清廷诏谕如此迅疾，事出有因。他还未能接受到官印，孙中山领导的武昌起义突然爆发。骆成骧尚在山西太原提学使任上，写成感事诗《张伯召约至太原》一诗："凤翔千仞耻卑栖，况是青云正有梯。白璧愿携身左右，黄钟难定序东西。生涯愧我随蕉鹿，道气怜君似木鸡。一叶梧桐金井畔，秋金早过白铜鞮。"他将张锡銮比拟为吉祥鸟凤凰，新任山西巡抚平步青云，有权贵相助。价值连城的白璧似乎随身携带，然而定于一尊的王权东西相争，难有定局。感叹己身东飘西荡侥幸如蕉叶掩盖的鹿子，却也不能不赞叹你像木鸡一样镇定自若。梧桐落叶，一叶知秋，愁惨的秋风就要吹过来了，鸣奏的是令襄阳小儿争唱的白铜鞮曲。

此诗借以表达的是骆成骧身处历史变革时期彷徨不定的惶恐心理。原来他倾心向往的是为光绪帝所认同与接受的君主立宪制，待光绪帝去世，三岁的溥仪为宣统皇帝，清廷处于风雨飘摇之时，以孙中山为首的同盟会发起武昌起义，推翻清廷，改建民国。这与骆成骧的政治理念相去甚远。他出之对革命的不理解，对败亡的清王朝仍有所眷恋。由此可知骆成骧身为光绪帝钦点状元，因光绪帝英年早逝甚为忧伤。骆成骧一直感恩戴德忘不了皇恩浩荡。他对时局的革命更替很不理解，他尚属地地道道的封建社会的知识精英。他的政治立场和思想心理的转变与适应还有待时日，甚而是悲剧性的，非常痛苦与郁懑。

他在太原写了不少诗篇抒发这种郁结与悲摧。他于1911年11月16日所写长调《题余河东节高来书》情感冲突尤为剧烈。他一开篇慨叹："砥柱不避黄河流，松柏安知天地秋？男儿出生各有志，谁能速化为鹰鸠？飘风一夜翻神州，天生屠伯为祸酋。"他哀叹即便砥柱中流，像松柏一样熬霜耐寒的参天大树也难以预测并抵挡肃杀秋风的侵袭。一夜之间武昌起义竟将神州大地闹得天翻地覆。甚为顽固的清廷地方长官的拼命抵抗最终被砍下头颅而感觉悲怆："陆公烈烈将军头，妻子同义谁与俦。"

光绪二十一年（1905年）八月，孙中山在同盟会机关刊物

《民报》的发刊词中，响亮提出"驱逐鞑虏，恢复中华，创立民国，平均地权"，成为资产阶级民主革命的纲领。孙中山组织多次武装起义，屡败屡战，终于在 1911 年 10 月 10 日武昌起义，全国各地纷纷响应，以摧枯拉朽之势，清政权土崩瓦解。1912年 1 月，中华民国临时政府宣告成立，庄严宣告延续了两千多年的中国封建君主专制制度的最终结束。清廷灭亡，大局已定。可是骆成骧却极为愤懑，他谴责"即今箝口不得语，坐看敌国生同舟。民瘼国病何日瘳？鸡痫豕零方杂投"。他所抱定的政治主张依然是君主立宪，"立宪徒为革命母，共和隐忍瓜分仇。民党君党争未休，焉知新旧同一邱。……羡君思作逍遥游，五湖七泽寻沙鸥"。

他不仅为"昨日王相今日囚"哀伤不已，更为山西巡抚陆文烈（陆钟琦）于 1911 年 11 月 26 日晨，山西新军攻打署抚，陆文烈拒不投降，当场击毙而悲痛万分。其子陆光熙亦被杀死。其妻为流弹中伤，流血过多不久死去。骆成骧闻讯痛哭不已，写下《挽陆文烈公》：

> 君臣道方穷，陆公究始终。
> 到官未币月，忧国早成痗。
> 意图披肝胆，力争回殿陛。
> 未能感风雷，安辞投虎儿。
> 洪水哀群生，泰山重一死。
> 贞风贯僚仆，高义彻妻子。
> 悲公持大节，千秋抗文史。
> 激昂请棺词，慷慨临穴涕。
> 伯夷庙前峰，豫让桥边水。
> 鼎峙三晋间，云山表英伟。

在骆成骧笔下，愚忠的陆文烈在清政权面临崩坍时，他守土有责，善始善终。诗人"悲公持大节"，站在旧王朝的立场上赞扬陆文烈。

骆成骧继前诗进而礼赞陆文烈"国危身敢惜""正气横三界，悲歌动万方"。

骆成骧紧接又写下了《闻京口载敬修都护殉节》，在骆心中载敬修与陆文烈一样皆为清廷忠诚的卫士，虽相隔千里，却心心相印，"与君地隔心相亲，念君族贵家常贫。伯夷饿死盗跖寿，始地天知终不仁"。他进而赞誉载敬修官位高而家境清贫，喻示其清正廉洁。人民为之痛哭，他将像伯夷叔齐一样宁愿饿死也不愿像盗跖一样道德卑劣，如此高寿，价值何在？

以上系骆成骧对愚忠清廷高官的哀挽与礼赞，他所作《辛亥守岁》一诗，更是对整个辛亥革命的怨与愁，淋漓尽致地表达了他的政治立场与思想理念。

> 今宵一别四千年，惆怅明朝又一天。
> 寒意谁怜增范叔？春心何忍问陶潜？
> 更无臣仆思先帝，从此乾坤付后贤。
> 共道唐虞今再见，不堪重读让王篇。

骆成骧将孙中山领导下的辛亥革命推翻长达数千年的封建统治视为大逆不道，数典忘宗，从此改朝换代，心中为之惆怅不已。能有几人缅怀先帝的美德懿范？朗朗乾坤交付给新的一代，留下的只有唐虞禅让的历史佳话，面对严峻的现实只能徒发概叹。

辛亥革命时期，骆成骧从在广西法政学堂任监督及至赴山西太原任提学使的风光与乎跟当地执政高官与同僚友人暖融融的美好心情不复存在，代之而起的是清王朝的彻底覆灭，以孙中山为首的革命党建立中华民国，他那君主立宪的政治理念从此成为历史记忆。他的精神意绪从巅峰跌入了低谷。他郁苦得意欲投井自杀，幸得家人死死拉住，一再劝慰方才罢休。

学贯中西且深研并膜拜西方议会制的顶尖级人物骆成骧，为何如此迂直呢？其真实原因长子骆凤巘曾有翔实的记叙：

……晋抚丁宝铨不善所为，大怒切齿，恣为之。……丁果去职，继任陆钟琦至，与先君见，相得恨晚。先君亦喜所志之可一展也，治事愈力。殊不一月，兵变猝起。陆抚身殉，妻子仆从均死之，可悲也。

辛亥革命之变，以川路国有，其动机甚微也，非有必不可转之势也。清廷少数少年亲贵，操切激变，置十八省谘议局之恳请保释于不顾，全国人心顿失。武汉一呼，四方响应，加以中枢应变乏才，大权去手，颓势遂定。时列强瓜分之说久盛，凤巘方肆习德文于山东青岛，深以内外交逼，覆亡之虑。及闻晋变，遂约同学数人赴晋，乃悉晋省兵变之详。晋省新军久思一逞，苦有枪无弹。西安难发，驻防旗人遭屠甚酷。晋派新军防河，始发子弹出城。次早黎明，城关初启，新军猝入，返围抚署。陆抚闻变，出堂慰抚群众，谓诸君有任何意见，余俱愿代奏请，何须武力？山西武力微小，岂足独立？语甚恳至，众为所动，相顾有罢兵之意。首难者虑事中止，大惧，猝出手枪击之殒，其仆侍侧亦死。其公子新自日本返，急出呼曰："汉族一家也，何遽尔？"语未毕，受枪立毙。兵变入署，复杀其夫人。其太夫人年八十余矣，避乱仓卒出，彷徨至夜，人无敢收者。凤巘入晋，抵娘子关，遇此首发枪之连长，自述当日事，历历如绘，极口赞云："陆真忠臣也，惜不得不杀。"余曰："其夫人公子实不应波及。"彼曰："唯此着大错，然无及矣。"变兵围抚署外，复分一支劫藩库，市肆无动，人民均喜，谓革命军果异寻常也。至夜乃分头入街市，纵火抢劫，昔日繁盛之区，顿成败堵砾场。学署中人，四望火光，呼啸啼哭之声盈耳，子弹从身旁乱飞，往返窜伏，不知所可。时民军首领已特令无犯学署，故乱军未入。天明后，军政府成立，以人至署，请仍任晋省学司。先君大怒，厉声斥之去。家人闻声骇极，谓祸且立至，幸卒无他。陆抚死，停尸三日不殓，先君极言其失，晋人卒以礼葬之。凤嶙抵晋后，犹屡见先君独往枢所哭奠也。先君责凤嶙曰："清政久失人望，不免于亡。予岂不知？然革命事业，人可为汝不可为，以吾家所受知遇，非众比也，汝欲不为奴隶乎？能自主乎？瞬即为人役矣。"凤嶙仅应曰："凤嶙无所冀也，窃见事变已万不可中止。为求国不亡种不灭，故愿变期缩短……且目前为清室计，实别无较佳途辙也。"先君为不语者久之，终不以凤嶙在晋为然。凤嶙遂去晋，转赴京津。

以上是骆成骧之子骆凤嶙在《述略》中记载辛亥革命时，晋新军围攻抚署，击杀巡抚陆钟琦的真实情景。按骆凤嶙所述，新军在围攻时事先缺乏周密部署，有一定的盲动性，造成滥杀无辜的惨案，并在夜晚发生了纵火抢劫的不法行为。骆成骧父子对此有所谴责的同时，也深切认识到清廷腐败之极、丧权辱国，久失人望，覆灭之势无可挽回。但是骆成骧怎么也忘不了光绪帝慧眼识珠，钦点状元，荣极一时。尔后清廷又派遣他留学日本研习法政。归国之后，又得以从广西法政学堂监督提升为山西省提学使，掌管全省的教育、文化事业，使他驰骋襟抱，施展才华，有了用武之地。循此继进，倘若真正实行君主立宪，他将有更加广阔的发展前景。故此一己的感恩之思与国家民族变革发展总趋势产生了内在的思想冲突。要得以与时俱进，促进政治思想观念与精神情感的转变，委实是一个较为漫长而又痛苦的历程。

第十章
陪同经略使戍川边

一

1912年春节刚过，四十七岁的骆成骧离开了山西太原，回归到四川。父亲骆文廷不幸病逝，他扶着灵柩一步一泪护送父亲回资中县舒家桥七里沟老家。他缅怀父亲一辈子含辛茹苦，在慈母蔡氏的辛勤哺育下励志苦读，二十多岁考上秀才，耕读传家，凭借善良的品性，为乡邻做了不少实事善举，有口皆碑，被荐举为南充县教谕尔后以其政绩卓著，清廷任命为陕西汧阳县令，年逾七旬告老还乡，汧阳百姓夹道相送。岂知民国元年春节刚过，他老人家寿终正寝，享年七十二岁。回想他老人家辛苦一生，原以为可颐养天年。惜乎子欲养而亲不待。这是何等难以承受的哀痛啊！

他忘不了父亲骆文廷当年送自己赴京应试情景，家境如此艰困，连下锅煮饭的米都没了，老人家还要求爷爷拜奶奶地向友邻借钱，筹措旅费。老人家承受了几多的屈辱！每忆及此，不由泪水沾襟，他写下《游子吟》，以示痛悼与怀念：

> 牵衣揽别向燕台，每忆门闾事事哀。
> 远道怜儿无长物，殷勤嘱带状元回。

人都得为希望活着，秀才出身的骆文廷之所以放下腰身，甚而含垢忍辱，百计千方为儿借债读书，以至于赴京应试，便在于他老人家心中有希望和憧憬，他坚信凭儿子经多年励志苦读终将金榜题名，载誉而归。科举之路崎岖艰险，充满了太多的变数，岂能一厢情愿，一帆风顺，朝发夕至？乃父骆文廷一旦梦想成真这是怎样的乐不可支。可是父亲一生苦多乐少，怎能不"每忆门闾事事哀"呢？

骆成骧以《游子吟》为题整整写了十首，足见情意之深之重，达于极致，他在最后一首更多地表示愧疚与自责：

> 翻覆乾坤恨不才，教忠教孝总成灰。
> 奈何坟墓三年别，只向崇陵九顿来。

骆成骧身在民国初年，心却在清朝统治下的封建时期。他自谴自责未尽忠尽孝早已灰飞烟灭。历史是这样残酷无情，父亲安葬已三年，而今他唯一可以做的是拜谒前清帝王的崇陵。此中映射出的是骆成骧铭心刻骨的忠孝情怀。就个人品德而论，是执着虔诚的，就其价值取向未免迂执守旧，进而形成了难以克服的心灵情感的内在冲突。

二

1912年2月12日，清廷在养心殿举行了最后一次朝议，以宣统皇帝名义发布了退位诏书。诏书系张謇所草拟。从此，统治中国260多年的清王朝宣告退出历史舞台。

同一天，袁世凯即以"全权组织临时共和政府"的名义，将清帝退位条件及退位诏旨副本照会各国驻北京公使，并请转各国政府。

13日，袁世凯致电南京临时政府宣布以"共和为最良国体"。

"从此努力进行，务令达到圆满地步，永不使君主政体再行于中国。"

孙中山带领革命党与野心勃勃的袁世凯展开了博弈。1912 年 2 月 15 日，为了迫使袁世凯离开北方实力区域，孙中山委派蔡元培、宋教仁等为迎袁专使，奔赴北京促使袁世凯南下就职。25 日，蔡元培、宋教仁等专使，受到北京官民夹道欢迎。但袁世凯心中有鬼，暗中支使北洋军阀在北京、天津、保定制造动乱，以社会动荡为由，断然拒绝南下。蔡元培等见层层受阻，只好电请南京临时政府撤销此议，允许袁世凯在北京就职。

3 月 6 日，孙中山被迫再次让步，南京临时参议院决定：同意袁世凯在北京就职。

孙中山临时大总统的职位尚未解除，他义不容辞，即时颁布了《中华民国临时约法》，因为形势紧迫，刻不容缓，其《临时约法》草拟较为仓促，内容也较简单。旨在以约法的方式控制住袁世凯的勃勃野心，使之沿着资产阶级民主共和国的政治方向不断前进。

骆成骧在这时代政治大变局的动荡时期，真个是"两间余一卒，荷戟独彷徨"。未来的路究竟怎么走，他委实有些纠结。

骆成骧在四川资中县舒家桥七里沟老友家为父丁忧。此后南京临时政府被迫撤销，拱手将权交给了北京政府袁世凯。

这年仲夏 7 月，骆成骧先是出任四川省临时议会议员。7 月 1 日，四川临时议会开幕一致推举骆成骧为议长；胡骏、邓孝可为副议长，姚彛宪为秘书长。临时省议员共计 292 名。

这之前，骆成骧日渐认清了窃国大盗袁世凯的狰狞面目，他对南方的革命军有所好感与同情。时四川资中同乡杨禹昌为国家民族的振兴与发展，积极支持共和。杨禹昌壮怀激烈，侠肝义胆，挺枪刺杀袁世凯，不幸失败，惨遭杀害，暴尸野外，无人敢收尸。骆成骧心气难平，为其收尸，抱头痛哭，并为之安葬。

骆成骧身在北京，见袁世凯及其笼络的北洋军阀干着祸国殃民的卑鄙勾当。目不忍视，耳不忍闻，愤然出离北京。临行时，他大义凛然，以极其悲悯的情怀带上烈士杨禹昌的遗孀及其孤儿返回四川资中老家，就连遗下的血衣也捧在怀中。多年后他于悲愤与痛悼中写下了《杨烈士节略》。该文言辞慷慨，情深意挚，亦可见出骆成骧对孙中山所领导的辛亥革命主张民主共和在思想情感上有显著的转变与深切的认知。兹摘引于下：

君禹昌，字敏言，资州人也。年二十七。生而颖悟，既长，游学于富顺，师见其胆气过人，知为大器。有势豪凌人，君不平，抗辱之。势豪百计逼君，君因去北京，留学蜀校，时丁未春也。平时循循若处女，及谈天下事，意豪迈，大有冲天惊人之慨……

次年冬，清陆军部招考师范，君曰："当今为武装之师范，为造就武装之母。吾苟能入彀，则清之亡，其在是乎！"后果如愿，以国文专科毕业，派教清河陆军第一中学……逢秋八月，武昌事起，君罄所得薪金，分给学生，联袂南下，经某君介绍入同盟会。

时南北激战甚剧。君曰："京师乃南北根本地，若不事先解决，则各省虽哗，亦枝节耳。"乃与友携炸弹、手枪……入胆大心细之暗杀部。时袁世凯为满清内阁总理大臣，与民军构和。殊袁氏佯假和议，实欲帝制自为，故袁表现于外者，捕拿党人，进窥山陕，灰烬汉沔，离间山东独立，致民军有不可终日之势。君曰："袁氏袭清全权和议……会议和期限业延三次，和议之望仍属子虚。事急矣，请先杀袁氏。"继思曰："袁氏若杀，恐其党羽众多，四出蹂躏，必非民国幸福，是杀不杀均甚困难。吾欲杀之而不致之死，使彼能专意共和，吾愿已遂，否则致之死，计不必难。吾请先，诸君可随后。"议遂决。适和议期满。后三日，与黔省张君光培、黄君继明，同遇害于北京丁字街，时旧历十一月二十八日十一时也。袁氏经此刺激后，果绝对造成共和，民国统一。

杨君籍隶我资，于民国建立功颇伟，中央及本省俱有抚恤追悼，州人若弗闻问，在烈士民国死，固无半点希望名誉权利之心，而我辈获享共和幸福，又何以慰志士英灵？

兹特发起将前清官亭改为烈士专祠，并于旧历六月二十七日午前开追悼会。君子若肯以诗文楹联见赐，或为征聘佳文，则仅表彰烈士，资中人亦有荣焉。

曾训骐先生考证："我断定此文写作时间应该是 1921 年夏，从文中旧历六月二十七日（公历七月三十一日）看，资中的追悼会很可能在北京的迁葬典礼之前。"

骆成骧的这篇《杨烈士节略》文情并茂，句句入心，语语动情，堪称至文。骆成骧不仅概述了杨禹昌的生平，还娓娓描述了杨的个性爱好、志趣追求。从文中"因去北京，留学蜀校"，大抵可以认定杨禹昌曾经是骆在北京蜀学堂执教时的学生。其间亦可感受到骆成骧对这同乡弟子何等喜爱与赞誉，着重突显杨禹昌为建立中华民国怎样殚精竭虑，不惜以血肉之躯奔走呼号，组织刺杀队挺身行刺独夫民贼袁世凯，流尽了最后一滴血。九年后，仍不忘先烈为国家民族建立共和民主而英勇献身的"冲天惊人之慨"，虽死犹荣，实乃资中人的骄傲与自豪。亦可见骆成骧毕生从事教育事业，他所培养的学生杨禹昌是品学兼优、豪气冲天勇于为国家人民的自由幸福献身的一代英才义士。

无独有偶，除了杨禹昌，还有一个魏云泉，魏云泉像杨禹昌一样为实现民主共和，挺身刺杀袁世凯而不幸遇难的四川同乡。骆成骧大义凛然，将其尸骨收敛于北京。魏云泉的夫人也是同盟会会员，被袁世凯派人严密监视，骆成骧便向当局担保，将魏云泉的孤儿寡妻一起带回四川。在其《燕台》中他写道："万里还携孤寡去，三年别抱苦辛来。"回到四川后，他对烈士的遗孤仍然多所关照，包括杨禹昌烈士的霜妻杨张氏。（范银芳《顺应时

代潮流的爱国状元骆成骧》）

骆成骧自幼深受儒家传统文化的熏陶，无时无刻不满怀一腔仁义情怀，真正做到了孟子的教言："老吾老以及人之老，幼吾幼以及人之幼。"尽管由于己身为光绪帝钦定状元，出自感恩，不便于直接参加反清的革命活动，但他早已认知清廷腐败透顶，必将覆灭，这是不容改变的时代发展趋势。待到袁世凯阴谋复辟帝制，骆成骧激于爱国热情，扬眉剑出鞘。他大义凛然劝说陈宦改弦更张，帮助拟写三封电文，逼迫袁世凯丢掉复辟帝制的幻梦，以至于三剑封喉，令袁世凯吐血而亡。此是后话。

骆成骧在四川临时议会议长期间，恪尽职守，厉行民主集体议事，施行议会制，是他 1906 年赴日留学，研学法政便已牢固扎根的治政理念。而今身任四川省临时议会议长，他有了忠实推行议会制的坚实平台。他察纳雅言，广泛听取并收集来自各阶层的情况反映、意见建议。他还迈开双脚亲自下州县考察与访谈，将带回来的问题在议会中研究讨论，并将有关事项转交给省政府及其所属部门研究处理，一时搞得风生水起。

三

在成都，他又与当年在广法政学堂相识的尹昌衡有了密切的交往。当年刚从日本士官学堂毕业回国的尹昌衡任职于广西陆军学校。尹昌衡慧眼识珠，他所招收的学生白崇禧、李宗仁，尔后在中国军事政治舞台上成为重要角色。尹昌衡甘拜骆成骧为师，却为当时的广西巡抚张鸣岐政治见解所不容。骆成骧为身边痛失一个敢作敢为、抱负不凡的贤弟子，不时在心中挂牵。

塞翁失马，焉知非福？尹昌衡告别广西桂林，回归四川如蛟龙入海，掀腾起惊涛骇浪，连骆成骧也为之惊诧。

当时年纪轻轻一身戎装的尹昌衡虽然在广西得与颜楷父子相识并与颜楷妹子颜机订下婚约，依然为巡抚张鸣岐所不容，郁闷难排，吟诗道：

> 踽踽摧心目，崎岖慨始终。
>
> 骥心愁狭地，雁过恋长空。
>
> 世乱谁忧国，城孤不御戎。
>
> 临崖抚忠孝，双泪落秋风。

尹昌衡告别广西桂林陆军学堂，心情郁苦复杂。尹昌衡已经看出广西地域边远，在狭窄的政治格局中，难于一聘实现民主共和的宏伟抱负。尹昌衡进而发出世乱谁忧国的悲怆叩问，即便面临悬崖绝壁一样的险境也要奉献一腔忠诚。

尹昌衡回归四川，正当保路同志会掀起一浪高过一浪护路热潮，时局甚为动荡，真所谓"天下未乱蜀先乱，天下已治蜀未治"。出生于四川彭县的尹昌衡，其父名尹仕忠，身体瘦弱，不善种庄稼，家有田产50亩，全靠贤惠的母亲操持家务。在母亲的严格管教下，尹昌衡像骆成骧一样自幼勤奋好学，成长快，个子高。母亲说服父亲带上一天天长大的尹昌衡连同小女儿进住成都，送儿女读书深造。尹昌衡尔后考入一所军校，1904年选送日本士官学校留学，他年纪较骆成骧小，却早两年赴日留学。

尹昌衡从广西桂林辞职回到四川成都，真也应了乱世出英雄，他不久便当上了四川省政府军政部部长。

1911年阴历十二月八日，第一届四川军政府正式成立，尹昌衡竟然以其雄才大略、敢作敢为当上了都督，副都督为罗纶，下辖三个师，一师师长宋学皋，二师师长彭光烈，三师师长孙兆鸾。军政府不少要职皆系同盟会员。

原都督赵尔丰乃清廷命官，四川人对他恨之入骨，他挥舞屠刀大开杀戒，将四川搅得一团糟。他实在搞不下去了，行将离任去当川藏边防使时心有不甘，他在尹昌衡与颜机举办隆重婚礼时企图暗杀新任都督尹昌衡。岂知尹昌衡早已成竹在胸，就在洞房花烛夜，令人觉得他一定花天酒地、神魂颠倒，必将成为赵尔丰的刀下之鬼。殊不知已有心腹干将密报赵尔丰的阴谋诡计，称说今夜就要发功兵变，尹昌衡佯装糊涂，却暗中布置二师师长彭光烈乘夜领兵包围赵宅，并活捉了先前不可一世的赵尔丰，当堂开审。

尹昌衡腰挎宝剑，手执快枪，逼视着已遭剪双手的赵尔丰道："姓赵的你不是要乘我新婚之夜阴谋暗杀么？"

赵尔丰羞愧地勾下头颅，悄声嘀咕："将军误会，卑职意欲离任之前，给尹将军做好交接。"

"别再狡辩了吧！岂有公事交接，动兵千人，欲将我住宅团团围困之理？"尹昌衡伸手捏住赵尔丰长满胡须的下颌逼视道。

"那，那是误会，真的误会，我是令其演习操练。"赵尔丰继续狡辩，借以开脱罪责。

"哈哈，岂有夜晚操练之理？没想到本都督，仅令第二师师长彭光烈带领三百精兵，冲出设置的包围圈，并抓获了你下手的一名敢死队队长，只要我一声吩咐便可当面对质。告诉你吧，你那敢死队队长已将你下达的谋杀令，连同实施步骤都如实交代了！"尹昌衡大义凛然又心细如发，令赵尔丰在铁证面前无所逃遁。

"唔，怪我一时糊涂，一时糊涂！"赵尔丰在事实面前狼狈得虚汗直冒。

"正告你，赵尔丰，本都督提审你，当面问罪，并非挟持私忿，实乃为川民除害。全川人民发起成立保路同志会，为的是伸张正义，主持公道，请求当局予以妥善处理。你却大发淫威，蛮横不讲理，大开杀戒。人民百姓为维护正当权益，上书请愿，你身为都督听取过民情民愿么？你仔细研究思考过兴建川汉铁路集资款的来龙去脉么？几千万两银子呀！尽是川民的血汗钱，全都是千万人民从牙缝中掏出的点点滴滴累起的活命钱粮，又有多少仁人志士躺倒在你的屠刀之下，而今四川血流成河、哀鸿遍野，你难道一点也看不见手上的血污么？你说该怎么向川民谢罪呢？"

"臣有罪，臣有罪！请都督明察，所行之事，皆禀告过朝廷，朝廷皆有圣旨下达，臣只是按诏谕行事。"赵尔丰竭力将罪责推给清廷，为自己开脱。

"哈哈，你难道不知腐败的清廷已经被推翻？再说你不虚报谎言，朝廷怎么下达如此伤天害理的诏谕呢？"尹昌衡见赵尔丰死不认罪，气愤得狠狠地扇了他两耳光，厉声道："本都督以全川军民的名义，严正宣告恶贯满盈、死不悔改、企图发动兵变的前四川都督赵尔丰处以极刑。"尹昌衡言罢手执快枪，砰砰砰三枪，令赵乐丰当场毙命。

虽然辛亥革命后建立了中华民国，却很快被袁世凯窃取了政权。袁世凯知悉尹昌衡系同盟会会员，孙中山的忠实信徒，倒是对在日本士官学校读书后归国的胡景伊十分信任。尹昌衡还十分热情地荐举胡景伊协同一道主持川政。

尹昌衡极为郑重地发布了胡景伊的任命通知："胡景伊学识优长，谋猷宏远，心精力果，经验宏深，方其智勇，直轶先贤。凡我干城，皆属后进，允宜特任命为全川陆军团长兼军事参议院副院长，各军均受节制。"

以袁世凯为首的北京政府大喜过望，于1912年6月14批准了四川军政府的这一决定，准予都督尹昌衡所请，由四川单独组织军队平叛，任命尹昌衡兼任西行军总司令，胡景伊代理四川都督。

1912年7月12日，尹昌衡身骑高头大马，战旗猎猎，号声嘹亮，他引领的三千新式武装的川军走在前面，后面相跟的是上万人的队伍，在成都东校场举行了庄严的誓师大会。随之挥师进驻雅安。

川边一带风闻尹昌衡亲手诛杀了杀人魔头赵尔丰无不拍手称快，雅安居民争先恐后地前来观瞻尹都督的丰姿伟仪，无不高高地竖起了大拇指。

尹昌衡此次领军西征在舆论上先胜一筹。尹昌衡忘不了恩师骆成骧前来东校场送行时的谆谆嘱咐："用兵之计，攻心为上。不战而屈人之兵，善之善者也。"

雅安素有雅雨、雅鱼、雅女"三雅"之美誉。尹昌衡为了鼓舞士气，在雅州（安）城设置鱼宴，在霏霏细雨中开怀畅饮，分享雅鱼美味。入夜，居然雨住天晴，一弯新月高悬西天。在广场上，将士们围观了俊俏雅女表演少数民族歌舞，藏族、彝族、羌族歌舞轮番上场。歌舞节目别具地域风味，令将士们悦耳悦目，怡志怡神。

尹昌衡庄严宣告：此次平叛西征，为的是给川边百姓带来和平安宁，将士们都得爱民恤民，凡是抢劫骚扰调戏妇女者，一经查明实情，杀勿赦。

他进而宣誓：西征将士乃正义之师，仁爱之师，恳请广大边民予以监督。

尹昌衡慷慨激昂的讲话，赢得了川边人民的广泛赞誉。

休整两日后，从雅州（安）出发向打箭炉挺进，一路峰峦重叠，峡谷幽深，在险峻的盘山小道上，如成群结队的蚂蚁蠕蠕爬行。将士们无不热汗横流，气喘吁吁。尤其到达泸定桥，大渡河水汹涌奔腾，百丈狂澜拍击着峭壁悬崖，发出惊天动地的吼声，令人胆战心寒。尹昌衡回想当年令清军闻之心惊肉跳的太平天国大将石达开，不就是在这泸定桥边覆灭的么？

前车之覆，后车之鉴也。他吩咐副官赵义传讯，各队官兵小心过这大渡河上的铁索桥，不相挤，不争先，切实保证每一位战士都能安全渡过艰危的铁索桥。

又过一日，尹昌衡带全体官兵安全地抵达泸定城。泸定城真也奇险无比，前有折多山，后有郭达山。泸定城坐落于峡谷之中，面临湍急的折多河，河水竟然从街心奔流而过，令人望之心惊胆寒。这儿是地地道道的藏区，城中宽衣大袍，头戴毡帽、脚蹬马靴的藏族汉子与一身毡裙，领挂珠串的藏女，令官兵们惊异不已。

尹昌衡吩咐全体官兵，不可因种族与生活习俗不同而对藏胞另眼相看。须知，此次西征，其目的是平息叛乱，实现汉藏一家，和睦团结乃是共同的旨归。纵有纠纷产生，也得尽量忍让。我们的对手只能是与英国侵略者相互勾结的叛军。

这座川边小城有一座奇特的山峦叫跑马山。山势陡峭，山顶却是一溜平川。凭高视下，打箭炉小城尽收眼底。

跑马山真乃得天独厚的游览胜地，平坦开阔的山顶不失为天然的跑马场，漫山遍野树林葱茏，地面上芳草萋萋，野花烂漫，雀歌鸟语，悦耳动听，恍如天籁，飞泉银瀑在峭壁悬崖间奔流不息。尹昌衡兴奋得要参谋长李逊陪伴他纵马驰骋。高大的骏马向着白云蓝天纵声呼啸，尹昌衡畅享飞奔急驰，一聘豪兴。

尹昌衡游兴不减，一直到日落西山，参谋长李逊提醒道："总司令，夜晚得做好战斗部署呀！"

"啊，是了，该回城议事了！"尹昌衡若有所思道，"英军与藏区达赖叛军联手，不可小觑，说下山就下山吧！"

出席打箭炉官员与当地土司举办的隆重礼宴之后，副官赵义掌着油灯，安放在一张大餐桌上，参谋长铺开一张参谋处精心描绘的战略图。参谋长李逊手握红蓝铅笔指点着军事地图道："英军3000余人，妄图侵占西藏与川边，建立所谓的'西藏帝国'。"英军不仅进占了西藏，还以三千英军支持达赖十三世活进逼川境。

尹昌衡凝视着英军及其叛军的正面布防，向参谋长李逊征求意见道："正面强攻，未必能获全胜，且损失惨重，不如侧面奇袭，打他个出其不意。"

参谋长李逊点头认可："好！"

尹昌衡拍了拍李逊的肩膀道："李参谋长，你看派哪几支队伍进行奇袭是好？"

"由部将戴兴泽带领一个加强营，黄夜行军，绕过英军藏军正面防御工事，奇袭要塞甘孜，另派虎将袁昂率领一个团的兵力，一举攻克藏东重镇昌都。"李逊毫不迟疑地说出了谋虑多日的战略计划。

尹昌衡抚摸着下颌，细眯了双眼，沉吟道："只要在三个月内，即入冬以前我军能拿下甘孜与昌都，犹如一把铁钳卡住了英军及叛军的咽喉，迫使叛军主力龟缩进拉萨，到那时出动万名雄兵，将其围困，其战局如同罐子里捉乌龟，手到擒拿，定让英国侵略军'西藏帝国'的美梦化成一堆废纸，扔进垃圾桶里！"

尹昌衡踌躇满志，似乎多年以来，为国建功立业就在此征一搏，倘能首战告捷，必将大得人心。试看当今之华夏，虽然腐朽的清廷统治已经推翻，孙中山于去年（1911年10月）发动武装起义，建立了中华民国，然而袁世凯窃取了大权，推行的并非三民主义，仍是军阀独裁统治。列强瓜分中国万里河山的狼子野心一天也未止息，倘若西征军一举粉碎了英国侵略者妄图建立"西藏帝国"的梦想，必将极大鼓舞全国人民的斗志，激发其爱国热情。

由部将赵义带领的加强营约800名官兵贪夜疾行，翻越高山峻岭，神出鬼没，一步步进逼甘孜。由罗鹏率领的一团精兵昼夜兼程，如神兵天降，像一柄柄雪亮的钢刀插入了通往拉萨的要塞昌都。

两支奇袭队令英军与叛军始料不及，一反清军的落后装备，用得全部是德国制造的新式武器，山炮如炸雷般惊天动地，轰击得英军与叛军血肉横飞，真不知哪来的天兵天将如此凶猛异常。轻重机枪子弹，哒哒哒声如同生蛋鸡咯咯咯叫唤不息，弹雨密集如同飞蝗一样扑噬，英军、叛军尸横遍野，惶惶不可终日。

赵义率领的虽只一个800人的加强营，但以一当十，个个身手不凡，骁勇无比，经十多天的鏖战一举攻克甘孜城。英军吓得比兔子跑得还快。不出两个月，甘孜与昌都接连传来捷报：英军与叛军已逃跑回拉萨。只等尹昌衡下军令，向拉萨大举进攻了。

尹昌衡用电报向北京政府大总统袁世凯奏捷。袁世凯看了捷报既喜又惊，他摸着秃头，暗自惊诧："好个尹昌衡，智出奇兵，一举战败三千英军连同叛军，不会是天方夜谭吧！"

他当即命令机要室赶快回电尹昌衡，令其将前方战事的具体情节作详细的书面报告。

袁世凯随又静然思之，谎报军情，不可能是这位留学日本，一举诛杀赵尔丰的四川都督尹昌衡的行事风格。他一旦笃定西征军旗开得胜，便也有了与英军谈判的底气。

不出所料，英国公使朱尔典闯上门来了，他一反往昔的骄横傲慢、狂妄自大，彬彬有礼地向袁世凯说道："在甘孜与昌都发生的军事冲突，想来大总统已经知道了。尹昌衡这种不公开宣战，采取神不知鬼不觉的偷袭手法未免不够光明正大。不过事情已经发生了，就没必要过分追究。我今天要正告大总统的是叛军已经取消了'西藏帝国'，我大英帝国驻藏全体官兵已奉命退出西藏屯驻印度。可是四川都督西征军总司令尹昌衡年轻气盛、好大喜功，竟然指挥上万军马拼命向藏区追击。常言道，兔子逼急了也要咬上几口，更何况我大英帝国军力之强大，崇高声誉堪称日不落帝国，一旦受辱，这就多事了。恳请大总统即刻下令，制止尹将军的轻举妄为……"

袁世凯真没想到堂堂英国公使今日这么色厉内荏，在虚张声势的言辞中怎么也掩藏不住吃了大败仗，落荒而逃的沮丧与屈辱。然而袁世凯这大总统的宝座是否安稳，还得看大英帝国的态度，千万不可触怒。

袁世凯成竹在胸，他蓦然意识到这是他与大英帝国握手言欢、互助共信的绝好机遇。他老谋深算佯装不甚知情，故作惊诧道："此事未及亲自过问，若尹昌衡不顾中英亲睦，悍然进军，我一定严加督责，令其就此止步，班师回营！"

"倘若实现和谈，本公使将不遗余力代表大英帝国为袁大总统尔后高升竭尽一切努力！"英国公使朱尔典压在心坎上的石头安然落地。他昨夜思及尹昌衡所率西征军竟然动用了德国制造的新式武器，机枪大炮威力无比，一个个狼奔豕突，赶杀得英军与叛军纷纷倒地，死伤者数百上千。这消息倘若传到伦敦乃至世界各地，真要颜面扫地。等待他的将是议会的弹劾与政府的免职了，而今袁大总统居然欣然同意停战议和，他乐得浑身舒泰。

这袁世凯对官员威严如虎，可对洋大人却视如干爹。为了掬示出诚意，他迅即叫来参谋部次长陈宧，下达命令责成尹昌衡立即停止军事行动，不得借此引起国际纠纷，并暂缓拨出军需物资。

"卑职遵命！"陈宧俯道贴耳，迅即发出指令。

朱尔典听罢，不住地向袁世凯鞠躬致礼。

袁世凯暗自得意，心想尔后复辟帝制又多了一份支持。

树欲静而风不止，英军虽已退回印度，然而叛军叛乱之举一天也未止息。他探悉尹昌衡所率西征军仅一万余人，真正拥有德式武器的仅三千人。倘若用四五倍于西征军的兵力包围清剿，堪称手到擒拿。尤其探知尹昌衡亲领三千将士进驻巴塘，叛军首领如获至宝，当即命令前敌总指挥巴桑朗吉纠结五万藏军团团围困驻巴塘西征军，确定在月黑风高的夜晚发起总攻，声称要活捉尹昌衡，千刀万剐祭奠神灵。

待黑夜降临，雪花纷纷下落，巴桑朗吉命令号手呜呜地吹响牛角号，喊杀之声震耳欲聋，枪弹如同雪霰般纷纷降落。尹昌衡早已料定叛军的叛乱之心不堪悔改，企图寻机反扑，然而断没有想到对方会倾五万之众围困窄小的巴塘。

他一听见牛角声响，便翻身跃起，组织敢死队顽强抵抗，德国造的轻重机枪，如虎狼般大张血舌喷吐出猛烈的火焰，将乌合之众的叛军如割青稞一般放倒在血泊中。岂知五万之众不是小数，"活捉尹昌衡"的呐喊声震霄汉。

当尹昌衡坐镇帐篷指挥精兵鏖战了一个时辰，难以支撑之时，叛军前敌总指挥气焰甚为嚣张，公然喊话："尹昌衡，快来投降，保你一命，若坚持顽抗，本总指挥倾五万之众杀你们一个不留。"

尹昌衡深感情势危急，已做好流尽最后一滴血的准备，他含泪激励将士："为保卫疆土而战，虽死犹荣！"将士们见总司令如此大义凛然，皆精神抖擞以一当十，奋勇抵抗。

及至午夜，突然在巴塘山峦上上千支火把燃烧得荧荧煌煌，密集的弹雨纷飞而至，一群群在雪地中颤抖的叛军如决堤的洪水喊爹叫娘地倒在雪野之中，由巴桑朗吉指挥的五万叛军所筑起的围墙顷刻坍塌。

叛军见主力部队已经崩溃，纷纷掉转枪头亡命逃奔。

原来尹昌衡事先在进驻巴塘之时，已做好周密安排。他料敌如神，任何一所驻处，皆不可高枕无忧，各团之间，虽无电话联系，也得在每个时辰互通情报。

当参谋长李逊获悉有五万叛军围困巴塘之时，他深感形势不妙，当即分派副参谋长陈经率领一团精兵火速前往支援，陈经指挥全团官兵举着火把急切赶赴巴塘，从背面发起猛攻，叛军弄不清西征军派来多少人马，枪炮声猛烈得如同冰雹轰然而至。这些乌合之众的叛军一触即溃，争先逃命。

正面发起强攻的总指挥巴桑朗吉见西征军援军已到，害怕被左右夹击，慌忙组织撤退。尹昌衡援军赶到，即刻命令司号员吹响嘹亮的军号。尹昌衡飞身跨上战马，一手挺枪一手高举火把率领三千精兵冲出城门，迳向大渡河溃退的叛军拼命追赶。

岂知月黑风高，大渡河渡口仅有十来只牛皮筏，怎能运载数万溃军，西征军如同赶鸭群下河，叛军拼命争抢牛皮筏，一群又一群叛军给官长挤进江中。无数叛军面对滚滚滔滔的江水徒唤奈何。

尹昌衡勒住马头，举着火把高声宣告："各位兄弟，弃暗投明吧！我尹昌衡绝不虐待一个同胞，大家亲如兄弟，把枪搁下了吧！"

尹昌衡所率西征军化险为夷，转危为安，大获全胜。

尹昌衡于1913年秘密返回成都。他琢磨由于未能积极支持袁世凯恢复帝制，北京政府势必有所疏离与防范，他驻进武侯祠，立即派副官去军政府要求胡景伊来武侯祠相见。蹊跷的是由尹昌衡热情而且真诚荐举的胡景伊竟然避而不见，且别出心裁地躲进了昭觉寺，还假惺惺地称道："我什么也不想干了，请允许我向尹都督辞职。"原来袁世凯已下令委任胡景伊为四川省都督，却将尹昌衡贬为川边经略使，且明文规定"川事尹昌衡勿需兼任"。

消息传出，群情激愤，在军政府中同盟会会员、国民党人并非少数。不少坚定的革命派大声疾呼"还尹拒胡"。一时之间，大街小巷贴满了"反袁拒胡"的标语，尤以董其武、傅常等国民党中坚人物情绪最为激烈。6月的成都游行抗议的队伍络绎不绝。此时身任四川临时议会议长的骆成骧也深为尹昌衡抱不平。他这临时议会议长碰上这么棘手的难题如坐针毡。他义愤得要求辞职。

尹昌衡清楚地知道，袁世凯对他极不信任。他感觉个人去留事小，国家民族命运事大，尤其川局如此糟糕，究竟如何应对是好？他心中一时难以理出个头绪来，便火速召集军政界有影响力的人物彭光烈、罗纶、董修武、傅常等商议讨论。众人无不义愤填膺，痛骂袁世凯无耻之尤，却一时想不出妥善的应对举措。

恰在此时，身为四川临时议会议长的骆成骧主动上门拜访来了，尹昌衡大喜过望，即刻趋步奉迎。

尹昌衡对眼前这位头戴瓜皮帽，身穿长袍，着一双布鞋，现任临时议会议长的状元骆成骧拱手施礼道："恩师前次亲自送行，昌衡还未及致谢致情，而今昌衡从藏区回归，亦未及登门看望，恩师竟于昌衡受困之际，亲临关顾，委实感激不尽。"

尹昌衡礼毕恭敬地挽住骆成骧的手臂，拾级而上，步入客厅。

尹昌衡将尚是中年的骆成骧扶在太师椅上坐下，又亲手泡盖碗茶送到他面前，一边品茗一边叙说："骆议长大概已经知道袁大头对我极不信任了！"

"政局险恶，想来你心有不甘。重要的是必须审时度势。事已如此，退后一步自然宽。"骆成骧察言观色，坦诚劝慰。

"哎呀，个人荣辱事小，只是恐怕川中更加多事了！"尹昌衡拊掌长叹，"川边经略使也认了，准备处理好一些事务后立即登程。只是胡景伊这个人有些滑头，是否能妥善应对乱局，尚是未知之数。至于川康边境，前次西征已有所安抚，是否再起风波，不可不有所防备。故此，去得愈早愈好。"

"所言极是。"骆成骧呷了一口香茶，心中寻思面前这青年将军尚未被袁世凯的哭丧棒击倒，虽官职遭削，志气犹存，随又意味深长地询问，"你说胡景伊这人究竟如何？"

"唔，他究竟拥护不拥护民国共和，我看尚是个问号。"尹昌衡坦率地说出了心中的疑虑。

"岂止是问号，他本来就是袁世凯的心腹走卒！"骆成骧从来口快心直，深表对胡的鄙视。

尹昌衡满怀狐疑道："你说怪也不怪，他对我避而不见，害怕与我交谈。"

骆成骧细眯双眼作了一番思索，方才应答："他不是躲，而是在看。意欲窥测准方向，以求一逞！"

"他虽有其位，却手中无兵，他能等待什么呢？"尹昌衡之于四川军政时局了如指掌，却一时拿不准胡景伊会怎样采取下步行动。

"等待时局的发展风向，究竟投靠哪一方才有利。严峻的现实是袁世凯仅给了他一纸任命书，却未能派来强大的军事队伍。而今川军几个师都是国民党同盟会所把握，他光杆司令一个，委实孤掌难鸣哟！"骆成骧条分缕析，娓娓道出了胡景伊的尴尬处境。

骆成骧紧跟着咄咄逼人地追问："你知道他当下最害怕的是什么吗？是忌惮你手中有兵权，会对他这新任都督造成严重威胁。故此他不仅躲你而且怕你，他最希望的是要与你结下井水不犯河水的城下之盟。老弟呀，到时候他还会来求教你！"骆成骧经一番明察秋毫的深入分析，立起身笑悠悠地拍了拍尹昌衡的臂膀。

"如此说来，胡景伊还未死心塌地站在袁大头一边。他还在观察时局风云变幻。"尹昌衡兀自沉吟。

"这么说来，我们不宜采取过急举措，将其往袁大头身边推，宜于往我们这边拉。"尹昌衡蓦然惊悟。

"此言有理。个人得失事小，国家民族利益事大，老弟胸怀大义，一心想着为川民谋事，值得钦佩！"骆成骧高高地扬起了大拇指。

尹昌衡打心底里更加崇敬面前这位学问渊深、敏于洞察时局，善于指引前景的名人高士，他情不自禁地喟叹："倘若昌衡身边能有恩师这样的高人指点谋划就太好了！"

"倘若不弃，我愿陪伴前行。"骆成骧急于情义慨然许诺。

尹昌衡激动得立起身，握住骆成骧的手道："老师，你都快五十岁了吧，怎好让你一道去川藏边区风餐露宿呢？"

"你就放心了吧，我这身子骨没那么脆弱，再说不都是为了镇守边防，保境安民，解决缠绕多年的民族纠纷么?!"骆成骧情恳词切，抒发出一腔壮志豪情。

说曹操曹操就到，恰如骆状元的神机妙算，新任都督胡景伊果然坐不住了，急不可耐地前来府拜访。胡景伊躲进昭觉寺为的是以静观变，他不能不对省内外局势作冷静考虑与准确的判断。在这十字路口一步走错，将步步都错，终至陷于歧途，难以自拔。时袁世凯拥兵自重，不仅推行独裁政治，且妄图复辟帝制。胡景伊幡然醒悟，这不是开历史倒车么？我怎么能糊里糊涂甘愿被绑架上车呢？岂不留下万世骂名么？即以过去不久的保路同志会而论，赵尔丰不仅遭到全川各地的一致反对，尔后不甘失去都督之职，阴谋发动兵变最终死于尹昌衡的枪口之下。尹昌衡虽被袁世凯北京政府削去都督之职，但他实际掌握的兵权在川中无有一人出其右者，诸如第二师师长彭光烈何其骁勇，还有多少实力派人物皆是同盟会、革命党。如何能让袁世凯牵着鼻子走，搞什么恢复帝制呢？真个是痴人说梦。恰在此时，他又获悉一则消息：孙中山决心武装倒袁，提出"非去袁不可"。

1913年3月25日，孙中山从日本回国抵上海，当晚与戴季陶、陈其美等聚集黄兴寓所，商议解决策略。

黄兴首先提出按法律程序倒袁的主张。戴季陶反对，主张二次革命。黄兴接着又主张暗杀袁世凯。孙中山认为暗杀不足取，用法律解决也不以为然。他提出："所能解决者只有武力。"他说："袁氏手握大权，发号施令，遣兵调将，行动极称自由。在我看唯有出其不意，攻其不备，迅雷不及掩耳，先发始足制人。"但此时国民党内部组织涣散，意见分歧，响应孙中山号召者甚少。

4月中下旬，革命党在上海召开秘密军事会议，皖督柏文蔚表示："愿首先在皖发难。"

胡景伊阅读至此，不由毛骨悚然。他悉知孙中山绰号"孙大炮"。他干事从来雷厉风行，愈挫愈奋。皖督柏文蔚振臂一呼，必将有多个省份接连响应。而在四川己身如何选边站队呢？他分析袁世凯撤销尹昌衡四川都督，尹定然心怀不满，一旦迁怒于己，又将会闹得怎样沸反盈天呢？如若立即公开像安徽的柏文蔚一样举起反袁的义旗，会不会受到拥兵自重的袁世凯的残害呢？他备感左右为难，只好放下身段登门拜访尹昌衡共同商讨应对的办法方略。凑巧临时议会议长也在座，真乃天缘巧合。他深知这位在清代四川的唯一文状元骆成骧，其治政、治军谋略连光绪皇帝都十分佩服，一定会为己身的尴尬处境指引出正确的途径。

尹昌衡见胡景伊执礼甚恭，且愁苦着一张脸，似有满腹心事急欲诉说，见不出有何敌意便也像好朋友一样拉他在骆议长身边坐下，还泡上一杯香喷喷的热茶让其品茗。尹昌衡大肚能容，他深悉当下应以四川大局为重，这台戏只能演唱成如司马迁在《史记》中书写出的廉颇蔺相如将相和。

尹昌衡多年来一直将骆成骧敬重为恩师，便开口道："仁兄新上任都督之后有什么困难和问题，就当着骆议长的面直说了吧，还有什么要兄弟办的，兄弟决不推诿。"

胡景伊愁苦着一张脸道："当今南北对立，孙中山先生发起武装讨袁的号召，安徽柏文蔚带头响应，我们四川如何应对是好，兄弟特来讨教。"

尹昌衡从来说话单刀直入，仰脸问道："当下时局，你如何看？"

胡景伊十分清楚尹昌衡是坚定的同盟会会员，堪称孙中山器重的一员虎将，立即回应道："我胡某即便再愚蠢也不至于公开拥护老袁开历史倒车，复辟帝制哟！"

尹昌衡拍了拍胡景伊肩膀道："这么看来，你我依然是孙中山的忠诚弟子啊！"

胡景伊顺水推舟道："你我岂止是弟子，还是志同道合的兄弟！"言罢，二人哈哈大笑。

骆成骧从容不迫道："既然是志同道合的兄弟，不妨开诚布公，共同商议应对时局的方略吧！"

胡景伊拱手请教骆成骧："当下军政府究竟怎样表态是好呢？我虽然事理明白，但形成文字公告，顿感重如千钧，稍有一语不慎，必将如石击深潭，腾起轩然大波。"

骆成骧掸了掸瓜皮帽，若有所思道："景伊兄所言极是，全川政局，尤其是成都乱得不可再乱了。前车之覆，乃后车之荐，想当年杨锐等六君子遇难的惨痛教训不可不记取。应该清楚认识袁世凯为首的北京政府毕竟还是合法政府，不可贸然宣称反对，事情得一步步来，心急吃不了热豆腐。愚认为二位慨然宣布，服从中央命令，各自就任新职，密切合作，共同维护川内及川边的安定；二是鉴于川藏边境经济落后，省府将不遗余力，尽其可能予川边财力支援；三是凡事以国会决议为准，有违抗国会决议者，双方共讨之。"

"高！真不愧四川清代唯一文状元！"胡景伊闻言，压在胸口上的一块大石头竟然让骆成骧三言两语就给搬掉了，他长长地舒了一口气。

尹昌衡虽没有胡景伊那么感觉轻松愉快，却也认为此三条不失为应对川局的妙策良方。他打心底里感激骆成骧在如此艰难的处境中指引出了远赴川藏边境出任经略使的一派柳暗花明。首先是化干戈为玉帛，解除胡景伊可能的暗中使绊之忧，进而开解了他最为棘手的经济资源问题。手中有了钱粮，可以大刀阔斧，痛快淋漓地施展整治川边的大计长策。况且有了骆状元这学识渊深、智虑忠纯的诸葛亮式的高人一道同行，亦不愁在川边干出一番事业。

胡景伊在尹昌衡与骆成骧的玉成之下，不日就在成都皇城明远楼宣誓就任四川都督之职。

四

骆成骧以总参议的名义陪伴尹昌衡赴边远的打箭炉——康定任川边经略使之职。骆成骧像唐代诗仙李白一样一生好入名山游。可是此行远不似当年涉海远赴日本留学那样访蓬莱求仙似的神幻飘逸，亦不像去广西桂林那样望不断的青山隐隐，流不尽的绿水悠悠。边远的打箭炉——康定多高山峻岭，四处冰雪封冻，荒无人烟。骆成骧陪伴尹昌衡及其家眷出雅安，过天全，耸入云天的二郎山如猛兽奇鬼，矗立在眼前。他远不似勇武过人的尹昌衡那么飞身骑在马背上信步由缰，怡然自得。他虽能骑马，往昔多在平坝丘陵中逍遥漫步，而此行登攀的险山恶岭，道路分外崎岖狭窄，稍有不慎就会跌入悬崖峭壁间的滔滔河水之中。尹昌衡见状，心中十分歉疚，他专门吩咐马弁牵着缰绳，小心翼翼地踽踽前往。

他与尹昌衡前两天还在雅安兴致勃勃地观看棋局。他临江观棋别是一番风韵，赋诗吟唱：

> 云白天青小住时，当山聊试谢公棋。
> 一九突起禽飞将，闲却貔貅百万师。

此时此际骆成骧在雅安临江的楼台上观看友人下棋，突发奇思异想，联想到晋代谢安、谢玄面对符坚百万雄兵的围堵还安然自得地下棋赋诗，终至赢得胜利的喜讯，以此喻示此番陪伴经略史尹昌衡镇守川边必将得胜而还。

岂知一旦走出雅安城，途经荥经县，攀爬邛崃大关凶险的重重山峦，悬崖绝壁下，滚滚滔滔的江水，令人望而生畏，却也不时涌生提笔题写诗文的逸兴雅趣。

登邛崃大关

> 地入风云窟，天留虎豹关。
> 畏途穿绝壁，鸣涧动空山。
> 苔藓深宜践，藤萝软易攀。
> 勒铭吾有笔，正喜上置颜。

翻越邛崃大关之陡峭险峻望而兴叹，狂风席卷，昏天黑地，如同魔窟，雄奇的关隘如狰狞的猛虎凶豹，狭窄的山道穿越绝壁悬崖，飞泉银瀑在空山中哗哗流响。双脚踩着地面上遍布的苔藓深一脚浅一脚地艰难前行，只有缠绕的藤萝可以牵攀，却仍要手执如椽大笔题诗铭记。一思及此，一切艰难险阻皆置诸脑后，不由喜上眉梢。

四十八岁的骆成骧穿行在前所未曾经历的穷山恶水间，艰难前行，苦中作乐。

骆成骧陪伴川边经略使尹昌衡翻越一座座峻岭高山，虽艰苦备至，仍豪兴不减，路经三国时期诸葛亮西征的九折阪，又诗兴大发，作《与尹经略登大相岭》：

> 蜀疆四塞与云齐，匹马将军万丈梯。
> 兵力直穷三国外，叱声遥度二王西。
> 侵肌暑雨炎风冷，回首峨眉剑阁低。
> 雪岭横天知远近，夕阳明灭下清溪。

他惊叹巴蜀疆域四面都是高山峻岭足以与云天相齐，尹将军身骑骏马驰骋在陡峭的山岭上。他带领的戍边武装直抵当年三国时期诸葛亮所进军的边远地区。炎夏的狂风暴雨侵袭肌肤阵阵发寒，回头遥望已经远去的峨眉剑阁，相形之下已显得低矮。皑皑白雪漫天无际，残阳如血映照着碧绿的溪水，又别是一种旖旎的自然景观。

骆成骧没想到正要渡过离打箭炉不远的泸定桥，前方就传来边防军叛乱的消息，尹昌衡与他顿觉川边局势如此复杂多变。是凶是吉，难以预卜，他当即吩咐卫兵班护送怀孕的新婚妻子颜机跟随骆成骧一道返回雅安暂住，他则要亲身前往与叛军洽谈。夫人颜机死活不愿离开丈夫，骆成骧虽是一个地地道道的文人，却也文韬武略，泰山崩于前而色不变。他端坐在马背上捋了捋胡须道："叛军看似来势汹汹，委实心虚胆寒。倘若敢于兵戎相见，他们不能不考虑尹将军率大军压境，寡不敌众，不会轻易开枪。再者师出无名，难有斗志。凭借将军神威，叱咤风云，只要带上一队人马以凛然大气，予以震慑，先礼后兵，何乱不能平？！将军不必多虑，我愿陪伴前往。先叫副官传令，叫叛军头领来帐中谈判，伺机灵活处置。"

尹昌衡依计而行，立即在泸定桥边设下营帐。并分派一个连的警卫队在营帐四周的树林丛中设下伏兵。且在营帐内外架设轻重机枪，一派戒备森严。

叛军头领不敢贸然前往，派来两名副手，声言："长驻打箭炉，终年积雪，粮秣短缺，难以生存，士气低落，何不如与当地土司结成一体，自立门户充分利用当地土特产，兴办商旅，以图发展。"

尹昌衡斥责道："身为戍边卫士，不思保境安民，而要占山为王，居心险恶，先拉出去各打50军棍，再作处置。"

"长官饶命，我张鸽和王飞都奉命行事，这一切都是李蒙团长策划的呀。"其中个子高长的张鸽知悉尹昌衡性情刚烈，50大板打下，定将皮开肉绽。

端坐在一旁的骆成骧摆了摆手道："尹经略不宜操之过急。以愚之见，先说服二位来使，凡事不可贪图眼前利益，眼光放长远些。张鸽、王飞你们可曾思量跟随李蒙兵变，妄图与当地叛军勾结，割据一方占山为王。到时候还可能投靠虎视眈眈的英国侵略者，其后果如何？"

个子矮的王飞道："李蒙团长的计划是把守住铁索桥，以大渡河为障屏，占据打箭炉，若北京政府派川军围剿，打得赢就打，打不赢就撤，一直撤进西藏拉萨。西藏是雪域高原，地域辽阔，有宽广的回旋余地。队伍可以一直翻过世界屋脊喜马拉雅山，拉到靠近印度、尼泊尔的灵芝地区，那儿有塞外江南的美称，不仅风光奇美，而且物产丰富，多有英国与印度商人在这一地区经商贸易，你我兄弟如鱼得水，满可以赚取黄金白银，衣锦还乡。"

"住口，叛国之罪，该当如何处置？"尹昌衡义愤填膺，又要予以重罚。

"且慢，兵法曰：不战而屈人之兵善之善者也。"骆成骧侧身冲尹昌衡悄声耳语，"依愚之见，我方立足未稳便起战端，其胜

负之数难以逆料。一旦兵损将折，袁大头必严追其责，到时候有
口难辩，倒不如化干戈为玉帛，和议为上。再说夫人颜机身怀有
孕，随军而行……"

骆成骧话还未说完，尹昌衡便醒悟道："总参议所言即是，
就请张鸽、王飞坐下来交谈吧！"

在谈判桌上，骆成骧代表经略使尹昌衡全面地分析了当今全
国形势，重点讲述了叛军叛国是绝不可为的穷途末路，不仅其罪
当诛，还将祸及家族，落下万世骂名。尹经略雄才大略，向来以
国家民族大局为重，他年方二十八岁，留学日本归国，赵尔丰如
此穷凶极恶，不甘心下野，阴谋兵变，尹经略趁夜包围赵府，砍
下赵的头颅悬挂皇城墙头，细书罪状，全成都军民无不拍手称
快。再讲讲尹经略此行，领兵一个师，且与胡都督景伊在鄙人撮
合下，达成协议，愿相互扶持，特别是川边稀缺的粮食与白银。
从今往后，保证按月发放军饷，戍边有功者，予以奖赏，并论其
功劳大小，加官晋级。诸位，快摒弃谋叛的糊涂谋算吧，贴心贴
肠地跟随尹经略戍边守境，大干一番，日后不愁锦绣前程。

骆成骧以总参议的名义说服了两位谈判代表，始作俑者团长
李蒙灰心丧气道："算了吧，鸡蛋碰不过石头，只得安分守纪，
坐观时变。"

一场即将发生的流血冲突，竟让骆成骧兵不血刃，悄然平
息。从此尹昌衡更将骆成骧尊为军师，凡事都要征求骆的意见。

骆成骧为消弭这场流血冲突撰成七律《炉定桥》：

灵关沫水夹崔嵬，大小金川合更开。
翦波皮船侵浪去，横江铁锁步虚来。
两崖瀑影千峰雾，百里滩声万古雷。
此地艰难依虎兕，看君谈笑扫蛇虺。

"炉定桥"即"泸定桥"，已如前述，系奔腾咆哮、惊涛拍岸

的大渡河上的铁索桥，两岸都是陡壁悬崖，李蒙野心勃勃煽动戍边官兵发动叛变，妄图打尹昌衡一个下马威。深研中华传统文化，底蕴丰厚而又智慧超人的骆成骧晓之以理，动之以情，一下解决了这场军事冲突。他气定神闲，创作七律《炉定桥》以寄情明志。灵关者，临藩也；沫水在气势雄险的山崖间奔腾而下，大金川小金川忽分忽合，滩多流急，划着橡皮船激流竞渡，铁索横架在莽莽滔滔的江水上势如虚设。抬头眺望两岸悬崖陡壁间的瀑布银泉如同千年雪堆般奔涌直下，在激流险滩中雷鸣般怒吼。在如此凶险的荒蛮之地深藏着如狼似虎的叛军，似看尹经略谈笑间扫除地头蛇一样潜伏着的邪恶势力，保一方安宁。骆成骧既是在赞扬尹昌衡雄才大略，指挥若定，旗开得胜；也是在抒发如同当年诸葛亮一样，头戴纶巾，手握羽扇，谈笑间，强虏尽灰飞烟灭的儒雅气度与一腔治国平天下的壮志豪情。

　　骆成骧在人生态度上，亦有效仿北宋苏轼的潇洒旷达，无论环境条件如何，他都能随遇而安。他仰慕广西桂林、杭州西湖和四川峨眉这样堪称闻名全国的名山胜水，即便陪伴尹昌衡镇守川边，他也能在恶劣荒蛮的地理环境中寻找到生活的乐趣。他在与尹昌衡一道处理繁冗棘手的川边政务军务之后，亦不时利用闲暇寻找独特的景区游玩，其乐融融，《毓灵宫》便是这一时期精神情感的活写真。

毓灵宫炉城西三十里明正士官别馆

毓灵宫外树苍苍，来访华清第二汤。
浴罢登楼还小醉，四周山色逼清凉。
夜郎跋扈走天涯，犹见楼台似汉家。
云去空山无处所，可能真有女如花。

　　在树林郁郁苍苍的打箭炉城郊的毓灵宫，有一泓温泉。这温泉得天独厚内有温泉、热泉、蒸气泉，还有药泉。当地充分开发自然资源，兴修瓦屋，开办旅舍茶楼。骆成骧在随员的陪伴下入泉洗浴，乐不可支，赋诗吟诵。洗浴既罢，又在茶楼里把盏饮酒，在炎炎酷暑中独享一份清凉。

在袁世凯的专制统治下，即便尹昌衡在骆成骧的倾情辅助下，忍辱负重，殚精竭虑，镇守川边，促成汉藏民族团结，保一方安宁。袁世凯仍不放过尹昌衡加入了同盟会、国民党，在思想信仰上追随孙中山的思想言行，一纸命令，裁撤川边经略使，调尹昌衡入京。骆成骧与尹昌衡殊感惊诧，似乎风云有所不测，又不敢抗旨，心中甚为苦闷，骆成骧作《重经大相岭》以寄情：

> 厄人公肯赐晴晖，一览乾坤识化机。
> 高涧瀑连千嶂落，遥天云挟万山飞。
> 穷边救国难为计，便道还乡且当归。
> 不惜渡泸忧向阙，无端清泪湿征衣。

川边依然是一道道崇山峻岭，飞瀑银泉溅珠跳玉纷纷下坠。即便镇守穷山恶水的边关也身不由己，一纸令下只得归还家乡，重渡险恶的泸定桥，怎么也忍不住涕泪潸然，何其悲怆。

第十一章
经略使赴京遭诱捕

一

尹昌衡接袁世凯电文要他去北京述职。骆成骧特在成都为他饯行，尹昌衡踌躇满志，心想由四川都督降为川边经略使后，在骆成骧辅助下，即便川督胡景伊临行前许诺的资助钱粮迟迟无法到位，依然苦撑苦熬，尽到了戍边之责。虽说不上赫赫功勋，苦劳总是众人所见吧！

骆成骧提醒道："袁大头生性奸诈，还是多留个心眼的好。你口快心直是好的品性，但是对袁这种人还是谨言慎行的好！小心驶得万年船，千记千记！"

骆成骧虑及尹昌衡早已执弟子礼，且又一道去康定戍边，朝夕相处，肝胆相照，情同手足，便也推心置腹，道出所思所虑。

尹昌衡呷了一口酒，感动得噙着泪水道："昌衡此去北京，少了总参议在身边指点，心里不免空荡荡的，真是身不由己呀！不过，我这年轻气盛的怪脾气一定努力改正，总参议的临别赠言，昌衡定铭记于心！"

骆成骧真有些依依难舍，暗自寻思道："你去北京后，我一定关注其行止。也许不久我也会去北京看望，祝君一路顺风。"

言说至此，骆成骧也有些伤感，直将酒杯与君昌衡酒杯轻轻一碰，兀自吞进口中，禁不住一阵呛咳。

尹昌衡见骆成骧心气不舒,饮酒过猛顿感不适,即刻倒上一杯香茶,敬赠品尝,以示缓解。

"唉,此次北上,不知何时再能与恩师促膝叙谈哟!"尹昌衡愁绪满怀,感慨不已。

"人生离多聚少,自古如此。将军而立之年,未来前程无可限量,即便千回百折,亦终将看见一派柳暗花明!"骆成骧担心尹昌衡太为感伤,尽情慰勉,促其为国家民族未来事业奋力前行。

出乎尹昌衡预料的是,北京政府迎接他这位川边经略使上将,仪式之隆重堪称盛况空前,来火车站迎接的居然是国务院总理熊希龄,并有数十名戎装整齐的仪仗队为之致敬行礼,更增添肃穆庄严的浓郁气氛。尹昌衡俨然被捧为凯旋的大将军,接受由总理熊希龄率领的仪仗队的注目礼。紧接在熊希龄陪伴下坐上华丽的马车迳直行驶进驻地。

据当事人岳超回忆:"民国二年(1914年)春,四川都督兼川边经略使尹昌衡来京谒袁,竟成为军政执法处贵宾,轰传一时……政府北迁后,尹晋升陆军上将,烜赫一时。此次出夔门,经京汉路抵京时,京中显要,多至车站迎接,下榻大佛寺街军人俱乐部内。次日,袁世凯接见,陆军部并奉令在军人俱乐部召开欢迎尹昌衡都督大会,中枢各机关首脑人物先后为尹洗尘。"(岳超《尹昌衡入狱》)

岳超又回忆道:"不料一个星期后,宪兵营长密令我带宪兵四名,雇马车一辆,去军人俱乐部请尹都督到东城炒豆儿胡同宪兵营一谈,并对我说明系强制性质。我不敢怠慢,力求顺利进行。我知道尹与营长为留日同学,即以此诳,蒙尹昌衡登车至营本部。营中已为尹备就优待室三间。尹见状,知有异,然已不及走避,盛怒责问,声色俱厉,营长无奈,只得告尹乃奉袁大总统之命行事,为保护尹之安全云云。尹闻之,拍桌骂袁:'袁世凯这小子,还敢把我尹昌衡杀了吗?'"

由此表明尹昌衡赴京谒见袁世凯并未预知这是袁设下的圈套，对袁还抱有一定的幻想。甚而乐陶陶地认为袁视他为功勋卓著、气概非凡的贵宾。他哪里想到，迎接他的隆重礼遇与华丽排场，都是掩人耳目的把戏。

尹昌衡为何要去呢？尹的儿子尹宣晟在接受邱远应访谈时称："袁世凯以暴力劫持国会，正式'当选'总统后，对四川的压力加强，继续下去，军队将被乱解，不仅西藏不保，自身也会以丧师失地的罪名被处置，所以去北京是为了摆脱困境，并向袁作最后忠告。如不被采纳，又可以伺机出国，以谋再举。"按照其子尹宣晟给邱远应的笔答，尹昌衡此次赴京拜谒袁世凯是为了摆脱四川军政界的困境，给袁世凯进言，其心态与行事初衷是积极的，甚至可以说是坦诚的，对袁世凯诡诈狠毒的心计，事先并无觉察。

据当事人岳超回忆：袁世凯亲自接见尹昌衡是在其进京后的第二天，紧接说一个星期后，宪兵营营长方才密令岳超带四个宪兵软禁尹昌衡。可以想见，尹赴京的一个星期里与袁可能有过不止一次的交谈与交锋，不仅尹预想目的未能达到，且产生了严重的分歧甚至对抗。其中一个根本性的问题是尹昌衡无法认同袁倒行逆使，恢复帝制，力主民主共和。故此触怒了大总统袁世凯，且视尹昌衡如同云南蔡锷成为他恢复帝制最危险的敌人，袁顿起歹心，务必将尹昌衡打入牢狱，剥夺其人身自由。

而尹昌衡之子尹宣晟在答邱远应问时则说："因为受章炳麟（太炎）宴邀，章在席上指名痛骂袁世凯，激起了先父反袁情绪，与章互相酬对，将袁激怒。先父得讯，便装出走时，又因同车发生谋杀案，火车在天津站受到军警严格检查，身份无法掩藏，被直隶都督赵秉钧阻留并送返北京，袁察觉先父有'谋反'意图，便下令逮捕。被捕后先父曾作《望成都行》诗一首，抒发他'牺牲何足惜，要在桑梓宁'的情感。"足资证明尹昌衡胸怀磊落，即便在一国之尊的大总统面前，亦不失为堂堂正正的奇男子、伟丈夫。他勇于置个人生死于度外，也要为桑梓（四川）获取安宁而奋争不息。

此时此刻，他方才领悟到状元骆成骧临行前的千叮万嘱是多么语重心长，感伤凄怆。从今往后如何与大权在握、奸诈虚伪的袁世凯斡旋，是一桩难解难缠的事。

他很快知悉，同时被软禁的还有云南的蔡锷将军。袁世凯眼光毒辣，他通过身边的情报高手，已经仔细巡查究竟全国各省有多少像李烈钧一样敢于树起旗帜反对他复辟帝制的军政实权铁腕人物，他都要以笑面虎的高妙手腕一一加以诱捕。目下袁世凯表面上客礼相待，他也只好佯装糊涂，虚以逢迎。教休养且休养吧，以静制动，窥测机遇，逃出北京是为妙策。

尹昌衡也像蔡锷一样表面上狎妓鬼混，暗地里心忧如焚，度日如年，急不可耐地想逃出牢笼，回归巴蜀。

虽在北京软禁中，有幽静的庭院憩息，没有案牍公文的烦扰，还有袁世凯大儿子袁克文送来的香艳迷人的高级妓女的陪伴，他的身心始终难以自由自适，他是多么思念住在成都的父母和身怀有孕的妻子颜机。"少妇今春意，良人昨夜情"，岂是一个陌生的风流妓女可以解愁释闷的么？身为堂堂留日归国曾任四川都督，川边经略使的上将，年纪未满三十岁徒有一腔振兴中华之志，却像困兽一样被囚禁在饰有锦绣的牢笼之中，岂能甘受宰割么？他无时无刻不在思谋逃离的计划。趁1914年元旦，文武官员都要向袁大总统拜礼祝福，他仍以川边经略使上将的身份参加团拜，并乘机请求袁世凯让他重返四川康定处理川边事务。袁世凯称早已委托颜谭镗接替他的职任，川边事务勿须过问，委任尹新职的事还在考虑之中，静息待命！

尹昌衡通过与袁的对话已确认袁是要长期软禁，他必须尽快出离北京城。他冒风险去德国大使馆求助。他恳切地说明事情的原委，德国公使深表同情，慨然允诺用汽车送他去丰台火车站，先去天津，再远渡日本。

哪会想到列车车厢中却出现了袁世凯的亲信赵秉钧正带领一批军警搜查另一名政治要犯，赵以直隶总督的高官显位，从被清查的乘客中认出了尹昌衡。赵秉钧假惺惺地邀请他去府上做客，伺机将其带回袁世凯的囚笼，又可立上一次大功。

尹昌衡急中生智，称说此时不空，改日再来。而今他要去参加江苏都督冯国璋的婚礼，并从容不迫地从衣袋中掏出一张烫金的请柬，还附有冯国璋发来的电报。

赵秉钧扑哧一声笑了。冯国璋都快六十岁的糟老头了，所要娶的姨太太竟然是未满三十岁的女子，却又是袁世凯三儿的家庭教师。还听说这桩婚事的引线人便是袁克定。如此说来，尹昌衡方才的答话并非瞎编胡说。但是作为袁世凯的心腹要员哪会让早已软禁的尹昌衡轻易逃脱？

赵秉钧谎称彼此难得一见，有不少心事需与老弟促膝交谈，这儿离住地不远，倘若误了冯国璋婚礼，我赵秉钧负责致歉。赵秉钧软磨硬缠也要留住尹昌衡。

尹昌衡生气道："老兄何苦要与愚弟过不去呢？"

赵秉钧正色道："实不相瞒，大总统下有旨令，必须请尹经略立刻返回北京！"

他当即掏出一纸电文，递尹昌衡给看。

尹昌衡无可奈何，只得接受这一遭押送回京的残酷现实。当天夜晚赵秉钧派重兵把守，令尹昌衡寸步难行。

赵秉钧之于袁世凯可谓效尽犬马之劳。然而充当袁世凯忠实的鹰犬并不全都有好报。据说袁世凯害怕此事泄密，当晚在天津对赵秉钧狠下毒手，活活毒死。其下场较尹昌衡更惨烈。

第二天，袁世凯派出军警驾着囚车来到尹昌衡住地，将其押走，囚车呼啸而去。从此尹昌衡沦为了逃犯，行将接受的是审判定刑。

骆成骧风闻尹昌衡在北京，先是被袁世凯软禁，随后以逃犯的罪名正式拘捕，他愁苦得如锥刺心，毅然前往北京营救。在骆成骧心中尹昌衡不仅是一名尊己为师的贤弟子，且是当今川中叱咤风云的一代帅才。四川如此动荡的政局，不可没有他。再说从当年在广西桂林相认，尹昌衡便甚为谦恭地执弟子礼，到尔后以总参议的名义陪伴其一道镇守川边，情谊日厚，亲同骨肉兄弟。

他充分信任尹昌衡绝无劣迹，乃不可多得的一代英才，即便上法庭，他也甘当辩护人。

且说袁世凯早已认定尹昌衡是力倡民主共和的中坚人物，必得剪除而方休。袁世凯兀自寻思，尹昌衡既已在军界政界做官多年，哪能毫无劣迹呢？可是手中一件确凿的罪证都没有，又怎么好定罪判刑呢？他也试图像毒死赵秉钧一样杀人灭口。但又虑及尹昌衡是一位敢作敢为的强悍男子，且又封为上将，连赵尔丰都敢于杀害。尹在川军中拥有几个师的兵力，倘若不明不白地让他死去，必将全川以至全国舆论大哗，后果难以预料。妥善的办法是将其送上法庭审判定罪为好。他别出心裁地张贴告示，征集尹昌衡的罪责。他不知是福至心灵，或者是因为愚不可及，居然张贴告示于总统府前，供众人观览，并征集所需罪责：

前四川都督后川边经略使尹昌衡，囚案已拘捕在押。凡我军民，有知悉该员罪行者，均可到府首告。本大总统将亲自审理。

奇文供欣赏，疑义相与析。先行拘捕，然后搜集罪证，真个滑天下之大稽。这不是变相宣告明目张胆地草菅人命么？试问身为一国之尊的大总统其执政理念何其混账糊涂，置公平正义于何地呢？

在京一直为尹昌衡冤狱上下奔走的骆成骧当仁不让，理直气壮地步入总统府，拜见大总统袁世凯谈尹昌衡犯罪的事。

袁世凯见面前这位头戴瓜皮帽，身着蓝布长袍的高长汉子，不卑不亢地站立在他面前，当即询问："来者何事？"

骆成骧施礼道："我名骆成骧，特来拜见大总统。"

袁世凯一怔，定睛观看这个子高长清瘦，戴一顶瓜皮帽，穿一件褪色的蓝布衫，蹬一双沿口平底布鞋，土俗得十足一个乡巴佬，不由皱了皱眉道："唔，记得光绪年间有个状元也叫骆成骧，你听说过吗？"

"禀报大总统，鄙人便是！"骆成骧再次鞠躬施礼。

"唔，状元公请随便坐。"袁世凯没想到钦点状元叩见自己来了，面呈喜色，"你生活有困难，或是令尊有疾，需银两治病？"在大总统袁世凯心目中，状元骆成骧衣着如此寒酸，定然家境艰困，意欲有所施舍，解一时之困，便也掏示出一派悲天悯人的架势。

骆成骧微微冷笑道："鄙人世代家境贫困，却也安贫乐道。而今已衣食无忧，大总统无须挂虑。今特来拜见大总统者，为响应贴在总统府大门前告示的召唤，反映尹昌衡罪责问题。"

"唔，你认识尹昌衡？"袁世凯吃惊道。

"不仅认识且曾共事。"骆成骧坦然应答。

"说说他的罪过！"袁世凯急不可耐，就要吩咐秘书记录。

"禀告大元帅，尹昌衡是一个心忧天下、镇守川边的功臣呀，恳请大总统主持公道，还尹将军一个清白。"骆成骧大义凛然，大声为尹昌衡鸣冤叫屈。

"唔，骆状元哪能这么讲呢？"袁世凯不仅大失所望，简直气愤已极。

"大总统不要动怒，自从1908年在广西桂林张鸣岐府下，从日本士官生学堂留学归来的尹昌衡便向我执弟子礼。从此每有大事要事他都请教于我，我一再教育他牢记孔子的话'慎笃'，一言一行皆须谨慎，断不可越规逾矩。1913年，我又应他之约以总参议名义伴随他去高寒的打箭炉任川边经略使之职。这之前在我劝导下，他甘愿拱手将四川都督的大权交给大总统新任的胡景伊，断不可以降职而有所埋怨，服从大总统的命令，乃下属臣僚的天职。尹昌衡拱手将大权移交给胡景伊。胡景伊快乐得亲自率领军政府官员列队送行。此事是否属实，可叫胡景伊当面对质。"

袁世凯惊讶道："竟然是这样么？"

"大总统听鄙人讲完。从成都去川边打箭炉路途之艰险令人望而生畏，翻越不尽的悬崖绝壁，望不断的皑皑雪山，悬崖绝壁下是如同虎啸龙吟的大渡河，稍有不慎便会跌倒滚滚滔滔的大江之中喂乌龟王八，尹昌衡从不叫苦，他和我连同广大官兵一路有说有笑，为川边有如此奇险风光而惊叹不已。为证此言不虚，我有诗铭记，不妨吟诵一首，名曰《飞越岭》。"

> 百里遥惊线路悬，雷池一步即西天。
> 关横徼外屡屡秀，花到秋初蓓蕾鲜。
> 泸水浅深防盗弄，雪山轻重待公还。
> 去如飞鸟催飞将，耻咏山高马不前。

"啊呀呀，骆公真不愧光绪帝钦点状元，诗词歌赋浅唱低吟，朗朗上口。听状元公吟诗如饮美酒，似赏奇花。状元公如有雅兴，请留在总统府教育署任职吧！"袁世凯似乎动了真情，意欲挽留住骆状元，为他恢复帝制舞文弄墨，借以收买天下文士。

"大总统不要误会，此次拜见全是为了响应告示之召唤，恳请大总统主持公道，尹昌衡确实无罪，他不避苦寒镇守边关，其功至伟，理应嘉奖才是。恳望明镜高悬，是非曲直自有公论，断不可凭道听途说，错勘贤良，为民所共愤。请大总统三思。鄙人告辞了。罪过，罪过！"骆成骧已将话说到这个份上，若要多言，便是画蛇添足，逗人嫌话了。他立起身，拱手施礼，迈步退出。

袁世凯极为不快，骆成骧先前不卑不亢、为民请命的作派，让他感到像吞了一只苍蝇般倒胃。他兀自在心中盘算：看来尹昌衡在川境，以至在北京，在全国各地都有不小的声望。倘若处置不慎，便会惹起轩然大波，但他相信尹昌衡在军政界混了好些年，哪能像骆成骧吹嘘的那样白璧无瑕，一身清清白白呢？查，查他个人仰马翻，查他个麒麟皮下露出马脚来。

重赏之下有勇夫。骆成骧前脚走出总统府门，有好事者接踵而至。

二

有一个名叫邹杰的四川人，据尹宣晟称系同盟会败类。邹杰、魏荣竟向袁世凯捏造诬告的十大罪状。邹杰是有名的"包打听"，凡是哪儿有案讼，他都会像苍蝇嗅住了臭肉一样扑了过去，一口叮住贪婪吮吸。他既然是四川人，又曾参加过同盟会，对于任过都督的尹昌衡当然有所风闻。他便将茶楼酒肆中闲聊瞎侃的传言，予以编织组合，竟然凑成了十多条罪状，诸如阴谋拥兵自重，反叛中央政府，贪赃枉法，鱼肉百姓，广置田产，私开矿山，走私军火，形形色色不一而足。

他得意洋洋地面见袁大总统，将事先准备好的状子呈送给袁大总统。袁世凯见了大喜过望，欣然命笔，作出批示："查原四川省都督后川边经略使尹昌衡在任职期内飞扬跋扈，秉性乖张，作恶多端，兹有本省民众数人来府控告。现成立军事特别法庭，派陆军总长段祺瑞为审判长，即日对该员提起正式审理。"

段祺瑞是何等精明干练的军政要人，他接到通知感觉有些踌躇，大总统交办的事不能不办，可是尹昌衡亦不可小觑。此乃军政实权人物，赵尔丰那么气焰嚣张都不是他的敌手，反而死在他的枪口之下。眼下，尹昌衡并无作乱反叛的大事，怎好兴师问罪呢？由邹杰罗织的大堆罪状，必须件件查实之后方可开庭，否则反会弄得不好下场。

他有礼有节地找来尹昌衡查证。尹昌衡仔细读过邹杰所列罪状之后，礼节性地询问："段总长，你认识这邹杰么？"

"不认识！"段祺瑞摇了摇头。

"我虽与他从无交往。但是在成都他是臭名昭著的'邹讼

棍',此人吃喝嫖赌,五毒俱全,全凭手中一支秃笔跻身于官司
场合,谋取钱财,敲诈勒索,供其花天酒地,无恶不作。如若不
信,可派人去成都查访。"尹昌衡直言不讳地指责原告邹杰纯属
骗子。

"啊,大总统怎么可能招揽这种下三滥呢?"段祺瑞大惊失
色,随又反诘,"你说说哪几件系不实之词。"

"恕我直言,件件不实,全属栽赃坑害。"尹昌衡义正词严。

"你能担保具结么?"段祺瑞目光灼灼,逼视尹昌衡。

"倘若有半点虚饰,我敢拿脑袋具结。"尹昌衡掷地作金石
声。

"好吧,我会认真调查研究,到时作出公正的判断!"段祺瑞
恳切作答。

"谢总长主持公平正义。"尹昌衡识趣地退了出去。

段祺瑞决意要将事件查个水落石出。他当即吩咐军警去四川
会馆寻找邹杰,没想到邹杰早已逃之夭夭。段祺瑞下令全城搜
查,一时查了个鸡飞狗跳。

军警最终在一家妓院里抓住了邹杰。军警将其像落水的癞皮
狗一样拎到段祺瑞面前,他吓得连裤裆都尿湿了。

段祺瑞在台面上巴掌一拍,气咻咻地喝问:"你所列尹昌衡
罪状是从哪儿搞来的?"

"都,都是道听途说,还有待查证核实。"邹杰战战兢兢地应
答。

"哪件罪状,是谁提供的,如实招来。"段祺瑞厉声呵斥。

"我,我全是瞎编胡造,为的是赚几个钱……"邹杰知假造
伪证,其罪当诛,只得如实招供。

段祺瑞气急败坏,命令军警将邹杰送进看守所,严加看管。

事件真相一旦敞明,使得段祺瑞左右为难,如坐针毡。社会
各界就尹昌衡遭受拘捕,一时难以公布真实罪责,舆论大哗,段
祺瑞身为审判长首当其冲,只得宣布:"案情复杂,待将一切隐

情弄清之后，再择日开庭。"

袁世凯一再催促段祺瑞赶快开审，可段祺瑞只能叫苦："别急，准备充分之后，方可开庭。"

袁世凯真不知段祺瑞葫芦里装的是什么药，委派心腹仔细调查，原来邹杰所列举罪名皆是伪造，邹系地地道道的诈骗犯，已遭段总长拘押。

袁世凯闻讯大惊失色，他悔不该将尹案交段祺瑞审理，事已闹得如此糟糕，他又不便强令段祺瑞对尹昌衡苦打成招。段身为陆军总长，堪称当局最强硬的实力人物，袁委实不愿与段闹翻，况且自知理亏。有心腹献计更换主审官为宜。他慨叹一声："也只有这样了。"他终于决定："鉴于尹昌衡案情重大，关系到外交、内政等方面，已不单纯属于军界，因此此案由陆军总长主审已不合适，现决定此案由本大总统主审，陆军总监陆建章为审判长，隔日审理。"

尹昌衡身陷冤狱，气愤之极。他决计以绝食表示最严重的抗议。他在狱中几天不食，辘辘饥肠像绞肉机一样折磨得他痛苦万分，他原是一个性情刚烈的硬汉子。他悲愤得选择了这样一条与袁世凯抗争的危险道路，他挺过了一天又一天，这可急坏了典狱长，一次再次请他用餐，且说："尹将军年纪尚轻，纵使判上十年八年，出狱后照样可以干要干的事，何必折磨自己呢？"

尹昌衡叹息道："典狱长不知，更换的审判官陆建章何许人也？他是一个不打死你，也得让你脱三层皮的酷吏。我尹昌衡情愿绝食饿死，也不愿成为这伙魔王的刀下鬼。"

当年的当事人岳超在《尹昌衡入狱》一开篇便称："辛亥革命后，袁世凯窃获国柄，对革命人物一方面虚与委蛇，一方面暗下毒手。为便于进行这项阴谋活动，特在北京组织一军政执法处，以其心腹陆建章充当处长，以霍建一任侦探，对革命党人经常毫无情由即予拘押，然后以莫须有的罪名置之死地。"

军政执法处在西单牌楼石虎胡同附近，房屋深邃，为北京著名

"四大凶宅"之一。该处将人犯秘密处死后，亦不通知死者家属。

参加辛亥武昌起义之张振武、方维两将军因公来京，亦被杀害。旋此事被北京《爱国报》记者探悉，揭诸报端，引起各方反响。不久，该报主笔亦被军法执政处秘密处死。

尹昌衡绝食已经七日，生命奄奄一息，典狱长害怕上将尹昌衡绝食死于狱中，将责任全部加在自己头上，终于请示段祺瑞总长，段祺瑞即刻吩咐儿子段君良去狱中劝说，一面呈报大总统袁世凯，提出更换陆建章，可由大理院院长周肇祥会同陆军次长谭良伸接任此案。

袁世凯见段祺瑞本是一番好意，点了点头："就这么办吧。"

段君良将再次更换审判官的消息告诉了奄奄一息的尹昌衡，这才勉强同意服食。

有人传说川军二师师长彭光烈曾经派遣一个武功高强的江湖侠士深夜飞身监狱，企图劫狱救走尹昌衡。尹昌衡一面表示感激，一面称说："这办法欠妥，我本无罪，反会因劫狱逃跑加重罪责。放心吧，日后对证公堂，我不会认输的。"

那义侠叹息而去。

开庭这天，袁世凯如临大敌，他亲自披挂上阵，主审官确实已经更换为大理院院长周肇祥。可是周院长所提起的公诉书依然是讼棍邹杰所编造出的十余条，仅只作了一些措辞上的修改，显得圆滑了些。

周肇祥念完诉讼书问尹昌衡："知罪么？"

尹昌衡直脖大嗓铿锵应答："全系捏造，何罪之有？"且一针见血指出，"为何提供罪责的邹杰不敢对簿公堂。要得以问清是非曲直，完全有必要与邹杰当面对质。"

"尹昌衡，不得放肆。"袁世凯恼羞成怒，厉声喝斥，"你如此狂傲不驯，单凭你在最高法院如此大言不惭，本大总统便可以将你处以极刑。"

"错了吧，大总统，已经进入民国，法治社会，人与人法律平等，无罪判刑，天理难容……"尹昌衡愤怒之极，忍不住张口痛骂，已勿须计较后果了。

袁世凯虑及在法庭上，身为主判官却让被告痛骂得哑口无言，倘若再与不顾死活的尹昌衡继续争吵下去，势必脸面丢尽。他转而迁怒于周肇祥事先未能将罪责定死，愤愤然道："你就看着办吧，办完后再向我汇报。"

袁世凯气咻咻地交代了两句，便在卫队的簇拥下狼狈地出离了法庭。

接下来便是被告尹昌衡与主审官周肇祥唇枪舌剑的辩驳。尹昌衡凭借昔日从法政专家骆成骧那里学得的当代世界先进的政法知识连珠炮般向周肇祥轰去。周肇祥身为大理法院（相当于最高法院）院长学识亦颇为渊博。原告邹杰既然不敢上场，周肇祥只能顶替原告揪住那些似是而非的罪责死死不放，企图给尹昌衡扣上一顶顶触犯刑律的帽子。

尹昌衡岂肯服输。他思虑：昔日是在枪林弹雨中为国家民族征战，而今是在众目睽睽之下，在庄严的法庭上愤怒抗辩莫须有的一条条罪责。他虽还未完全适应，对手周肇祥在维护法律尊严的外衣下，替独断专行的大总统充当草菅人命的刽子手，他感到从未有过的悲怆与义愤。他俨然成为绞刑架下的一位无辜受害的义士。他分明已将生死置之度外，他义正词严地指责当今北京政府的专制与腐败。一件件，一桩桩，骂得狗血喷头。他声嘶力竭地断言："奉告周院长，如不清正廉明，真真正正地依循法律办事，还世道以公平、正义，也许当今的大理院定会毁在你周院长手中，遗臭万年。"

周肇祥急得冷汗直冒，心惊胆寒。他寻思倘若继续争辩下去，将更加狼狈不堪。他气咻咻地呵斥法警："赶快将犯罪分子押下去。"

尹昌衡被拖出法庭时仍在声嘶力竭地呼吼："还我公平正义……"

大约是在十天过后，尹昌衡在陆军监狱收到了判决书，声言："经大总统亲自判决，尹案十条罪中，所谓'谋反''草菅人命'等俱无实事，唯'亏空公款'罪情昭著，依法判处有期徒刑九年。"

尹昌衡不服，对"银行借款三万元"一事作了有理有据的申诉，骆成骧亦为之找来有关证人，分别说明事情原委，证明其指控不实。

奈何申诉书、抗辩信如石沉大海。尹昌衡从此要度过九年的牢狱生活。骆成骧为此打骨子里恨透了袁世凯，且深刻谛视独裁专制之于国家民族危害甚剧，唯有施行民主共和，推行议会，以法制治政，才不致错勘贤良，方能国泰民安。尹昌衡冤案，于骆成骧创深痛巨，促成他政治思想观念的转变，产生了强烈的刺激与催化作用。

当年的当事人岳超在《尹昌衡入狱》中说法稍有不同，他称："袁世凯对尹案处理比较慎重，特成立'高等军法裁判处'，地址在西四牌楼羊肉胡同内，处长为殷鸿寿，中将，人称'殷屠户'，袁世凯之心腹，然对此案亦未敢等闲视之。因按当时法律，必须由若干上将组成军法会审，始能审判上将，而各上将审议意见复不一致，故迁延半年余，勉强罗织成'危害四川省人民利益'之罪，判处尹昌衡有期徒刑十年，立即执行，于民国四年（1915年）四月由宪兵营送入陆军监狱。民国五年（1916年）袁世凯死后，黎元洪继任大总统，始将尹释放。"以上系岳超于1962年11月所写的史料。

审判长究竟是周肇祥或是殷鸿寿，判的究竟是九年还是十年，一时难以做出准确判断，暂且存疑。但袁世凯滥用职权，大发淫威，妄加罪责，迫害尹昌衡则是千真万确、臭名昭著的历史丑闻。无论是受害者尹昌衡，还是挚友师长骆成骧与乎一切有良知和灵明的仁人志士皆为袁世凯的阴谋诡计、滥施权威、草菅人命深为愤慨。

第十二章
三电气死袁世凯

一

骆成骧为尹昌衡受袁世凯迫害，衔冤入狱心气不平，竭力为之奔走呼号。当年在四川尊经书院的恩师王闿运已回北京任国史馆馆长，王闿运十分器重贤弟子骆成骧，特邀他与宋育仁任纂修。他无一日不为尹昌衡定罪入狱，且判刑九年鸣冤叫屈，他深为袁世凯任大总统的北京政府的专制腐败而愤懑不已，却又无可奈何。

骆成骧心中储满了无尽的哀愁，有时觉得当今袁世凯这独夫民贼执政的北京政府反不如清末光绪皇帝那么开明，敏于察纳雅言，乐于任用贤才俊彦。甲寅年（1914年），他选择一个风和日丽的天日前往光绪帝崇陵拜谒。崇陵位于河北易县西15公里永宁山。鉴于《关于大清帝辞位之后优待之条件》第一款："大清帝辞位之后，尊号仍存不废。中华民国以待各外国君主之礼相待；第四款，大清帝辞位后，其宗庙陵寝永远奉祀。由中华民国酌设卫兵，妥慎保护；第五款，光绪帝陵寝（崇陵）如制妥修，奉典礼仍如旧制，经费由国民政府负担……"

因此，埋葬光绪帝的崇陵此时（1914年）正在修建中，骆成骧难忘光绪帝慧眼识珠，钦点他为状元。他既心气不舒，对大总统袁世凯痛恨之极，不禁怀念早已逝去的光绪帝。崇陵既已定为名胜古迹，前往拜谒倒也顺理成章。他为之撰写四首七律，命题为《甲寅元日谒崇陵》，兹抄录其四于下：

> 天王飞龙驾已高，群龙无首气争豪。
> 正愁乱世升平远，谁念遗民板荡劳。
> 大统有心归赤伏，小匝无计抱乌号。
> 灵均草宪嗟何及，检点椒兰赋楚骚。

四十九岁的骆成骧哀悼光绪帝早已驾鹤西去，当今虽已进入民国然而远未统一，呈现出群龙无首、各割一方、互争强弱的混乱时局。欲想这乱糟糟的时局一天天走向国泰民安，前清遗民要想恢复帝制也只能是徒劳无功。民众有国家统一的心愿，然而恶势力强大，尚无计可施，只能长吁短叹。回想当年光绪帝草拟宪章多么令人钦佩，而今只能像春秋战国时期屈原一样，徒有一腔报国热忱，却受到奸贼的排斥倾轧，只能以诗赋的形式，用香草美人寄托悲伤而又高远的情志了！

骆成骧身为晚清四川的唯一文状元，住在京城，徒有一腔报国之志却英雄无用武之地，大多文人学士亦难有施展才能的平台，心绪分外悲怆，遂撰成几百字的长调《赠胡葆生编修》，他一开篇便慨叹："嗟我与君皆乙丑，昔同少壮今衰朽。"言及他与胡葆生同生于1865年，从青少年到成年壮年都已日渐衰败。"群英会里双腐儒，万木春前两枯柳。"彼此在知识精英群体中也都恪守儒道，可在万木争春的大好时光中，竟然如同枯萎的衰草一样失去了勃勃生机。回想当年在诗文天地中壮志凌云，气冲牛斗。虎啸龙吟，腾跃于自然生存环境，令各界人士为之惊诧不已。"咫尺青云在眼前，弹冠结绶更何有？"仿佛眼下就可平步青云，弹冠相庆，身穿锦袍，腰系印绶，令人感叹的是"天下英雄何太多，蜀中将帅偏谁厚。重来高盼邈无人，我筑君歌燕市酒"，普天之下英雄豪杰多如牛毛，四川境内众多军阀之中谁能得天独厚，归于统一呢？这样的盖世高人难得一见，倘能出现定筑黄金台把酒高歌。惜乎青春不再，英豪难觅，"浪迹迷途无是非，春来相顾四十九。"你我浪迹天涯，遍走东西南北，而今新春已都四十九岁了。"一别春明万里身，年年为报平安否。"此一别行程万里，相见时难别亦难，还是岁岁年年互通音讯，报告平安吧！

骆成骧备感锦样年华水样流，当年青春正茂，才华横溢，亦如苏东坡青年时自况："有笔头千字，致君尧舜又有何难？"踌躇满志、气概非凡，不觉一晃便到四十九岁，直面的是军阀混战的乱世，能在哪里论辩是非，主持公平正义呢？唯有同窗之谊弥足珍贵，即便各在天之涯，地之角，也要信息相通，互报平安。然而能是一厢情愿，心想事成的么？他在七绝《春草》既欣见大自然造化带来的勃勃生机，却又在思念友人的期盼中大为落空而嗟叹不已。

> 碧草无情人有情，春来依旧满江城。
> 三年不见思公子，曾此匆匆送远行。

骆成骧因江城送别友人，不凄而然地想到了仍在狱中的尹昌衡，赋诗吟唱：

> 即今燕草已如丝，况是江南草长时。
> 恨别将军归未得，不堪书到读丘迟。

江南春早，杂花生树，群莺乱飞，是与友人携手尽享自然美景的大好时节，然而情同兄弟的尹将军依然被囚禁在牢狱之中，欲归不能，欲见不得。遥想南朝时期文人丘迟所写传世名篇《与陈伯之书》奉劝自魏归梁，何其情恳词切，句句搔心撩肠。然而今日之尹昌衡从性质上与陈伯之大异其趣。应该说今日之尹昌衡与南北朝时的陈伯之发轫之时有其相似之处，即"将军勇冠三军，才为世出，弃燕雀之小志，慕鸿鹄以高翔，昔因机变化，遭遇明主，立功立事，开国称孤，朱轮华毂，拥旄万里，何其壮也"！遭遇明主，就尹昌衡而言，可理解为加入同盟会、国民党，拥护孙中山的三民主义。但尹昌衡始终大义凛然，浩气长存，从未像南北朝时的陈伯之那样"一旦为奔亡之虏，闻鸣镝而股战，对穷庐以屈膝，又何劣也"，陈伯之是软骨头，尹昌衡铁骨铮铮。唯一趋同的是："暮春三月，江南草长，杂花生树，群莺乱飞。见故国之旗鼓，感平生于畴日，抚弦登陴，岂不怆恨。"

惜乎在当今世道明主难在，挚友尹昌衡文韬武略，屡建奇勋，却遭卖国求荣的袁世凯所构陷，至今仍在狱中，为其奔走呼号也颇不顺心。由此，骆成骧也厌倦了在中央文史馆任纂修一职。他甚至厌倦并耻于在北京政府任职，怂然写下了《会议辞归未许》：

> 幽燕回首锦官城，二月风和已扇荣。
> 竹影碧遮春水长，桃花红对雪山明。
> 振衣太华三峰峻，濯足长江九派清。
> 记取旧游千万里，天涯何处是归程？

在骆成骧此时此刻的情感体验中，他既已无意官场，长住京城又有多少价值与意义呢？从某种意义上讲无异于无形的牢笼。故此，他十分思恋家乡四川，特别是锦官城（成都）。成都虽然处于较闭塞的四川盆地，但它的美丽与温馨非首都北京可比拟。他因此吟唱从地处幽燕的北京回望远在巴蜀的成都，二月春风似剪刀，巴蜀大地尤其是成都平原已是"木欣欣以向荣，泉涓涓而始流"。婆娑摇曳的翠竹倒映在潺潺流响的春涧里，红灼灼的桃花烂漫如云似霞，映衬着皑皑雪山高原，一派风和景明。整理好衣装登览一座座峻峭的峰峦，一旦热汗淋漓方可在长江清澈的河水中洗浴。屈指数来他已在过去的日月中游走了千万里的路程，不知身在天涯海角，何时才能提上回归的议程？

骆成骧思归之意何其热烈而又执着。

他置身北京，于思归巴蜀成都时，时刻都忘不了戍川边立下汗马功劳的尹昌衡将军仍身陷囹圄。袁世凯视他如虎仇敌，妄加罪名，打入牢狱。骆成骧内外奔走，皆无法营救其出狱。但是尹昌衡文韬武略的大将风采，在他的脑海中鲜活如初，历历在目。他撰写长调《炉城秋》，他在淋漓尽致地描绘打箭炉（康定）的奇异风光和历代戍边往事之后，一往情深地讴歌尹昌衡担任川边经略使时的大将风度与立下的不朽功绩。"天彭上将古都护，轻兵陷敌死不顾。小队直捣巴安城，严冬亲历德格戍。悬车尽解千重围，免胄不辞万里路。兹护羌挈如护儿，勇搏熊豕如搏兔。横槊赋诗鸦龙江，白狼檠木争来降。轻裘缓带不疑杜，羽扇纶巾能拜庞。时时出向北溪曲，新提将士教起伏。有时逢僧说大悲，群拜如来解烦毒。将军盛气雷电奔，青海雪山势可吞。……怀志不伸且饮酒，醉后解酲须五斗。君看流火已西沉，三十年华付杨柳。陈汤延寿纵得侯，事平争报郅支仇。谁怜边徼关山外，辛苦风雪六月秋。"

这首长调是骆成骧最为热烈而又集中地赞誉尹昌衡担任川边经略使，不避道路艰险，甘冒风雪严寒，为镇守川边率领全体将士苦撑苦熬、奋勇争战的可歌可泣的事迹，且建立了盖世奇勋。可是"谁怜边徼关山外，辛苦风霜六月秋"呢？当今的尹大将军如同汉武帝时的李广一样镇守边关，令敌虏闻之胆寒，可是不仅得不到嘉奖，反倒比李广的下场都不如。而今身陷囹圄，试问天公地道何在？骆成骧心中的愤慨与乎尹昌衡的高贵品性，大将风采，所建奇勋，全在这五言长调《炉城秋》中了。

骆成骧在北京城目击以袁世凯为首的北京政府愈益专制霸道，倒行逆施，民不堪命，敢怒而不敢言，而他最亲密最贤能的弟子尹昌衡不仅营救乏术，且无辜判刑九年，备受牢狱之苦。他目不忍视，耳不忍闻，毅然上交辞职书。赋诗《辞纂修呈馆长王湘绮师》以明志。

> 先生自有春秋笔，纵讳尊贤道不谀。
> 肯重汉兴删项纪，定尊尧典冠虞书。
> 共和名在劳稽古，游夏词穷愧起予。
> 归去成都家四壁，欲将辞书拟相如。

王闿运是骆成骧在四川尊经书院学习时，亲手教诲他近十年的恩师，王闿运像高培谷一样为骆成骧成才立业付出了毕生心血。王闿运离开四川尊经书院赴北京任中央国史馆馆长后，依然舍不下骆成骧这贤弟子，将其聘任为国史馆纂修要职。然而师徒皆难以容忍袁世凯一天比一天嚣张的复辟帝制，残酷镇压力主民主共和的仁人志士，皆觉在北京政府统治下的国史馆任职简直是误入歧途，国史馆整编《清史稿》《民国史》，只能秉笔直书，尊重历史事实。眼下以袁世凯为首的北京政府对内残酷镇压革命运动，对外卑躬屈膝、丧权辱国，难道还要为之唱赞歌吗?!他决计辞职离开北京回成都。他怎么也难忘一代文坛巨匠王闿运对他从青少年以至于壮年的哺育与扶持，真是恩重于山，他打心底里敬佩"先生自有春秋笔"，依法儒家传统"为天地立心，为生民立命，为先圣续绝学，为万世开太平"，王闿运尊为国史馆长，敢于秉笔直书，绝不对当权者阿谀奉迎，篡改真实的历史事实，还社会人生以公平正义，真正做到"纵讳尊贤道不谀"。以学习司马迁写《史记》一样尊重崇尧典虞书，而今力倡民主共和，稽考古籍得以论证其合乎历史传承，眼前骆成骧毅然选择了归返成都一策，哪怕家徒四壁也甘之如饴。故此想将辞职书呈交给敬爱的王馆长，像司马相如一样专注于辞赋，了此一生。

可以想见多少年来，一直视骆成骧如子侄的一代大儒王闿运心中会掀腾起难以遏抑的狂涛巨澜。骆成骧是他多年精心培育的贤弟子，国史馆最为得力的中坚人物。一旦辞职出走，他将体验着墙摧柱折的震惊与创痛。这种惨遭活活撕裂的伤痛是他生前少经历过的，在他生命历程中似乎只有他所厚爱的咸丰皇帝驾崩于热河承德避暑山庄，野心勃勃、心狠手毒的慈禧太后发动祺祥政变时感到创巨痛深。所幸骆成骧依然健在，纯系了自身的雄伟抱负而辞职出走。不似年纪轻轻的咸丰皇帝一命呜呼留下个烂摊子，听凭奸诈的叶赫拉娜氏篡权夺位，诛杀以肃顺为首的八大臣，陷国家民族于水深火热。恩师王闿运此时的复杂心情有似十多年后文豪鲁迅所写纪念文章《藤野先生》一文中，鲁迅毅然辞别医学教授藤野先生，励志改学文学。鲁迅认为文学是人学，可以塑造和医治国人的灵魂。王闿运像后来的藤野先生一样非常痛惜人才，朝夕相处，情同手足。一旦离去，便体验着锥心蚀骨般的创痛。

值得提及的是骆成骧辞去国史馆纂修之后，王闿运因袁世凯开历史倒车，明目张胆地要恢复帝制而愤然辞职。此后以残年余力在家乡湖南继续兴办思贤讲舍——衡州舟山书院，并致力于经史研究。回湖南不久，于1916年病逝。骆成骧闻讯哀不自胜，撰写多篇诗文以祭悼。此是后话。

二

骆成骧主意已定，就要离京归蜀。他紧接撰写《燕台春》四首七绝以记冗冗情怀。

其一："兴来游戏锦江滨，老至悲歌易水津。莺语间关花问我，今年争似去年春？"兴之所至，常常游玩于成都秀丽的锦江江畔，中年以后日渐老去竟然在燕赵之地慷慨悲歌"风萧萧兮易水寒，壮士一去不复还"。阳春三月，莺声燕语，花开遍地，兀自探问：今年还会像去年一模一样么，大抵是"年年岁岁花相似，岁岁年年人不同"了吧！

其二："芙蓉城主隔燕云，花蕊共人惜暮曛。苏蕙阳台都不至，莫轻哀怨组回文。"此诗思家之恋，尤为悱恻缠绵。风景秀丽的芙蓉城——成都市，原是家乡，而今身在燕赵遥相阻隔，爱妻韦氏定然像历史上蜀王孟昶的妃子花蕊夫人一样珍惜时光、赋诗叙情了吧。妻子韦氏也像东晋时的苏蕙一样精心绣制回文璇玑图，其哀惋凄艳的诗文都没有收到，委实有难言的落寞与悲怆。

其三："每日儿孙下塾归，遥知绕膝动盈帷。莫嫌娇小喧呼甚，犹胜天涯数落晖。"骆成骧此时更加向往儿孙绕膝的天伦之乐。回想往昔每天每日都盼着儿孙读书放学归家，绕膝嬉戏，其乐陶陶。纵使娇小的孩子大声呼叫也一点不觉得讨厌，真比浪迹天涯寂寞无聊，眺望夕阳晚照要幸福快乐得多。真个是思归如汶水，无日不悠悠。

其四："燕山黑水日应闲，蜀道青天计可攀。尚有痴儿两海岸，归期先告十年还。"骆成骧既已提交辞职申请，在国史馆清闲无事。蜀道之难虽难于上青天，可喜的是已提上议事日程，更为值得喜庆的是长子凤嶙已留学德国学电气工程，相许深造十年。凤嶙志存高远，精进不息，令当父亲的大喜过望。《燕台春》在骆成骧数以千计的诗歌创作中，有似杜甫《鄜州》那么情深意长，悱恻缠绵，真挚感人。堪称抒写乡愁的传世名篇。

骆成骧就要告别常年工作生活在一起的国史馆同人时，情也依依。但其表达的方式未能采取如泣如诉的悲情手法，却别开生面地以戏谑调侃的诗文相赠答。《戏为史馆法局赠答》：

> 剑端绣涩笔生花，学士朝朝染白麻。
> 记否普天争一字，英魂健骨委泥沙。
> 风云转眼尽成空，笔削千秋付史公。
> 知否域中无两大，莫轻颠倒数英雄。

骆状元深为文史馆中的学士精英，虽武功剑术早已生涩，但是手中那只灵秀的笔飞花万点，美轮美奂，而为之付出早生白发，一天天增多有似白麻。朋友们不会忘记吧，为争一字之奇，差一点连硬朗的体魄、英气勃勃的魂灵都快埋进坟墓了。

骆状元言犹未尽，再赋诗一首，慨叹民主共和的时代呼声日渐被北洋军阀用武力镇压了，这段惨烈的历史悲剧只能交给像太史公司马迁那样的贤士秉笔直书，让后人铭记了。诸君可曾知晓北京城中尚无真正的盖世奇勋，千万不可颠倒历史佯称英雄。

常言道：一日为师，终身为父。更何况骆成骧自青春少年便进王闿运主持的四川尊经书院习读几近十年，尔后高中状元，待到中年，任国史馆馆长的王闿运出自爱才惜才，又将骆聘为主持修史的纂修，却因痛恨袁世凯称帝，不愿同流合污，请求辞职。临到惜别之时一道同游什刹海。骆成骧始而以长调相赠，题名《侍湘绮师游石闸海》，诗人感怀，"湘潭先生楚遗老，文章屈宋经师荀。长卿渊云尽弟子，楚艳汉侈何纷纶。更携童冠绩风咏，便作燕山锦水春。东西泰华南北斗，余子纷纷更何有？……"诗中称述王湘绮（王闿运）家居湖南湘潭乃晚清遗老，其吟诗著文依法屈原宋玉，而在思想学理上又效法荀子，他桃李满天下，尤其将骆成骧从童稚少年带在身边朝夕传授经史子集，青春岁月像锦江春色燕山峻岭一样焕发勃勃生机。恩师王闿运像泰山北斗一般横空出世，他所培养的弟子数也数不清，却并不贪恋钱财，几乎一无所有。奈何眼下的中国社会乱得一言难尽，"先帝崩殂张公死，四贵骄奢乱无纪。渡海失柁逢长风，鲸呿鳌掷纵横起。如今学海仍横流，争言夷甫祸神州"。曾经寄予了维新变法希望的光绪皇帝英年早逝，官宦及其贵胄弟子骄奢淫逸，无法无天乱了纲纪。一旦远涉惊涛骇浪的大海失去了行船的舵手，水中的鲸鱼鲨鱼便乘机兴风作浪。如今学术舆论界依然学说风起，五花八门，却不可不警惕空言误国，实干才能兴邦。结句盛赞王闿运之大义凛然叱咤政坛文苑："先生一出振横溃，莫令江左夷吾空对新亭泣楚囚。"骆成骧对时局深怀隐忧，一方面称颂王闿运沧海横流方显英雄本色。然而一个依然严峻的事实是当今面临着内乱外忧，一个个都像东晋时的文人士大夫那么坐而哀叹："风景不殊，举目有江河之异。"皆相视流泪。宜当像那时的王导愀然变色，振臂一呼："当共戮力王室，克复神州，何至作楚囚对泣邪！"

骆成骧借古人的酒杯浇心中的块垒。他激情满怀地呼唤，当今中国社会要多出一些像王闿运这样大师级的精英振兴中华，实现民主共和才有希望。

一个值得警醒的话题：王闿运在骆成骧心目中是出类拔萃、独树一帜的大师。毕竟王闿运是前清遗老，他不可能举起民族振兴的大旗。

三

1915年，骆成骧年届五十岁。元月一日，他依然忘不了于己一生具有决定性意义的光绪皇帝，在众说纷纭中主持公道，钦定他为乙未状元，皇恩浩荡。多年来他一直感激涕零，每年元旦，他都不忘去光绪帝安埋葬的崇陵拜谒祭祀。他正式辞去国史馆纂修一职，携烈士魏云泉的遗孀与孤子返回四川省。经过涿州，过宜昌，沿长江三峡，返回四川。

此一时期作《双镜词》，对镜自照，感思无限，翻来覆去，一前一后，忽左忽右，儒佛交融，参悟人生，妙趣横生，艺术造诣达于至境。抄录于下，聊供赏析：

镜中忽与我相逢，无镜知我在何处？平生自评我无双，双镜相逢我无数。前我问我何处来？后我背我何处去？近我亲我我何亲？远我拒我我何拒？己百己千非无因，像忧像喜非无故。但愁对面呼不闻，更恐中心缕难诉。中心宛转谁识真，双镜空明不染尘。儒家聚众成一身，佛家化身为众人。能聚能散智且仁，非儒非佛妙入神。伟哉造化劳大钧，回身掩镜一惆怅，万象起灭随金轮。

自古道水中月，雾中花，镜中影，皆为难以捉摸的虚幻之境。状元骆成骧由此升华开去，假以双镜自照，镜中影像因相照视角不同而变幻无数。诗作艺术视角之移换交错生出无限妙境，向我背我，亲我近我，远我拒我，己百己千，像忧像喜，忧愁恐惧，时聚时散，亲儒近佛，何其多思多虑多姿多彩，层次分明而又相互叠加，更由景观描绘深化到儒佛文化层面，思想宏深而又境界独诣。元气淋漓，功力弥满，寄意遥深，乃旷古鲜见的佳作新构。

骆成骧从北京回归四川后，已经厌恶了尔虞我诈的政界和军界。1915年3月，袁世凯任命陈宧为四川都督，显然视陈宧为心腹干将。骆成骧因与陈宧多少有些联系，尚对他来四川任都督抱有一线希望与幻想。他曾撰写长调《送陈二庵督兵入蜀》，哀叹川民之多艰，奉劝陈宧将军体察民困，"蜀民困生齿，勤勤忧寒饥。况经党祸炽，奔窜无宁期。生计既断绝，归路复迷离。恻怆视网罟，仁者宜心悲"。他恳望陈宧将军在体察民困的同时，引发慈悲之心，"远人正望岁，勿使生惊疑"。四川人民既已流离失所，祈盼的是未来有好年景，再不能让生民惊慌失措，不得安宁。并希望能够按国家法制行政，"上有国纲纪，下惜民疮痍"。诗人进而奉劝陈宧以史为鉴，慎用兵权，"兵符君自慎，史笔吾所持。他人画像赞，庶几无愧词"。骆成骧俨然将陈宧视为关系密切、坦诚相见的弟子，劝告他在这军阀混战的当下，断不可轻易参加搏战。待到将来编写陈将军在四川执政时期这段历史时，究竟将其描画成什么样的人物形象，他自然会秉笔直书，千万不要愧对拳拳之心与殷殷之盼。

别看骆成骧已是辞职国史馆纂修要职的一介书生。他之于拥有四川军政大权的陈宧不卑不亢。数百字的五言长调，绝无不符合实际的阿谀奉迎之词，更多的是语重心长的劝诫与勖勉。显然骆成骧是站在维护全四川人民和平安宁的立场上，以师长的姿态抒写这首诗的，也为劝导其反袁埋下了伏笔。

陈宧何许人也？生于 1870 年，卒于 1939 年。他较骆成骧整整小五岁，名宽培，字养锐，号二庵（安），湖北陆县人，毕业于湖北武备学堂。早年在袁世凯麾下任虎威营管带，因其治军有方，军纪严明，颇受袁世凯赏识。由此可见他与袁世凯交往密切，堪称心腹。清光绪二十九年（1903 年），锡良出任四川总督，陈宧被委任为四川常备军教练官兼帮统，以其教练有方，提升为常备军统领。不久编练新军，组建三十三混协首任协统。陈宧步步提升，1905 年兼任四川武备学堂会办。陈宧办学校有术，成绩斐然，次年春筹办四川陆军小学堂，任会办。清光绪三十三年（1907 年），随锡良调云南担任军事教官，宣统元年（1909 年）又随锡良调东三省，任东北新军第二十镇统制。1911 年 2 月，即辛亥革命前，他有缘去德国考察陆军建设。

陈宧既追随清廷效尽教练新军的犬马之劳，又善于以静制动，等待时机，窥测方向，以求一逞。辛亥革命成功后，陈宧虑及己身是清廷委任并一再提拔的著名军事教官，只好坐静观变。袁世凯窃取辛亥革命的胜利成果，当上了大总统。陈宧认准时机，又投靠青年时期最先识拔自己的袁世凯，很快成为袁参谋部的一名要员，官任参谋部次长代总长。1914 年 3 月，陈宧任统率办事处办事员，真正成为袁世凯的心腹智囊。1915 年袁世凯又调他入川，并率北洋军三旅，掌管四川军政大权。显然袁调他入川为的是要陈宧把持四川军政大权为其复辟帝制鸣锣开道。

以上情形骆成骧怎会不清楚明白呢？骆成骧经多年的观察了解，早已从骨子里恨透了袁世凯的帝王梦。他准确判定袁世凯是要以仁人志士的鲜血与尸骨换取帝王宝座的窃国大盗。早已是袁世凯心腹智囊的陈宧一定会在四川为孝忠袁世凯称帝效尽犬马之劳。即使己身与陈宧曾有过多么密切的接触，但在这事关陈宧前途的大是大非面前，要能说服并转变陈宧放弃对袁世凯的梦想，顺应时代潮流，会有多么艰难。

骆成骧居然要坚决啃下这块硬骨头。

骆成骧从北京回到四川，其报国之志已由厌恶官场彻底转变为致力于振兴教育事业，他有其自成一体的教育方针与办学理念："勉诸君德育、智育、体育，期万岁国强、家强、身强。"

他不仅在考取状元后留学日本学习法政，且在北京为筹办京师大学堂成为元老级的人物，并拥有创办高等教育的实践经验。

回四川后，他认定今后的主攻方向便是致力于四川高等教育的振兴与发展。他深悉一个巴掌拍不响，众人拾柴火焰高。他回成都后，便与学界名流结成一体，齐心协力为办好四川高等教育而奔走呼号。他与周翔、颜楷、廖平、文澄、廖学章、龚道耕、谭煌、文龙等24人联名上书四川省长公署，要求主持地方筹款，在四川已有四川高等学校、四川师范学堂等五大专门学堂的基础上速建大学，他坚决抵制只准北京等少数城市办大学而不准天府之国的四川办大学。

骆成骧担任四川高等学校校长是他从北京回四川后的自由选择。回顾他走过的心路历程，自中乙未科状元后，他所从事的多系文化教育事业，历任翰林院修撰、京师大学堂（后为北京大学）提调、广西法政学堂监督、山西提学使、四川临时议会议长、中央国史馆纂修、四川高等学校（今四川大学）校长。

四川高等学校当时系四川最高学府，它的前身乃光绪年间任四川总督的奎俊，奉清廷令将四川中西学堂、尊经书院、锦江书院合并而成。其办学理念、建校体制以及教学内容皆仿效京师大学堂，堪称巴蜀最高学府。骆成骧从1912年担任校长，虽然此后一度离川赴京，依然担任校长之职。他于1915年辞去国史馆纂修回四川后，名正言顺地担任四川高等学校校长，并殚精竭虑筹办四川大学。想不到会遭受巨大的阻力。源自辛亥革命后组建的中央教育部部长蔡元培，照说作为杰出的引领时代潮流的一代教育家，在教育兴国的呼喊声中，应该为各省高校如雨后春笋般接连涌现而欢呼鼓掌。教育部部长蔡元培许是担心过急过快会影响教学质量，武断地颁布法令只能在北京、天津、山西设立三所大学，其余各省现有高等学校一律改办大学预科。

这无异于给热心办高等教育的骆成骧等人头顶上浇了一瓢冷水。骆成骧凭着一生励志苦读，高中乙未科状元，尔后又受清廷派遣赴日本学习法政，他逐渐懂得必须以世界性眼光看取高等教育。日本之所以由一个蕞尔岛国一跃而为强国，其中一个重要因素便是敞开大门向西方学习借鉴、兴办教育，即便守旧落后的清廷也源源不断地派遣留学生去日本，接受现代化的高等教育。干吗教育部却倒行逆施，严格限制各省发展高等教育呢？骆成骧想不通，且认为这一规定是极端错误的。他不忍心让正在筹备的四川大学中途停下来。首先他以崇高的使命意识与义不容辞的责任担当，不顾禁令，努力赢得四川省教育司的认同，于民国三年（1914年）二月和七月分别招收了两届正科新生，计213名，包括文科和理科。待到次年，他力主再招新生，却无法获准。

骆成骧为建成四川大学可谓殚精竭虑，上抗来自教育部的巨大压力，下抵地方财力、人力之欠缺，他创办四川高等教育的壮志雄心为后人所铭记。《四川大学校史》有翔实的记载。

据1915年统计，在校学生有文科三个班，理科四个班，总计学生143人，教员29人，管理人员12人，校役67人。图书16120部，地图画册121册，标本器械1071种，校具5000余件，教室12间，自修室102间，实验室7间，宿舍及其他用房162间，年经费10万元。

其规模之巨大，设备之齐全，各类用房之多与乎争取经费之充足，极一时之盛。其间骆成骧熔铸的心血可想而知。

他身为四川高等学校校长，见四川省政府关于筹办四川大学一事态度冷淡，都督陈宧成天热衷于为袁世凯恢复帝制内外奔走，仅将骆成骧呈报办学事宜交下属一个科长办理，这科长居然推诿不肯照办。于是骆成骧愤而草拟《高等学校校长请假附致公署私函》，尽显骆成骧为筹办高等教育的耿耿丹心，与乎对都督陈宦的讥斥与责难，具现一个教育专家的凛凛风骨，兹抄录于下，聊供赏析：

二庵将军节下：政务殷繁，想无暇咎。每欲走访，辄虑扰及。兼官民界别，即有因公之至，或遭慕势之讥。前与诸绅，函请大学，未睹回雁，颇受众诘。吾谓此事，必为科长所阻。特吾从校长之后，不敢不告耳。昨晨科长托人来告，大学若建，须取消已成三千余校，吾茫然不知所解。年后科长来，称奉命来告缓办之意。吾请其说，先引部令，增饰其词，隐相抵压。伊不知公函，固针对部文而发，岂科长未见部文乎？抑科长不解部文乎？吾已目笑存之，因告以部文之意；并谓吾为学司，曾变通部章数十条，皆蒙部准。岂巡按之尊，不能力争？果力争不得，吾民自当感激，何劳足下过虑乎？科长又谓中资捐全省只二十七万，悉数拨给无余。吾谓联合校仅拨十余万，余皆何在？科长谓皆已拨给小学矣。吾谓科长志在小学，自是职分。但全川子弟将终身为小学生乎？科长既谓全数拨给小学，何以吾所闻各县尚有余款，何以并未拨给小学？科长语塞，惟骂视学无良而已。又谓本校现款已拨为医药学校，吾谓此科长之力也。然学款全川人民所担负，非出自科中者。吾谓办省校长之一，应否有与闻之权？且全省校长无由聚会，故请在省绅者与各官立校长议可，而我又适主高校。众议欲办大学，而科长志在小学，故以医校销去此款，为抽薪之计。然后对于小学联校用人之拨款，科长有伸缩之权耳。然中国有世袭王公，无世袭校长，亦无世袭科长。吾三至此校，不满十月，节下当知其非图世袭校长者。当枉驾时，吾即言非办大学不愿再理残局。吾惟不善为官，是以在此。请从此辞！官民界别，庶免屡尘清听也。知我罪我，敢不唯命。此请钧安。治友生骆成骧再拜。

骆成骧为办好四川高等学校，筹办四川大学一再致函以陈宦为首的省政府，请求予以拨给必需的办学经费。而陈宦并不热衷于四川高等教育的建设与发展，成天忙于为袁世凯复辟制做好组织宣传与关系协调，企图赢得袁世凯进一步的重用提拔。骆成骧不愿直接向陈宦发难，却针对陈宦交付处理这一具体事务的科长的搪塞推诿严厉驳斥，讥笑科长令"全省子弟将终身为小学生乎"。进而戳穿教育经费已拨给小学校是假。"众欲办大学而科长志在小学，故以医校销去此款，为抽薪之计。"骆成骧剥茧抽丝将这位科长剥离得体无完肤，赤裸裸一个满口谎言的小丑。骆成骧为的是打狗给主看，让陈宦不可小觑四川高等教育事业，必须认真处理，否则只好辞去四川高等学校校长一职。巧妇难为无米之炊，这是尽人皆知的事理。难道身为掌管全省军政大权的陈宦可以等闲视之么？

骆成骧绝非仅仅为教育经费上下奔走，费尽口舌，他更有着先进科学的教育理念。曾训骐先生在《骆成骧与时俱进的教育理念》一文中作了深入的阐释：一是强调学习西方（含日本）的先进科学技术，积极主张留学取经。在他的鼓励下输送了一批批学子去海外留学，日后成为了栋梁之材；二是重视儿孙教育，鼓励他们后浪赶前浪在科学上勇于探索。

骆成骧不仅己身在父亲骆文廷、资州牧高培谷、经学大师王闿运（湘绮）传递接力棒一样，从幼稚少年到青春成年一梯梯地在学识的征途上攀登，终至考上了状元，随后又赴日本研习法政。他更将己身励志苦读的学习经验上升为系统的教育理念，付诸办学实践，且对自家儿孙亦谆谆教诲，促其成才成业。

他年届五十之时，接到长子骆凤嶙在德国留学时身逢第一次世界大战，依然在战火的侵扰下完成学业，不愿因避难归国的消息。他感其诚，秉笔赋诗：

梦断吾衰也，行留汝壮哉。

龙泉肝胆尽，驷隙骥毛催。

灭地贪新局，文章误异才。

学书兼学剑，不就莫归来。

莫问吾衰老，殷勤望汝情。

百年思独立，四海耻横行。

日暮归何党，途穷负此身。

忍令狐偃父，二母愧陵婴？

　　骆成骧自叹年已五旬，渐入老境。对长子骆凤嶙留学德国祈盼甚殷。教育儿子要文武兼备，倘若不能达到理想的目标，即使在战乱之中也不要归国。不要挂虑他渐渐衰老，为了祖国的和平统一，他不必归于哪一个党派，但是要像春秋时期的狐偃一样，在战乱纷争中为国家的统一与安宁奋斗不息。对于家中母亲韦夫人和席夫人，委实心存愧疚。

　　骆成骧教育子孙之诲人不倦，美德懿范，在其骆鸣津、骆鸣涛《状元公和子孙点滴》中有生动翔实的描述。他要求子孙从小就要在读书写字上下硬功夫，他说："欧字体笔画瘦硬，骨架匀称，结构稳定，必须笔笔成型，遮不了羞，也偷不了懒，只有打好欧字的基础，将来不管写什么体，包括草书都会显现功力。"

　　骆成骧还鼓励儿子骆凤嶙、骆凤钦积极参加体育锻炼，踢球、操琴，拥有广泛的兴趣爱好。骆成骧树立的良好家风代代相传。文武兼备是骆成骧教育子孙的奋斗目标，文章举骆凤钦为例："我们二老爷骆凤钦1903年生，他很喜欢打太极拳，而且打得不错，状元公就让他参加武士会，还得到上台表演的机会。我们父亲和二叔喜欢踢足球，三叔喜欢弹古琴，状元公也让他们自由练习发展。"

　　文章还写到骆成骧在众多子孙中鼓励和平竞赛，哪怕给习字本打圈都颇具分寸。"状元公除了画圈表扬外，有时也口头表扬，得到最高口头表扬的是我们的二叔骆瑟亚。他人聪明，记忆力又好，状元公曾称许他'此乃吾家千里驹也'。在状元公的熏陶下，我们的二老爷、父亲、二叔、三叔成年后在语文方面都能应对裕如，二老爷从事法律工作，一天到晚都与文字打交道。我们父亲抗战时期参加西康省公务员考试获第一名……我们三叔骆颖叔的中文底子也是不错的，他在上海同济大学上的是土木系，但他在报上发表不少文章；新中国成立后他先后在武大水利学院和湖北农大任教，他准备充分，板书又很漂亮，深得学生爱戴。"

子孙中尤为突出的是骆成骧长子骆凤嶙，他在德国留学八年，"他不但学电气而又学土木，回国后先在造币厂任工程师，后在重庆大学任教。"尔后断然辞去教职。"他起码算四川水电的创始人，优秀的工程师，而且他是一个合格的木匠……他搞工程不仅是设计而已，而是现场指挥。"他多才多艺，十分聪明有智慧，"他曾就天文资料，地球磁极地极的变化，推算出地球曾有很大的气候变化，现代的温带，远古要热得多，有大片的森林，现在矿化为煤，而动物原来也有犀象猛犸之类，也因后来温度降低而绝迹。"他学工也擅长文学，他还帮忙修改重大校长所写校歌，且自主创作了《从军歌》。

四

骆成骧虽然是一个封建知识分子，出于感恩戴德对光绪皇帝一直念念不忘，他曾叮嘱儿子骆凤嶙："清政久失人望，不免于亡；予岂不知？然革命事业，人可为，汝不可为，以吾家所受知遇，非众比也！"甚而见武昌起义推翻了腐朽的清王朝，他痛不欲生，奔投井，家人环阻不克殉，尔后赋诗致哀："纵是瀛台亲笔点，皇清添个送丧臣。"他竟然以清忠臣自况，这是他思想落后保守的一面。然而见辛亥革命以摧枯拉朽之势，全国各省云集响应，成为冲决一切陈腐守旧封建统治的滚滚洪流之后，他终于深思猛省，毅然站在支持革命运动的一边，逐渐实现了思想转变，且在任山西提学使时，慨然在奏请清室逊位的表章上签署了自己的名字。据说隆裕太后一眼看到了骆成骧的签名，骇然惊惧，流泪诉说："骆成骧为先帝所识拔，亦谓当如是耶？"

骆成骧的文化政治思想由量变的积累产生了质的飞跃。如前所述，他亲眼看见专横霸道的大总统袁世凯对志士仁人尹昌衡如此妄加罪名，打入牢狱，虽多方设法营救而不可得，而今还要开历史倒车，复辟帝制，是可忍孰不可忍？掌握四川军政大权的陈宦究竟何去何从，是全川人民，也是骆成骧备极关注的大事要事。即便为筹办四川大学的经费问题，他对陈宦心存芥蒂，但是临到复辟帝制这一关系国家民族命运根本大计，骆成骧再也不能沉默了。他慨然向徘徊于十字路口的陈宦伸出了温暖的手，紧紧地将他往孙中山提倡的民主共和方向拉。

事非偶然为之。1915 年，为骆成骧和全国人民愤怒之极的是，5 月 9 日，在日本的威逼利诱下，袁世凯北京政府接受了丧权辱国的二十一条，主要内容是：1. 承认日本享有德国在山东的一切权利，并加以扩大；2. 把旅顺大连及南满（哈尔滨至旅大）、安奉（安东至沈阳）铁路线的租借权或所有权、工商经营权、筑路采矿独占权拱手相让；3. 汉冶萍公司改为中日合办，其附近矿山不准让与他人开采；4. 中国沿海的港湾、岛屿，不得租借或割让他国；5. 中国政府聘用日本人为政治、军事、财政顾问，中国警政和兵工厂由中日合办等。

1 月 25 日，中日双方在北京签订"中日条约"和"换文"十三件。日方代表为驻华公使日置益，袁世凯政府为外交总长陆徵祥。

紧接又传来一个重要消息，袁世凯接受丧权辱国的"二十一条"后，黄兴一改缓进观点，主张立即发动革命，让其子赴日本带给孙中山一信，表示愿与他重新合作。孙中山甚为欣喜，号召革命党人团结一致，共同讨袁，期盼黄兴早日去日本共商讨袁大计。

国内形势急转直下，护国讨袁波翻浪涌。1915 年 12 月 25 日，唐继尧、蔡锷等联名发出通电，宣布云南独立，护国军第一军司令部在昆明正式成立。27 日，护国军右翼两支队伍率先出发，护国战争正式爆发，这场护国战争的首脑人物是蔡锷及其老师梁启超，1915 年 11 月初在梁启超的策划下，明拥帝制暗以倒袁。蔡锷离京抵津。11 月 18 日，蔡锷秘密乘日轮"山东丸"离津赴日本，紧接辗转上海、香港、河内等地，于 12 月 19 日安全抵达昆明。21 日，在唐继尧寓所召开紧急会议，决定火速发动反袁起义。23 日夜 11 时，按议定步骤，向袁世凯发出电报，强烈要求取消帝制，诛除杨度等帝制鼓吹与策划者，宣誓坚决拥护民主共和，并限其 25 日 10 时以前必须做出答复。此电一经通告全国，呼吁勠力同心，共讨复辟帝制、丧权辱国的袁世凯。

袁世凯惊恐万分暂不答复。蔡锷宣告云南正式独立并挥师分三路出征，兵临四川。陈宧奉袁世凯之令进行围堵与镇压。陈宧刚来时仅率技术团二千余人入驻成都，紧接冯玉祥、伍祥祯、李炳之等三个旅相继入川。袁世凯见蔡锷率领的护国军声势浩大，锐不可当，急令曹锟率其精锐北洋军第三师、张敬尧引领第七师、李长泰率第八师进驻重庆地区。

这之前陈宧意欲将四川打造成拥袁的坚固堡垒，他清楚了解孙中山革命党在四川潜力深厚，昔日尹昌衡任四川都督，好几个师皆为国民党、同盟会成员掌握实权，倘若一旦发生兵变，将手足失措。他假称厉行精兵，用以淘汰旧川军，试图组建一支完全由自己掌控的新军。川军第一师周骏部外，陈宧将第四师刘存厚部更改番号为第二师，派驻叙永一带清乡，且早已在胡景伊手中将坚决拥护共和的第二师师长彭光烈调往北京。川军将领王蕴滋在其回忆录《护国战役时的四川讨袁军》中称，鉴于孙中山早已发觉袁世凯组织筹安会，意欲开历史倒车，复辟帝制，甚为紧张，必须兴兵讨袁。孙中山先生委派卢师谛、曹笃（叔实）等同志带来手示。"……今王靖澄（即王蕴滋）可即以四川讨袁军司令名义起兵，在川代表本党，声讨袁贼，民国之幸，吾党之光。须知革命党人，从不拘泥资格，勉之，勿延！"王蕴滋又称："奉命后同人均抱必死之决心，以舍生取义相激励，不避艰险，积极进行。由于操心，危感患深，每一举动均往往先安排退路，力求进可以战，退可以守。"

袁世凯得到情报，陈宧态度有微妙变化，袁世凯匆忙调兵遣将进入四川稳定政局。

且说骆成骧早已与讨袁总司令蔡锷有亲密交往，一听说蔡锷举起了讨袁大旗，心中十分振奋，时刻企盼着蔡锷所率护国军进入成都。而陈宧急得像热锅上的蚂蚁，究竟是护国讨袁还是护袁恢复帝制，举棋不定。他需要的是审时度势，窥测方向，以求一逞，便也放低身段请教见多识广、善于应对时局的状元骆成骧来了。

前些日子四川督军陈宧为袁世凯黄袍加身复辟帝制非常卖命，他曾代表副总统黎元洪由湖北到北京，参与袁的秘密策划。陈宧青年时期便是袁世凯一手提拔起来的亲信，袁世凯见其忠心委成威将军兼巡按使，掌管四川一切军政要务。可是云南蔡锷一旦举起护国讨袁的义旗，已经兵临川境，其势锐不可当，并得到了全国各省的响应与声援，袁氏政权摇摇欲坠，形势十分不利。识时务者为俊杰，对于当前局势如何清醒地认识与应对，他迫切需要学识渊深、见解独到的社会贤达予以指陈。他很快想到曾任四川临时议会议长的状元骆成骧，虽然曾经因筹办四川大学经费问题中间有些不愉快，但毕竟己身曾在京师大学当过骆的学生，他知道骆成骧向来看重师生之情，便也觍着脸向骆成骧讨教来了。

陈宧悉知骆成骧早已旗帜鲜明地反对袁世凯称帝，便也迎合骆的思想心理道："恩师知我与大总统关系密切，况且他身为大总统，我在四川主持军政事务必须服从，而今他要复辟帝制，遭到普遍反对，蔡锷已率护国军兵临川境，恩师请指渡迷津，如何选边站队是好？"

骆成骧觑了觑他诚惶诚恐的模样，心中冷笑道：早知如此，何必当初呢？观他态势恳挚，骆成骧虑及他是当今四川的核心人物，出自对全川全国大局的维护，理应帮他一把。

骆成骧为慎重起见，并不急于立刻作答，又试探性地询问："督军现在处境如何？"

陈宧如实应道："大总统见我最近对他称帝一事，迟迟不敢表态，已有些疏远，还加派了密探在督府四周秘密监视，倘若公开表态支持反帝会有性命之忧，如若支持称帝定将受千人唾骂，成为历史罪人。难处呀！我的好老师。"陈宧急得拊掌击心。

骆成骧见火候已到，伸手抚住他颤抖的肩膀，蔼然劝慰道："督军不必着急，车到山前必有路，我替将军谋划六字方针：'联蔡推冯反袁'。""'联蔡推冯反袁'能行吗？"陈宧一时还回不过神来。

骆成骧如同三国时期诸葛亮接见刘备时，作隆中对，分析局势，指示方略，侃侃而谈："当今蔡锷率领护国军已进兵川境，响应者风起云涌，其势如长江黄河滚滚滔滔，锐不可阻，袁世凯纵有三头六臂也难以抵挡。再说四川，原有川军虽然多有撤换调防，但拥护支持孙中山革命党的势力如干柴烈火，稍有行动便为烈焰熊熊，若将军受命于袁世凯企图扑灭反袁势力，必将惹火烧身，后果可想而知。拥袁称帝之路绝对不可走。若真要弃袁反对称帝，不可不讲求办法策略，常言道性急吃不了热豆腐，当年尹昌衡将军虽属雄才大略，就因性情急躁面临危局不作静观默察，以至落入袁的圈套，至今身陷囹圄。有鉴于此，将军暂不作公开表态，首先立定反袁，暗中秘密与蔡锷联系，然后致函冯国璋推举他出来主政。一旦有了云南的蔡锷、江苏南京的冯国璋建立起广泛而又牢固的反袁大联盟，将军在四川必将声威大振，在这场战局中立于不败之地。"

经骆成骧一番精辟分析，陈宧对于"反袁、联蔡、推冯"这六字方针了然于心，紧握骆成骧双手道："状元公指渡迷津，让学生心胸豁然开朗，于困局中之望见了一片柳暗花明，感谢，感谢，佩服佩服！"陈宧喜极而泣，感激不已。骆成骧又将成熟于胸的方针谋略重复了一遍："方今形势，成都南京并重，而南京冯国璋之于袁可以资望推让之，蔡锷自云南率护国军讨袁，宜暗与联名函冯，计以袁败后推彼为大总统，袁笼络之术穷，失恃而攻矣。"

陈宧依计而行。蔡锷获知四川督军陈宧乐于联手，心中十分高兴。冯国璋收到陈宧秘密信函，始而惊诧，继而欣喜异常，他本来官瘾十足，而今陈宧表态，若能携手反袁称帝，将推举自己为大总统。但暗中寻思，即便无缘平步青云为大总统，委以副总统或总理也不错呀！他回函道："承蒙将军推举，日后定当报谢！"

骆成骧如此殚精竭虑为陈宧出谋划策，不止出于师生之谊，更在于他有一颗光比日月的爱国心。

不鸣则已，一鸣惊人。待到时机成熟，扬眉剑出鞘，时局的变幻，并非袁世凯一人能完全掌握，1915 年 8 月，"筹安会"成立后，陆军总长段祺瑞意识到恢复帝制实乃天下之大不韪，必将受到国人一致的坚决反对，他假称有病退居西山，避开锋锐，得以坐静观变。身为副总统的黎元洪，慑于全国上下众口一呼"反对称帝"，便也被迫辞去副总统之职，并辞去参政院院长和参谋总长之职，迁出中南海，甘于下野。12 月 15 日，袁世凯下达第一号赐爵令，时封黎为武义亲王。岂知黎已经看清局势的发展于恢复帝制甚为不利，就拒不接受这一任命，并愤怒斥责前来发布诰示的袁氏走卒。

普天之大，无奇不有。由袁氏凯及其亲信走卒导演的这场恢复帝制的闹剧极为滑稽与热闹。他竟以九牛二虎之力搅动了北京城，掀起了如鲤鱼板浪一样的小小热潮，请愿者络绎不绝，应有尽有，新鲜刺激。诸如京师商会请愿团，北京社进会请愿团、妇女请愿团，居然出现了前所未有的乞丐请愿团、人力车夫代表请愿团、孔社请愿团等，真个五花八门，争奇斗胜。这些稀奇古怪的请愿团，在筹安会的导演下，纷纷向参政院敬表忠诚，呈送请愿书，强烈要求恢复帝制。

1915 年 8 月 24 日下午，袁世凯豢养的军警要员争先恐后地签名"赞成君主"。紧相跟进的是满朝文武官员衣履笔挺、雁行有序，上前参拜袁世凯，密呈劝进书，强烈要求立即实行帝制。

9 月 2 日，文臣武将混合表演之后，武将们更是以万夫不当之勇联名 19 位将军发出进帝位的通电。

亦如民间流传的《刘三姐》："山歌好比春江水，这边唱来那边和。"可《刘三姐》演唱的是发自底层百姓的心声，而当年的袁世凯却处心积虑地要将不知从哪个旮旮旯旯钻出来的跳梁小丑组织成混声合唱团，号称"全国请愿联合会"，迫不及待地请求召开国民会议，解决"国体"这一重大事宜。

袁世凯为了假戏成真，竟然于 10 月 25 日要在全国各地进行"国体投票"，且在票面上堂而皇之地印有"君主立宪"四个大字，命令投票人一律填写"赞成"或"反对"字样。

11 月 2 日，各省国民代表大会的国体投票，在袁世凯委任的各地军政长官的严密监督下正式结束。

袁世凯亲自掌控的"筹安会"紧锣密鼓地推进着，紧接着于 1915 年 12 月 11 日上午，参政院举行"国体投票"总开票，各省代表 1993 人全票通过君主立宪，一致敬上推戴书。

1915 年 12 月 13 日，袁世凯黄袍加身，威风地在北京中南海居仁堂接受满朝文武百官的朝贺。火炮齐鸣，鼓乐高奏，热闹非凡。

袁世凯终于做成了皇帝梦，迅即堂而皇之地下令将总统府的牌子摘下，换名"新华宫"，且郑重宣告从明年起，废除民国年号，改为"洪宪"。

袁世凯便也体体面面地当上"中华帝国皇帝"。

以孙中山为旗手的辛亥革命的胜利果实被窃国大盗袁世凯窃取之后，袁悍然违背时代潮流，强拖历史倒车，上演了一场上下串通一气的恢复帝制的喧天闹剧。

袁世凯却也高估了手中把持的军政财政大权的威力，这种掩耳盗铃的把戏只能蒙混一时，断难欺哄一世，自古道"一时强弱在于力，千古胜负决于理"。

袁世凯复辟帝制真正有理么？

全国各地反对袁世凯称帝的革命浪潮此起彼伏，一浪高过一浪，闹了个沸反盈天，袁世凯的金銮宝座摇摇欲坠。蔡锷率领护国军以锐不可当之势步步逼近。身为四川督军的陈宧惶惶不可终日，他已别无选择，赞成骆成骧的提议立即发出通电。

骆成骧袖手于前，心中汹涌着排山倒海般的巨浪，急欲草创愤怒声讨的檄文。但虑及陈宧与袁的亲密关系，得采用温婉的笔调。

骆成骧代拟陈宧请袁世凯退位第一封通电：

北京。大总统钧鉴：密。时局颠危，南疆鼎沸，飘摇风雨，每念心摧。宧受钧座特达之知，重有封疆之寄，至今日而犹依违含默，不以外间真实情状入告，则误国之罪，欺上之罪，二者均无可避。谨冒死为左右一言，幸垂纳焉。自撤销帝制令下，私心窃念可以罢黔桂之兵，而餍天下之望矣。乃其效仅得停战议和，使议和果成，战事不至再生，则固我国家之福也。乃荏苒蹉跎，迄无解决之望，且于此停战期内，粤浙相继独立，今者黑省又见告矣。其争执主要之点，欲得钧座退位。使此退位之说，仅出于首事诸人一部分之口，则转圜犹易为力。乃首事诸人如是云云，主持清议诸人如是云云，甚至举国人之心理亦如是云云，于此可征大势之已去，人心之已去，虽有大力者，不能逆天以挽之矣。虽然钧座之心，固以救国救民为素抱也，帝制尚毅然撤销，岂尚恋恋总统一席？此中隐衷，实宦所深信者。第悠悠之口，多言可畏，宦又焉能向天下人而一一剖白耶？钧座就任以来，艰难缔造，苦心焦思，四载于兹矣，乃国人犹不见谅，各种责难，则毋宁退居颐养之为快也。此非钧座超然于民国，实民国先超然于钧座耳。使钧座退而兵罢，兵罢而国安，则国人崇报让德，应如何优待条件，宦与各省疆吏亦必力争以报。若再迁延时日，则分崩离析之祸，今已见端，后患之来，则非宦所忍言者矣。良药苦口利于病，忠言逆耳利于行，狂夫之言，圣人择焉。无任垂涕哀恳待命之至。陈宦谨叩。(《四川军阀史料》第一辑)

骆成骧代表陈宦以温婉的口吻奉劝袁世凯要认清局势，当卸去大总统之职，退休养老，方可延年益寿。失在不该复辟帝制，如今已造成举国上下反对呼声愈益高涨，势不可当。这第一道通电发出之前的历史背景，是袁世凯坐上皇帝的金銮宝殿如同坐上了一座活火山，反对之声太为激烈，终于皇帝梦醒，他仍不愿辞去大总统之位，可是全国人民已无法饶恕了。

1916 年 3 月 22 日，袁世凯已是四面楚歌，皇帝宝座一天也混不下去了，他便召集徐世昌、段祺瑞、黎元洪等召开御前会议，满脸沮丧地甘愿撤销帝制，并致电如虎跃龙腾般席卷而来的护国军总司令蔡锷，要求停战议和。23 日，他甚为沮丧地颁令废止"洪宪"年号，仍以本年为民国五年。

此时，就连诸多列强也不支持袁恢复帝制，陆军总长段祺瑞冷眼旁观，冯国璋在陈宦们的许诺下暗中联络江西、山东、浙江诸省一齐倒袁，借以夺取总统职位。袁世凯自忖退一步自然宽，皇帝当不稳就继续赖着总统大位吧！骆成骧奉告陈宦袁世凯已不可救药，必须滚出政坛，方发此电。陈宦、骆成骧满以为这一既锋芒闪露又含情脉脉的电文必将使其幡然醒悟，决然辞职，告老还乡，息影政坛。

殊不知袁世凯无动于衷，在回电中称已交相关部门研究处理。

十天之后，于1916年5月22日，骆成骧满怀愤怒，仍不忘晓之以理，又草拟了《代拟陈宧再请袁世凯退位电》，这是呼呼作响的第二支箭。

　　急。北京大总统钧座：密。前奏电谕，遵将钧旨转达松坡（蔡锷），征求对于善后之法。顷得松坡电称：锷所主张：一、项城即日宣告退位，依法以副总统继任；二、副总统如声明辞卸，依法从国务院总理摄政；三、主将前敌各军撤退，一切善后事宜，由南北两方派代表商定之；四、以特别条件规定选举新任大总统方案，只此足以解纷争而定祸乱等语。以上四条所举，于法理事实，均有斟酌，钧座大仁大智大勇，对于此种办法，当早在睿眼之中，其所以详回审慎者，则以善后无把握，不欲以将去之身，遗未来之患耳。宧之寓意，窃有所陈：昔尧以不得舜为己忧，舜以不得禹、皋陶为己忧，而不为农夫百亩之虑。今副总统黎元洪，内阁总理段祺瑞，天下皆将称为得人，钧座亦与尧舜媲美。至于善后事宜，不必上烦廑系，此为代理者或摄政者应尽职责。段黎二公，必能胜任愉快。故今日处置善后，当分作两起做去。退位为一事，善后为另一事。若必待善后办好，然后从容退居，则误会滋多，扞格愈甚，后日更难以收拾，固不独前之阢陧已也。敬恳钧座即日焕发大号，宣告退位，示天下以大信。至于继任与撤兵问题，依据法理事实，均有一定之轨道可循，彼怀挟野心者，断亦无所藉口，决疑灾难，系于今日。谨再冒死以呈。陈宧叩。文印。（《四川军阀史料》第一辑）

骆成骧代陈宧草拟并发出第二道电文之前，袁世凯于1916年4月22日任命拥有实权的段祺瑞为国务卿。23日，段祺瑞为首的新内阁宣告成立。段祺瑞继续兼任陆军总长。5月8日，袁世凯又公布了修正政府组织法，正式宣布撤销政事堂，恢复国务院和总理名称。袁世凯企图以此稳住大总统的宝座。而骆成骧代陈宦发出的第二道电文，是一支猎猎作响的利箭，亦不忘其冷静说理并具体安排如何退位以及善后事宜，可谓用心良苦。然而袁世凯依然不为所动，他以为段祺瑞拥有足够的兵力可以稳定政局，对于陈宦发出的第二道电文依然虚与委蛇，仅做人事安排上的一些调整，仍不愿退位。

陈宦和骆成骧又等了二十天，心中极为愤慨，决然宣告四川独立，于5月22日发出《代拟陈宦宣告四川独立电》。

骆成骧怀着忍无可忍的强烈义愤，像老祖宗骆宾王撰写《讨武曌檄》一样，措辞严冷，予以讨伐。

北京。国务院统率办事处鉴：宦以庸愚，痛念今日国事，非内部速弭争端，则外人必坐收渔人之利，亡国痛史，思久寒心。川省当滇黔兵战之冲，人民所受痛苦极巨，疮痍满目，村落为墟。忧时之彦，爱国之英，皆希望项城早日退位，庶大局可得和平解决。宦既念时局之艰难，又悚于人民之呼吁，因于江日（五月三日）径电项城，恳其退任，为第一次之忠告。原冀其鉴比忧悃，回易视听，当机立断，解此纠纷。乃复电传来，则以妥筹善后之言，为因循延宕之地。宦窃不自量，复于文日（十二日）为第二次忠告。谓退位为一事，善后为一事，二者不可并为一谈，请即日宣告退位，示天下以大信。嗣得复电，则谓已交冯华甫（冯国璋）在南京会议时提议。是项城所谓退位云者，决非出于诚意，或为左右群小所挟持。宦为川民请命，项城虚与委蛇，是项城先自绝于川，宦不能不代表川人与项城告绝。自今日始，四川省与袁氏个人断绝关系，袁氏在任一日，其以政府名义处分川事者，川省皆视为无效。至于地方秩序，宦有守土之责，谨当为国家尽力维持。新任大总统选出，即奉土地以听命，并即解兵柄以归田。此则区区私志，于私于公，以求无负者也。皇天后土，

实闻此言，谨露布以闻。中华民国五年五月二十二日，四川都督陈宦印。(《四川省军阀史料》第一辑)

扬眉剑出鞘，骆成骧代拟陈宦第三道电文再不似前两次电文那样动之以情，晓之以理，一再苦谏，俨然为四川人民请命的强硬态度，要求袁世凯必须退位，并正式宣告四川独立，以后与袁断绝一切联系。

骆成骧代陈宦拟出的第三道电文，可谓语语穿喉，句句刺心。他拟电文时曾气咻咻地说："我要气死十恶不赦的袁世凯。"

袁世凯断没想到一向听命于己的心腹之人陈宦这第三封电文态度如此强硬。他气恼，他绝望，众叛亲离，孤家寡人，身陷绝境，竟于 1916 年 6 月 6 日上午 10 时 40 分一命呜呼。

袁世凯患上绝症已非一日，他于是年 2 月下旬被迫下令缓帝制病变日甚一日。他仍强打精神一边请名医开服中药，一面坚持办公接待来人。而来自全国各地的反袁声浪日益高涨，令他坐卧不宁，惊恐万状。1916 年 5 月 1 日，两广护国军都司令部宣告成立；5 月 7 日，护国军政府设立军务院，公开宣布黎元洪为大总统，形成了南北对峙的严峻局面，讨袁战争空前激烈。及至陈宦这第三封电文令他感到四面楚歌，走投无路。6 月 5 日夜，袁世凯生命垂危，急切传令段祺瑞、徐世昌等速来病榻，叮嘱务必坚守北洋政府，维持好社会秩序，他自身已活不过明天。鸟之将死其鸣也悲，人之将死其言也哀。

骆成骧协助陈宦为护国讨袁立下的丰功伟绩彪炳春秋，成为了交口传诵的轶事佳话。亦为状元骆成骧爱国为民的一生写下了最为灿烂的篇章。

骆成骧在这些日子里情志昂扬，奋笔写下《四川独立》有感(丙辰四月二十一日)，紧接又撰成《咏剑绝句》：

愤发人间事不平，气冲牛斗辄先鸣。

一条秋水匣中出，万里雄风掌上生。

骆成骧本乃一介书生，在关乎国家民族命运的严重时刻，他心中储满的爱国热情沸腾如剑吼雷鸣。"万里雄风掌上生"是他灵感喷发，抒写出的绝世名句更是他一腔爱国豪情的艺术表达。他紧握的这一支笔如惊雷闪电，气贯长虹，力敌十万雄师。

几天后，他闻讯袁世凯病亡，又撰成七律《闻袁世凯死》：

手操钩饵宰山河，衮冕无情换笠簑。

再起陶渔知孰定，不成耕钓奈公何？

即直到死惭新莽，窃号于今见尉佗。

零落交游余鹿豕，几回踯躅听樵歌。

袁世凯沽名钓誉，妄图宰割大好山河，称帝的勃勃野心令人发指，最终换得的是渔翁遮风挡雨的簑衣斗笠。直到临死之时方才醒悟复辟帝制原是痴人说梦。最终留下的是豢养的一钱不值的猪狗，形同在荒山野岭听闻的单调寂寞的打柴山歌。

袁世凯这样可耻的窃国大盗死得臭名昭著。相反，在骆成骧的精神世界里，反袁护国军的烈士重如泰山，浩气长存。他吟成《义军追悼会》：

投袂歼公路，回旗问子阳。

血流金马道，神降碧鸡坊。

主帅尊人格，蜀儿殉国殇。

神州心不死，生气日轩昂。

滇蜀军三合，今朝大义明。

鬼雄如可作，私斗肯相争？

孕育坤维气，恢张益部声。

晶莹余故剑，留待斩长鲸。

此诗一往情深地讴歌川滇黔护国联军的英勇无畏，"血流金马道，神降碧鸡坊"。即便抛头颅、洒热血的蔡锷指挥下的护国军如神兵天降，攻进成都（鸡血坊）。主帅蔡锷将军具有崇高的人格，受人民的尊崇与爱戴，川军热血男儿勇于为国捐躯。我中华大地绝不会在陈腐封建帝制的残忍扼杀中死气沉沉。护国军征战的勃勃英姿永远昂扬奋厉。

川滇黔三军在新任四川督军蔡锷的统一指挥下，今朝深明大义，再不可纠缠于一己利益的争斗，宜当将寒光闪闪的宝剑，留待宰杀如同长鲸一样凶恶的共同顽敌。

诗人骆成骧在高声礼赞护国军英勇捐躯的同时，不忘警示人们不要为一己私利搞军阀混战，需要的是真正为了实现民主共和，团结一致共同战胜凶恶的敌人。骆成骧仅是四川高等学校校长，他倾毕生精力为之奋斗的是教育事业，却也无时无刻不满怀一腔爱国热忱，密切关注时代生活的政治军事风云变幻，元气淋漓地讴歌蔡锷将军率领的护国军勇于为国甘洒热血的奋斗精神。

第十三章
在军阀混战乱局中

一

　　骆成骧代陈宧拟讨袁三电，气死窃国大盗袁世凯，强胜十万雄兵，他以其文韬武略声名大振。护国之役为之付出的代价也甚为惨烈。先是蔡锷以云南督军的名义与云南将军唐继尧等在孙中山为首的革命党和以梁启超为代表的进步党精心策划下，于1915年12月28日宣布云南独立，紧接组织了两万人的讨袁护国军，分几路人马分别向四川、广西、广东、湖南奋勇进军。1916年3月，蔡锷总司令领兵进入四川，驻扎在泸州纳溪大洲驿，十天后向袁世凯的北洋军发起猛烈进攻。为四川督军陈宧始料不及的是，四川革命党拥有的军事实力竟如此强劲。熊克武、但懋辛率领的义勇军与蔡锷率领的护国军积极配合，虎跃龙腾，以摧枯拉朽之势收复了北洋军占领的纳溪、江安。陈宧的驻四川北洋军无不诚惶诚恐，对战争前景甚为悲观。以蔡锷为领军人物的护国军决计做好冯玉祥、雷飚、伍祥祯等的联络与协调，借以形成广泛的统一战线，向四川督军陈宧施加压力，促其在这关键节点上选好边，站好队。

　　据张之江、关景南在《护国讨袁时期冯玉祥在四川省》（载《四川文史资料选辑》第15辑）回忆：

1915 年 5 月底，冯玉祥率部由陕南到达四川绵阳……由阆中转向仪陇的途中，忽然接陈宦和陆建章先后转来对袁称帝劝进的表文，要旅长以上的将官签名。冯阅毕，频以指敲案，慨叹不已，沉思良久，卒置之不理。故劝进表公布时，其中独缺冯玉祥的名字。一天，他在感情激动之下，曾毫不顾忌地向军官们讲话。首先宣布此事，然后对那些劝进的人进行了指责，说他们干这种事是无耻。辛亥革命推翻了清王朝，现在又搞帝制，真是国家的不幸。行见人民又要遭受糜烂……队伍未及休整，陈宦又来电调冯率部即开顺庆。

冯率清乡部队甫到顺庆，喘息未定，接陈宦来电，以蔡锷书已于 12 月 25 日在云南宣布独立反对帝制，自称护国军总司令，分三路向四川进攻，命冯部南下防守泸州……冯对袁世凯称帝的问题，早于征集签名时即表示反对的决心。现在局势有了新的发展，他的心情是很沉重的。（1916 年 1 月）一天，在内江，他曾召集主要干部和军官讲话，略谓“大局情势日益紧张，我们处境极为艰难，但为人民和国家着想，不能违背良心”。

冯玉祥虽同情并支持护国军反袁，但一直未能与蔡锷取得密切联系，反倒是陈宦和从北京派出进军四川的北洋军阀，一再催促冯玉祥进攻泸州、宜宾的护国军。冯虚与委蛇，直至张之江、伍彪、陈铭竹三人一起，由大洲驿启程，约第五日才抵达宜宾。张向冯报告接洽经过，并交给蔡锷的亲笔信。冯阅后，极感兴奋，当即接见陈竹铭，表示对蔡锷的主张完全同意，绝对照办。即派张之江陪同陈竹铭前往成都见陈宦，劝其早日宣布独立。……约两周，陈仍无表示。

随后叙府一带战事紧急，陈宦回电要冯玉祥率兵开赴成都支撑危局，并派刘一清前来敦促。刘喜谓冯曰：“促陈独立，今正其时，宜急往勿延！”冯乃率队至距成都四十里之龙泉驿驻扎。冯挺身前往成都见陈宦，痛陈袁世凯祸国，舆论哗然。护国军起，各处响应……刘一清等复为陈剖析利害……

以上乃陈宧在请骆成骧代拟倒袁电的前奏。事实证明陈宧由袁世凯的亲信，到最后慨然举起反袁独立的义旗，是经历了一段痛苦复杂的心路历程的。骆成骧功不可没，冯玉祥也作出了巨大贡献。

二

1916 年 6 月 7 日，黎元洪宣誓就任大总统。

段祺瑞得知袁世凯即将病逝的前一天夜晚，即 6 月 5 日夜，为了保持住既得大权急忙去黎宅请他出来稳住政局。袁世凯死后，段祺瑞、徐世昌等打开金匮石室，取出袁世凯的遗嘱。遗嘱总统继位人的名字黎元洪位居第一。当天，段祺瑞以国务院的名义通电全国，宣布奉"袁大总统"遗嘱，依 1914 年颁布的"新约法"第 29 条，"以副总统黎元洪代行中华民国总统与职权"。由于未能按孙中山亲手制定的《临时约法》宣布黎元洪为代大总统，一时舆论大哗。

6 月 8 日，进步党领袖梁启超致电黎元洪："项城以违法专欲失天下望，今宜尽其所为，请以明令规复'旧约法'效力，克期召集国会，委任段公组织内阁，延揽各派俊彦署理阁员，共图匡济。"

11 日，旅沪国会议员表示强烈愤慨，发表严正声明："袁世凯遗命及段祺瑞通告所称依约法第二十九条副总统黎元洪代理之说，系根据袁世凯三年私造之约法，万难承认。"

革命党领袖孙中山再也无法沉默了。他于 1916 年 6 月 9 日，慨然发表《恢复约法宣言》，积极主张恢复《临时约法》。他这一激昂慷慨的呼声，首先赢得了黄兴、梁启超、冯国璋等的热烈响应，力主恢复旧约法，召开国会。

继护国之战后，大有护法之战，一触即发的紧张态势。1916

年 6 月 24 日，北京政府海军决然投靠护国军，并通电全国，"非俟恪遵元年约法，国会开会，正式内阁成立后，北京海军部之命令概不承受"。

以段祺瑞为首的国务院虑及众怒难犯，当务之急是要稳住己身的宝座，不得不于 6 月 29 日以国务院的名义决定恢复旧约法。并决定于 8 月 1 日召开国会。

黎元洪这代总统与国务院总理段祺瑞貌合神离，黎元洪鉴于段祺瑞很不安分，大有权力独揽之势，1916 年 9 月 23 日，黎元洪赢得亲英、美势力的支持，乘段遭到国会议员强烈反对之际，断然免去段祺瑞国务院总理兼陆军部部长之职。

黎元洪真也自不量力，他能是实权派段祺瑞的真正对手吗？段祺瑞避其锋锐，暂居天津，暗地里调兵遣将，迅速指使直隶奉天、安徽、山东、福建、河南、陕西、浙江等省的督军宣告独立，并在天津设立了"总务总参谋处"。他扬言将进军北京，武力讨黎。其势如翻江倒海，地动山摇。黎元洪徒有总统的大名，并无强大的兵权。他慑于威势，只好求助于情愿出面调解的长江巡阅使张勋。

张勋原也野心勃勃，意欲两虎相斗，从中渔利。他率领 300 辫子军去天津与段祺瑞约谈，获得默契，致电黎元洪逼其解散国会，并要求黎元洪辞去总统之职。黎元洪不愿公开声明辞职下台，他施以缓兵之计，委任早已想窃取宝座的冯国璋以副总统的名义代行总统之职；迫于段祺瑞的胁逼，重新任命段祺瑞为国务院总理。黎元洪依然惊恐不安，慑于段祺瑞雄厚的实力与咄咄逼人的气焰，明哲保身，悄然躲进日本使馆。

从此，全国各地形成了军阀割据、狼烟四起的混乱局面。书中主人公骆成骧身在四川成都，如何相处呢？

他以代陈宦拟三电气死袁世凯而闻名于世，论理他完全有可能跻身政坛，拥有较高的职位，坐享富贵荣华。他却以一个学识深厚、见闻广博的文化人的睿眼明目，看清了官场的腐败连同当下全国各地军阀混战给广大人民群众带来的灾难与疾苦，他依然选择执教终生。他一直身任四川高等学校校长，并极力为筹办四川大学而辛勤奔走。尽管国家教育部严令限制地方各省办大学，他却以世界性眼光洞悉全国各省积极开办大学是阻挡不住的时代潮流。他信心满满，团结和动员一切力量为创办四川大学奔走呼号。

1916年6月25日，督军陈宧退出成都，27日，周骏领兵进驻成都。7月19日，护国军第三梯团顾品珍进逼成都，周骏退走北道。

鉴于四川烽火连天，征战不息，骆成骧哀民生之多艰，奋笔写下《覆邓润生书》：

> 润生先生鉴：大示敬悉。能与胡、朱、唐三君商酌，则基础立矣。此外和军旅、和党派，则内和矣。邻省长官，函电咨询，则外和矣。鄙人无才可见，颇思藏拙。然涉世二十年，所阅祸福多矣。袁骄而败，黎让而兴；尹骄而危，胡让而安，此耳目所共见闻也。尹、胡吾川魁桀，皆三听吾言。而一不用，隙所由生，悔将何及？昨倪公伟论及联邦事，鄙人固蔽，不敢赞同。居高位者须具世界眼光，抱国家主义。德美联邦，系由离析而合之，非由统一而分之。一乡一邑，力量有限，终恐劳而无功。先生深识，想必早鉴之矣。吉珊谦让素著，不辞枉驾；又屈先生辱趾，俯见咨询。处己莫若让，处人莫若和。鄙见尽此，亦吉珊素所履持者也。辛亥（1911）癸丑（1913）之名，愿始终保之，则福祚无言矣。此请著安。

在袁世凯称帝及其被迫取消称帝却又死死抱住大总统的宝座不放的混乱时局中，骆成骧为获取四川政局的稳定和人民百姓生活的安宁，给当时任四川省政府秘书长邓润生（邓汉祥）的这封回信，旨在劝告四川当局的掌权人物要冷静周密地观察了解四川、全国乃至世界形势，认真吸取经验教训，妥善处理当今事变，否则后果不堪设想。

1916年5月22日，陈宦在各种压力的逼迫下，也包括骆成骧苦口婆心的劝导下，正式宣布四川独立。5月24日，袁世凯调陈宦入京改任陆军十五师师长，周骏为崇武将军，督理四川军务。1916年6月3日，周骏率军疯狂攻打成都。在简阳县石桥附近与护国军激战。6月6日，袁世凯在骆成骧代拟陈宦第三封电文的刺激下，大病不起终于死亡。7日，黎元洪就任代理大总统。8日，陈宦取消独立。25日，陈宦退出成都。不几日，陈宦又领兵进驻成都。7月10日，护国军第三梯团顾品珍以猛烈的攻势征战周骏守军，周骏士无斗志，兵败北逃。

骆成骧积极配合顾品珍引领护国军进攻成都。骆奉劝护守的袁党周骏部，以其这些年来活生生的历史事实，要认清形势，不可一味追随袁党残余，前车之覆，为后车之鉴。二十年来袁世凯骄横不可一世，落得气死在床；黎元洪善于审时度势，明哲保身，自动谦让，安享太平；尹昌衡年轻气盛，骄矜自恃，终处危境；胡景伊谦让有礼，身心安宁。这都是耳闻目见的事实，周君身处高位，一省之长，一定得以世界性眼光高瞻远瞩。今委托邓汉祥送来信函，要骆对当下去向作咨询，骆的看法是莫若避其锋芒，退出成都，与护国军和议为好。住后时日定将福祚无穷，请君善自处置。

骆成骧置此乱局，有似高明的医生，问病把脉，开出良方，药到病除。其雄才大略，眼观乱局，赐予危临者、溺水者以悲悯情怀，援之以手。论其政治立场，显然是旗帜鲜明地拥护蔡锷及其部属顾品珍进军四川，横扫袁党，还政治以民主共和，保川民和平安宁。此情此志溢于言表。

1916年7月6日，代理大总统黎元洪任命蔡锷为四川督军兼省长。此时蔡锷因积年累月奔波劳顿，心力交瘁，染病在身。他引领护国军进入成都，市民群众夹道欢迎。骆成骧与蔡锷素有交谊，深为蔡锷以国家民族大局为重，以超人的智慧与勇毅在云南奋臂一呼，高举护国反袁的大旗，率军征讨，令袁党望风披靡。而今进驻成都，被黎元洪代总统委任为四川督军兼省长，此乃四川人民之大幸，国家民族之大幸。

蔡锷引领护国军进驻成都后，急令所属雷飚和顾品珍两梯团分别夺取内江和资中。

资中是骆成骧的家乡，他千叮万嘱家乡缙绅及父老兄弟一定得以礼相待，并欢迎顾品珍引领的护国军，高度赞誉顾品珍骁勇善战、指挥若定、治军严谨，不扰民坑民，不失为一腔热血的爱国护国将领。

为配合蔡锷护国军征讨袁党北洋军，孙中山革命党统领的四川义军熊克武部佯攻隆昌，阻敌西上。周骏虽然听取骆成骧的劝导退兵成都，他依然摆脱不了袁党北洋军的掌控，在隆昌遭遇熊克武的凌厉强攻，溃不成军，狼狈退走。义军熊克武部与刘有厚部相继进入成都。此时成都已由蔡锷指挥的护国军彻底占领，坚如磐石。

四川局势从此发生了鼓舞人心的变化。7月6日，北洋军阀曹锟退出重庆，接着张敬尧部退出川境，冯玉祥、伍祥祯部也回归陕西。7月14日，唐继尧宣布取消国务院。1916年7月25日，护国战争宣布胜利结束。

战争毕竟是残酷的。蔡锷将军为讨袁护国之战赢得伟大胜利的同时，己身付出的代价也极为惨重。事情还得从之前为给袁世凯及其鹰犬制造假象说起。为了掩人耳目，防止袁世凯及其党徒的严密监视，以其与绝色而又钟情的小凤仙魂销魄荡的相偎相拥厮混度日，对生理体质产生了严重的损伤。随后为逃脱袁世凯的羁绊辗转回归云南精心组织护国军，更是殚精竭虑，忧心如焚。此时连续不断的战火硝烟让蔡将军原本孱弱的体质雪上加霜，不堪重负，1916年7月中旬，正是烈日炎炎的盛暑，蔡锷喉疾日重不得不请假一月就医。委托罗佩金任护理四川督军兼省长。可是唐继尧野心勃勃企图长期控制四川，他琢磨四川真乃天府之国，土地辽阔，物产丰饶，文化积淀深厚，倘能长期称雄四川，不失为一方霸业，意欲赖在四川不肯走。蔡锷为之深表愤慨，于1916年7月19抱病致电唐继尧与刘显世："所最宜注意者，我辈主张，应始终抱定为国家不为权利之初心，贯彻一致，不为外界所摇惑，不为左右私昵所劫持，实为公私两济。"29日，蔡锷抱病进入成都，受到全市军民热烈欢迎。8月初，他将军政事务给罗佩金及其他军政要员作了交代与安排，便在参谋长蒋百里的陪伴下，离成都东下，拟赴日就医。

临走之前，骆成骧紧握双手，含泪叮嘱："蔡将军千万保重，不复以四川军务为虑，四川军民殷切期待将军病愈归来。"

"骆状元所嘱，松坡铭记于心，多谢多谢！"蔡锷深受感动，挥手泣别。

蔡锷虽年刚三十四岁，却拥有一个志士仁人爱国为民的人文情怀，他慨然发表《告别蜀中父老文》：

蜀患深矣，扶衰救敝，方将夙兴夜寐，胼手胝足之不暇，而顾隐情惜己，苟偷食息，使百事堕怀于冥冥，则所谓报蜀之志，不其谬欤？去固负蜀，留且误蜀，与其误也宁负！

蔡锷情深谊重，他勇于为国家民族讨伐独夫民贼袁世凯，为之夙兴夜寐，胼手胝足，爱民为民，肝胆相照。其报蜀之志，值得全川人民铭心刻骨。谁会想到蔡锷一去永不回还？

骆成骧闻此噩耗，饱蘸泪水写下《祭蔡松坡督军文》，援引于下：

维民国五年十二月初二日，资州骆成骧以时馐醴酒之奠，致祭于四川督军蔡松坡先生之灵曰：呜呼！身无柁矣，方涉奔川。国无柱矣，谁起倾天？公去几何？我忧惘然。镇蜀旬日，厌世千年。讣闻海内，海内惊告。讣来蜀中，蜀中嗟悼。满地疮痍，环墙寇盗。呜呼我公，如何不遭？阴疑阳战，龙血玄黄。人存国存，人亡国亡。禹出舜悦，皋死管伤。矧备顾问，屡参翱翔。甲午乙未，隐忧谁悝？我告南海，渐之勿急。再传得公，今愿始毕。染蓝出青，去华采实。戊申（1908年）巳酉（1909年），南冥息鹏。我告海丰，"德皆股肱。"兵家法士，混合淄渑。……我告项城，"先懔同身。"老生高阁，常谈缀疏。公时匿采，羿毂优游。乙卯（1915年）丙辰（1916年）兵焚如毁。我告安陆："与公首尾。"蛇虺既摧，缟纻有炜。清我岷江，重我玉垒。

私心慰藉，识公生平。面折公过，公无愠心。密叩公志，公无隐情。谓公诸葛，同揆公诚。公谓强国，宜先强蜀。十年培灌，坐待嘉木。我忧国病，劝公艾蓄。三年飞鸣，必为国福。我筑桂台，偏阅奇人。尹得公勇，陆得公真。公济以学，免胄而巾。瞠乎诸子，裹甲逡巡。公来成都，谓我旧识。思弘江海，广纳涓滴。允辞法司，奔趋荣戟。延与曾颜，清谈几席。骧也散儒，坐论奚裨？举国心目，视公安危。公行东渡，众心西悲。嗟哉二竖，穷彼良医。诸葛临危，实举蒋费。分之将行，亦荐罗戴。平勃交欢，蜀民其赖。子产召公，庶几遗爱。呜呼哀哉，尚飨！

1915年蔡锷将军赴日治喉疾，医治无效，于1916年11月18日病逝于日本福冈医院大学病院。全川军民深为哀痛。骆成骧撰成长达千言的《祭蔡松坡督军文》。

蔡锷不幸病逝，不仅是四川和云南的重大损失，也是全中国的惨重不幸。一代英杰，溘然去世，骆成骧哀痛万分。他唶然兴叹："呜呼！舟无舵矣，方涉奇川。国无柱矣，谁起倾天？公去几何，我忧惘然。"在骆成骧的情感世界中，蔡锷将军英年早逝，视同墙倾柱折，乃国家民族的巨大损失，为之痛惜与哀婉。继而回顾辛亥革命以来所经历的烽火历程，有多少坎坷曲折，失误与迷惘。回想当年骆成骧曾奉告尹昌衡回川宜于与贵州、云南联手，实现民主共和，更在维新变法之时叮嘱康有为："渐之勿急。"要以柔克刚，缓慢推进，不可操之过急，否则将适得其反，欲速不达。1916年袁世凯称帝受阻，却死死抱住总统宝座不让，骆成骧又奉劝陈宧（安陆）："我将与你在反袁战线上共始终。"终至三电气死袁世凯，流经四川的岷江从此碧波粼粼，四川政局安如玉垒。骆成骧心中感慨：我这辈子与君相识，深表欣慰。哪怕当面批评你的不当过失，你也无丝毫怨恨。后来在私访交谈中，你是那么坦率真诚，直言无隐。你深心仰慕的是诸葛亮，为振兴蜀国、协力同心、无怨无悔、竭忠尽智、死而后已。你甚而认为强国宜先强巴蜀。忆当年在广西法政学堂，遇见了不少性格奇特的英才俊彦，尹昌衡之勇于为国家民族民主共和呐喊助威，广西提督陆廷荣的诚恳待人。你是那么肯于求学问难，摘下军帽头缠纶巾。在桂林，我任广西法政学堂监督，尹昌衡任陆军小学监督，公（蔡锷）任广西讲武学堂监督，竟然那么谦卑地向我执弟子礼。想当年你是那么少年英俊，指点江山，纵论国事，慷慨激昂。尔后，冒险犯难，几经曲折，返回云南高举护国反袁大旗，征战入川，扫除袁党，给四川人民带来了和平安宁。岂知病魔缠身，不得不告假赴日本就医，众多川民深为你的健康担心。你离川之际，不忘交军政事务给罗佩金和戴戡。巴蜀儿女寄托厚望。你像历史上郑国贤相子产不幸逝世，令川民为之哀痛哭号。英年早逝，至恸至哀！倘有在天之灵，祈祷幸福安康。"

护国反袁总司令蔡锷的不幸去世，如同航船失去舵手，墙倾柱折，为革命事业带来惨重的损失，深深为之哀痛。人存国存，人亡国亡，将蔡锷将军生命的安危紧紧与国家民族命运相联结，足见其蔡锷功勋之伟与乎对民主共和大事关系之重大。盖缘于蔡锷深刻谛视治国必先治蜀，此乃蔡将军的远见卓识。他是将引兵征战四川，驱逐袁党，放在整个国家民族振兴这一宏伟蓝图上进行驱遣的。饱受战火硝烟荼毒的四川军民是多么尊敬和欢迎蔡锷将军挥师扫除袁党。且他在思想修养与待人处事上是那么乐于听取批评，真所谓察纳雅言，虚怀若谷。回想当年在广西桂林相识，蔡锷像尹昌衡一样执弟子礼，师生之谊，何其珍贵。一旦英年病逝，骆成骧体验着锥心刺骨般的哀伤。骆成骧爱惜国家栋梁之材达于极致。

三

与蔡锷一道在广西桂林给骆成骧执弟子礼的前四川都督，川边经略使尹昌衡仍在狱中。

尹昌衡在狱中获悉袁世凯不仅称帝化为南柯一梦，且因骆成骧代陈宦拟出的三封电文，如同呼呼作响的三支利箭，直射得袁世凯口吐鲜血，已于1916年6月6日病死。尹在狱中强烈要求平冤昭雪这桩冤案。

当权的北洋政府再没理由继续关押尹昌衡。他终于走出监狱，可以呼吸新鲜空气，承受温暖阳光，看云卷云舒，赏花红柳绿。

尹昌衡之子尹宣晟在回答邱远运一系列问题之时，就尹昌衡何时出狱，后又经过了哪些曲折坎坷做了系统而又概括性的书面回答。

袁死后，黎元洪代理总统，立即予以假释："国丧期满，便正式下令特赦，并归还军官荣典，随即被任命为盛威将军。"

先父是拥黎的。他因而遭到段祺瑞的扼制。1916年末，即自动弃职还乡，在武昌被湖北督军王占元拦阻回京，1917年征得黎的同意，辞去官职，准备回四川召集旧部为黎做后盾。途经上海时曾与孙中山商议。行于宜昌时又被段派兵拦截，并由代总统冯国璋下令征召服役，被安置在南京，以"宾客"身份受到江苏督军李纯的"款待"。

1918 年中，在南京写了不少文章，托中华书局、商务印书馆出版，其内容有主张世界大同、民族平等、赞成共产、赞扬十月革命和发扬中国传统文化、批判社会不良现象等。甚而主张的计划生育、探索宇宙空间等内容曾被视作奇谈怪论。1919 年又被徐世昌以商讨西藏问题为名，迫往北京，为便于与徐政府接触，接受了总统府顾问的名义。通过争辩迫使将西藏交涉经过向全国公布，争取到舆论的支持，及时阻止了出卖西藏主权的阴谋。又与黎元洪、阎锡山合作，准备改组孔教会，以孔子学说团结旧知识分子以及反徐拥黎，但受到胡适的反对，未能发挥效力。

1920 年再度潜出北京，在上海接受孙中山指示，回四川辅导驱熊（克武）战事，虽因滇黔军阀的破坏而失败，仍单身保护国会不受侵害。继在刘湘、但懋辛的支持下，发表《归隐宣言》，从此自誓，除由孙中同起用外，决不出山。……

时黎元洪由副总统继任大总统，继而冯国璋也当上了梦寐以求的副总统，段祺瑞实权在握不仅为国务院总理，且兼任陆军总长。

尹昌衡是一位闲不住的敢于叱咤风云的赫赫武将。他强烈要求回归四川。北洋军阀谁不清楚尹昌衡造化非凡。总统黎元洪推诿道："这事得与段总长商量再定。"

段祺瑞前些年接手审理袁世凯交托的尹昌衡案，已经深深了解尹昌衡的厉害，且为孙中山在四川的一员虎将，他笃定尹昌衡一旦回到四川，如同蛟龙入海，一定会将四川搅腾得风生水起，甚而沸反盈天。

段祺瑞眼光毒辣，岂能眼睁睁地望着尹昌衡回归四川，无异放虎归山，据守巴蜀与北京政府分庭抗礼呢？他思来想去，决定采取折中的办法，既允许他出狱，又不让回川，便授予尹盛威将军虚衔。这无异于将他从一个牢笼关进一个环境较为宽松的另一个牢笼。尹昌衡着急得心烦意躁。

恰在此时，恩师骆成骧看望他来了。骆带来了四川督军刘存厚的信函："……值此川局动荡之时，存厚及家乡父老无不盼望都督早日回四川主政，今川局也只有都督才有振臂一呼，大局甫定的能力，盼都督之回归，如大旱之盼甘霖。"

尹昌衡见了一身长袍马褂，头戴瓜皮帽的骆成骧，激动得张臂抱住，哽咽道："恕弟子性躁，当年未能听从恩师教诲，贸然入京城，落入袁世凯圈套，活活关进监狱，受尽磨难，纵使恩师据理抗辩也无以得脱。幸得恩师代陈宧拟三电，气死袁世凯，方才得以出离监牢。怎奈前门拒狼后门入虎，狡诈的段执政又将弟子软禁起来，不让归川。刘存厚将军信函言恳词切，盼望早日归川。昌衡不才，四川军民视我如爱子，能不祈盼尽快回四川报效巴蜀父老，但实实无计得逃，敬请恩师指渡迷津。"

骆成骧慨然应答："送将军回川，鄙人有责，此事关系重大，如有丝毫疏漏将功亏一篑，待三日之后，愚兄设计好出走方案，再见机行事吧！"骆成骧早已盼望尹昌衡出离京城回归四川。其心情之迫切，实不亚于刘存厚将军。但他清楚知道段祺瑞凶如虎狼，奸狡如狐狸，从他手下逃脱绝非易事。

骆成骧告辞尹昌衡，急去四川会馆，物色可以信任的四川老乡，研究设计帮助尹昌衡逃离京城的实施方案。

三天之后，骆成骧派来的联络人员头戴一顶小毡帽，推着一辆黄包车，将尹昌衡连同侍女飞快拉走，消失在沉沉夜幕之中。临行前尹昌衡将事先写好的信函留在了桌面上。

负责监视尹昌衡的宪兵司令殷汉光见桌面上的信函，大惊失色："尹昌衡呀尹昌衡，他胆敢在我眼鼻底下偷偷溜走。即便肋生双翅，高飞戾天，我也要腾云驾雾将你抓回来。"

殷汉光当即向段祺瑞作了报告，段祺瑞大惊失色，迅即打电话叫湖北督军派遣宪兵在沿途各个关口严密巡查，绝不能让尹昌衡逃出武汉，一定得扣留住，遣还回京。

王占元岂敢违命，很快打听到尹昌衡黄夜乘火车从北京直抵武汉。王占元老奸巨猾，这场扣留行动不宜鲁莽，他佯装出迎接贵宾的庄严礼仪，命令军乐队在火车站台上礼毕恭敬地迎接列车缓缓进站。

他吩咐一名校级军官带领一伙宪兵死死守住站口，待尹昌衡及其陪伴侍女一下车，便大步向前立正敬一个标准的军礼道："尹将军，王占元将军恭候多时了！特命下官前来迎接。"

尹昌衡一惊，取下墨镜诧异道："多谢王将军美意盛情，昌衡有急事，恕不恭奉，改日再见吧！"那青年军官立刻变了脸色，颇为傲慢地应答道："王将军令我务必请尹将军来宅叙谈。"言罢，眼色一丢，一辆黑色轿车停在面前，青年军官将手一挥，连请带推地将尹昌衡及其侍女拥进车中。

王占元峨冠博带，一身戎装，威威武武站在台阶上，颇为得意地向尹昌衡挥手致意："多日不见，尹将军光临敝舍，恕未前往车站迎候，失礼了，失礼了。"这王占元已不年轻，年过半百，是一条山东大汉，肥胖得浑身赘肉，两撇八字胡，一副坐享荣华的模样。此公原乃清军将领，辛亥革命武昌起义他败在孙中山领导的同盟军手中。辛亥革命成功后，他倒进北洋军阀怀里，成了段祺瑞的心腹干将。

"王督军何须客气呢？昌衡在京多年，思乡之情难以遏抑，将军定要将昌衡留下，是为何来？"尹昌衡见王占元居心叵测，便也投石问路。

"唔唔，鄙人不知段总长有何要事与你相商，一再叮嘱，千万将你挽留住。"王占元心中明白假装糊涂。

"段总长不知昌衡归心似箭，再作那盛威将军已了无生趣。常言道：月是故乡明，人是父母亲。想来王督军也能体谅一二。"尹昌衡只好顺着王占元的话路灵机应变。

"可是段总长一再恳留，尹将军也该给段总长一个交代吧！"王占元愀然变色，责尹有所不恭。

"我身为陆军上将，临走之前给黎大总统呈送了假条，不谓不恭吧。"尹昌衡据理辩答。

"这么说来，可以不需要段总长批准么？"王占元责备尹昌衡未将段祺瑞放在眼中，太不知天高地厚。

"应该是这样吧！"尹昌衡直言不讳。

"要是段总长不同意呢？"王占元彰显段祺瑞不容挑战的赫赫权威。

"我想段总长不会这么多事吧！"尹昌衡示以鄙夷的神色。

"可是段总长一定要管呢？"王占元俨然以段祺瑞的代理人自居。

"段总长日理万机，何苦扭住尹某不放呢？"尹昌衡道出了心中的不快。

"鄙人身在武汉，还是请尹将军回京后，与段总长面谈吧。"王占元恨恨地应答。

"我要是不愿意呢？"尹昌衡忿然反诘。

"这是段总长的命令，鄙人不敢不执行。"王占元露出一个北洋军阀的骄横与傲慢。

"王督军，公然在光天化日之下扣留一个陆军上将，这消息一旦传出去，恐怕会有失将军的脸面吧。"王占元一怔，气得脸青面黑，他明白在这动乱的时局下，一旦出现惊人的事件，各地报纸刊登出来，会搅扰得难以收拾。虑及此，他即刻醒悟道："这样吧，我在电话上向陆总长如实反映尹将军迫切需要返回四川的欲求，看能不能有所转圜，我只能尽力而为了。"

"谢王督军。"尹昌衡微微嘘了一口气。

黎元洪看了尹昌衡的告辞信情有所动，他心想，一个遭袁世凯蛮横无理拘禁判刑的陆军上将，而今袁世凯不仅已经下台，且病死多日了，为何还不让受尽冤屈的尹将军回归老家呢？试问公理何在呢？况且尹昌衡隔三岔五地闹着要回家，怎能不管不顾呢？唉，让他去了吧。没想到段祺瑞却要死死扣住尹昌衡不放，前来责备黎元洪放虎归山。

"何谓放虎归山？你身为拥兵数十万的赫赫陆军总长，竟然害怕一赤手空拳，出狱言归的冤鬼，岂不滑天下之大稽吗？"

"总统千万不可低估尹昌衡的神通造化，一旦再在巴蜀兴风作浪，后果不堪设想。"段祺瑞死死抓住尹昌衡的暴躁脾气会兴风作浪，好惹是非的一贯作风，提请黎元洪不可粗心大意。

黎元洪若有所思，却不屈服于段祺瑞咄咄逼人的气焰，摆出一副不愿深究的架势，手一挥背过身去。

段祺瑞似觉有些尴尬，怏怏然离开总统府。

王占元将尹昌衡扣留在武汉，又不敢有所轻慢，便派出便衣宪兵远远地看守住这位软硬不吃的上将尹昌衡。

尹昌衡在侍女刘媛媛的陪伴下游览东湖，聊以度日，却心急火燎，急欲挣脱羁绊，早日回归四川。

忽然听王占元副官吩咐：根据黎大总统的意见，段总长同意放尹将军回川，现已买好两张船票，下午三时即将启程。尹昌衡心里有说不出的兴奋，却又暗自寻思：会不会此中有诈？

正在此时，忽然传来信息，从宜昌前来武汉看望曾在日本留学的老学友孙传芳旅长求见。

尹昌衡为之一怔，忽又一想，孙传芳虽军衔为旅长，可是在湖北也算割据一方的军事人物，况且是当年留日同学，便也喜盈盈地迎住了他。这条山东历城的魁梧汉子，做出慷慨大方、重情重义的模样邀尹昌衡畅饮名胜黄鹤楼。

孙传芳大张宴席，相互间亲密如多年不见的兄弟，一旦相聚有说不尽的离情别绪，望不断的绿水悠悠。

孙传芳肉麻地恭维尹昌衡的雄才大略，不满三十岁便任四川都督，而已身到现在才是一个旅长。尹昌衡油然感慨塞翁失马，焉知非福？似乎升得太快，也跌得太惨。

尹昌衡历数任四川都督时，如何智出奇谋，以其人之道还治其人之身，诛杀了恶贯满盈的赵尔丰。尔后，由于年轻自负不听骆成骧规劝，轻敌受骗，误入袁世凯设下的圈套，先是软禁，后是栽赃陷害，判刑九年。个中苦楚一言难尽。

孙传芳听罢，蔼然劝慰："往事不堪回首，命途多舛，也是人生常事。将军正当盛年，此回川，如鱼潜海，自由自适，前程锦绣，风光无限，请受愚兄敬赠一杯！"

酒过三巡，尹昌衡渐觉头昏脑涨，昏昏欲睡。

孙传芳佯装吃惊，当即叫来卫兵送尹将军回房休息。急得侍女刘媛媛厉声哭号："将军你，又受骗上当了哟！"

旅长孙传芳却隐而不见。尹昌衡哪里知道身为六年留日同学的孙传芳而今已成为段祺瑞与王占元手下的忠实鹰犬。

回归四川又成泡影。骆成骧闻讯跌足长叹："昌衡狂放轻信，好酒贪杯，铸成大错了。"

第十四章
靖国之役中的骆成骧

一

　　1917年，骆成骧在成都目击军阀混战的局面，竭力回避卷入派系之争，他一直执着于高校教育，像广大民众一样渴望有一个和平安宁的社会环境。1917年，他已五十二岁，天天传来靖国之役的消息，川滇两军在川南混战不息。蔡锷去世后，川滇两军互不相让，鏖战激烈，川军处于劣势，退守内江。在隆昌一带你攻我守，甚为紧张，双方皆有惨重伤亡。据吴荫秋回忆，隆昌城"满目疮痍，城市臭气难当，满街人粪马尿，同时土匪峰起。在旧历冬二十五日，土匪头目公然明目张胆，进城驻扎，兵匪交织，互不相涉，军队拉夫，土匪'拉肥'，市面萧条，工商歇业，学校停课，企业解体，诚有史以来未有之怪象"。（《1917年隆昌兵匪交织惨祸》）

　　省城成都更是一片混乱，经济萧条，省政府连基本费用都难以为济。1917年初，春节还未到来，省政府官员急得像热锅上的蚂蚁，眼巴巴地望着北洋政府拨款，督军罗佩金擅自提走省财政款数百万元，不列入省金库收入，并将滇黔军驻地税收用来扩充滇黔军饷，不经财政厅分配。四川讨袁军兴，其军费开支空前巨大，已达一千三百余万元，超过预算一倍。四川金融危机闹得不可收拾。省长戴戡放低身价，恭请状元骆成骧代拟《请中央拨济

银行电》，骆成骧在电文中痛陈四川近些年政治、军事、财经的
混乱与危急状况，祈请北洋政府予以金融支持。

川省自辛亥以来，屡经风浪。兵冗盗充，商阻农扰。涂炭
情形，早经洞鉴。前陈将军时，清乡收粟，方有端倪。帝制变
生，不遂益甚。现百端待理，而收束军队，清理莝茡，事不容
缓，款无可筹。川省本出产之区，人浮于地，久已困于谋生；财
竭于军，今更穷于极急，操切取盈，恐变生不测；因循坐误，恐
祸久益深。蒙中央轸念，派王使来川检察，曾与督军省长协筹解
悬之策，实难掘井之谋。欲取资人民，则各县未能安业，其何以
负担？欲求济中央，则各省未能解款，将奚由补助？某等再四思
维，拟恳饬拨盐款五百万元，为在川中国银行坚信用，活金融。
庶权限仍统乎中央，而利益间及于西蜀。源盛则流畅，机转则轮
行。然后军民两政，得所藉手而责成功。否则中央西顾之忧，未
有已时者，不胜迫切待命之至！

骆成骧代1917年时的四川省政府历陈四川因战火连年，无
论城市或乡镇皆出现了生产力下降，民生凋敝，金融危机，迫切
需要中央财政和金融机构予以救济。个中彰显的是骆成骧体恤民
穷民困的人文情怀。而他的主要职业仍是教育工作，一直任四
川高等学校管理处处长，但他一刻也未放弃筹备四川大学，尽管
中央下令停办，他仍留任管理处，他相信办成四川大学乃大势所
趋，谁也阻挡不了高等教育蓬勃发展这股时代洪流。

在教育工作中，他的专长依然是国文教学，为了青少年学生
学习好国文，他系统地选编了《中坚集》，并撰写了《国文中坚
集序》。这篇序言首先从释义的视角上，概括了他对"国文"的
认识和阐发，"文者，酌万事万物之理，而定于一者也，国者，
集土地人民之权，而定于一者也。国文者，于同国之中，通古
今上下之意，而定于一者也"。紧接着阐述国文形成与建构的悠

久历程，"伏羲创其画，仓颉定其文，建极于唐虞，至精于周孔，著录于孟坚，括论于彦和，中国之文始灿然大备矣"。他认为国文的形塑始于远古的伏羲氏与仓颉，真正建构成功是在唐虞时期，达于精致美观则在周代及孔子所在春秋战国时代，有极高价值的著录尚在汉代的孟坚（班固）及至南北朝时期刘勰（彦和），终于撰写了辉煌的论著《文心雕龙》。于此中国文字的发展与文章著述呈现出灿烂绚丽的完备状态。继而纵论六书以及词性分类，最后阐明编选《国文中坚集》的旨归："今以切问近思之法，为下学上达之资，选国文之富于事理者为《中坚集》五卷。……诸生熟而精之，必有标准可观，阶级可循矣。仁义以定其心，经史以广其日，蕴之为德行，发之为言语，施之为政事，古所谓经天纬地，方有待乎诸生，岂直为其拘拘者哉！"他力求所编选的《中坚集》真正做到精粹，具有典范性，可供诸生精思熟诵，于孔孟仁义道德的建树有所裨益。经天纬地，培育国家民族栋梁之材，是他毕生为之奋斗的崇高事业，哪能拘拘于小打小闹，粗浅学识呢？

这部《国文中坚集》成为四川国学专门学校国文课本。由此可见，骆成骧对四川教育事业的建设与发展所下功夫之深，所付出代价之大。他从来不满足兢兢于行政管理的高校校长，他要以一个卓越教育家和人文学者的姿态，在教材编写与学术研究上做出实实在在的奉献。

素以穷状元著称的骆成骧终于在1917年秋，在成都市文庙西街上莲池改建起住宅，命名"清漪楼"。

在改建住宅清漪楼的这一年，成都市内及全省各地军阀混战，民不堪命。1917年4月18日至24日，川军军长刘存厚与代理四川督军罗佩金在成都进行枪对枪、刀对刀的巷战，大街小巷尸横遍地，血流成河，伤亡三千余人，被抢民户多达1149户，财产损失达四十余万元。这场刘罗巷战闹腾得鸡犬不宁，鬼哭神号，市民怨声载道。北京政府见闹得不可收拾，只得下令免去刘存厚军长之职，听候查办，督军罗佩金也被免职。

待到 1917 年刘存厚拥兵自重，不甘寂寞又与护国之役进驻四川的黔军将领戴戡（时任四川督军、省长）在成都发生巷战。戴戡率 7000 人入驻皇城，刘存厚率领川军发起猛烈进攻。刘存厚传下号令誓为四川人守卫家园而战，终于以血性之勇打得戴戡所率黔军溃不成阵，如决堤的河水，哗哗啦啦纷纷倒退，被迫从南门退走。刘存厚率领川军紧追不舍，唆使敢死队大声疾呼："活捉戴戡。"戴戡已是四面楚歌，他堂堂四川督军兼省长岂能让地头蛇刘存厚活捉，给贵州军民丢尽脸面？及至刘存厚率川军重重包围，戴戡含怨自杀身亡。已如前述，北京政府从根本上讲徒有一个外强中干的空架子，已无实权与兵力来四川平息战乱，仅有一支可以签署任命的笔。一纸令下，委任川军第一师师长周道刚代理四川督军，吴光新为四川查办使。又一纸命令刘存厚与罗佩金赴北京听候查处。骆成骧就战火不息，像唐代安史之乱中的杜甫，撰写感时诗《成都战事》：

先强三蜀正燕秦，虎视龙骧意苦辛。
蒋费翻成杨魏外，九泉含泪鞠躬人。

政策三权劫杀处，等闲平地起风云。
试寻残瓦数残骨，前督军输后督军。

饶有兴味的是刘存厚与罗佩金、戴戡均系留日生，归国后带兵打仗，后为蔡锷所率护国军得力将领。刘存厚不同于以上二公，他乃四川人，也曾留学日本，同样是追随孙中山的同盟会会员。三人从反袁护法的政治立场上讲大体是一致的。自雄才大略的蔡锷病逝之后，先前追随他的滇黔将领因护国之役入川，在取得护国之战的胜利后，不少滇军将领贪恋四川乃天府之国，远比云贵高原肥美富庶便不约而同地想赖在川境不走，企图称雄并割据四川。故此，一场又一场军阀混战不可避免。

先说罗佩金，乃云南澂江人。1903年入云南高等学堂，他有幸去广州投奔两广总督岑春煊，第二年去日本留学，进入士官学校陆军科学习。在学习期间光荣地加入孙中山同盟会。1909年毕业回国任云南省民政长。1915年任蔡锷所组建护国军第一军参谋长。他慷慨捐资，有力地支持了护国军军饷，追随蔡锷进入四川与袁党征战。1916年夏，蔡锷因喉疾请假就医，将四川省督军大权交给了他。谁会想到，他未能牢记蔡锷叮嘱，妄图在四川称霸，遂导致川滇军在成都发生巷战。罗佩金终被川军逐出，甚为狼狈。

再说戴戡，贵州贵定人，也曾留学日本，学军事。1908年毕业归国，任河南法政学堂庶务。1909年应贵州总督李经羲之邀，在贵州襄理矿务。1911年贵州光复，进入民国，当地乡绅荐举他在蔡锷麾下任军职。1912年跟随唐继尧部，贵州都督府任参赞，深受恩宠。1913年青云直上，任贵州省省长，难以胜任。1914年降职为贵州巡按使。1915年解职入京，他认清政治局势，坚决反对袁世凯称帝，秘密逃出北京。回贵州后，他奋臂一呼，组织黔军讨袁，亲率第一梯团配合蔡锷护国军入川，进军綦江。他追随蔡锷，深受器重。罗佩金战败出走之后，他继任四川督军兼省长，军政强权一朝得手，便也视川民如草芥。四川军阀刘存厚不堪容忍罗佩金称霸四川省，遂率川军猛攻成都皇城。戴戡岂肯拱手交出军政大权，亲自指挥所带黔军拼死抵抗，展开激烈巷战。双方较劲，你冲我杀，血肉拼搏，炮声吼声震响云天，整整交战十三个昼夜。戴戡所领黔军终于败在川军手中，他于绝望中开枪自杀。

又说刘存厚，不同于罗佩金与戴戡，刘系地地道道的四川人。他也有幸于1904年选送日本留学深造，于1909年归国，出任云南讲武学堂教习、教练处提调、新军管带。1911年搭上云南起义的快车，举起了义旗。1912年，回归四川担任川军第四师师长。1916 年，他又认清形势，在纳溪举起了反袁护国义旗，进而当上了四川护国军总司令之职。他拥兵自重，岂甘心在戴戡胯下充当走卒。他野心勃勃，亲率川军与刚上任不久的四川督军兼省长戴戡一决雌雄，遂有如前文所述长达 13 个昼夜血肉纷飞的拼死巷战，最终战败黔军，迫使戴戡饮恨自杀身亡。刘存厚好不容易于 1918 年 2 月登上了四川督军兼省长的宝座。刘存厚虽能打仗，却拙于掌权，不久即被川滇联军赶下台来，只好夹着尾巴逃往陕西，此是后话。

这几年，骆成骧一直住在成都，致力于高校教育，他目击军阀混战的乱局，感慨殊深，写下了不少感时伤世的诗篇。

乱中寄人

一城千里绝趋走，一日三秋不知久。
我住城西涕泪多，君家城北平安否？

他泣诉，偌大一个成都市几乎看不见行人在街上遛走，市民个个度日如年。当时骆成骧住在文庙西街"落酱园巷"（骆状元巷），这儿离他曾经读书学习的尊经书院不远，一家人常为战火纷飞时刻有遭受流弹击伤乃至送命的危险感到深深的忧愁，住城西不得安宁，居住城南可否安全呢？此言不虚，余承基在《刘戴巷战目击记》中有翔实记载："八号（阴历五月二十日）……传闻午后有着军服者数人，至文庙前街罗家祠放火，未燃，骆公骧惧，阖家移居高等学校，骆君为清状元，成都巨绅也。"足见骆成骧身为前清四川唯一的文状元，都难有安身之地，何况普通市民所遭受的苦难与荼毒更是一言难尽。从某种意义上做评析，骆成骧在成都军阀混战中所写诗篇具有诗史的品格与价值。

无论是诗歌还是散文小说创作都需要耳闻目睹，亲身经历之后，经时间的沉淀与情感的酝酿。骆成骧在一段时间创作的《追纪成都战事》在思想内涵与艺术表达上，更加提升到一个高远的境界。诚如鲁迅所慨叹：痛定思痛，痛何如哉！

枪声如雹炮如雷，鬼兴神号万姓哀。
知足督军亲搏战，黔军夜逼蜀军来。
摸金校尉是天骄，饕餮无惭祖有苗。
鹤翅从今飞不起，扬州十万上兵腰。
地裂山崩倏一声，火雷轰破蜀王城。
老奸心胆随城破，长跪哀哀乞放生。

　　骆成骧追忆成都军阀巷战的恐怖情景，驰骋遐思远想，将轰轰隆隆铺天盖地滚滚而来的枪炮声比拟雷霆震怒，冰雹自天而降。战斗激烈得督军赤膊上阵，黔军黉夜进攻，蜀军被迫还击。那些戴着烫金领章的校尉也像凶恶的饿鬼大势掠夺，似乎从娘肚子里生出来就有劫掠的瘾，折腾得天昏地暗，连鸟儿都害怕展翅飞翔。扬州十日屠城的历史惨剧今又重演，何其令人摧肝断肠！

　　令人触目惊心的惨剧果真发生了，地裂山崩一声炸响，巨大的火雷轰破了成都的中心地，老奸巨猾的高官也给轰炸得肝胆俱裂，可怜兮兮地跪地求饶，乞求征服者赏给一条生命。

　　连日不断的战火硝烟，守城兵将陷入迷魂阵，那伙穷途末路的逃兵又奔向何处？

　　戴戡命令熊其勋部猛扑北校场刘存厚军部及其北校场文殊院等地驻军。刘存厚赢得援军由凤凰山直奔城内进行反击。黔军猝不及防溃败后撤，却在锣锅巷、玉带桥、白丝街、线香街、西顺城街纵火，焚烧民房，熊熊烈火延烧至古中市街，大坝巷口，用以阻挡川军追击。黔军慑于川军来势凶猛，全部龟缩皇城，负隅固守。已如前述两军相持十余日，成都市民所受浩劫可想而知。戴戡所率黔军终因弹尽粮绝难以抵御，活捉戴戡之声响彻云霄。戴戡逃奔至仁寿秦皇寺，又遭刘军阻击，戴戡四面楚歌，自杀身亡。故而有骆成骧"连日风云八阵迷，穷途兵散欲何之？煎茶溪畔秦皇市，便是天亡项籍时"。黔军戴戡急欲在川境作威作福，不惜烧毁市内民房以御川军。人在做，天在看，戴戡逃奔秦皇寺，如身陷八阵图迷魂阵，落得死无葬身之地。如同历史上的项羽身陷垓下之围。戴戡为满足一己权欲，不惜以烧毁民房为代价，其天诛地灭的下场势所必致。

在战火连年、兵荒马乱中，骆成骧为了一家老小的生命安全，只得在成都市文庙西街上莲池选择一个定居地点，似觉相对安全，这只能是含泪的微笑了。

上莲池卜宅

桑榆欲薄早悬车，瀛岛归来晚作家。
旧瓦翻新多破碎，轻材任重半欹斜。
百篇雕镂心常苦，四壁图书屋渐华。
莫怪潜夫无远论，上莲池水即桃花。

在兵燹中的骆成骧成年累月为了一家老小的生命安全焦思苦虑，终于痛下决心在文庙西街上莲池买来一所旧宅，可怜这旧宅连屋顶上的瓦片都已破碎不堪了，没有粗壮坚实的顶梁柱，逼得用轻薄的木条勉强支撑，以至于歪歪斜斜、不堪重负。骆成骧天天为吟诗作赋绞尽脑汁，而今可以在破旧的四壁间装满图书，方显出一些光华。只有此时，他方才理解东汉王符为何终生不得仕进，隐居家中，著成多达二十五篇的《潜夫论》抨击社会黑暗，力主启用贤才，实施政治改革，奖励农耕，固守边防。今闲居这旧房改建的上莲池住宅，仿佛觉得池中粼粼绿水绽放出红艳艳的桃花，鲜美异常。骆成骧一辈子清贫自守，一旦年过半百，购买旧房加以改建，一家人从此有了自家住房，悲喜交集的复杂心绪表达得淋漓尽致。

骆成骧为改建上莲池宅兴奋得如同三国时北海的管宁沉醉于书翰诗文不为异常之声所动，豪气冲天情志幽深，"人立小桥天上下，月明孤岛海中央"。小桥流水人家，澄碧的溪水倒映着白云蓝天，明月映照，疑似茫茫碧海中的一个孤岛，何其神妙奇幻！

骆成骧兴之所至，继买旧宅改建于上莲池后，又在文庙西街住宅墙边临池修建一楼一底约五尺见方的楼房，凭槛可观莲池水碧波荡漾，清澈如镜，令人神清气爽，怡然自得。他为之吟咏："千里胸襟楼一层，长风破浪兴难乘。波漂萍斗江光转，日射骊珠海气蒸。不道归家惟坐卧，只应前辈各飞腾。角中折尽林宗笑，仙侣舟中对李膺。"在骆成骧眼里楼层虽不高，却可以远视千里，心胸顿觉开朗。情愿在楼中俯仰坐卧，甚至乐而忘归，为的是可以接待前辈诗友，在聚会中驰骋想象，吟诗作赋。如同历史上的黄宪（林宗笑）那样耽于游乐，有着"汪汪若千顷波，澄之不清，淆之不浊，不可量也"的审美体验，亦似汉代的李膺，反对宦官专权，乐于与名流结交，虽被捕入狱，仍浩气长存。

骆成骧在军阀混战中，尚能买得旧房加以改建，让全家老小有一席安居之地，继而临墙修建一处仅有五尺见方的近水楼台，方可凭楼观景，在极目远眺中吟诗作文，结友欢聚，享有文人雅士的闲情逸致，既是不幸中的万幸，亦是逆境中的无可奈何。

二

骆成骧在军阀混战中享有一处避难幽居之所，不时思念尚在北京遭软禁的尹昌衡。他寻思，倘若有尹都督的雄才大略者，成都也不至于乱得这么不可收拾。他几乎日日夜夜都盼着尹昌衡早回四川，却又无计可施，心中惴惴不安。他琢磨尹昌衡是个胆壮气豪而又聪明绝顶的武将，迟早会出离京城，回归成都。

果然不出所料，尹昌衡自从在武汉黄鹤楼醉酒，重又拘押进京，他苦闷焦躁之极，终于在侍女刘媛媛的启迪下，改用直接上书大总统黎元洪的办法。因为尹昌衡当年与黎元洪有所交往，同样痛恨袁世凯的倒行逆施，他紧紧抓住可能产生的怀旧心理，通过黎元洪亲信留日同学金水炎传递给黎大总统信息：段祺瑞拥兵自重，妄图架空黎大总统，倘能放我回四川，凭借多年在四川集结的兵力，誓做黎大总统的坚强后盾。黎大总统一旦有了地方军政实力的支撑，何惧段祺瑞妄自尊大呢？

金永炎表示愿助大总统一臂之力，大总统定感欣慰，然而急欲回川，还是以父母有疾盼儿早归为宜。于是叫尹昌衡仿造一封像历史上李密那样能动亲人骨肉深情的陈情表。尹昌衡幡然颖悟，拍手叫绝。他自幼雅爱诗文，深具文化底蕴，伪造了一封母亲的盼儿诗：

……锦江源头一老姬，涕血仰头向天诉。路旁过者问何情？一子作仕幽燕去，百战曾将国事宁，五斗便令天伦弃……咯血溅地如涌泉，西山日薄伤憔悴。……既不能黄龙府里插旌旄，又不能朱雀桥边荷装笠。养儿为将不如豕，送儿出山捐敝屣。但教牛背吹胡笳，胜将猿膀伐郗矣……孤子不能舍，英雄谁复归？欲求天下庶民服，先恤江头老姬愿。

尹昌衡熬夜至三更，方才停笔。他已是泪流满面，侍女刘媛媛提醒道："你的字体太为雄健，还是由我来抄写，且以抖颤的手描画得有些歪斜，并不时蘸上几滴泪水，方可认定为老母亲笔。"

"小娘子绝顶聪明，这封示儿诗就交给娘子最后成型了。"尹昌衡激赏刘媛媛的聪明颖悟，似乎这纸示儿诗如同阿波罗射出的一支神箭，必将命中黎大总统的心怀。

果然不出所料，黎元洪读了这首示儿诗，蓦然激起了他悲天悯人的情怀。他情愿与总理段祺瑞翻脸也要放这样的孝子回四川探母。

段祺瑞一旦听说黎元洪放走了尹昌衡，气得暴跳如雷，直奔总统府质问黎元洪为何擅自放走尹昌衡。

黎元洪吩咐金永炎将尹昌衡送来的请示信连同《盼儿诗》递给段祺瑞观览。段祺瑞耐住性子读了下去，心中暗自惊叹：这首《盼儿诗》的确动了真情，他仔细辨析信面字迹娟秀中略显颤抖，还出奇地蘸有几滴泪水斑痕。这真的是尹母写的么？他继而寻思按尹昌衡心性此中有诈，即便是尹母所写，也不能承认。他气咻咻道："这明明是弄虚作假，试想若放尹昌衡，不久便会发生兵变，这无异放虎归山。"

黎元洪道："谁能不怜惜血肉亲情，让儿子回家探亲，就那么严重么？"

"大总统这种事也该与我商议商议再作处理呀！"段祺瑞咄咄逼人地责难。

"我身为总统，这点事都不能管么？"黎元洪气咻咻地应答。

话说到这个份上，段祺瑞袖子一甩，气哼哼地走了。

黎元洪不甘心段祺瑞气焰太为嚣张，借势朱批。

段总理任职以来，劳苦功高，身体大不如从前。今段总理要求辞职休息，本大总统本想请段总理留任，但未便久留让其为难。今本大总统《约法》第三十四条，免去段祺瑞国务院总理一职，遗职由外交总长伍廷芳暂时代署，以俾息卸肩，徐图大用。黎元洪。

段祺瑞读罢，气恼得咆哮如雷，厉声咒骂："好个黎大胖子。脑满肠肥，糊涂至极。难道我段某就是这么可以任意驱遣的么？我必须给他一点颜色看看。"他即刻通电全国，措辞之严冷，态度之强硬，手段之阴狠，令人胆寒。

……祺瑞卸职出京，暂寓天津。唯大总统调换总理，既未事先与祺瑞协商，届时也未经祺瑞副署。将来地方及国事，因此生何影响，祺瑞概不负责。

事情远不如黎元洪预计的那么简单，段祺瑞是何等阴狠的人物！他恼怒黎元洪太不识相，一定得闹他个沸反盈天。他当夜指示皖系心腹安徽省省长倪嗣冲，令他通电全国宣布安徽省脱离中央，独立行政。紧接南京、北方多省纷纷响应，势与黎元洪为首的总统府分庭抗礼。段祺瑞又纠集心腹干将干脆把国会解散了。黎元洪惊吓得失魂落魄，他这才真正意识到他这所谓堂堂大总统只不过虚有其位。一旦让握有实权的段祺瑞造起反来，就连一个敢于挺身而出主持公道、伸张正义的实权人物也没有，这才叫可怜无奈哟。

螳螂捕蝉，岂知黄雀在后。有一位清朝遗老张勋，他恋恋不忘清廷皇权，他在骨子里恨透了孙中山所领导的辛亥革命，他十分怀念清廷赐予他两江总督的赫赫权势。即便早已进入民国，他脑袋上依然留着长长的辫子，人们称他为辫帅。他窥探时局，与段祺瑞暗送秋波，乘此乱局，亲率一支辫子军直接攻入北京城。可怜黎元洪手中竟无可以用来保卫北京城及其总统府的数千上万名精兵，在金永炎等亲信陪护下，一头钻进了荷兰大使馆。

这顽固迂腐的张勋，竟敢冒天下之大不韪，将清朝末代皇帝溥仪请了出来，让其进入紫禁城做皇帝。且在北京城高高飘舞着龙形旗。

张勋还是太低估了顺应时代洪流的革命进步势力。本是北洋系的第十六混成旅旅长冯玉祥以骁勇无比的胆略与声威用猛烈的炮火轰击溥仪重又登位的紫禁城，又以旋风般的凌厉攻势将张勋的辫子军打得落花流水，溃不成阵。张勋的复辟梦才做几天，顷刻化为泡影。

冯国璋总算当上梦寐以求的代总统，尹昌衡辗转来到上海面见孙中山先生。孙中山非常赏识他对民主共和的忠心赤胆，鉴于目前形势，建议他还是去南京面见冯国璋代总统的好。冯国璋待尹昌衡看来十分客气，可是一谈及四川，冯愁苦着脸道："段祺瑞执意挽留你在北京任职，我实实难以自作主张，老弟呀，你正当盛年，在首都干一番事业有什么不好呢？"

尹昌衡拗不过冯国璋，只好留在南京。冯国璋去北京上任代总统之时，依然未忘郑重地给新任江苏督军李纯交代，千万照护好尹昌衡。尹昌衡游览金陵名胜，与当地文化名人诗文唱和，有不少著述，尤以《止园文集》名享一时。

闻听尹昌衡之事，可急坏了骆成骧，他满以为尹昌衡能够脱逃回四川。倘若能来他刚落成的清漪楼诗文唱和，会有多美哟。当他听说尹昌衡又在南京遭代总统冯国璋软禁，他直觉背脊发寒，遍体冰凉。

第十五章
骆成骧在 1918

一

　　1918 年，骆成骧年已五十三岁，他继续担任四川高等学校管理处校长，他不仅兢兢于四川兴办高等学校，还源源不绝地派遣四川优秀学子赴法勤工俭学。他自家子弟骆凤嶙早已赴德国留学。他积极支持在成都、重庆兴办留法勤工俭学预备学校，分批输送优秀学子到法国留学。据统计从 1918 年到 1920 年，四川留法学生多达 315 人，分属 85 个县。曾训骐在《骆成骧与巴蜀留学之风》中描述："在遥远的法兰西，四川留学生脱掉标志读书人的长袍和西装，穿上下装，在大大小小的工厂中磨炼——为了生计，也为了理想。手上的血泡换来老茧，读书郎锻炼成了熟练工。在最为艰难困苦的岁月，他们曾经饥寒交迫，呼号无门；34 名川籍青年被驱逐回国，12 名风华正茂的青年病逝在异国他乡。"（《永恒的怀念——纪念骆成骧诞辰一百五十周年》）

　　中西文化日益频繁的交流，促进了四川乃至全国一代又一代文化精英层出不穷。与骆成骧同为资州人的绘画大师张大千，便是在出国到西欧巴黎研习绘画，后来成为名闻世界的绘画大师。虚心学习西方文化艺术而又心怀爱国之情，不断在中西文化的交融互通中，攀登高远的思想文化境界，是张大千与骆成骧等文化精英的共同特色。骆成骧 1906 年留日研习法政旨在引进议会与法制改造腐朽落后的封建制度，张大千去法国学习绘画，他一往情深地描绘了《资中八胜图》，因其人杰地灵钟灵毓秀，似乎在冥冥中有着某种预示，在这题跋中礼赞"三峰在珠江南岸，青乌家言'当建三塔象笔架，必出状头'"。此言不虚，资中学子骆成骧果真在明年高中状元。

1918 年，他深怀乡友之情，吟成《酬伍心言刻诗江油石屏见赠》：

> 故乡人物宋明中，庄叔升庵节概同。
> 锦水色分珠水绿，莲湖光映桂湖红。
> 年年科第羞高辈，百里交情励古风。
> 分我窦圌山一片，与君文字两玲珑。

骆成骧对蜀中历史人物赞誉有加，充满了自信自强，既有南宋时不与秦桧同流合污的庄叔（赵逵），又有明代高中状元的杨升庵，皆以有高尚的气节著称于世。单就科举仕进而论，蜀中算不上强项，然而文人学士之间的交流互通一直保存着优良传统。让我们共享位于四川江油境内艰险雄奇的窦圌山风光，与你一道以玲珑剔透的文学语言抒发出心中的万千感慨。骆成骧作为教育家对蜀中文化的传承与山水风光的热爱，全都体现在文朋诗友的互敬互爱与诗文酬唱之中了。

骆成骧不贪图高官厚禄，誓志于从事四川高等教育的发展与振兴。想不到即便多年来孜孜矻矻辛勤筹办的四川高等学校担任校长之职也终因停办而被迫解职，只能在四川高等学校管理处任职了，这是怎样的悲哀哟！己身命途多舛是无情的社会现实，还家休养的日子毕竟还长着呢，百鸟争鸣，花开四季，观赏不尽的悠悠故园情，抒写不完的万千感慨。他已送长子凤嶙赴德国留学，挽留文朋诗友在堂屋里倾心交谈。奈何家道清贫藏书不多，愧对魏时堪称百城王的李谧，回想当年李谧常常自夸："丈夫拥书万卷，何假南面百城？"而今他清贫如洗，不足以坐视书城而骄矜自豪。

骆成骧年过半百，对官场早已厌恶其尔虞我诈，军阀割据，矢志从事四川高等教育，也遇到了严重的困难与阻力，有时只能在家赋闲。辛弃疾词云："闲愁最苦。"而骆成骧自有其陶渊明式的皈依自然、乐天安命的养身之道，天人合一，何乐而不为呢？

幽居

卷幔霜前月，登楼雨后晴。
破胎花蕊色，出壳鸟雏声。
寒暑通生理，悲欢惬物情。
自怜衰岁过，无梦到蓬瀛。

时令已是霜降，皎洁的月光映照着屋宇，信步登览清漪楼，雨声方驻，天光放晴。灿烂的花朵从花蕊中吐了出来，鲜美异常，雏鸟也啄破蛋壳吱吱吱地鸣哦。寒暑交替，需学会变通转移，冷热适宜。如苏轼所喟叹："人有悲欢离合，月有阴晴圆缺，此事古难全。"故此一己的悲愁与欢笑就让它与外物自然变化的节奏相适应吧。顾影自怜，日渐衰老，是阻遏不住的必然趋势，再也无法梦想去蓬莱、瀛洲盗取长生不老之药了，暂且认命吧！骆成骧已到知天命之年，悲喜交集，苦乐参半。

1918年中的骆成骧致力于振兴高校教育受阻，退而赋闲。住居上莲池买来的旧宅，加以修整后又在墙外修建清漪楼，论住居环境较晋时陶渊明稍好一些，但其心境不可能完全像陶渊明那么悠闲旷达，缘于骆成骧的人生观、价值观在本质上是儒家哲学，积极入世。而他又不同于一般文人士大夫，在科举高中后坐享高官厚禄。他祈愿社会和平安宁，广大青少年皆能上学读书，更希望办好高等教育，让莘莘学子拥有高等文化，佼佼者可源源不断出国留学。教育救国，是骆成骧一刻也不懈的追求与梦想。如何冲破巴蜀的盆地意识，构建开放格局，是他孜孜以求的人生课题。这一时期他的彷徨求索，忧心苦思，以《枯树》一诗以喻志：

> 荣林有枯树，荣树有枯枝。
> 地岂肥硗异，天非雨露私。
> 栽培终不济，翦拜欲何辞？
> 幸遇中郎在，焦桐听可知。

骆成骧在那军阀混战、兵荒马乱的恶劣环境中，始终将救国救民的希望寄托在高等教育上，然而现实的教育环境却一片荒芜，初衷乃是培植一片郁郁葱葱的繁荣林木，可是因缺乏足够的雨露阳光却出现了干枯的景象，即便一些看似欣欣向荣的树木也有不少干枯的枝叶。并非土地贫瘠，也不完全因为苍天不降雨露。栽培浇灌乏术，修枝剪叶不够及时，有幸遇见中郎焦桐听取教示方可懂得变枯树为茂林的事理。

骆成骧不愧为时代精英，虽然身处乱世，依然笃信"天行健，君子当自强不息"的儒家积极入世的人生事理，即便风雨交加，雷霆万钧，他也要栉风沐雨，砥砺前行。他以《赠友》一诗明志：

> 莫言天有时，冬雷夏雪来无期。
> 莫言地有常，河决山移地无方。
> 与君携手识君性，贫贱死生君不问。
> 凛然百尺青松枝，长与风霜抵刚劲。
> 桃秾李郁百花朝，燕语莺啼万里桥。
> 独念芬芳有飘堕，长风一曲董娇娆。

这首富于哲思理趣的抒情诗，强烈地表现了骆成骧不屈服于命运拨弄的矢志不渝的理想与追求。他蔑视遭军阀混战所造成的乱局如同天道不公季节反常，冬雷夏雪般时序颠倒，江河横流，山崩地坼，难得安宁。这一切超常态的自然和社会乱象皆令人害怕。他与挚友携手共进，无论贫贱生死，都无所顾虑。试看青松插天何其凛然伟岸，哪一天不与风霜雨雪相较劲？更加彰显出其刚强不屈的坚贞品格。未来将是一派桃红李白，百花争妍。看吧，成都万里桥畔，莺啼燕啭风光无限。生活的滋味于苦涩中依然芬芳四溢，乘长风破万里浪，高歌猛进吧，像历史上董娇娆似的美女，正在频频招手呢！

在骆成骧数以千计的诗歌创作中，这首《赠友》所抒发出的思想信念、人生追求，堪称佼佼者。如曾子所言："士不可不弘毅，任重而道远。"人生如逆水行舟，险滩撑船。他坚信只有以百折不挠的毅力，闯过惊涛骇浪，才能到达芳草鲜美的彼岸。

骆成骧自留学日本，在思想理念上已与日本、欧美先进的文化思想相融汇，他一方面坚守儒家传统仁政爱民的思想学说，一方面接受了达尔文进化论，认定时代社会总会一天天进步，青年总会胜于老年，先进总会代替落后。他既具有罗素式的悲天悯人情怀，又像英国诗人雪莱一样热爱生命，密切关注生命的过去、现在与未来。他不似罗素那么对人类未来持悲观怀疑态度，更似德国的思想家尼采，勇于以坚定的意志力战胜通向理想之路的困难与阻碍。但是骆成骧又不完全认同尼采式的自我超越。骆成骧没有那么情感激越，他为人处事始终信守的是儒家的温良恭俭让，他选择的不是突变而是渐变。他认为康有为维新变法的失败很大程度上是因为操之过急，但这并不意味着他对于努力创造美好未来缺乏坚定的信念。他在《赠友》中已明白宣誓："凛然百尺青松枝，长与风霜抵刚劲。"孔子早说岁寒而知松柏之后凋，骆成骧誓志以松柏不惧风霜雨露的刚强意志力去努力实现在教育事业上的理想追求。

骆成骧在军阀混战的成都，为了得到一家老小可以遮风挡雨的安宁住居，且又利于吟诗作赋、观光赏景的栖身之处，他买来顾姓友人一处旧宅略加改建之后，不仅在这上莲池住宅墙边修建了一楼一底五尺见方的清漪楼，继而又在住宅后院围房廊下修筑了一短短箭道，命名德华馆。馆成于腊月寒冬，他作诗吟唱："宅成腊尽春意回，数点梅花见终始。"腊冬已经到来，春光就在前头。这是季节的冬尽春回，也是骆成骧春和景明的向往与求索。

在漫长的冬日黄昏，与友人下棋终局，各自归家晚餐，害怕霜雪侵袭转轻轻掩住房门，兀自坐在椅子上吟咏诗歌，砚墨书写，然后与儿孙围炉笑语欢歌，尽享天伦之乐。品茗饮酒余味无穷，夜深安眠，棉被温馨。即便寒冷蚀骨也要坚持黎明即起，尽管屋外冰雪封冻，一会儿将红霞漫天，旭日东升。骆成骧虽已年过半百，即便在冰封雪裹的冬天依然向往着生命中暖意融融的明媚春光。

二

覆巢之下岂有完卵？骆成骧在成都文庙街上莲池新宅暂得安息，然而军阀混战的乱局却愈来愈糟糕。从全国形势"鸟瞰"，袁世凯死后，北京政府的所谓中央政权徒有其名，并无号令全国的权威。军阀混战四分五裂的局面难以弥合。

1917 年，孙中山在广东成立护法政府，与北京政府形成南北对峙局面。川军各部除熊克武第五师外，均倾向北京政府。护法战争一触即发，刘存厚死死抱住北京政府段祺瑞大腿不放。拥护孙中山护法政府的熊克武在重庆奋臂一呼，与滇军顾品珍、黔军王文华部联手促使刘存厚败走陕西，护法之役在四川赢得胜利。可是全国形势还很不乐观。1917 年 9 月 18 日，湖南零陵镇守使刘建藩和驻衡阳的湘军旅长林修梅通电宣布湖南独立。10 月 6 日，宣告成立护法军湖南总司令部。就在这一天，以段祺瑞为首的北洋军向湖南护法军发起猛烈进攻。

在各个大小派系的矛盾角逐下，北洋军在湖南战败逃窜。段祺瑞一度被迫辞去国务院总理。可是在南方的护国军政府，孙中山依然势单力薄，除了海军表示忠诚，其他几派势力皆态度暧昧，甚而拥兵自重，各据一方。1918 年 5 月 4 日，孙中山忿然通电辞去元帅之职，喟然慨叹："吾国之患，莫大于武人之争雄。南与北如一丘之貉。"21 日，孙中山形单影只，离开广州去上海，护法运动陷入低潮。段祺瑞坐静观变，试图东山再起。

骆成骧置身乱局，怎能长久安闲，即便专致于高校教育依然困难重重。他在《醉歌》哀叹："文字周秦汉，江山蜀楚吴。"四分五裂各据一方，徒唤奈何？"飘泊天为界，穷愁古与徒。"漂泊四方，穷愁潦倒，自古皆然。人格的独立与尊严受到严重挑战，人不像人，鬼不像鬼，"牛马任君呼"，一辈子当牛做马，听任驱使，脸面全无。因政局不稳，心气不舒，衰老得快，"镜中头戴雪，灯下眼生花"。由此而长吁短叹："报国如无主，忘身叹有家。壮心何处尽，万事日西斜。"报国无门，唯有居家自怜。徒有一腔壮志雄心，却万事无成，残阳晚照，去留无名。放眼神州山河，破碎凋零，令人涕泪潸然。"志甘明淡泊，书苦著穷愁。"淡泊明志，即便穷愁潦倒，亦不忘著书立说，宣泄心中的郁苦。

尤以《醉歌》中最后一首，最为沉郁顿挫。

> 神骏怜飞将，家鸡厌老翁。
> 道穷天地闭，思若鬼神通。
> 鬓发星星白，庭花月月红。
> 生涯竟何事，歌哭片时中。

日行千里的宝马最为怜爱的是武功盖世的飞将军，衰弱的老人即便是家中的鸡狗也会厌烦。人生一旦穷途末路，成天都在考虑何时打入阎王殿，头发斑白得多如繁星，面对庭院中开得灿烂的月月红，暗自神伤。年年岁岁花相似，岁岁年年人不同。人生一世，做成了几件像模像样的大事呢？一思及此只有长歌当哭，时时垂泪。

骆成骧置身乱局，像许许多多仁人志士具有深厚的学识与非凡的才智却报国无门，顾影自怜。闭居庭院，望梁兴叹，头发花白，一天天老去。即便是千里马，无伯乐荐举，也将无处展示才能。退而于穷愁中著书立说，面壁苦吟，哀叹事业难成，歌哭泪尽，了此余生。

三

骆成骧此一时期虽心气不舒，但他对生命生活并未完全绝望，他依然信守儒家学说："穷则独善其身，达则兼济天下。"他从杨惺（西沤）长女孙氏身上洞鉴到高尚的节操，一往情深地赞誉了孙氏勤劳俭朴、治理家务、培育后代、帮扶亲人、鞠躬尽瘁的慷慨奉献精神，撰长调《贞女引》，借以弘扬光大优良的文化传统，诚然诗中仍具有封建贞节观色彩，是为局限性。然而从全篇主题思想、价值取向作评析，亦不失为颂扬中华妇女优良传统的名作佳构。尤其放在骆成骧中晚年心路历程作考察更有着不容忽视的价值与意义。

诗一开篇便慨叹："贞女不再字，心许身不渝。奇节生浩气，藐此常礼拘。"这似乎有些落于俗套，即所谓一女从夫，誓不改嫁，奇节可嘉，浩气长存。而一旦进入孙氏超乎寻常诸多事迹，感触之深，景慕之情油然涌生。"孙氏有妇女，女中千里驹。松柏植我性，江汉灌我躯。朝夕诗礼训，左右贞烈图。"由此说明孙氏女之所以有高出一般家庭妇女高贵而又优美的情操，非偶然得之，实出自未出嫁前家庭良好的教化。"庙礼既习祖，家风固承儒"，严格的礼乐教化，养成了合乎儒家传统的优良家风，为孙氏女出嫁后所彰显的美德懿范打下了坚实的根基。"同心断金

石，宁为生死殊？"此语掷地作金石声。古今中外，大凡事业获
取极大成功的男人皆离不开身边有一个贤惠善良而又坚贞执着的
女人。《贞女引》中的主人公李惺之长妇孙氏，不仅对丈夫有着
金石般的坚贞。且在连年不断的兵连祸结中，成日以泪水洗面，
难得一息和平安宁，三年之后又不幸去世，姑姑年迈谁来侍候？
孙氏女敢于担当，善于应对，"起礼果由义，为仁诚在吾"。"行
携老母手，止托先人庐。冢妇代家督，亲心日已娱。"孙氏女牵
着老母的手，回到先人老家。一个寡妇一手撑持繁重的家务，令
全家人心贴心地度过欢娱的时日。针头线脑忙个不停，端茶送
水，清洗尿桶，无不件件俱到。小姑不幸去世，孙氏女又一手担
负起侍奉老母的责任，出门走路陪伴搀扶，俨然未出嫁的闺女，
一分一厘都要精心管理。及至中年，兄弟添了孩子，同样精心养
育。两家人手牵手，心相印，一齐为养家糊口而辛勤劳动。婆家
与娘家，一家在阆中，一家在成都。孙氏女往来奔走，不辞辛
劳。"著代方就养，含饴弄群雏。黄发八十三，遗训如明珠。"孙
氏女养育了一代又一代，始终笑口常开，戏逗着天真烂漫的孩
童。她活到八十三岁高龄，留下的美德懿范成为教育后代的遗
训，如同珍珠玛瑙一样弥足珍贵，熠熠闪光。无论是婆家还是娘
家的后代多功成名就，有口皆碑。孙氏女临终之时，一再叮嘱丧
事宜简。"九泉笑相见，精义贯黄垆。芝兰长莹兆，区别焉可诬？
风云自同气，仁圣世所迁。"她含笑九泉，死而无憾。她一生为
人的精义气贯长虹，如芝兰玉树永远散发出浓郁的馨香；她的精
神气质与日月同光，其仁义圣贤当视为楷模。

　　骆成骧笔酣墨饱、元气淋漓地塑造了一个贞女贤妻的艺术形
象。自然，以今天的道德标准权衡，未免带有陈旧的封建色彩。

四

　　骆成骧既缅怀优良的文化传统与治家贤才，亦不免在苦闷与

寂寥中思念尚在远方多日未见的友人。他在七绝《望远》中抒发焦急的等待与期盼，"海关重锁几时开，尺素沉浮去不回。鹦鹉传言难尽信，平安须待雁书来。"

同是写鱼雁传书，祈盼亲友，骆成骧不似南宋李清照《一剪梅》那么缠绵悱恻："红藕香残玉簟秋，轻解罗裳，独上兰舟。云中谁寄锦书来，雁字回时，月满西楼。花自飘零水自流，一种相思，两处闲愁。此情无计可消除，才下眉头，却上心头。"

骆成骧创作《望远》的复杂心绪，有似唐代李商隐的七绝《夜雨寄北》："君问归期未有期，巴山夜雨涨秋池。何当共剪西窗烛，却话巴山夜雨时。"

骆成骧内心经长期儒家学说的熏陶与积淀，其核心乃情本体。他一生重情重义，既重视血缘亲情，也念念难忘师友情谊。对于这种弥足珍贵的文化心理和情感意绪，当代哲学美学家李泽厚先生作了精辟的阐释。他说："既无天国上帝，又非道德伦理，更非'主义''理想'，那么，就只有这亲子情、男女爱、师生谊、朋友义、故国恩、家园恋、山水花鸟欣托、救助人生襟怀以及认识发现的愉快、创造发明的欢欣、战胜艰辛的愉乐、天人交会的皈依感，种种神秘经验，来作为人生真谛，生活真理了……为什么不认真地感受、体验、领悟、探寻、发掘、'敞开'他们呢？……这就是生命的故园情意，同时也是儒家的'生命'，'命'并非别的，它关注的正是这个非人力所主宰、控制的人生偶然。"（《己卯五说》）

无论是抚养自己的父亲骆文廷，还是发现他这奇才并倾情扶植的资州牧高培谷，或是在成都尊经书院授教十年的王闿运，尤其钦点他为状元的光绪皇帝，以及向他执弟子礼的尹昌衡，他是时时怀念，常以诗赋寄情，甚而竭诚救助。其仁义之光，堪比日月。

骆成骧友情之执着令人掩泣。他在《记梦》诗中予以了梦幻化的表达："九霄逢故人，依依恋张柳。从容步太虚，笑语一携手。神行无端倪，凌厉烂星斗。俯视但沧溟，一碧空万有。无由生波澜，何地着尘垢。委心恣天游，乘化生亦偶。"

骆成骧之于故人的怀念，以梦幻的形式予以了酣畅淋漓的抒写。"九霄逢故人，依依恋张柳"。他不同于人们常做的美梦与亲友相见于日常生活场景之中，竟然在碧海青天的九霄云外，何其奇特！诚如弗洛伊德所阐释："它毫不迟疑地调和着荒谬的矛盾"，他是那么兴高采烈，在太虚幻境中从容漫步，含笑雍容地手儿相牵，心儿相连。如天马行空无拘无碍，架势之凌厉迅疾灿若星辰。继而从茫茫高天中俯视人世沧桑，晴空一碧，几乎什么都不曾有，既不见波澜横生，也看不见任何污秽尘垢，就听凭张开幻想的羽翼在苍天中遨游吧，即便肉身虚化也要比翼齐飞、不离不弃。

骆成骧这首《记梦》所传递的情感意绪与北宋苏轼词《江城子》同中有异。所同者皆为深情怀念故人。但是骆成骧远不同于苏轼的凄凉与忧伤，"十年生死两茫茫，不思量，自难忘，千里孤坟，无处话凄凉。纵使相逢应不识，尘满面，鬓如霜……"骆成骧在梦中所见故人，不似苏轼梦见亡妻在家园的"明月夜，短松冈"相见相依，而是在又高又远、苍茫无际的九霄云外。他一点也不像苏轼之于亡妻王弗那么凄零忧伤、柔肠寸断，而出之以"从容步太虚，笑语一携手"，俨然羽化而登仙，神行无际，灿若星斗。以至于不愿归返尘世，而要永生永世在太空中结伴畅游。骆成骧显然描绘的是梦幻中的乌托邦，身处军阀混战的现实社会，极端厌弃尘世的污秽与喧嚣，幻想着肋生双翅，翔飞进没有勾心斗角、毫无尘垢的太虚幻境，何其悠闲自在，乐而忘返。

骆成骧固然潜藏庄子式的上天入地的浪漫情怀，人世沧桑毕竟是现实的栖居地。他继而在《感咏》描摹梦醒之后的真情实感，"不向仙人借羽衣，山灵招我梦中归。身随日驭无高下，指点瀛寰无是非。圣鉴难逃天地广，帝功可告古今稀。人间北斗同瞻仰，莫厌高寒近紫微。"天宫游仙毕竟是霎时的梦幻，大地上的山水风光召唤着他快快从迷梦中回归现实世界。驾着太阳神飞驰的龙车，指点着人寰的是非善恶，圣谕虽然发出，但是天广地阔鞭长莫及，帝王建功立业，奈何古往今来毕竟稀少。共同观瞻人间天上吧，切莫嫌弃天宫高远清寒，太为渺茫。骆成骧似乎怀有天人一体、自然浑沌的宇宙观与天道观。遥不可及，只有梦中可以想见的太空，银河中群星灿烂，幻妙绝伦；而现实世界尽管圣君难出，乱相丛生，可是人们总得生存与发展。在无可奈何中，暂且承认世道不公，顽强生息吧。

骆成骧年过半百，渐入老境，于寂寥中不免怀旧。因赋《长啸吟》，他油然感慨："生无益世来何为？惊蓬戾天非素期。自将庭训酬明问，岂意刍言结主知？九年五诚保和殿，王公惊视立环案。天光彻海有余明，宝气干霄真自荐。有穷射日天下昏，狂风落叶归本根。天池龙去群蛙噪，独对沧浪日长啸。"他谦抑地称述，生活在这世间给人们能带来什么好处呢？鸿鹄高飞远举的凌云之志并非从来就具有的愿望和理想。在父亲严格的庭训下，在一次次应试中侃侃应对，哪会想到有贤明的主试人接纳了自己。多次在朝廷保和殿参加会试与殿试，王公大臣环立左右，为一己的卓然应对所震惊。上天有眼，宝气开云，得以荐举。有如后羿射日，天昏地暗，狂风扫落叶，难有扎根栖身之处。而今普天之下圣明的真龙天子已不存在，唯有一群军阀如青蛙一样鼓噪，他只能面对像江海狂涛巨浪般喧嚣的乱糟糟的尘世仰天长啸，徒唤奈何！

骆成骧并不以一己壮志难酬而落魄丧志，他饱读经史凭借多年的观察与体验意识到必须借鉴日本与欧美，彻底废除封建体制，实施民主与法治。他之所以认定教育为兴国之本，在于首先必须培养一大批文化底蕴丰厚、知识广博而又思想先进的英才俊彦。一旦这些精英志士成为国家栋梁之材，国家民族的振兴与繁荣才大有希望。其间人的思想修养、道德情操至关重要，中华民族虽历朝历代战火不息，然而民族国家始终生生不息，不就在于以孔孟的儒家学说成为了优良的文化传统，像深山泉水流淌不尽，泽溉心灵情志么？骆成骧如同在峭壁悬崖间寻找灵芝、牡丹，更像在荒原中拾得一颗熠熠闪光的夜明珠，他情不自禁地唱起了《郭叟歌》。"郭叟行年六十五，生居市井惯商贾。奇赢不肯漏锥刀，累致千金心亦苦。是年县境旱且暑，家家号饥声凄楚。叟时夜行经市门，不觉涕零泪如雨。"这是骆成骧较为稀罕的叙事诗，讲叙一位姓郭的奇男子在县城经商，赚来的血汗钱真也不易，却在这年县境大旱酷热，家家户户啼饥叫苦。这姓郭的商人晚上路过，闻见哭诉之声感觉到难以言喻的凄哀。"归来彻夜不成眠，念我囊中尚有钱。守财坐视万人死，此心无乃违皇天。天心兼爱如父母，父母爱子无颇偏。一儿失所亲不乐，一人向隅天应怜。况我脂膏腴人利，难免箕豆同根煎。纵无鬼责有人怒，敢求见德聊补愆。自计子孙足衣食，立散五千留二千。"诗歌细腻刻画郭叟所经历的剧烈的思想冲突。郭氏所秉持的依然是儒家学说，孟子曰："老吾老以及人之老，幼吾幼以及人之幼。"衣食足而后知礼义。郭氏商贩重情仗义，十分不易。首先骆成骧诗作中的主人公是商人。白居易在《琵琶行》中感叹："商人重利轻别离。"骆成骧笔下的郭叟堪称商贩中的奇男子。他之疏财仗义，拯救饥荒民众在传统的诗歌中甚为稀罕，以有限表现了文学艺术思想意蕴的无限。用鲁迅的话讲："写出了民族魂。"骆成骧由此生发遐思远想，"我闻叟语心矍然，知叟平地成飞仙。次年邻州水淹陆，再散千金佐饘粥。我见叟面心更肃，谓叟眼前即活佛。叟昔壮年丧三男，自说天意惩贪馋。行善生儿从此始，白发苍然犹未已。自言天赐吾赀不可量，笑指膝前五男子。"诗歌结尾娓娓诉说郭叟尔后的事迹愈加感人，旱灾之后第二年又发生水灾，郭叟倾其家财，设置粥棚接济饥民。骆成骧面见郭叟肃然起敬，高度赞誉其仁爱之心，救济之举达于胜境，修道成仙了哟，眼睁睁一尊活菩萨。紧接又称郭叟家境也充满了不幸与灾难，壮年时期三个儿子活活病死，且称是因为过去太为贪恋钱财，遭受天道的惩罚。从此以后他乐善好施，即便进入满头白发的晚年，仍初衷不改，善性善为。令人惊喜不已的是他指着身边的五个儿子，乐呵呵地说这就是上天赐予他的活宝贝，瞻望前景，风光无限。

骆成骧以叙事诗的形式，为我们塑造了一个心怀仁义、乐善好施、舍己为人的儒商形象，也为近现代我国诗歌画廊塑造了一个浮雕般民族脊梁的典范。郭叟是一个值得反复玩味的儒道优良传统文化孕育的富翁形象。

中国文化以"情"为本体，于仁厚慈爱中，更多地强调人与人之间患难相助、祸福同当，以至于舍生取义，杀身成仁。先天下之忧而忧，后天下之乐而乐。叙事诗《郭叟歌》真切而又生动地展现了慷慨解囊、拯救民困的儒道情怀，标志着骆成骧在1918年的社会乱象中又攀登上一个更高的人生境界。

第十六章
五四浪潮中的骆成骧

一

年轮进入1919年，年已五十四岁的骆成骧虽身在成都，却无时无刻不牵系着北京一浪高过一浪的爱国热潮。

此一时期骆成骧失去了至为亲密的师友。如前所述靖国军总司令蔡锷去世，令他肝摧胆裂，更有在他青春时期授学十年的一代宗师王闿运（湘绮）也不幸病逝，尤令他痛不欲生。他怀着深切的哀痛和难忘的铭记写下了至恸至哀的《祭王湘绮先生文》：

维民国五年丙辰（1916年）十月二十四日，弟子骆成骧敬以时馐醴酒之荐，致祭于前尊经院长、翰林院检讨王湘漪先生之灵曰：世道交丧，北辰安在？十日出天，群星堕海。孰为寒松，贯时不改？孰为潜龙，避世无悔？泰山东倒，底柱西倾。起陆弥放，滔天益横，兰陵未死，孤留老成。中郎一去，虚无典型。维我夫子，得天独厚。八十五年，与古为友。……夫子被文，龙蛇无尽……访古游蜀，兰风袭芬。楚艳玉勒，汉侈卿云。出骚入雅，驰骋不绝。笺经赞史，贯穿无缺。天授佉卢，道消仓颉。传付何人？守待来哲。御风而行，止水为渊。生死寒暑，望陇息肩。金台日月，玉垒山川。心乎爱恋，魂今归旋……著录三千，楚英蜀彦。江汉自濯，西河空偕。骧也将冠，遽厕门墙。

拔侪游夏，许似班杨。一别风雨，两谒衡阳。解颜而笑，嘉我不
忘。……不见君子，我心忉忉。白驹过隙，青云在霄。瞻望南极，
仰天弥高。呜呼哀哉，尚飨！

　　一日为师，终生如父。更何况骆成骧自十九岁从家乡资州送
入四川尊经书院深造，在王闿运（湘绮）精心培育下，足足经历
了长达十年的教诲，经史子集熟读成诵，吟诗作赋，朝夕揣摩，
夯实文化底蕴，一步步向仕进的崎岖险道上节节攀登，又几经
挫折，终于让骆成骧在乙未殿试中获取钦点状元的殊荣，恩师王
闿运其功至伟。故此骆成骧对恩师王闿运（湘绮）的情爱之深实
不亚于乃父骆文廷。一旦传来恩师王闿运去世的消息怎么不让他
体验天坍地陷、墙倒屋摧般的创痛呢？"世道交丧，北辰安在？
十日出天，群星堕海。"更何况王闿运不但是己身的恩师，而乃
驰名全国的经学大师，怎么能不涌生松柏常青、潜龙舞凤的礼赞
呢？

　　身为弟子的骆成骧喟然兴叹："泰山东倒，底柱西倾。起陆
弥放，滔天益横。"继而叙说恩师王闿运的人生价值与学术修养
堪比古代贤人，"兰陵未死，孤留老成。中郎一去，虚无典型。
维我夫子，得天独厚。八十五年，与古为友。脱略轩裳，跌宕文
酒"。恩师享有八十五岁的高龄，想暮年曾高轩驾驷，登大雅之
堂，把酒吟诗，何其雅儒，气度非凡！再说恩师"怀宝归楚，重
读典坟。访古游蜀，兰风袭芬……出骚入雅，驰骋不绝"。恩师
学问大成回归楚湘，深入研读三坟五典，取精用宏，诗书满腹，
漫游巴蜀，带来芝兰般清新而又优雅的良好学风。出骚入雅，驰
骋文场，深研古文字学，笺注经史子集，贯通古今，造诣高深。
"著录三千，楚英蜀彦。江汉自濯，西河空偃。骧也将冠，遽厕
门墙。拔侪游夏，许似班杨。一别风雨，两谒衡湘。解颜而笑，
嘉我不忘。"王闿运著作等身，招揽楚湘英才培育巴蜀俊彦，任
其畅游书墨瀚海，汲纳渊深的知识。骆成骧年刚十九岁，有缘侧

身恩师主讲的尊经书院，深受奖掖与识拔，优渥有加。恩师像孔子孜孜不倦地教诲贤弟子游子夏，对骧等备极厚爱，并许以班固扬雄一样出类拔萃，前程远大，造诣非凡。恩师之厚爱，重于泰山。情深谊久，惜惜相依，一旦撒手人寰，心忧伤难以自持。仰望茫茫云天，恩师之高风亮节，比天高似海深。祈望恩师在天之灵，幸福安康！

大凡一个有学识、有建树的文人学士，皆具有分外深沉的情感涵蕴，发而为文，令读者心灵为之震撼，且会产生强烈共鸣。文学大师巴金说："哦，友情是生命中的一盏灯，离开它，我的生存就没有光彩，离开了它，我的生命就不会开花结果。我不是用美丽词藻空谈友情的。"巴金又说："我是靠友情生活到现在的。"（引自李恩义《巴金与肖珊》）

文友之谊光比日月。杜甫《梦李白》："魂来枫林青，魂返关塞黑。"我们也就不难理解骆成骧为何一旦失去教诲自己十年的恩师如此失魂落魄，历历往事，层现叠出，如数家珍般对恩师王闿运一生渊博的学识，著述之精湛，名声之浩大，培养英才俊彦之呕心沥血，堪称一代名师，令人永生铭记，刻刻不忘。

"情本体"既是中华传统乐感文化的核心之所在，也是骆成骧诗赋创作及其行为方式、思想心理一大显著特征。所谓本体，即最根本、最实在的东西。郭店竹简明白刻写"道由情生"，情动于中，而言发于外，骆成骧因祭悼恩师王闿运遏抑不住的这种情感心境，是日积月累心理情感的积淀。这种井喷式爆发与宣泄的情感意绪最真挚最热烈也最扣人心弦，引起共鸣。

二

震惊海内外的五四运动爆发之前，骆成骧住居在文庙后街上莲池旧房改建的新宅中，一家团聚倒也闲适，教子课孙，备感怡乐。他吟诗《课诸孙读》："种花莫辞劳，采蕊莫贪逸。馎蚕不成丝，馋蜂不成蜜。方朔有三冬，仲舒困一室。波澜起胸中，欲塞还自溢。答难郁风云，对策炳日星。不有五车书，安得五色笔？"全诗皆用比拟的语言形式，表达看似浅近实则深刻的事理。骆成骧诗歌样式多姿多彩，或七言或五言或四言，五绝、七绝、五律、七律、长调、杂诗，无不因题材和创作心境而异，灵活运用，姿彩纷呈。此诗的阅读对象是未成年的几个孙儿，如花朵未萌灵志初开，语言宜于浅近朴实，采用比拟的形式更便于为孩童所接受和理解。年过半百的准老人，效法宋代以理为诗，其旨归重在启迪孩童的灵智，犹如辛勤的园丁浇灌园中正沐浴着春光、含苞待放的花朵。骆成骧早已将长子骆凤麟培育成英才俊彦，此时正在德国留学，不久将学成回归。眼下几个孙子又在他的栽培下茁壮成长，能不心花怒放，譬喻连珠么？

看这准老头心中多美哟，他真将教孙子读书向学，比拟为种花采蕊，养蚕养蜂，切不可稍有疏忽大意，绝对需要辛勤劳作，一丝不苟，方能享有如花似蜜的甜美生活。要学历史上的东方朔、董仲舒，业精于勤而荒于嬉。此诗比拟由浅入深，从近及远，既面对眼前景，又缅怀悠久的历史轶事，且向往宽广的江河大地。"波澜起胸中，欲塞还自溢。"喻示莘莘学子宜静中有动，胸中有宏图万卷，如波翻浪涌，横溢江海，以不可阻遏之势，奔腾向前。每遇难解之题，有似乌云堆积，其解答方案有如群星灿烂，红日映照，必将豁然开朗，心旷神怡。欲登览这学做学问的崇高境界，没有学富五车的苦读深研，哪能手挥五彩画笔，描画出云锦璀璨的美好未来呢？

二十多年前高中状元的骆成骧不仅早已因协助创办京师大学堂，尔后又应邀赴广西桂林法政学堂任职，回川后担任四川高等学校校长，又兢兢于筹备四川大学而奔波不息。他已是蜚声全国的教育家，稍有闲暇教示嗷嗷待哺、活泼可爱的孙儿从小养成勤学好问的良好学习习惯，且要心怀壮志面向未来，用励志苦读攻克一个个科学堡垒，开创如霞似锦的美好未来。实践证明骆成骧为一代精英，挺立在时代文明的制高点，指点江山、激扬文字，创作出足可遗世名篇，赠人遐思远想，教育一代又一代莘莘学子，如桃红李白花开遍野，芳香四溢；亦不忘教子课孙，克勤克俭，志存高远，茁壮成才，奔向美好前程。其拳拳之心，殷殷之盼，令人肃然起敬，反躬自省。

这一年，骆成骧虽未身居政治文化风暴的中心地带北京，但他住在祖国大西南天府之国的四川成都，凭借敏锐的政治嗅觉，预感到必将有凛冽的政治风暴发生。他创作《石犀》以为喻：

> 倾海煎阿胶，志欲清黄河。
> 海枯河四溢，此志遂蹉跎。
> 归来蓬池上，屈注分江河。
> 鱼鳖不自爱，跃戏常风波。
> 断鳌鳌不尽，斩蛟蛟更多。
> 石犀空伫立，滔滔今奈何？

当时在成都市文庙街确实有一尊石犀。骆成骧曾在距石犀不远的尊经书院读书十年。石犀于他惯见不经，却在多事之秋的1919年感事伤时，触景生情，以石犀为喻体，诱生无限感慨，用以讽喻时局。自辛亥革命以来，有多少志士仁人为这眼看就将被帝国主义瓜分的泱泱中华心怀爱国热忱，意欲倾滔滔黄河之水熬煎出足以医治病症、强身健体的良药阿胶。怎奈海枯石烂，这美好心愿终于受阻。依然有爱国志士欲引进江河之水饲养，惜乎后来人却不善自珍惜，于跃跃欲试中徒生风波。心想铲除像蛟龙鱼鳖一样的乱世分子，可叹貌似雄壮威武的石犀，目击滔滔滚滚的战连祸接，徒唤奈何。

骆成骧感世伤时，军阀混战，烽火不息，列强侵扰，虎视眈眈，政府腐败，治理乏术。北洋政府酷似成都文庙街的一尊石牛，看似庞然大物，实际毫无功用，毫不作为。

　　杜甫诗云："好雨知时节，当春乃发生。"同是对喜雨的赞誉，骆成骧有着自出机杼的独特表达："习习凉风拂袖生，穿窗一电一雷鸣。非烟非雾云无迹，如玉如珠雨有声。今夜晏眼消苦热，明朝早起看佳晴。回头却语儿孙笑，顷刻穷愁见太平。"不同于一千多年前的杜甫，骆成骧《时雨》描写的是春天之后的夏日。天气日渐炎热，难得降下喜雨，在雷鸣电闪中雨声如玉如珠叮咚作响，如击鼓鸣琴，声声入耳，点点爽心。值得深入探究的是骆成骧为何在1919年初夏因降及时雨而欣喜异常呢？"今夜晏眼消苦夏，明朝早起看佳晴。回头却语儿孙笑，顷刻穷愁看太平。"此描写可以理解为一种隐喻与象征。中国诗歌传统一个显著特色是"含而不露"。大抵是当年在北京爆发的五四学生运动，在全国各地引发连锁反应后，终于在6月下旬，中国代表团拒绝在屈辱的和约上签字，从而宣告五四爱国运动取得胜利。这喜讯有似一场及时雨，大大地润泽了他焦渴的心田。

　　骆成骧此时心情有似杜甫名诗《闻官军收河南河北》："剑外忽传收蓟北，初闻涕泪满衣裳。却看妻子愁何在，漫卷诗书喜欲狂。白日放歌须纵酒，青春作伴好还乡。即从巴峡穿巫峡，便下襄阳向洛阳。"骆成骧尚无留存直接赞颂五四爱国运动取得伟大胜利的诗篇，也未曾明白倾诉"喜欲狂"的满腔兴奋与激情，但基本色调是相同的，只不过骆成骧《时雨》表达得更曲折、隐晦和含蓄。

　　骆成骧从五四爱国运动的爆发及其取得的伟大胜利中，看到了国家民族行将走向自由和民主的蔷薇色曙光。他居家上莲池休憩清漪楼，亦体验到生活的欣悦，情不自禁地再度吟咏清漪楼。

清漪楼自题

外江内湖一城隔，一片波光漾城堞。

城头回首清漪楼，自疑家住神仙窟。

三岛波澜卷不留，九州尘轨扫无迹。

相对依依如故人，四十年前旧陂泽。

身筑广厦千万间，八尺孤楼老衰歌。

手种梧桐遍海隅，夹堤杨柳送生活。

君不见百花潭上云如墨，清漪楼下花如雪。

濯锦江边波连山，清漪楼底清见月。

惜无并翦分赠君，幸有巴歌自愉悦。

芙蓉城南天下稀，从君持与外人说。

　　骆成骧在历代状元中堪称最为清贫的一个，绝大多数状元皆兴修"状元府邸"，其堂皇富丽，堪称名胜。即以比骆成骧早出生二十多年的武状元彭阳春而论，他不仅在老家曾家坝新宅旁修建了状元府（今双流县胜利乡北塔村，现已因修机场损毁），且在清流县城北街，官府也为之修建有状元府，只不过规模不及双流县青杠林曾家坝新宅旁的状元府邸那么宏伟壮阔。可是骆成骧无论在家乡资中舒家桥七里沟，还是在尔后寓居的成都文庙街，皆未修建状元府邸。

　　骆成骧清贫得在文庙后街上莲池从姓顾朋友手中买来一栋旧房，加以整修，供全家居住，又在墙外修建了一楼一底五尺见方的窄小清漪楼，算是含泪的微笑了。

　　他喜气盈盈地赞赏清漪楼的地理位置好。"外江内湖一城隔，一片波光漾城堞。城头回首清漪楼，自疑家住神仙窟。"华夏儿女对建筑的审美与特殊的社会背景与个人身世经历、文化修养等多种因素有关，诚如李泽厚所言："不同于少数门阀贵族，经由考试出身的大批士大夫常常由野而朝，由农（富农、地主）而仕，由地方而京城，由乡村而城市。这样，丘山溪壑、野店村居倒成了他们的荣华富贵，亭台楼阁的一种心理需要的补充和替换，一种情感上的回忆和追求，从而对这个阶级具有某种普遍的意义。"（《美的历程》）骆成骧虽然高中状元也曾在国史馆任修纂，但他一生清廉自守，安贫乐道，因临水建成一楼一底仅五尺见方的小楼可供读书吟诗，观览山水胜景而自得其乐。"八尺孤楼老衰歇。"渐入老境能有一处小楼憩息也是不幸中的大幸了。

三

人生易老，岁月无情。骆成骧自年满五十岁，兀自哀叹一天天衰老。于 1919 年吟《白发》以自警：

> 一茎白发已惊秋，万点星星不自由。
> 且遣云烟迷醉眼，任凭霜雪满梳头。
> 五千卷里双明镜，二十年中一敝裘。
> 蚕腹有丝须吐尽，著书终不为穷愁。
>
> 舌存齿缺穷犹壮，发短心长志不闲。
> 殉古诗书今笔墨，借天风月地湖山。
> 招魂酒满归中圣，练句丹成得大还。
> 自是一生无别慕，肯将青眼向人间。

一叶知秋，一茎白发令骆成骧惊叹老之将至，此乃自然现象，就让心灵情感处于一种半醉半醒的状态吧，即便满头白发也无须太为发愁。五千卷浩瀚书海，三十多年的励志苦读，清贫一生，也不觉伤感。要像春蚕吐丝，著述终生，也不因穷愁而潦倒。骆成骧与陶渊明一样甘于清贫。但他较陶渊明人生观价值观又有显著不同。他虽不求高官厚禄，但并不消极悲观。他始终坚守儒家积极入世的优良传统。他从未放弃人生崇高的价值意义的追求。

宁静以致志，淡泊以明志，也许更符合他晚年的人生哲思。他进而慨叹即便牙齿摇落，生活穷困，也要胆壮气豪，志存高远，绝不贪求闲情逸致。苦读经诗，深研学问，不负大好河山。

魂寄圣哲，炼丹一样成就学术功业。自信一生别无所求，能让人不致于白眼轻觑，而能青眼相悦，于愿足矣。

冬末腊尽，春节将至。他在 1919 年岁末不忘教育儿孙珍惜时光，作《守岁示儿孙》："今年明岁急相催，明岁今年不再来。只惜今年已虚尽，莫教明岁又空回。春风岁岁酿成蜜，秋月年年生蚌胎。岁岁年年风月好，年年岁岁白头老。"

骆成骧无时不感叹人生有限，事业无穷。他不知多少次叮嘱儿孙要百倍珍惜青春韶光。好景不常在，好花不常开，此乃不以主观意志为转移的自然节律。重要的是百倍珍视度过的每一天，虚掷光阴是人生的最大恨事。

1919 年 10 月 10 日，孙中山先生将其深思熟虑的研究成果加以实践，作出大胆决定，颁布了《中国国民党规约》。此《规约》郑重宣告："我党以巩固共和，实行三民主义为宗旨"，进而改变中华革命党的"实现民族、民权、民生主义"的纲领，表示要"重新开始革命事业，以求根本的改革"，响亮提出"重新创造一个国民所有的国家"。在组织形式与活动方式上也有了可喜的变化，由过去的秘密组织，创造出开放性的格局，放宽入党条件，用以满足各阶层人士积极参加革命活动的需求，他的《建国方略》全面系统地讲述了在新形势下革命活动的奋斗目标与建国方针。

骆成骧思想情感上更加接受孙中山的革命主张。近几年，川地在军阀混战中正在发生剧烈变化。一方面是滇黔联军在靖国之役后赖着不走，妄图称霸四川。1918 年 2 月 6 日，驻扎重庆拥护孙中山三民主义的熊克武电劝刘存厚以大局为重，与西南众多拥护三民主义的革命派保持一致；同日，四川省议会通电广州孙中山代行总统职权召开国会以议宪法。老家在四川开江县的同盟会早期会员、广州起义炸弹队长、靖国军司令颜德基也赶往省会成都。2 月 13 日，熊克武在成都受到绅、商、学各界的热烈欢呼。四川拥护孙中山在广州的临时政府势力大增。紧接于 2 月 17 日，孙中山任命杨庶堪为四川省省长。熊克武拥有的军事实力一天天增强，四川军民反对北京政府的独裁统治群情高涨，于1918年7月7日成都学生组织成立救国会。延至1918年12月4日，熊克武宣告暂兼省长。1918年12月8日才宣布由本月2日军政府政务会议决议特任熊克武为四川督军，杨庶堪为四川省省长。不同于尹昌衡，骆成骧与熊克武并无多少交集，但是熊克武是这一时期四川军政的重要人物，与骆成骧在成都所处社会环境有着或多或少的联系。作为国民党在四川的代表人物，熊克武所带领的九人团与相互对立的实业团构成了四川国民党内部冲突最为尖锐的两大派系，以熊克武为首的九人团可谓根深蒂固，早在日本留学时业已形成，其核心成员有但懋辛、李蔚如、喻培棣、余际唐、张冲、吴秉钧、刘亚修等。熊克武一旦当上四川督军，立即委任李蔚如为参谋长，但懋辛为第一师师长，喻培棣为第一旅旅长，余际唐为全川江防军司令兼重庆镇守使，张冲为第二混成旅旅长，吴秉钧为兵工厂厂长兼造币厂长，刘亚修为政务厅长。熊克武在四川掌控的军政权力之大，远远胜过前期督军和省长。令状元骆成骧吃惊的是熊克武将九大团搂抱为一体，结成了牢固的联盟。1918年，北洋政府调熊克武为川边镇守使，熊克武哪会情愿像昔年骆成骧所追随的尹昌衡一样去苦寒的康定戍边呢？但迫于中央政府命令，他无法不服从。

时靖国军众多将领看穿了北洋政府调虎离山之计，滇军军长顾品珍（与骆成骧较为亲密）、黔军总司令王文华力劝熊克武出山，且有重庆机关法团拥推熊克武为四川靖国军总司令兼管民政。熊克武窥测时机，以求一举驱逐刘存厚。当时刘存厚所部与滇军在隆昌激战，战事呈胶着状态，熊克武急命招讨军总指挥石青阳、靖国军总司令颜德基、四川省靖国军总司令黄复生，取道遂宁、简阳，直捣刘存厚所盘踞的省会成都。刘存厚因主力部队尚在内江、隆昌，而后续增援部队遭熊克武拦腰截阻。他未能想到熊克武如此诡计多端，下手猛狠。刘存厚沮丧得走投无路，部将田颂尧奉劝其退后一步自然宽，他可怜巴巴地率领残部北退至陕西汉中。

熊克武不乏雄才大略，在这多派军阀各据一方的混乱局势下，他试图采取强干弱枝，以大吞小的策略完成四川的统一。他经历了长达一年多的整编，将四川原有的五个师陆续整编为八个师，外加一个全川江防司令，一个混成旅。整编后的各师师长多系他的心腹干将，但懋辛为四川陆军第一师师长，刘湘为二师师长，向传义为三师师长，刘成勋为四师师长，吕超为五师师长，石青阳为六师师长，颜德基为七师师长，陈洪范为八师师长，余际唐为全川江防军司令，张冲为四川陆军第二混合旅旅长。

虽然整编与扩充得井然有序，阵容宏大，却依然存在貌合神离之忧，内部勾心斗角，矛盾重重。除一、三、五师和全川江防军、二混合旅是熊克武亲近的嫡系，吕超、石青阳、颜德基等皆为与他先前九子团相对立的实业团分子。且说极具强劲实力的刘湘所部第二师乃前清十七镇的老底子，陈洪范这第八师师长原为刘存厚第二混成旅旅长。内部冲突日渐酝酿，其发展态势远非好大喜功、妄自尊大的熊克武所能掌控，甚而始料不及。此是后话。

在这样的乱局下，骆成骧说不出精神情感有多郁苦，他独自苦吟《独酌》：

> 白眼高歌望斗魁，百年辛苦为谁来？
> 有才无路酬知己，寥落江天酒一杯。

仰望茫茫苍天上的星斗，辛苦一生究竟为谁在忙碌呢？纵然学富五车，却英雄无路，知音难觅，落得兀自醉饮，对月浩叹。

第十七章
驱逐滇黔军出川

一

1920年，骆成骧已五十五岁。他满怀愁肠，大有三国时曹孟德似的人生感慨："对酒当歌，人生几何？譬如朝露，去日苦多。"骆成骧哀叹生命老去，功业难就，他在年初的《醉歌》中抒写不尽的愧疚、哀怨与悲愤。题记："庚申五过五小洲同年留饮剧谈旧史，夜归复酌，读同学邓守瑕新刊诗。邓尚留燕京，出而不返；王归自滇，入而不出，各已十年。余则既倦求归，又穷思变，惭愧故人，愤不自掩，与酒俱泄，旨趣犹在王邓间也。"骆成骧年已五十五岁，渐入老境。人到老年最易怀旧，尤其忘不了青少年时期的同学好友，恰同学少年，风华正茂，指点江山，激扬文字，挥斥方遒。王小洲与邓守瑕，一个一直留在北京工作，从未返回四川；一个回到云南之后，再未离滇远行。一晃就是十年。骆成骧自身经北京、广西、山西等地四出奔走任职之后，而今已疲于奔命，但求在蜀中安度晚年，却又不甘清寂，企图有所改变。倦鸟思还，还而欲飞。五十五岁的骆成骧劳碌奔波大半生，在国家法政建设与高校教育取得辉煌成就的同时，依然徒有一腔报国之志，却无继续施展才华智慧的良好社会环境。不时发出壮志难酬的悲怆与浩叹，"扶摇九万倦冲天，回首乾坤欲息肩。更恐惊人甘寂寂，忍遭讥笑过三年。"骆成骧慨叹青年时期，特别是欲进京会试殿试与乎高中状元之后，何其壮志凌云。诚如庄子逍遥游所畅想，扶摇直上九万里。待到渐进老境回首往昔峥嵘岁月，徒生疲惫之感。又哪能甘于寂寞，不思进取呢？试图有所作为，却又遭人讥笑。这尴尬的心境，委实难以解脱。这些年他一直寓居成都，对这座拥有千多年历史的文化名城，深情喜爱，"二月春风八月霜，衔芦欲去更回翔。翻思岭塞如庭户，不道成都是异乡"。他像千多年前的杜甫一样眷恋这座锦官城，又像九百多年前的苏轼身处异地，随遇而安，直觉他乡是吾乡。二月春风似剪刀，剪裁碧玉绿丝绦。花开烂漫，暖意融融，或是秋风肃杀，霜打叶枯，也曾产生过携家离走的动念，却依然如贪恋旧巢的飞鸟，低回不已，不忍离去。思来想去，这里山水风光如同家园门庭一样亲切熟悉，美丽的成都市早已不是异乡，这儿就是安身立命的家园。

骆成骧不仅早已在成都文庙后街上莲池有一座改建的住宅，且在墙外修建了可供休闲与诗友酬唱的清漪楼，儿孙绕膝，朝夕相伴，去德国留学整整八年的长子骆凤鳞也已归国。尤其令他喜出望外的是，数年来梦绕情牵的尹昌衡终于挣脱北洋政府的羁绊，辗转回归成都。此乃不幸中的大幸。

二

尹昌衡自袁世凯诱骗至北京，因不附和他恢复帝制而遭监禁。袁世凯死后，当权的段祺瑞视尹为洪水猛兽，看管得比袁世凯更加严密。尹昌衡这段令人心酸的经历，骆成骧听来如锥刺心，哀不自胜。

1920年冬的一个夜晚，天已黑尽，骆成骧正在书房研读《史记》，忽然仆役传来一声叫喊："尹将军到！"

骆成骧一惊，恍如梦寐，他飞快从太师椅上站立起来，趋步房门，朗声道："尹将军在哪里？不会是做梦吧！"

"启禀恩师,晚生逃难归来,梦想成真啰!"尹昌衡仍穿着戎装,佩戴金光耀眼的上将领章,头戴高耸的饰有鎏缨的将军帽,脚蹬长长的马靴,双腿一碰,摘帽施礼道:"今日得见恩师,太不容易啊!"

"只要回来就好,回来就好!请坐请坐!"骆成骧喜极而泣,两颗泪珠子直在眼眶中打转,连答话的声音都嘶哑了。

"多年不见,恩师似乎老了一些。"尹昌衡握住骆成骧瘦巴巴的手,似觉有些冰凉。

"老夫都五十五岁了,哪能还像当年陪伴你骑马攀登去打箭炉那么精强力壮呢?"骆成骧缅怀往事,岁月悠悠,今不如昔,不胜感慨。

"那可是我一生最感气壮山河的青春年华,在恩师指教下镇守边关,何其骁勇!藏民亲情,至今难忘。"尹昌衡一旦将纷纭的思绪挪回到民国二年(1913年)那段在总参议骆状元陪伴下,策马奔赴打箭炉(康定)的难忘岁月,感慨万千。虽然是川边经略使,没有多大实权,且地势僻远,生活十分苦寒,但是为国镇守边防,与叛军征战,方显铁血男儿骁勇无比的英雄气概,尤其叛乱平息与藏民把酒言欢,真有一种建功立业的成就感。

"可恨袁世凯连我身处荒蛮僻远的川边打箭炉也不肯放过,堂堂国家元首竟然干出这么卑劣下贱的勾当!居然闹出先抓人,后寻找罪证的弥天大谎,张贴告示,租求罪责。"尹昌衡回首往事又气又笑,恍若讲述"天方夜谭"。

"是呀,此时我来北京,看了这最为荒诞不经的告示,气愤得冲进总统府向袁世凯直喊冤枉,一再称说,你不仅无罪而且有功。袁世凯听了愀然变色,拂袖而去。"骆成骧回忆当时情景,气不打一处来。

"普天之大,无奇不有。我们四川出的是人才,这个名叫邹杰的讼棍,居然信口开河,一口气给我瞎编多条罪状,袁世凯如获至宝,妄图凭此定罪。不知出于权力角逐,还是出于其声誉考虑，担任主审官的陆军总长段祺瑞为了不致在庭审中闹笑话，急欲找邹讼棍核实起诉材料。岂知邹讼棍在骗取大笔钱财后，居然躲藏得无影无踪。段祺瑞恼怒得出动大批军警全城搜索，一旦抓住，他竟然全是谎言捏造，气得将其抓捕入役。我满以为袁大总统就此可以松手，没想到他要亲自主审，置我于牢狱而方休！即便在法庭上据实抗辩，依然难逃劫难，活活定罪九年。恩师哟，我此时的冤苦，实不下于关汉卿笔下的窦娥。后来听说恩师代陈宫连发三电，袁贼活活气死，我在狱中高兴得一蹦三尺高。似乎觉得恩师代拟三电全是为营救弟子出狱而发出的绝招。哪会想到袁死后段祺瑞比袁世凯更为阴狠狡诈，他突然翻脸，将我视为一伸爪便会吃人的猛虎，名义上给我一个盛威将军的虚衔，也允许出狱住居，却死活不让我回川。尔后经友人多方襄助，乘火车出逃北京，可是一到武汉又落入陷阱。即便是当年炙手可热的冯国璋也与段祺瑞是一丘之貉，表面笑容可掬，内心狠如蛇蝎。这帮口蜜腹剑的家伙，弟子领教够了！"尹昌衡一面饮茶，一面滔滔不绝地讲述几年来受软禁与牢狱的苦难历程。不禁热泪潸然。

"你是怎么逃脱虎口，返回四川的呢？"骆成骧一面斟茶，一面饶有兴味地询问。

"哎呀，说来话长。问题又重交到大总统黎元洪手中，他似乎从骨子里恨透了段祺瑞的飞扬跋扈，愿意放我回四川省。尔后闹得他与段祺瑞当面争吵，可恨这段祺瑞根本不将黎元洪这大总统放在眼中，竟然以辞职为要挟，却在天津连发通电，纠集多省势力一致声讨黎元洪，吓得黎慌忙躲进法租界避难。不用说我这阶下囚，插翅也难逃了。"在尹昌衡眼中，段祺瑞比死去的袁世凯还要心狠手辣。

"时令已至1920年，我深居北京国祥胡同八号，试图又在夜里逃离北京，已经是第四次了，突然在一张报纸上看见一则新闻：筹建孔教会，发起人居然是山西军阀阎锡山。我眉头一皱，当年留学日本东京士官学校阎锡山是同班同学呀，后来一齐参加反对清政府的'铁血丈夫团',那可是志趣相投、命运与共的铁哥们哟。几年前在北京成立孔教会,我与阎锡山还有康有为等都是骨干成员。"说到这里,尹昌衡的语调也迂缓了许多,他瞄准恩师骆成骧雅爱诗文的心态,一字不漏地将当年由他代为草拟的发刊词《请建孔圣堂书》原原本本地背诵了出来:

民等闻:达心言略,官之奇未尽厥忠,饶舌输诚。唐魏征自拾其策,民等忧世既深,不辞三渎,敢进万言。盖闻非立教无以固基,庶绩朝兴而暮废。非孔道无以建极,诸教偏重而不中。若不建堂敦实,则画饼空悬。苟能正本清源,虽白骨可起,谨陈其要,胪辩其闻……

"我草拟的这篇《请建孔圣堂书》虽产生于五四运动爆发不久的 1920 年,似乎逆时代潮流而动,不合时宜,却也赢得不同凡俗的热烈反响,很快在全国多家报纸转载,实也对徐世昌、段祺瑞予以了辛辣的讽刺,但他们又抓不住把柄。尊孔读经毕竟是两千多年的文化传统,有的人想要彻底掀翻,真是蚍蜉撼树,可笑不自量。阎锡山也因我积极参加他最为热衷的孔教会情感弥笃。阎锡山在山西人称土皇帝,他的军政宝座坚如磐石,稳如泰山,谁也撼他不动。他是因前副总统冯国璋赴京治病死于医院,前来吊丧的,他对我在北京的遭遇深表同情。这夜晚他前来我住宅,秘密商量出离北京之策,事先与住在上海的孙中山的机要人员四川同乡谢持取得联系,希望能到上海,得到孙中山先生的保护与助持。这天夜晚阎锡山派了一个排的卫兵送我乘坐他派人开来的小轿车秘密开到丰台火车站,搭上了直开上海的火车。终于经上海乘轮船返回日日思恋的四川。"尹昌衡一口气诉说了在北京遭软禁备受的煎熬和出川容易回川难的种种折腾。

骆成骧听罢,长长地吁了一口气,随即斟上热茶,递给他道:"虎口脱生,乃人生不幸中的大幸,从今往后就安闲度日吧！"

"不瞒恩师这长达七年的反复折腾，弟子既饱受煎熬，也更深更透地看清了统治上层的腐败与凶残。原以为恩师为陈宦代拟三电气死袁世凯后就会天下太平，我也有幸出狱，获取人身自由。岂知袁世凯之后还有更阴险狠毒的段祺瑞、徐世昌，北洋军阀成队成串，不从体制上加以铲除，恩师与我连同广大民众休想有太平日子。"尹昌衡连喝几口香茶，道出了对时局悲怆的体味与观察。

"此言不虚，老朽与君有同感，昔日我一直对光绪帝感恩戴德，年年不忘祭奠，但并不意味着我像袁世凯、张勋一样妄图开历史倒车，恢复帝制，清廷腐朽至极，孙中山发起辛亥革命乃时代潮流，谁也无法阻挡。但要实现三民主义何其艰难。段祺瑞、黎元洪、冯国璋、徐世昌们依然实施的是独裁。这一伙人手段之阴狠实不下于当年的慈禧太后，其名曰民国，实则换汤不换药。全国如此，四川也难得一日宁静，军阀混战，各据一方，灾祸连年，民不堪命。不知你返川之后有何图谋？"骆成骧虽未遭受军阀之间的尔虞我诈，勾心斗角。他早已厌恶官场，踞守教育一隅。

"弟子不才，而今已是中年，困了累了，还是休闲些日子再说吧。"尹昌衡长叹一声，有着难以言喻的郁苦与悲怆。

尹昌衡身为四川武备系的领军人物，值辛亥革命之际，他继蒲殿臣之后以四川陆军小学堂总办一跃而为四川都督，一手掌握四川军政大权。想当年何其英俊威武，年纪轻轻便胸怀韬略，叱咤风云。而今总算在阎锡山襄助下脱离虎口，回归四川。此时的四川，在军阀混战中以当年第五师师长刘湘势力最为巨大，他乘刘存厚穷于隆昌、内江的争战，蓦然进军成都，将刘存厚率残部赶往陕西汉中。

1920年刘湘迫于形势又欲与龟缩在汉中的刘存厚联手，驱逐赖在四川不走的滇军黔军。刘湘在军阀混战中一天天坐大，其核心人物杨森、唐式遵、潘文华、王缵绪、张斯可、王陵基等，大多是速成系的老班底。刘湘担任的军职，甚为显赫，随着实力加速扩大，已荣升至四川善后督办、二十一军军长、川康绥靖公署主任，他坚持以速成系为核心强化并夯实班底，后又组织武德会。

尹昌衡静观其变，原本是手下第五师师长的刘湘而今势力之雄厚，官位之显赫已属惊人。他居然能以高妙的手腕，心生一计，将之前由熊克武亲手赶往陕西汉中的刘存厚又重新请回来，与之联手以四川联军的名义驱逐意欲盘踞四川的滇黔军。

1920年夏，熊克武令但懋辛率师在内江、隆昌发起进攻。据但懋辛副官严啸虎回忆：熊克武指挥的战局甚为宏大，熊又命令刘湘所部在嘉陵江长江沿线与黔军鏖战，双方互不相让，彼此死伤甚为惨重。熊克武第五师吕超在黔军后方绵州一带公然举起川滇黔联军副司令的旗帜（总司令为田继尧），同第六师师长石青阳，第七师师长颜德基，四川靖国军总司令黄复生、副总司令卢师谛等与滇黔军联合作战，共同倒熊。与此同时，刘湘独立旅旅长萧品章在撤退时，也率领全旅人马脱离刘湘，与吕超师相互配合一致应对熊克武。

熊克武遭受多方面围攻，形势十分不利。他率领川军第一、第二师向北退驻阆中。在孤军无援的情势下，突然心生一计，何不派人向驱赶到陕西汉中的刘存厚说情，希望他在困境中助自己一臂之力，待齐心协力驱逐滇黔军出川后，一定能让刘部割据一方，称雄一世。刘存厚早已在陕西汉中待不住了。汉中虽属陕西一方重地，但怎么也赶不上四川这天府之国富庶肥美，加之气候不适，官兵多思念乡土，况且军饷也难以为济。刘存厚思虑再三，决定再赌一把，他亲率全体官兵回川接应熊克武。为了师出有名，刘存厚重又打出靖国军的战旗，与熊克武联合作战共同驱逐滇黔军。

熊克武看准火候，在刘存厚军的配合下，从阆中反攻成都。

为了壮大军威，当即发表对他最为忠心的但懋辛为第一军军长，命令但懋辛从金仙场、安仙场发起猛烈进攻，随后又发表刘湘为第二军军长兼前敌各军总司令；另一干将杨森也荣任为第九师师长兼前敌各军总指挥，由盐亭、三台出发向成都进击。各路将领官衔提升，官兵士气高涨，以摧枯拉朽之势一举围攻成都。滇黔军伙同临时凑合的吕超师、石青阳、颜德基、黄复生、卢师谛等力难支撑，被迫退出成都，其主力部队退出成都，到简阳甚为险要的张飞营，暂得一丝喘息。

但懋辛此役血气方刚，他瞄准时机，大显身手，建功立勋。他指挥川军奋勇攻克三台，马不停蹄率大军沿涪江紧追黔军。真所谓黔驴技穷，黔军看似气势汹汹，实则外强中干的庞然大物。兵队人数倒不少，面临战阵，打不上几个回合，在川军劲酣气足的凌厉攻势下节节败退。

已崭现头角的刘湘，万万没想到部属萧品章公然拖走部分人马投靠滇黔军，气得要将萧品章推上断头台。萧品章见形势不妙，滇黔军已溃不成阵，吓得弃兵逃走。刘湘即刻收集旧部，重新整顿，委任陈能芳为二师师长，张秉升为第三旅旅长，严啸虎为少校参谋。熊克武率领的川军攻取成都后，立即关闭城门进行休整。连日累月征战，官兵皆感疲惫，决定歇息两天。待到第三天，部队恢复元气，便打开东门，与敌迎战。以二师二旅五团孙为武为急先锋，在东门大桥与滇军鏖战。应该说滇军较黔军具有战斗力，几年前靖国军总司令蔡锷率领由滇军组成的靖国军何其骁勇异常，不仅川军，就连不可一世的北洋军皆闻风丧胆。然而自蔡锷病逝，以唐继尧为首的滇军伙同黔军出自贪图私利，一旦扑入川境，如同闯入家财万贯的豪绅之家，不少人早已忘掉了蔡锷统率靖国军进入四川的宗旨，以为这是发国难财的最佳时机。烧杀抢掠，肆无忌惮，四川百姓怨声载道。滇军在成都市民心中已如同土匪强盗，严重失去了立足的根基。不用说在东门牛市口、大面铺一战，如决堤之水，溃不成阵。川军乘胜向山泉铺张飞营进攻。

滇军踞高临下，扼关死守。川军发起一轮又一轮猛勇冲锋。滇军见已无退路，即便怯懦如兔也要狠狠咬上几口。滇川两军交战长达十余日，双方死伤官兵无数。熊克武不惜以川军官兵的宝贵性命为代价，伤亡将校多达 1000 余名，堪称几年来成都最为惨烈的战斗。据严啸虎回忆，三师师长谢松、二师团长梁云济等皆喋血沙场。滇军再难敌川军愈战愈勇、前仆后继的持久攻势，其主力部队几乎弹尽粮绝，终至仓皇溃退。

熊克武厚葬阵亡将领，以锐不可当的精兵强将，驱逐滇黔军出川，其军事实力强盛一时。

熊克武为驱逐滇黔军出川立下汗马功劳的同时，孙中山先生却鄙视他是两面派，四川军阀人格分裂扭曲。骆成骧向离开四川整七年的尹昌衡谈及在川主持军政的熊克武味道怪怪的、酸酸的。他说：熊克武最信任的是但懋辛，他又看重正在崛起的刘湘，审时度势，唯有拉拢刘湘为首的速成系，才有足够的实力驱逐滇黔军出川，他已精准地抓住了民意，厌恶滇黔军在川作威作福，死赖着不走。

刘湘所统领的第二师是清末的第十七镇，军官全是四川陆军弁目队的学生，下级军官多由弁目队中挑选的优秀分子升入四川陆军速成学堂毕业的学生。官兵大都经受过长期严格的正规训练，特别富有勃勃生气与旺盛的战斗力。刘湘本人更是一名骁勇无比的虎将。熊克武慧眼识珠，一旦认定刘湘及其所属第二师是最具战斗力与发展前景的劲旅，便对刘湘甚为倚重。熊克武慨而慷之，一声令下将隆昌、荣昌、永川、璧山、铜梁、大足、合川等富庶地带全部划为刘湘防区。

刘湘并不完全效忠于熊克武，他两面三刀，阳奉阴违，打着自己的小算盘。他一面与熊克武的劲敌吕超相勾结，一面又满脸堆笑地向熊克武大肆讨要军事物资与粮饷。熊克武察觉到刘湘心怀鬼胎，即刻召集心腹九人团研究刘湘是否可靠，会不会一旦坐大，发生兵变。九人团内部为之争议甚为激烈，熊克武最终拍案道："千军易得，一将难求。倘若抛弃了刘湘所属第二师这些精兵强将，四川军政局面将更加四分五裂，古训'和为贵'，你我兄弟大肚能容。这道工夫茶，得千斟细酌哟。"

当野心勃勃的吕超与滇黔军结成反熊联盟。熊克武不仅与逃往陕西汉中的刘存厚化敌为友，联手对付滇黔军，且巧妙地采用釜底抽薪之计，暗中与滇军中最具实力的顾品珍部作交易，劝顾趁云南兵力空虚，唐继尧将主力部引入四川纷争，可迅速将队伍从四川拉回云南，一举夺取云南督军宝座。顾品珍当时驻军资中。资中是骆某的家乡，顾品珍在资中口碑不错，他治军有方，纪律严明，在资中鲜有烧杀抢掠，这是尹将军可以交往的朋友。骆成骧十分看好顾品珍。

熊克武真会做工夫茶，他慷慷慨慨地赠予顾品珍三十万元的粮饷与军事物资，顾品珍连声感激，依计而行。

尹昌衡惊讶道："熊克武太有心计了！"

骆成骧细眯双眼，仰望着湛蓝色的夜空，若有所思道："心计太深，终难持久。我看熊克武在川可以称雄一时，很难统治四川一世。"

"恩师此言有理，听说孙中山先生早已识破了他两面派的嘴脸。"尹昌衡经骆成骧鞭辟入里的剖析，对熊克武的为人急欲穷根究底。

"是的，孙中山不愧为明察秋毫、作风严谨的当代伟人，他不无幽默地嘲笑熊克武坐南朝北，即所谓身在曹营心在汉。"熊克武口口声声地说拥护孙中山的革命党。但他愈到后来与孙中山隔阂愈深。事情还得从孙中山与黄兴的讨袁失败说起，孙黄二人彼此产生分歧，遂分裂为以孙中山为首的东京派和以黄兴为首的南洋派。东京派的骨干有胡汉民、汪精卫、陈英士等；黄兴为首的南洋派则有李根源、李烈钧、陈炯明、方声涛等。熊克武原属以孙中山的东京派。因为实业团的卢师谛带有三万多元已交四川同乡分享，而熊克武一人却有十三万元之巨，大家都眼巴巴地盼着他交出来一人分享一点。熊克武却自作主张，认为这笔钱十分重要，应保存着供大家回川，从事革命活动的旅费。孙中山的贴心人谢持则认为熊克武经济有问题，要求清查他任川军五师师长时的账目，是否这十三万元钱全部用于军费开支。熊克武不让查，谢持坚持要查，彼此产生尖锐冲突。熊克武为了掩盖存在的经济问题，假借要去东京和南洋劝说孙中山与黄兴和睦相处，共襄治国大计，一溜了之。熊克武投靠了在南洋的黄兴，此后孙、熊之间隔阂益深。

尹昌衡听了骆成骧关于四川掌权人物熊克武的一番议论，感觉此人心术不正，有朝一日必出大问题，他失声浩叹："熊克武的宝座究竟能坐多久，很难说呀！"

"唉，我劝老弟还是坐享清闲为好！"骆成骧语重心长地叮嘱。

"川民多艰，昌衡个人事小，只怕川局会乱得难以收拾。"他离骆宅时，将《望成都行》（此上被囚，追忆往事而作）转赠恩师。

> 成都兵马惊，万户齐哀鸣。
> 哭声激云天，使我动深情。
> 单骑出危城，号泣激孤军。
> 三夜哭声哑，百人随我行。
> 一举万夫戢，再举四境清。
> 徒手当锋刃，岂不畏牺牲？
> 牺牲何足惜，要在桑梓宁。
> 不见千行泪，徒为半壁平。
> 此心既已碎，此情难可伸。
> 倦马穷途泪，老牛犁下心。
> 泪亦不能滴，心亦不能平。

惟怜血汗尽，使我徒酸辛。

回首望成都，极目生愁云。

三

1920 年，四川省内军阀各据一方，互争地盘战端不休，外加滇黔军假借靖国之役赖在川境，攻城掠地，四川百姓无异于雪上加霜。骆成骧虽不在政府任职，却一刻也未忘记为民请命。他凭借手中这支愈磨愈锋利的文笔，写下了好几则请愿书。先是呈给四川边防军司令赖心辉师长的《致赖师长绅耆公函》，文中彰显的是他为川民请命，驱逐滇黔军出境一腔赤诚。在他看来川军驱逐滇黔军之战是正义的，值得颂扬。文章不长，却极富深情，文采斐然。摘引于下，聊供赏析：

德祥师长鉴：节下忠义深矣，辛苦久矣，丁巳（1917 年）春夏之交，吾侪幸免鱼肉，皆节下之赐也。自此以来，人随时变，志与愿违，仰天浩叹，无可复道。隔阔千里，音问不通。仆等书生，无补世宙。至于闻豪杰之风，未尝不慷慨羡慕，思执鞭弭而无从也。天心悔祸，警我蜀人，使泯阋墙之隙，同心以御外侮。今日诸将帅力驱滇黔于境外，诚为乡人士尸而祝之矣。然节下独立以抗滇黔，百折不回之气，早已深入人心。故此次决战之初，每讹传曰：节下至矣！人人心胆为之一壮；则敌人之心胆，亦未必不因此而寒也。古所谓猛虎在深山者，庶几近之矣。节下艰难困苦之情，仆等虽不亲见，证之以历史，揆之以时事，可歌可泣矣！方迟迟以营后方，又汲汲以赴前敌，乃中道匆遽，辱书仆等，劳不自惜；而猥见推重，谦逊之情，粹于眉宇，沁于心脾，可感也哉！"德不孤，必有邻。"前敌诸将帅，其可与节下提携倡和，以入古豪杰之林者，大有人在。惟贤知贤，惟贤爱贤，行矣勉之。骖驾群龙，翱翔青云，是所望于群公也。敢布所怀，用尘高听。心长路远，不尽欲言，统希鉴察，即颂勋祺。

川军师长赖心辉远在阆中与滇黔军交战。此时此际骆成骧住在成都。如若川军在前线与滇黔军交战获胜，则成都市民连同全川人民可保和平安宁。正是从这一平民立场出发，骆成骧一往情深地赞扬边防军司令赖心辉所引领川军，"今日诸将帅力驱滇黔于境外，诚为乡人尸而祝之矣。"尤其赞誉赖师长"独立以抗滇黔，百折不回之气，早已深入人心。"骆成骧之所以致书赖心辉师长，显然是为了鼓舞将士的士气，且选准了最佳时机，"故此次决战之初，每讹传曰：节下至矣！人人心胆为之一壮；则敌人之心胆，亦未必不因此而寒也。"在颂扬了赖军的战斗士气之后，继而称述其艰苦卓绝，"节下艰难困苦之情，仆等虽不亲见，证之以历史，揆之以时事，可歌可泣矣！"以下说明致书赖师长在日夜不息的战火中，拨冗写信详述前线战情。由此感慨："德不孤，必有邻。"亦可以解读为得道者多助，失道寡助。"惟贤知贤，惟贤爱贤，行矣勉之。"在骆成骧心目中为保境安民而英勇奋战堪称贤明，贤明的将士必将爱护道德高尚的人。如若就赖心辉之戎马一生作考量，当属四川军阀之林，似乎值不得称颂，但是具体问题宜当具体分析。于1920年川军驱逐滇黔军出境之战，至少在客观形势上起到了保境安民的积极作用。故骆成骧此文在特定的时代背景下，是有着积极的现实意义的。由此反映出1920年的四川人民在备受军阀混战带来的离乡背井之苦中，是多么渴望川军保境安民，让川民赢得一刻喘息之机。

在1920年，骆成骧草拟的《绅耆公函》长达一千余言，全面地概述了十年来战乱给四川人民带来的深重灾难，深刻指出如若军中将领为一己之私利，征战不息，必将成为历史罪人；1920年四川军民同仇敌忾，驱逐入侵滇黔军之战，为的是保川境平安，深受川民拥戴与支持。骆成骧的这篇公函不同于前文仅致函赖心辉，而是致函全川众多拥有实权的军政人物。

骆公一开篇便代全川的人民叫苦："天祸吾蜀久矣！危而不亡几希矣。"灾难深重的四川人民，当今"然安知非天去其疾，以诱其衷，使藉此转祸为福耶？……十年以来，风云屡变，朝起夕仆，曾无暇晷"。他沉痛地指出四川人民已是朝不虑夕，难有宁日，从而一针见血地指陈，盖源于"党派纷歧，政策错出"所造成的乱相，"军事既参差不齐，民政亦消磨殆尽。每有贤豪，横遭牵帅；强敌压境，民不聊生。此吾侪人民所不能深望于主持川局者也"。骆公直言不讳地说出了川民对执政当局的极端失望，也再次表明执政者的无能。兵祸战乱长达十年之久，川民百姓无一日暂得安宁。惟一感觉欣慰的是："前敌诸公，协力同心，兼旬之内，由省城转战千里，直收泸县，夺敌要领，歼灭渠魁；左右两翼，同取叙渝，抒积年之愤，快万众之心。有此一举，不但外患立见扫除，并可卜内忧之渐次消灭也。"骆成骧实事求是地肯定了各路川军同心协力，在驱逐滇黔军在川境的骚扰，用不太长的时间所取得的辉煌战绩。1920 年 8 月，四川督军熊克武邀集刘存厚举行苍溪军事会议，共同商讨驱逐滇黔军出川，委任刘湘为第二军军长兼前敌总司令。这年 9 月，刘湘率领所属将士充当主力，于成都地区与滇黔军激战十二天；9 月 15 日，滇黔军溃败于成都东郊外的龙泉驿；川军第九师师长杨森率领精锐之师乘胜追击，一举攻占了为滇黔军盘踞多日的泸县，将士们奋勇争先，呐喊之声山响谷鸣，当场击毙在泸县坐镇指挥的滇军军长赵又新。滇军又一军长顾品珍根据事先与熊克武商定的协议，避开川军凌厉的攻势，率残部退回云南，夺取唐继尧云南督军的宝座去了。更有熊克武号令下的川军第一军军长但懋辛由东大道衔夜攻打占据重庆的黔军。所属刘伯承部以虎跃龙腾之势抢先攻入重庆市区，击毙黔军旅长，黔军司令卢涛收拾残兵败卒，退回贵州。骆成骧热情赞誉发生在 1920 年夏秋的驱逐滇黔军之战。"有此一举不但外患立见扫除，并可卜内扰之渐次消灭也。"他紧接着阐述各路川军将领宜当出以公心为全川七千万人民的生存与发展深谋远虑，而不应为一己私利纠缠格斗，"夫强敌当前，摧坚破锐，曾不反顾，此前敌诸将为七千万人争生存之公，非为一二人争权利之私，昭若天日矣"。同时他恳切指出誓为公仇，不为私斗，这是可昭日月的大明大义，顺应者昌，违逆者亡。

以下文章转入当前川局的实际情势。骆成骧十分赞成各派将领最终能以川局为重，进行协调并作出妥善安排，"然总指挥甫澄军长，能与诸将之调和一致，蹈险无怨者，必其大公无私之心，足于大白于众也。由此推之，积锦两公同心委任于甫澄军长者，又其破除党见之私，奋发爱乡之公，内断于心，故能推算贤能于前，接济兵械于后，使前进者无忧内顾，实为此次克敌制胜之本原，则向来歧异纷争之风，将因此渐变而合用。故曰：内忧之消灭可卜也"。骆成骧对驱逐滇黔军出门之后的时局抱有谨慎的乐观。

究其实际结局，并非如骆成骧所描述的那么轻松愉快，滇黔军被逐出四川后，六路总指挥邓锡侯归依刘存厚，熊克武、刘存厚各部到渝。1920年12月，北京政府任命刘存厚为四川省省长，刘成勋为建昌（西昌）镇守使，刘湘为重庆护军使。然而熊克武却心高气傲，他纠集11名将军严词拒绝这样的人事安排，认为未能论功行赏，有失公道，于四川往后的生存与发展不利。唯独流亡陕西汉中被熊克武秘邀回川的刘存厚十分醉心于北京政府安排。他被委任四川督军的要职，欣欣然，乐不可支。熊克武一伙却气得骂娘。经过几天的酝酿，熊克武悍然发出通电：解除督军职任，主张四川自治。全川民政事宜，由刘湘领衔，以各军联合办事处主持。

川军内部争权夺利的缠斗，又呈现出难以开交之势，方才恳请虽无实际官职却声望极高的状元公骆成骧出面予以调解，如文中所叙，"鉴等才不足以佐韬略，力不足以备干城，叠蒙诸公，函电见告，复派代表，枉驾咨询。孤负盛意，惭悚实深。前曾函请积锦两公，早入省垣，主持大局；复由禹久军长集议，重函催促，连接积公函，待与锦公会商一切，再定行止。谦退之怀，溢于言表。复闻李伯申议长赞述锦公谦退之意，今得来函，果与积公会议，相得甚欢。深自引咎，恳恻动人。两公同心分责，川局之幸，此其转机。凡在乡人，所当赞感激之不暇，何忍以私党权利之说，荧惑聪明；又将转福为祸，使当局再蒙风尘，全川同入涂炭耶？昨见前敌诸公联名通电，果闻有此传说，深恶痛绝。大声疾呼，盖犹冀政客党人之一悟，而不复虚为此纷纷也。"

川军内部的纷争复杂错综，非始料之所及。有不少仁人志士出自维护四川大局的安定团结，岌岌奔走于各派之间，且希望骆成骧出面协调。经多方洽谈关键人物锦公（熊克武）在通电中称："武既无防微杜渐之略，复乏应变御侮之才。为治数年，内外交困，抚躬自问，惭愧无已。爰于四月十七日通电辞职，经军民恳切挽留，迄未稍缓退志。"熊克武这一中坚人物，坚持退辞，给四川带来的后遗症，令骆成骧与众多关注四川命运前途者深深为之忧虑。

骆成骧进而发论："夫政客党人，古今中外之所同具，但视其心之公私何如耳。"文章一针见血地指出立党为公，还是立党为私，是症结之所在。骆成骧目睹四川现状，深深为之忧虑，"吾独虑，负保乡保国之责者，或示尽其爱乡爱国之心，至不免有亡国亡乡之患。果领袖者主持公义于中，参佐者又从而夹辅之，则风俗人心将为之一变，又何惧于浮议之能摇惑哉？即以权利言之，吾国之善为权利、赫赫在人耳目者，自谓智盖天下，而诈伪之奸，人人皆见。自谓力盖天下，而专横之毒，家家为敌。一朝溃败，权利安存？"文章进而阐说唯有立党为公，而非结党营私，才能主持公道，伸张正义，顺乎民心，深得贤能辅佐，方能促使社会风习有所好转，如若独断专行，自以为权利巨大，四面树敌，迟早溃败如山倒，己所欲得的无上权力，形将毁于一旦。

最后骆成骧恳挚地劝导川军各位将领，"愿诸公以众人之心为心，则仁无敌矣；以众人之才为才，则智无敌矣；以众人之力为力，则勇无敌矣。智仁勇无敌，则诸公既得从容镇抚于其位，吾侪人民亦得安居乐业于其家。民国之幸福，庶几亲见之也。"骆成骧从道德情操上阐说仁智勇为立人之本。他真心希望川军各将领时时事事皆以全川人民的福祉为出发点，而今既以驱逐与川民为敌的滇黔军为首要任务，便不能不思考长途大计，"尚望诸公之赐，战胜于心。敢以此贺，即从此规。"叮嘱最为重要的是要能战胜自己，即竭力克服私心杂念，多为四川全局着想，其拳拳之心，殷殷之盼，可鉴日月。

骆成骧于1920年撰写的《绅耆公函》其志虑之深广，议论时局之明察秋毫与乎对未来寄望之殷切远大，堪与乙未《殿试策对》相媲美。时间已过二十余年，他那忧国忧民之仁心宅厚，老而弥笃，穷且益坚。肩负为民请命之责无旁贷，不坠青云之志，亦深怀战祸再起之忧。

四

无论是在去世的袁世凯，还是在当权的段祺瑞心目中，尹昌衡始终是一只虎。一旦放虎归川，必将闹得天翻地覆。尹昌衡历尽艰辛返回四川之时，适逢川军联手一举将滇黔军驱逐出川。不难发现，尹昌衡始终怀着一颗炽热的耿耿丹心，想不到回报他的则是胜券在握的几位川军将领对他的防范与疏离，唯恐尹昌衡张口吞并了他们的胜利果实。出面逼迫他归隐的是但懋辛和尹昌衡弟子刘湘等，他们明确表示尹在北京饱受了六七年的磨难，而四川政局今非昔比，犹如一个千疮百孔的老伤员，刚延医治疗，再不可轻举妄动，只能静养休息。他们可以送尹去孙中山所在的上海或者广州。凭着尹将军的雄才大略，必将在孙中山大元帅麾下驰骋大江南北，屡建奇勋。因为如今南北对峙，四川刚结束战乱，在南北之间不可急于选边站队，只能表态中立，借以休养生息，还川民以和平安宁。

尹昌衡已经明白衮衮诸公是在逼迫他归隐。

尹昌衡心中有着难以言喻的悲愤与凄凉，将军们为他设置的接风宴席，原是一场鸿门宴。

明枪易躲，暗箭难防。他慨然举起酒杯道："各位将军不必多虑，我不日将发表归隐宣言。"说罢，他一口吞下辛辣的白酒，扬长而去。

不几天，他征得骆成骧的赞同，在川内多家报刊发表归隐宣言：

> ……昌衡从此不党南以谋北，亦不党北以谋南。不厚蜀而弃滇，亦不厚滇而弃蜀，公义私情两不敢背，勋名利禄一意长辞……"丈夫赤胆，永无阴霾之私；贞妇白头，宁蒙失节之耻……"

尹昌衡蘸着泪水写下的这篇归隐宣言，令多少仁人志士与乎父老乡亲抚膺长叹！

尹昌衡见骆成骧在成都文庙后街上莲池一处旧宅改建之后，尚且安闲舒适，便也顿生兴建住宅的动议，恰逢在成都当政的刘成勋将军将归赴打箭炉（康定）任川边经略使，应得而未得的十四万元酬金悉数补偿。尹昌衡当夜召集全家人商议，决定交给老母统筹安排修建住宅。尹母之善于持家理财向来闻名于世，她老人家在忠烈祠街用极为低廉的价格购买了急需用钱的隔壁住居的向荣的深宅大院，虽已破旧但占地面积甚为宽广，便将向宅与自家旧居连通，重新修建，宽广达十八亩之巨。尹母十分珍惜两处旧房栽种多年的苍松翠柏，将假山旁的鱼池拓宽加大，种上了莲藕，放养鱼群上万尾，假山旁溪流潺潺、翠竹掩映，尤以凤尾竹枝叶婆娑，在习习微风的吹拂下袅袅颤悠。青砖黑瓦，一楼一底，亭台歌榭，清幽雅致。修建落成，特邀恩师骆成骧及成都达官贵人、文人雅士前来观瞻。

骆成骧以如椽大笔书写一副楹联：

> 李太白奇离千计，就掌取食；
> 陶渊明浊酒半壶，称心而已。

这副楹联喻示尹昌衡已非六七年前叱咤风云的四川都督，虎跃龙腾，骁勇异常的一代武将，而代之以诗仙李白笑傲王侯的豪放洒脱，又兼之以晋代陶渊明"平畴交远风，良苗亦怀新"寄情田园风光的避世旷达。于一生急欲建功立业雄才大略的尹昌衡是多么深重的悲哀，却也是在军阀混战中坏人当道，好人受气的一种解脱。

友人徐炯幽默地吟诵："闭门种菜英雄老，与君论心松柏香。"此言不虚，精明勤俭的尹母当年在老家，自家种菜，日出而作，日落而息，早已成为习惯。而今在成都市忠烈祠街将旧房加上购买的邻里住房一并加以扩充兴建之后，在宽广十八亩的宅院内，除了养花种树，开挖荷叶田田的池塘，仍有剩余的空地，开辟一畦菜园也是情理中事。尤与诸多大院深宅不同的是，家宅中还兴建了动物园，诸如马熊、猴子、孔雀、黑鸽、狗熊、金钱豹、梅花鹿以及弥足珍贵的红狐等，给家人和熟人朋友增添了雅兴与游趣。

尹昌衡扩建后的宅院远比骆成骧的上莲池住宅及其旁侧的清漪楼宽敞豪阔了许多。要像《红楼梦》里大观园一样建立诗社，附庸文雅已为题中之议，其间状元公骆成骧成为了当仁不让的襄助者。

尹昌衡既是武将亦为文士，他在北京遭禁的六七年中，一直赋闲笔耕，用心良苦营构《止园集》。成都忠烈祠深宅大院建成后，宽敞、舒适而又幽雅的居住环境更加促使他焚膏继晷，辛勤撰写尚未完成的《止园集》。在恩师骆成骧、妻兄颜楷与文友徐炯的支持与倡议下，组织成立了"观澜诗社"，其中坚人物还有宋育仁、陈钟徐、尹昌龄、文龙等，真可谓高朋满座，胜友如云，吟诗作赋，妙趣无穷。为以武力夺取地盘，争当四川龙头老大的军阀但懋辛、刘湘们所未料想到的是，尹昌衡在恩师骆成骧的热心襄助下，在省城开辟的一片文场亦足以惊世骇俗。

从此骆成骧与弟子尹昌衡及众多文友深情酬唱，骆成骧兴之所至作《清漪楼集观澜诗社首唱四章》：

老去波澜卷欲平，移情何处访先生？
分题王谢联群社，落笔蓬壶涌大瀛。
曼衍鱼龙神隐现，激昂风水气纵横。
楼观莫厌清漪小，满目江潮旧有名。

洋洋渊海满天地，滚滚波澜变古今。
曲直势通千里远，方圆识透九渊深。
壮观巧入枚生笔，盛怒难消伍相心。
解识经郭环内意，百家腾跃听浮沉。

早披金鉴收千古，晚贮清漪满一楼。
心醉六经归浑浑，目营四海付悠悠。
彩花生笔犹青眼，雪浪如山已白头。
积水积风知积学，波澜不二证前修。

虚舟超越信潮风，王谢同游兴不同。
鳌负岱舆三岛动，槎浮星宿九霄通。
穷归陆海开诗霸，老傍天池礼社公。
焕起潜波鳞叠叠，西南阊阖几雌雄。

骆成骧与尹昌衡等发起的观澜诗社也常在骆成骧上莲池住宅

旁临水而建的一楼一底的清漪楼观景赋诗，相互唱和。骆成骧灵感如潮，挥笔而就，拟成四章七律。首章慨叹自己渐入老境，青壮年时期如波似澜的峥嵘岁月如同退潮后的江河趋于波平浪静。转而移情访朋问友、结社吟诗。结社诸友多是昔日的豪门贵胄，落笔成诗气势汹涌，似畅游蓬瀛仙山，抒发出上天揽月、下海捉鳖、风云激荡的壮志豪情，请别嫌弃清漪楼太为窄小，足以观览红日从海上升起，潮水汹涌卷起万丈狂澜。骆成骧与尹昌衡、颜楷等众多诗友以观澜诗社的名义在清漪楼集会，何其潇洒旷达，胸襟开阔！

第二章气象更为恢宏，渊深海阔与天地相接，波涛滚滚流逝了古今多少岁月，以其曲折回环通达千里的浩瀚气势，令人识透了几多深藏的人生奥秘。这前所罕见的壮观，是那么巧妙地落入像古代枚乘一样才华横溢的文笔，胸中郁积的悲愤似伍子胥一般因遭受误解屈辱心气难平。解经释义潜心探究，百家争鸣，活跃学术，与世沉浮。于此可见观澜诗社，精英荟萃，探究学问，百家争鸣，学风之正，堪称表率。

第三章极言观澜诗社同仁在浩瀚的经史子集中披沙见金，取精用宏，钩沉稽古，藏书之多，交友之众，挤满一楼。无不醉心于六经注疏，浑浩汪洋，涉及广远。目极四海，念天地之悠悠。妙笔生花，如浪涌山叠，穷经一生，及至白发如雪，仍不停息，要像积风积水一样积贮广博深厚的学识，波涌浪叠般见证学问之修为。

第四章描写骆成骧瞻望诗社同舟共济的远大前景，虽然各自的出身与境遇有所不同，然而皆欲称雄当今诗坛，各显神通，则是一致的。如鱼游大海，在波翻浪涌中自由潜泳，自显造化神通。何其赏心悦目，快慰平生。

五

1920 年夏天，骆成骧回老家资中县舒家桥七里沟探亲祭祖，得以与兄弟骆成骖和侄儿骆凤岷聚于一堂，因经年不见倍觉亲切，吟诗《寄骖弟岷侄》，真也情深意挚，"归乡尚作离家客，弟侄经年见未能"。家乡七里沟的山水风光如此美好，沿岸桤树参天，三星桥畔稻熟飘香，最美的是"藕调汤粉呵成雪，蔗练糖霜吮作冰"。藕荷清香，莲藕磨成的细粉雪一样白，甘蔗榨成的糖像冰一样令人神清意爽。最是那"绕宅扶疏千万竹，一团骨肉抵高朋。"宅院周围翠竹千竿，枝叶扶疏，根系相连，多像骨肉亲人抱团取暖，难分难离。骆成骧乃华夏文化哺育的一代儒生，儒家几千年来看重血缘亲情。为了生存与发展他不得不离乡背井，去大城市经年不息地闯荡，这既是人生价值的崇高追求，却又是远离熟悉的家乡土地与乎生于斯、长于斯的骨肉兄弟的悲哀与怨愁。人是兄弟亲，月是故乡明。故乡景化为心中情，似荷塘莲藕磨成的粉一样洁白无瑕，亦似甘蔗榨的糖一样香甜润心。骆成骧愈到晚年因乡恋转化而成的乡愁更为郁烈。

骆成骧与尹昌衡、颜楷等一道组织的"观澜诗社"日渐成就了老年的诗性人生，增添了不少只有儒雅文人才有的生活乐趣。然而 1920 年的现实社会，尤其是四川并未因驱逐滇黔军出境赢得长久的和平安宁。军阀刘湘、但懋辛、熊克武、杨森、刘存厚等因瓜分地盘，夺取权力相互之间的争斗，以至于枪战难有停息之日。一腔儒士情怀的骆成骧怎能一逞"为天地立心，为生民立命，为先圣继绝学，为万世开太平"的雄伟抱负呢？他不时陷入苦闷，常以酒浇愁。亦如李白所哀叹："举杯消愁愁更愁。"这种无法开解的愁闷化而为《爱酒》："朝露飘零一世雄，萧然满室长蒿蓬。花间清夜如天上，竹下凉秋似水中。莫问是非今日事，但论醒醉古人风。渊明爱酒知深味，不遗金尊对月空。"他慨叹曾经叱咤风云的一代英雄豪杰最终像朝露一样飘零，变得默默无闻，所留下的如同满室杂草蓬生的凄凉景象。花开满园的清夜像天空中的银河一样多姿多彩，在竹树环绕中的秋夜清凉如水，饥神寒骨。乱糟糟的现实社会哪能讲什么是非曲直、公平正义呢？众人皆醉，唯我独醒，已成一去而不复返的古人古事。这才懂得晋代陶渊明为何一生嗜酒有瘾，直举金杯，笑对天上的明月！此中显露的是骆成骧对中国社会与四川乱局的极度悲观失望。

在骆文骧众多诗友中，最为密切与亲近的依然是情谊弥笃的尹昌衡，他撰成《前题酬尹硕权》：

> 斗牛冤气泄雷张，便化双龙共颉颃。
> 沧海波深曹孟德，大风云起汉高皇。
> 诗坛拜将才千斛，句法严军知一囊。
> 早识翁归文武备，延年水境炯秋霜。

在骆成骧心中尹昌衡（硕权）堪称文武全才。昔日尹气冲斗牛，猛烈如雷霆乍响，如蛟似龙，风云激荡，像三国时曹操吟诵《观沧海》那样汪洋恣肆，亦似汉高祖刘邦那样志满意得，"威加海内兮归故乡"。而今弃武崇文，又成为观澜诗社的干将才华横溢，迥出时流，且格律严谨，用语精工，智艺超群。回想当年尹从日本士官学校毕业归国，慨然发誓："既从戎矣，不可不效孙武于一战报国。"且表示"不叛上，不阿私，行则霖雨济苍生，藏则著书教万世"。尹昌衡一言既出，驷马难追，当时领三百精兵，斩杀了在四川横行无忌、专横跋扈的四川前督军赵尔丰，尔后挥师西征，历经艰难苦辛，平定川边叛乱，与骆成骧朝夕相处共谋保境安民的长途大计，何其骁勇！好一个文武兼备的一代英才，伴随着岁月的流逝，好景不长，对镜自照，已是一脸肃杀的秋霜。

当今尹昌衡在成都忠烈祠南街北端兴修的宽达十八亩的住

宅，大门前张贴楹联：

> 闭门种菜英雄老；
> 与君论心松柏香。

且命题书房为"止园"。意在表明心如止水，亦含蕴高山仰止，景行行止的高风亮节。骆成骧抚今追昔，感慨万千，吟诵《题止园》：

> 南北东西托壮游，归来一笑万缘休。
> 余生摩诘诗中佛，往事邯郸梦里侯。
> 歌就竟传三妇艳，文成兼综百家流。
> 画眉好试班生笔，妆出灵妃拜寰修。

骆成骧不忘尹昌衡早年便执弟子礼，后又应邀一道前往荒凉苦寒的打箭炉镇守边关共同度过一段戎马倥偬的岁月。谁会想到尹雄才大略，追随孙中山为民主共和而辛勤奔走，甚至英勇搏战，其功至伟，却遭袁世凯阴谋构陷以"亏空公款"的不实之词判刑九年。袁世凯于1916年被气死之后，尹昌衡虽被释放出狱，奸诈的段祺瑞视尹昌衡如洪水猛兽，继续将其软禁北京，不让放回四川。尹昌衡虽然说通时任总统的黎元洪准于回川，段祺瑞却滥施淫威，百般阻拦。尹昌衡一次又一次被拦阻，甚至扣留，终于辗转回归成都。想不到迎接他的竟然是军阀但懋辛、刘湘一伙的劝其归隐，并逼迫他发出退隐通电，骆成骧遂有"归来一笑万缘休"的悲怆浩叹！如何安排后半生，是骆成骧对尹昌衡最为忧心的事，幸得尹昌衡自幼饱读诗书，习得过硬的文字功夫。文武兼备的尹昌衡脱下戎装改为文人，"余生摩诘诗中佛"，效法唐代大诗人王维，以佛禅的心态吟诗作赋，历历往事只当一场美梦。好在家有三个雅爱诗词的美妇，竟相传诵，撰写精彩文章得以百

家风传。描鸾画凤眉眼灵秀，妍丽动容，令人顶礼膜拜。骆成骧
感叹尹昌衡，这位英迈潇洒的四川督军，当年叱咤风云，何其骁
勇令人尊崇，从他身上可窥见一线巴蜀由乱到治的希望之光。惜
乎奸雄当道，年轻英武的尹昌衡蒙受独夫民贼袁世凯的欺骗，落
入陷阱，人生命运急转直下。虎落平阳，仅凭一己之力难以解
脱，纵使友人相帮，也无法冲破乱局。而今只得弃武从文，在诗
文唱和中了此余生。如此苦中作乐，也属不幸中的大幸了。

　　骆成骧万千感慨郁结胸中，不吐不快，一诗写就，再续一
首：

闲将弈射判雌雄，劲敌还期两绝同。
壮士长歌三箭后，仙人大隐一枰中。
自开绿野招韩愈，争向西湖访世忠。
绛灌能文随陆武，小园无事数飞鸿。

　　骆成骧劝勉贤弟子尹昌衡，待到空闲暂且下棋中或骑马射箭
吧，在这宽阔十八亩的止园里，往来朋友中不乏高明强劲的对
手。蹈袭历代壮士连发三箭引吭高歌，自认是大隐的仙人，任其
笑傲风云。回想唐代裴度那修建在河南洛阳的别墅，花木万株，
中起凉台署馆，唤名绿野堂。今日之止园不也像裴度遭受宦官排
挤后，退隐绿野堂与当时名声大振的白居易、刘禹锡诗酒唱和，
自得其乐么？！再说宋朝的忠臣韩世忠，在建炎四年亲率八千精
兵大破强敌金兀术于黄天荡，骁勇无比、屡建奇勋，却遭到宰相
奸臣秦桧的排斥，罢官解职隐居西湖，自号清凉居士。当今尹老
弟丰功伟绩人所共知，遭遇构陷，坐牢数年，释放之后又软禁几
年，官场倾轧，甚为凶险。既已回川，且学历史上裴度和韩世忠
的样，暂时隐居下来，诗酒自娱，眺望湛湛蓝天鸿鹄飞翔，何其
翩然自得！骆成骧于劝慰之中未尝没有几分伤感，这既是文化人
的悲哀，也是文化人于乱世中得以治愈心灵创伤的灵丹妙方。骆

成骧既在尹昌衡青春年华、功业日上中天之时，慷慨襄助他奔赴打箭炉镇守川边，促其建立旷世奇勋；而又在尹失魂落魄一再受到排挤倾轧，人生命运跌入低谷时，娓娓动人地劝导其研习典籍，赋诗言志，文友唱和，获取感性生命真善美的汲溉与滋润，在以美启真，以美储善中开发内在的智慧潜能，寻找人生的真谛，实现个体生命精神情感上的向往与追求。骆成骧以七律撰写的这两首诗，恰如深山泉水，以特有的清澈与纯净汩汩地浇灌和润泽尹昌衡焦渴的心灵，亦似一股凉悠悠的清风吹拂亲吻着尹昌衡有些灼热的面颊，更像一盏明灯照亮了尹昌衡此后的漫漫行程。

六

骆成骧身为四川最后的一名状元，他心中装着的是全川七千多万人民的生存、安宁、幸福、发展，他并未因贤弟子尹昌衡受到不公平待遇，而对其他川军将领立下的功勋冷眼相看。相反，他于1921年吟成《蜀将八首》，元气淋漓、一往情深地歌颂了熊克武、刘湘等川军将领驱逐滇黔军出川的英勇气概，与风吼雷鸣的凌厉架势，具现骆诗的阳刚大气，沉雄俊迈。

> 开关延敌破重围，动作龙骧静虎威。
> 虏骑目中军尽墨，汉兵天上将如飞。
> 民依保障城千里，敌畏雷霆剑一挥。
> 几度纵擒蛮不反，锦衣高唱凯歌归。

史载1920年川军驱逐滇黔军之战，刘湘作为川军后起之秀，实力日益雄厚。是年9月，邓锡侯部团长谢秋岩奋勇当先，率官兵持枪与滇黔军鏖战。滇黔密集的枪弹如暴雨般席卷而来，这场从山下向山上仰攻的龙泉驿之战，谢团长英勇阵亡。滇黔军乘势进逼成都，在市东门外兵工厂及牛市口一带，对省会成都进行包抄。刘湘率领生气勃勃的川军打开东门，慨然迎敌，以虎跃龙腾的勇猛之势重新将滇黔军驱赶回距城约五十里的龙泉驿山麓，与吕超部及滇黔军日夜激战，双方死亡逾千，尸体堆积如山。经十二天的苦战，终于战败了滇黔军，如鸟兽散。骆成骧与成都军民欣喜若狂，高声赞美："开关延敌破重围，动作龙骧静虎威。"成都守将刘湘敢于开东城门迎敌，以血性之勇将敌军驱赶至龙泉驿山麓。继而描述滇黔敌兵眼中一团漆黑，不知川军来自何方，川军如天兵神降，奔腾似在空中飞翔。从此人民百姓得以千里之远的安全保障，敌军困扰得遭雷霆般凌厉的宝剑当空一挥，头颅落地。一次又一次地欲擒故纵，野蛮的敌军再不敢回来骚扰，军民戎装整肃，高唱凯歌，喜庆回归。

骆成骧看好秦关蜀栈巍峨险峻的地理形势，在纵横千里的巴蜀境内发生了一场大战，猎猎如火的战旗飘扬而过，高筑壁垒，固若金汤，期盼将军凯旋。背城一战首先挫败滇黔军的士气，冲锋陷阵，破敌军营，勇猛的闯将一展雄才。从古至今雄奇的剑门关一夫把守，万夫莫开，能有几人救民于水火，还故乡一片和平安宁呢？

年过半百的骆成骧看好川军利用险峻的地理形势，以前所未有的坚强与勇毅击退了敌军一次再次的进犯，在纵横千里的土地上摆开了雄伟的阵势，与敌军在反复争夺中付出惨重代价。先是背水一战，化被动为主动，大大地挫败了敌军的骄纵与霸气。一次又一次地冲锋陷阵，彰显出川军将士勇猛无畏、克敌制胜的军事才能。

在赞颂川军将士成年累月浴血混战，取得驱逐滇黔军伟大胜利的同时，他凭着敏锐而又犀利的政治眼光，洞察到赢得胜利之后，是否能以功论赏，尚是一个现实而又迫切的课题。历史上的汉之飞将军李广，一生中与匈奴七十余战，令匈奴人闻风丧胆。李广功勋盖世却屡遭排挤，终不得封。骆成骧多么希望历史的悲剧不再重演。

历史上早已有过李广难封，班超一生镇守边关，方显英雄立业的大丈夫壮志豪情，他曾说："大丈夫无他志略，犹当效傅介子、张骞立功异域，以取封侯，安能久事笔砚间乎？"之后屡建奇勋，封为定远侯。骆成骧援引诸上历史人物事迹，借以劝慰与激励川军将领不必为个人的地位荣誉作计较，宜当继续为保境安民作出前所未有的勋绩作为人生价值取向。

《蜀将八首》沿袭杜甫诗史的章法，意欲将川军驱逐滇黔军出川境这一重大历史事件，用诗歌的形式予以记录和描述。广布于当世，人人皆知；传之于后世，激励后代子孙牢记这段光荣历史。保境安民是广大川军将士义不容辞的庄严使命。尔后的事态发展也雄辩地证明，历年战乱给四川人民带来痛苦与灾难的同时，却也培养和锻炼了数以几十万计川军男儿英雄汉，为保卫祖国的神圣领土不被日本帝国主义所侵犯，在十多年后数十万上百万壮士出征，刘湘、杨森、唐式遵、王陵基、王铭章等无不成为叱咤风云的虎将，御日寇于川境之外的抗日英雄！

然而在1921年，诸上川军将领更多的是看中眼前的自身利益，鲜有真心诚意慷慨无私地为七千多万四川百姓谋福祉者。

七

不出骆成骧所预料，在共同驱逐滇黔军出川境之后，刘湘与熊克武等很快为瓜分战争胜利成果产生矛盾与隔阂，且愈演愈烈。

刘湘年轻气盛，且颇有心计，以其雄厚强大的军事与政治实力排挤掉熊克武，一身兼任执掌军政要职。刘湘就任后，论理办公驻地应在省会成都，他偏要雄踞重庆。熊克武不知是出于礼节，还是另有谋算，一再致电致函刘湘到成都上任。刘湘却让秘书长杜少裳回话："重庆为四川重镇，绾毂西南，又为经济中心，在此割据时期，以重庆为事业基地，不可远离基地，受人控制。"

熊军占领重庆后，即刻产生难以避免的内斗。首先是赖心辉自认功劳巨大，很想当上实权在握的省长，这讨贼军总指挥之职迟迟不肯上任，他认为这是一份异常辛苦且责任重大却少有实惠的职务，他气咻咻地提议应当由但懋辛担任总指挥。熊克武生性固执，仅让赖担任代理总司令。且说滇军现为同盟军，然而前两三年滇军在四川军民心目中如同盗贼，鲜有好感。故此与熊克武、刘成勋统领的川一军与三军，往往格格不入，其士气难免萎靡不振。当杨森参与由吴佩孚统一指挥的联军沿长江万县一带撤退时，熊克武、但懋辛、刘成勋指挥的讨贼军，却坐享胜利果实，不领兵穷追猛打，丧失了彻底粉碎敌军的大好时机。

仅有石青阳部汤子模、周西成两师懒洋洋进行追击，值得提及的是，家住四川开江县普安镇的颜德基方显得生龙活虎，他领全师将士协助追击联军，并非仅仅是为了扩充实力。早在日本士官学校读书时他就加入了孙中山同盟会，而后他以其谋略过人，胆壮气豪，当上了孙中山直接领导下的炸弹队队长。他参加广州起义，差一点壮烈牺牲，身为川军师长，论理，刘湘与熊克武当年的关系还算过得去。1920年，熊克武统领所属部将一举驱逐滇黔军出川，与滇黔军协同作战的吕超、石青阳、卢师谛等兵败逃往上海，熊克武在战前总动员时，曾公开表示："俟对滇黔战事结束，决心辞去督军职务。"且推举血气方刚的刘湘主持全川军政。

刘湘在熊克武支持下，由各军联合办公处推举为川军总司令兼四川省省长。他听取熊克武的建议，再经省议会研究讨论宣布四川自治。在军队编制上亦作了安排，但懋辛任川军第一军军长，杨森任第二军军长，刘成勋为第三军军长，下属多名师长亦公开发布。

尔后熊克武与刘湘又产生了隔阂与冲突，继前文所述，刘湘委托秘书长杜少裳致函熊克武拒绝到成都任职之后，听取张斯可进言："虽熊下野，如我们同住省门，凡百措施，自必向熊请示，且我们的军队，分驻重庆附近，如到成都就职，万一变起仓卒，何能应付？"

刘湘畏惧熊克武经营川军多年，树大根深、诡计多端，他不无悲哀地称说："熊克武，我是搞不过他的，但我决心不让重庆。"原来刘湘看穿了熊克武宣布下野是假，幕后总揽全川军政权是真，熊手下又有一军军长但懋辛等实力派盘踞在成都一带，刘湘委实有些怯阵，迟迟不敢赴成都上任。

刘湘虽然驱逐滇黔军出境立下了汗马功劳，但他在政治思想上却不时犯糊涂。他为与熊克武、但懋辛抗衡，竟然不惜投靠北洋政府，其中一个重要的原因在于熊克武乃坚定的孙中山三民主义革命派。

刘湘一步走错，败局难以挽回。熊克武、但懋辛见刘湘投靠北洋政府，实行四川自治心中毫无诚意，一旦势力坐大，局势难以挽回，于是联合省内各军一齐倒刘。

骆成骧对刘湘在政治路线上的错误深为叹惋，刘湘暗中投靠北洋政府，铸成大错了。

第十八章
岌岌奔走于四川高等教育

一

1920年11月28日，孙中山从上海抵达广州。次日，孙中山宣布恢复广州政府，并召开第一次政务会议。军政府以孙中山为领导人并兼任内务部长，南北政府对峙局面再次形成。

就在这年7月，孙中山睿智的双眼紧紧盯住直皖军阀开战，闹腾得沸反盈天，当即命令陈炯明率领粤军回师广东，以锐不可当之势驱逐桂系军阀。10月下旬，粤军高举民主共和的旗帜，骁勇无比，大获全胜，岑春煊宣告引退，陆荣廷夹着尾巴逃离广州。孙中山为顺从民心，坚持以法治国，当务之急是必须让政府纳入法治轨道。于1921年4月7日参众两院联席会议郑重通过《中华民国政府组织大纲》，共同选举孙中山为中华民国政府非常大总统，迅即通电全国，坚持不承认北洋军阀垄断和控制的北京政府。

同年10月8日，国民党领袖孙中山心心念念建立法治社会，为了"贯彻护法主张"，提请非常国会通过议案。孙中山马不停蹄，于12月4日在广西桂林设立北伐大本营，拟于次年春取道湖南北伐。革命战争又将硝烟四起，从南方延烧至北洋军阀盘踞的北方。

四川战火不息，灾害连年。骆成骧向来热心于扶贫济困的公益活动，担任四川筹赈局督办，又继廖平任国学专门学校校长，他矢志不渝地从事四川高等教育的振兴与发展。

骆成骧到了晚年，在文化思想上更崇尚杜甫式的忧国忧民情怀与格律严谨的诗歌艺术。他题写的《读杜诗》从深心掏示出对盛唐时期杜甫的景仰与挚爱：

> 自游草堂千回熟，爱公诗卷百回读。
> 少年不信仰弥高，老至何堪歌代哭。
> 渡海公愁海有尘，补天我恨天无轴。
> 各开道路度骅骝，忽见旌旄拥僮仆。

骆成骧在人生价值观与文艺思想上皆尊崇杜甫，他对杜的深情钟爱，绝非一时兴起，也不止于附庸风雅。他对杜甫的崇敬近乎宗教般的虔诚，他称"自游草堂千回熟"。成都西郊的杜甫草堂游览多达千百回。他不同于一般的游览者，更有着对杜诗的深情喜爱，"爱公诗卷百回读"，他对杜甫沉郁顿挫、格律严谨的诗篇百读不厌，久而弥笃。回忆少年时期仰之弥高，难以攀越，及至暮年每读杜诗愈益产生共鸣，以至于长歌当哭。欲让平民百姓度过艰难岁月，却又苦海无边，感叹力穷智短，补天乏术，大厦将倾，天柱遭折。当今望见的是军阀混战各树一帜，愚弄百姓，绑上战车，为之卖命。言犹未尽者，由此造成的是哀鸿遍野，流离失所，民不堪命。

骆成骧写罢前诗，遂再续一首：

> 彩笔重杜少陵中，天携积翠许登临。
> 哀时泪落千猿啸，救国身轻万马腾。

杜甫在状元骆成骧心中储存着五彩画笔，描绘出唐代社会形形色色为之怵目惊心的事相。杜甫所抒发出的极为沉郁顿挫的哀伤情怀足以引起万千猿猴的哀嚎，他那以身许国的凌云壮志，其气势之遒劲如万马奔腾，他壮美的诗篇连同崇高的道德风范如长江汉水一样长流不息，他也心系天府之国的巴蜀，尤其锦绣的成都。奈何蜀主亡故，杜甫身为远道来客又哪能再有环境条件施展才华智慧同治巴蜀呢？要得以探寻杜甫像诗圣诗仙一样神奇的诗踪，一定得在底蕴深厚、功成名就之后，通向这绚丽灿烂的艺术境界何其遥远而又艰难啊！

身处乱世的骆成骧不求高官厚禄、富贵荣华，但求心灵情感的纯净与超越。在骆成骧的诗歌美学中，所表现出的意象意境始终处于生生不息的流动与飞腾之中，上天入地，古今一体，既现实又超脱，既穷形尽相又增人无限情思与高远想象。他的诗歌创作始终离不开鲜活的人与事。这是他对真善美的不舍追求。综观骆成骧留存的千余首诗，描写友情交往的甚多，然而表达性意识，特别是生理欲求的极少。他有似海中拾贝、沙里淘金，一切进入诗境的皆系高尚圣洁的人性情感，这便是他尊崇与效法杜诗的情感体验与精神结晶，永远璀璨迷人，鲜灵可爱，熠熠生辉。由此，他身处乱世，心灵天地中却葆有一方芳草鲜美的净土。

杜甫的"三吏三别"成就了诗史的美名，骆成骧亦不忘以格律诗忠实记录20世纪20年代初川军驱逐滇黔军出川与乎川军内部你争我夺这段军阀混战的历史。已如前述，骆成骧以大量诗篇书写驱逐滇黔军出川的英勇战斗，同时也对滇黔军被驱逐出川境后，四川所呈出的混乱局面感慨万千。

驱滇战后

滇与夜郎空自大，蜀为天汉久相闻。

合围莫叹无韩信，断后应知有赵云。

但使一心能一战，肯容三蜀更三分。

巴渝猛战来天上，将遣苍头起异军。

骆成骧撰写此诗的历史背景是 1920 年 9 月 8 日，川军将领熊克武、刘湘、刘存厚三部 80 多个营与滇黔军 63 个营在简阳龙泉驿（今属成都市）决战。滇黔军凭借龙泉山山高林密，陡峭悬崖的有利地势把关据守，顽强抵抗。川军虎将杨森亲率第九师上万之众猛勇进攻，将士们迎着密如飞蝗的弹雨，攀越绝壁悬崖不惜以牺牲数百将士的惨重代价，终于攻克了滇黔军构筑的坚固工事，在龙泉山顶插上了川军的战旗。杨森率领将士一鼓作气，一直追赶滇黔军至泸州，就连滇军第二军军长赵又新也遭当场击毙，川军士气大振。刘湘急切挥师东下，连克涪陵、万县。滇黔军见损失愈来愈惨重，为不致全军覆灭，只得狼狈逃离四川省，回归老家滇黔。

据此骆成骧油然感叹：滇黔军夜郎自大，太小看了巴蜀，四川不仅地理形势优越且在历史上久已闻名，无论政治、军事、经济、文化皆不容小觑，滇黔军妄图四面合围。可叹滇黔没有历史上韩信那样智出奇谋的名将，川军以果决的战略措施一举截断滇黔军的后路，方显现出三国时期常胜将军赵云式的出奇制胜。巴渝将士披坚执锐，势如天兵天将，带领万千平民百姓驱逐了外来入侵的滇黔军。"涕泪一生唐社稷，精神万古蜀江山。"四川军民挥泪上阵为的是保卫江山社稷，巴蜀古国自有保疆拓土的优良传统，值得世代传承。可悲的是："外寇甫平朋党出，不胜大愿几时酬？"

骆成骧感叹四川人民多灾多难，刚刚赶走滇黔军，川军派系争斗又层出叠现，真不知全川人民和平安宁的夙愿何时才能实现呢？

派系斗争日趋酷烈，骆成骧满怀愤怒的激情写出了至恸至哀的《哀争斗》，他几乎是颤抖着声音斥责："地下生儿人有子，纷纷争斗何时已？爪牙易制千虎狼，冠带难妨万蛇豕。莫对苍苍天不神，谁教蠢蠢尔为人？"千家万户谁没有子弟呢？无止无休的内斗何时才会到头啊！勇猛的爪牙之士足以制服凶狠的虎狼，峨冠博带的高官，也难以防范成千上万的地头蛇。人在做，天在看，是谁唆使你这么愚顽不冥，哪像个做人模样呢？他愤怒地指责这群不顾人民百姓死活，比毒蛇猛兽还凶残的军阀，完全丧失了人性起码应具有的良知与灵明，一个个混账已极，简直不像个人东西。他紧接描述军阀混战给尘世带来的无穷灾难，"倘从天上观天下，尘埃扰攘何为者？得勿蝼蚁争青虫，黄僵白仆尸盈野。我亦此中牵率来，自哀不暇更谁哀？悠悠万事皆如此，百思令我心欲灰"。试看普天之下，到处一片乌烟瘴气，肇事者究竟是谁呢？莫非是像蚂蚁争吃青虫一样，乱纷纷尸横遍野。自己也神不知鬼不觉地牵连其中，真个哀不自胜。悠悠苍天，人间万事万物皆难逃此劫难，令人灰心丧气，肝胆欲裂。骆成骧一针见血地指出："斗智斗勇非上德，争地争城皆下策。可怜尽是人食人，谁为英雄谁盗贼？"儒家传统，向来崇尚"和为贵"，极高明而道中庸，无止无休地争个你输我赢，有失人伦道德。川军将领热衷于争城争地十足是下策，可悲可怜到人吃人的地步，真是人性灭绝。谁是赐福百姓的英雄好汉，谁是作威作福坑害百姓的强盗贼子，岂不昭然若揭吗？在骆成骧上千首留存的诗歌中，于1921年创作的《哀争斗》其情感之愤懑，言辞之尖刻，爱憎之分明，是非曲直之判辨，与乎诗歌艺术的强烈震撼力，达于极致。

二

资中著名作家铁波乐（何永忠）先生有一篇纪念文章中绘声绘色地描述了骆成骧在一次"和平宴会"上戏弄一伙好战成性的军阀的丑态。骆成骧指着宴会上的三个军长说："你们三人都在这里，今天正好比武，分个胜负，看谁是英雄，何必劳民伤财，拿兵来打战？"说得三个军长面面相觑，只好尴尬地说："状元公醉了，状元公醉了！"而严峻的现实以三个军长为代表的四川军阀一个个都醉生梦死。"唯我（骆成骧）独醒"，这才是人生的最大悲哀，亦为川民的大不幸。

骆成骧身处乱世，满腔悲愤无由排解，虽敢于对当权不可一世的三位军长予以辛辣的讽劝，单凭个人亦无力回天，令当权者改邪归正，罢战言和，还川民以和平安宁。但他始终未对生活感到绝望，长子骆凤嶙去德国留学八年，已毕业归国，亦给他焦躁的心灵以滋润与慰藉，家宅建在上莲池旁也较为舒适宜人，更有文人朋友前来探访，一齐在宅旁的清漪楼上凭栏观景，把酒吟诗，心灵鸡汤，香美异常。他去市上买花归来，欣喜得诗兴大发，撰成七绝《花市购花归种》：

> 五十年中看几回？买花归去手亲栽。
> 数丛香散春风远，自有双飞彩蝶来。

1921 年中的骆成骧在战火纷飞的乱世中，尚且享有一处住宅，园中种植着花卉，究其执着于科举与教育事业的人文情怀，他始终是一只采花酿蜜的辛勤工蜂。曹雪芹在《红楼梦》中慨叹："蜂采百花成蜜后，为谁辛苦为谁甜？"状元出身的骆成骧，凭借在四川及全国所享有的声誉和威望，始终不渝地为兴办四川高等教育而奔走呼号。他接替廖平担任四川国学专门学校校长，为筹措办学经费，延揽德高望重、学识渊深的教师岌岌奔走，可谓含辛茹苦，殚精竭虑，他用那支娴熟的笔草拟《国学专门学校公函》："敬复者：前于九月六日，准贵部照会，属任国学专门学校校事。七日到校，晋谒前校长廖平先生，值入城就医未遇。八日廖校长派人送印前来。九日到校查阅斋舍，并召集住院生徒，训以国家办学及子弟向学之道，即日分谒各教员先生。十四日躬谒徐子休先生，请为本校师长，承许义务教育，经师人师标准于是大定。"骆成骧对高校教育之敬业，可谓殚精尽虑，争分夺秒，事必躬亲。他一上任校长即刻深入学校住舍仔细查看，并迅速召开全体师生大会，讲述办学宗旨，让广大师生明确办学方针，迅速将教学工作纳入正轨。紧接笔锋一转，切入办学中现实而又迫切的课题，"查本校与专门高校，定章规视为同等，而经费悬绝，过于倍蓰。旧有生徒，堂室均无以容，日来要求旁听者，又纷至沓来，穷于应付。"

骆成骧讲述的国学专门学校困穷简陋的现状，足以管窥全省学校教育之一斑。一伙军阀搜刮民脂民膏，用于购买军火，无日无休地争城掠地，割据一方，称霸称王，令有志于国家民族振兴者，无不为之齿寒。

骆成骧针对现实困境，进而从正面阐述学校的诉求："明公既有劝学之盛，必不阻向学之美意。则常年经费，与临时建筑筹费，当如何酌量增加，方为合宜？"骆成骧担任校长，新上任最为迫切的问题是经费严重紧缺，他恳切地请求以刘湘为首的省政府，对国学专门学校予以资助，"庶下以慰学子之殷望，上以达明公之素怀"。

骆成骧除竭心尽力地办好四川国学专门学校，他更为全省七千多万人民面临的自然灾害忧心如焚。他以省赈灾局总督办的名义，草拟了《为筹赈局与刘甫澄省长函》："甫澄省长钧鉴：成骧忝与顾问，惭负名号。前承仙桥枉驾，示以尊命办赈之函。自顾疏拙，平昔职掌，不越乎论文劝学，一切世务经综，非所谙习。惟川民荼毒既深，加以昏垫。明公抱阿衡内沟之心，切大禹己溺之志。祍席之望，于公是赖。骧亦川民，能不兴起？故襄助则义不敢辞；而专任则力非所堪。"骆成骧致函省长刘湘诉说四川人民所受历年兵荒马乱的灾害甚为深重，刘省长责任所在赈济灾民，已虽为赈灾局顾问，奈何势单力薄，难以肩负全部责任。

继而又称："昨接公函，复以督办相属，似前意未得上通也。应请自延老成，或公自行兼任，成骧得先后奔走于其间，于事或当有济，较愈于力小任重也。"骆成骧由省政府委任为筹赈局督办之职深感责任重大，独力难支。他从来不计较职位高低，贵在肯办实事，故有此谦抑之词。

但他为全省灾民办实事却也是心甘情愿，紧接提出己身对筹赈的看法认知与办法举措，他侃侃而谈："至于筹赈之事，远不如近。捐赈之心，闻不如见。请先颁令，受灾各县及时筹办。田地、房屋被水淹没者，先行免征。极贫不能自给者，先行劝赈。所有公私款项，许其便宜借垫，以待筹还，则升斗之需，有甚于西江之远也者矣。"仅就如何赈济全省灾情一事，骆成骧了解深入，见多识广，其行动步骤梳理得井井有条，办法举措无不切实可行。他在省长刘湘面前一则示以谦恭自谨，再则将满腹经纶侃侃而谈，方彰显出智虑周密，办理政务之娴熟与得体。

他既已委任为省筹赈局督办，不好不对省长礼节性地戴上一顶高帽子，赞誉其关注民情，顺应民意，为民济难，救困之雅怀，"明公以桑梓之谊，兼军民之任，自当率先文武长官，捐俸助赈，以为民倡。而公款之可以指拨者，最捷莫如盐款，得公明令划分，刻期可到。次则铁路本息，为款尚巨。租捐谷捐，出自农民，本息未收毫厘，款已消亡大半。民本归民，理原至当。特与当事商榷，尚须时日耳。次则官产屡经变卖，所余皆属奇零，故尔无人过问。若能核实减价，亦甚于屯云不雨。此二者，或以填还借垫，或以办理善后，则缓急各得其宜矣"。骆成骧实则以教师爷的足智多谋，条分缕析，层次井然的办法步骤逐一开解全川各地所面临的赈灾难题，令刘湘如醍醐灌顶，让他那只善于率兵争城掠地，却缺乏爱民为民的人文情怀和治理全省经济政治的雄才大略，乃一介武夫紊乱如麻的头脑中显出几分明白清醒。刘湘较之先前的都督尹昌衡，在思想文化修养上太差劲了。尹昌衡早在广西桂林一见骆成骧雅儒的风采道貌与出口成章的渊博学识，便放低身价，虔敬地执弟子礼，不失自知之明。为尔后坎坷的仕路上多了一个指渡迷津的导师和挚友。刘湘在与熊克武的博弈中，侥幸当上了督军与省长，也逐渐知悉状元骆成骧是一个誉满全川、多谋善断、举足轻重的人物，任用他为筹赈局督办，乃慧眼识才，明智之举。骆成骧不可能像对尹昌衡那样与刘湘肝胆相照、荣辱与共。但他出自爱民为民、悲天悯人的人文情怀，也乐于担任筹赈局督办之职，切切实实为解川民之困做出力所能及的奉献。

骆成骧又将笔锋一转，往深一层诉说："此外如有可筹之款，当与军政诸公，悉心研求，以期多一分利益，减一分灾害，不可执一而论也。至于局务，账目为重，应由省署选妥实精细之员管理庶务，所有局中费用，概由省署别筹支给，与赈款截然划分。局用由省署查核，赈款与大众公开。庶慈善家，知捐款点滴归民，乐于从事矣。"以上看似细枝末节，却关系着办理全川赈灾款安排支付之公开透明，清正廉洁。由此显示的是骆成骧一心为民、不谋私利、严禁贪腐、清正廉洁的高尚情怀与处事准则。

历代状元数以百计，可是像骆成骧一般一辈子廉洁自守，甘于清贫的穷状元却是凤毛麟角。他一生为国为民，很少计较个人的利害得失，绝不艳羡高官厚禄，富贵荣华。真如鲁迅格言所称举："横眉冷对千夫指，俯首甘为孺子牛。"

即便面对全省军政大权在握、威风凛凛的督军兼省长刘湘，他依然仗义执言："至可虑者：数年以来，军旅增加，旧谷耗竭，农人失业，新谷减少，川地险远，运输不灵，天灾叠至，告贷无所，后图危殆，不可胜言，先事绸缪，至难为计。此则军政诸公，所当先民之忧而忧，非成骧愚陋之见，所能管窥蠡测者矣。谨布区区，用备采择，统希钧监。骆成骧敬白。"临到函末骆成骧直言无隐，一个活生生、明白白的事实是出于连年军阀混战，"军旅增加，旧谷耗竭，农人失业，新谷减少"，加之"告贷无所，后图危殆，不可胜言"。言下之意，难道身为督军兼省长的刘湘还不清楚为一己之争权夺利所带给全川人民的深重灾难么？事实再也明白不过，全川遭灾的祸根就在于军阀混战，军费加重，农业荒废，百业不兴，从而警示军政要员："所当先民之忧而忧。"不难发现骆成骧的人生价值取向，源自于千年传承儒家道统，诚如北宋范仲淹所教示："先天下之忧而忧，后天下之乐而乐。"

骆成骧一生为多灾多难的七千多万川民的悲悯襄助，对军阀政客所为一己的权势而加增军费，战火不息，人性扭曲，恶习难改深恶痛绝，亦溢于言表。这种为民鼓与呼的磊落情怀陪伴了他的一生，值得世人永远铭记。

三

在 1921 年骆成骧的诗文著述中，有一篇令人惊异的长文《顾品珍传》。顾品珍乃滇黔军的一名滇军军长，唐继尧身边的一员干将。论理，在川军驱逐滇黔军的多次战斗中，骆成骧始终旗帜鲜明地站在维护川军一边。因为川军驱逐滇黔军为的是保境安民，甚至一次战斗持续十二天，死伤官兵相枕藉，川军仍以艰苦卓绝的战斗精神一举驱赶滇黔军出境，人心大快。故此骆成骧以饱满的战斗激情讴歌川军英勇无畏、百折不挠，浓墨重彩书写了《顾品珍传》。

这篇传记的思想艺术魅力实不亚于他所写的《祭蔡松坡督军文》。蔡松坡者蔡锷也，顾品珍乃蔡锷部属，其地位不及蔡高，声威及影响也无法与蔡锷相比并，然而这篇《顾品珍传》其思想艺术震撼力绝不在《祭蔡松坡督军文》之下，何也？骆成骧先前并不认识顾品珍，仅远远见过一面，骆感于顾品珍身为滇军高级将领却有着高出滇黔军领军人物唐继尧所不曾具有的儒家情怀与高贵品格，堪称滇黔军中特立独行、爱民恤民的"异类"。骆成骧为之立传，实乃沙里淘金，海水中拾贝探珠。在写作笔法上，他合理地继承了司马迁《史记》及唐代散文大家韩愈《张中丞传后叙》之类的经典著述，而又在特定历史时期有所创造与革新，语言朴质而又生动传神，他以如椽大笔描画出了顾品珍栩栩如生的英雄形象，系文言文，为满足广大读者的审美需求，我们不妨尽可能用白话文复述骆成骧的这篇文质兼美的传记，其间亦少量引用文言原文。

在骆成骧笔下，顾品珍绝非川将尹昌衡式的帅哥美男子。他又名筱斋，是家住云南昆明的一个读书人。若论相貌实在不敢恭维，也许连一个普通的男子汉都赶不上，平时寡言少语，不善结交，但他却考入了日本士官学校，毕业后回到云南任讲武学校骑兵科长。清宣统三年（即辛亥年），盛宣怀贿赂庆亲王奕劻，当上了邮传部尚书的要职，四川都督赵尔丰为了讨好盛宣怀，竟然冒天下之大不韪，举起血淋淋的屠刀残酷镇压保路同志会，用以夺取川汉铁路民有权。

远在西南边陲的云南，在反清浪潮推涌下一致推举蔡锷为都督。从日本士官学校毕业，回归云南的革命义士顾品珍一马当先，率二十多名学生军，以凌厉的攻势一举夺取了巫家坝骑兵团的枪械。新任都督蔡锷见了，异常兴奋，激赏顾品珍的勇猛与智慧，认为此人是一名不可多得的虎将，当即任命他为参谋，委随一道进军四川，平息清廷引发的骚乱。适逢尹昌衡率义军三百勇士，智出奇谋，一举诛杀了作恶多端、骄横不可一世的赵尔丰，四川局势暂趋稳定。顾品珍随即还师云南，平息清军在云南引发的骚乱，连连获胜，称一世之雄。顾品珍的军阶也因之而接连攀升，由团长晋升旅长，后又旅长荣升师长。1912 年，窃国大盗袁世凯高踞大总统的宝座，拥有实力最为雄厚强大的北洋军，威加海内、骄纵不可一世。他十分忌惮蔡锷、尹昌衡这两员大将追随孙中山、拥护三民主义、主张民主共和的骁勇将领，害怕他们在边远的四川、云南一旦坐大，对他的专制统治是一种严重的挑战。他挖空心思，急欲将这二人死死地扼制住。袁世凯诡计多端，先以封官许愿笼络住蔡锷与尹昌衡，哄骗进京，劝其效忠他称王称帝，然后任命唐继尧为云南都督。谁知唐继尧心胸狭窄，嫉贤妒能，大失云南军民所望。云南贤人义士列举唐继尧罪责，通电拒绝唐继尧任都督之职。事已发生，而顾品珍毫不知情，原来名字是旁人加上去的。唐继尧视顾品珍为异己分子，削去他师长之职，将他安排到毫无军权的讲武学堂任教，并通电严加谴责。顾品珍气愤地应答："汝督滇，非滇福。既得之，好自为之。"顾品珍丝毫不作辩解。

蔡锷见前四川都督、川边经略使尹昌衡遭受袁世凯蒙骗进京，尹昌衡不从袁世凯的拉拢，不支持他的复辟帝制之倒行逆施。袁世凯妄加罪名，尹昌衡据理抗辩，袁世凯悍然判尹昌衡九年刑。蔡锷见袁世凯有虎狼之心，在京佯装为风流浪子，以此混淆视听，借机逃离虎口，辗转回归云南。

袁世凯野心不死，果真于民国四年（1915年）图谋恢复帝制，坐享皇帝之尊。当他获知蔡锷已回归云南，心中甚为惶恐。为了稳住宝座，他给各省都督加封侯爵，以示笼络。尤其以郡王的至高爵位笼络龙继光，旋又拉拢云南的实力派唐继尧。全国各地无不畏惧袁世凯的淫威，甘当缩头乌龟。明知袁世凯恢复帝制是历史的大倒退，不得人心，可是谁也不敢带头发难。唯有蔡锷将军仗义挺身，主动与恩师梁启超共谋反袁靖国大举。梁启超甚为沉着老练，秘密潜入广西桂林，协助陆荣廷进行策划。蔡锷回到云南后，立即召集旧部。此时顾品珍等一批云南将领早已对袁世凯妄图恢复帝制深恶痛绝。同时他又厌恶唐继尧在云南结党营私，今见蔡锷奋臂一呼，组织靖国军，誓志讨袁，顾品珍欢呼雀跃，带头领先，加入蔡锷为旗手的靖国军，出师讨袁。这可慌了唐继尧的手脚，他害怕顾品珍一旦夺得靖国军的高位盛名，定将造成威胁，他于是按兵不动，坐静观变，窥测时机，以求一逞。待到滇军军长赵又新在纳溪吃了大败仗，他才派遣千人前往增援。滇军前敌指挥接受他的指挥，以靖国军的名义与北洋军张敬尧鏖战于四川泸州纳溪。当时滇军八个营，黔军才四个营。蔡锷任总指挥，戴戡统领右翼，前线督战的是熊克武。罗佩金统领左翼军马，前锋督战的便是顾品珍。滇黔靖军人马稀少，而敌军甚众，只好占据险要地势，坚持扼守长达二十四昼夜，一直未有喘息休整的机会，敌军始终未能丝毫前进。

　　前文已粗略叙述，这儿有必要再作一些回顾。

　　当初，战局分外艰难，四川都督陈宧经多方说服动员，愿意改弦更张，矢志倒袁，便与蔡锷联手，派遣使者劝说冯国璋，许愿推倒袁世凯后拥戴冯国璋任大总统。故此冯国璋采取两面讨好的策略，拖延时日，静观其变。此时，另一军阀曹锟来到重庆屯兵把守。民国五年（1916年），蔡锷以靖国军总司令的名义，派遣使者来到成都商量研究战事，告知军饷短缺，枪弹用尽。陈宧乘机跟冯国璋通话，代以转告袁世凯，停战一月进行和谈。正当此时，广西都督陆荣廷幡然醒悟，决意高举义旗，宣告独立。袁世凯顿觉四面楚歌，恢复帝制之举不得人心，请求辞去大总统之职，却未得到一致的同意。再次出现了停战一月议和的缓冲局面。四川都督陈宧在骆成骧的劝告下，必须认清形势，袁世凯恢复帝制乃倒行逆施，当顺应时代潮流，予袁世凯反戈一击，必将有利于川境的和平安宁，也有利于他今后继续执掌军政大权。陈宧言听计从，请骆成骧代他草拟电文，奉劝袁世凯退位，连发三电。袁世凯痛感心腹陈宧已经反戈，哀不自胜，但终不愿退位。哪会想到湖南的汤芗铭、陕西的陈藩相继宣布独立。袁世凯放眼环顾，全国各省反袁声势愈益浩大，他备感孤独与绝望，忧愤身亡。如何收拾残局，成为紧迫话题，只好暂让黎元洪继任总统，冯国璋亦如愿以偿，当上了副总统，并调陈宧赴京任职，由靖国军总司令蔡锷担任四川省都督。蔡锷当即改任顾品珍为川军第六师师长，兼任成都卫戍司令，顾品珍成为靖国军总司令十分倚重的将领。怎奈好景不长，蔡锷上任不久因患喉疾辞职就医，由罗佩金任都督，戴戡当省长，刘存厚会办军务。

　　时光进入民国六年（1917年），戴戡痛恨罗佩金与刘存厚跟他争权夺利，双方在成都发生军事冲突，炮火在城中狂轰滥炸，子弹如蝗虫般满天乱飞，成都市民哭诉无门。川中缙绅耆老联名上书都督罗佩金与执掌军务的刘存厚，身为掌握军政大权的四川长官应该体恤民情，断不可残民以逞。罗佩金引兵退驻资中。

1917 年 5 月，戴戡又与刘存厚大战于成都，战火焚烧民房，烂兵乘势抢劫市民财产，长达十日之久。滇军前来增援罗佩金，被刘存厚率领的川军在成都以外的青神、眉山一带战败，无法前进。戴戡所率滇军在成都市内被围困得喊爹叫娘，乞求打开南门出走，戴戡沮丧之极，饮弹自杀。罗佩金同样不走运，在溃逃中，惨遭伏击，喋血道途。残兵败将溃退到四川资中（骆成骧家乡），滇黔军又在资中、泸县一带与川军鏖战。此时顾品珍屯驻资中，川军攻势猛烈，顾品珍独力难支。唐继尧好大喜功，一心想称霸川、滇、黔三省，他严厉督责顾品珍必须坚持死守，不准后退。顾品珍据理抗辩："中央已解罗佩金职，师出无名。"唐继尧刚愎自用，不听劝告。后又战于青城与眉山，溃败得一塌糊涂。唐继尧盛怒之下，枪毙部将刘法坤，厉声怒喝："怯于战阵者，格杀勿论！"罗佩金企图逃跑回云南，最终也遭枪杀。顾品珍吃了败仗之后，经艰难跋涉来到距重庆不远的江津，向众多官兵赌咒发誓道："我们云南官兵长留四川，回云南不准许，去天无三日晴，地无三里平，人无半分银的贵州，也不忍心，前进的道路给阻断了，请让我与大家一道，背水一战，如果侥幸取胜，再谋生存与发展；如果不幸战败，一齐跳水自杀，绝对不允许有一人沦为打家劫寨的土匪，用以残害人民百姓。"将士们怀着必死的决心，接连攻占重庆附近的铜罐驿、新关口、老关口，驻守重庆的北洋军备感腹背受敌。

当此之时，出生四川井研的熊克武与来自贵州遵义的袁祖铭联合攻打重庆。盘踞在重庆的北洋军吴光新，乃北洋军阀段祺瑞的小舅子，1917 年 12 月 3 日，滇黔军向其发起反攻，吴光新力不能支，仓皇率军向东逃奔万县，驻守在重庆的川军周道刚北逃永州。顾品珍乘势分兵两路，一齐向成都进发。顾品珍引领滇军苦战于迎祥街与樨木镇之间，子弹消耗殆尽。顾品珍坐在地面上岿然不动，官兵们不忍弃下主将逃奔。于是鼓足余勇夜里偷袭川军，川军旅长李畹兰阵亡。左路军直取内江，右路军亦攻取乐至县，两路会师于简阳，川军将领邬江如亦遭阵亡。四川督军刘存厚兵败退驻陕西汉中。

顾品珍率领的滇军与熊克武、袁祖铭率领的靖国军平安地抵达成都，共同推举熊克武为川军总司令，顾品珍分兵设防简阳、资阳、内江，他亲自驻扎在资中县城。他长于治军，天天都会训兵操练，常出城剿土匪，省吃俭用，与民休息。他素有黎明即起的良好生活习惯，或打太极拳，或手舞双剑，健步如飞，或者持枪打靶，争分夺秒地操练武功，借以赢得高超的指挥才能。他常说："吾不以安佚忘劳苦。"他真正懂得生于忧患，死于安乐。他生活之简朴，达到了十分刻薄的地步，一件布衣数年不肯更换新衣。他常以此教训广大官兵："吾不忍刻民以厚兵，又安忍刻兵以厚己乎？"他言必行，行必果。倘若发现偶尔有将士扰民，必严惩不贷。他还赌咒发誓地说："吾为若减轻天报耳。"即所谓人在做，天在看，恶有恶报，善有善报，不是不报，时候未到。

由于顾品珍一贯坚持节俭度日，长年累月积存军费多达三十万元。临到大战将至，全部拿出来，告谕众多将领："这并非我军搜刮的民脂民膏，看看吧，三十万呀，军费足够了。千万不能再去索取民财，因而加重民众负担。"当此之时，同是滇军高级将领赵又新驻军泸县，人民百姓畏如虎狼；顾品珍驻军资中，当地百姓无不爱戴，两者相较，有天壤之别。

然而滇军的最高长官唐继尧私欲膨胀，野心愈来愈大。他日渐觉得其军事实力已扩展到四川贵州，而云南是他的老巢，便也萌生一统西南的狼子野心。他妄图要像大军阀段祺瑞、冯国璋、张作霖一样割据数省，瓜分全中国，他着意于称雄西南，自诩三省联军总司令，以下安排贵州的刘显世、四川的熊克武为副总司令，处理大小事务，一切按他的命令行事。而四川的熊克武很不服气，暗自寻思，你唐继尧算老几？

顾品珍多次奉劝唐继尧，凡事得度德量力，切不可妄自尊大，否则将适得其反。唐继尧哪里听得进这番苦劝呢？民国九年

（1920年），顾品珍与唐继尧意见分歧愈来愈严重，以至于公开决裂。顾品珍率军进占资阳铜钟河，尔后因孤军无援难以支撑，退驻泸县。唐继尧大怒，严辞责令赵又新前往督战。顾品珍迫于无奈，与赵又新联手，转战向北。熊克武部在内江吃了败仗，只好将队伍拉到潼川，于是向离成都不远的龙泉驿山发起进攻。

这龙泉山地势险要，古称石城山。此时川军刘湘与黔军在璧山发生激烈战斗。随又在安岳交战，旗鼓相当，互有胜负。盘踞在广安的军阀杨森脱离了滇黔军赵又新，回归到川军刘湘麾下，急切挥师北上，与蓝世钲部拼命扼守张飞寨。

张飞寨位居简阳县武庙乡烂田村，塑有高达三米的张飞石像。这场龙泉山川军与滇黔军大会战，双方投入兵力多达一百五十余营。在张飞寨的这场战斗中，滇黔军顾品珍、赵又新亲临前线指挥，素以勇猛著称的川军将领杨森三处受伤，邓锡侯部纵队长谢松（秋岩）战死疆场。敌我鏖战长达十二天，尸横遍野，白骨成山。足见战事之酷烈。

顾品珍率领的滇军损失惨重，却不计后果，奋力以行，挥师进逼成都。赵又新驻扎北营，顾品珍驻扎东营，手下官兵请求顾品珍："何不用大炮猛轰？"顾品珍回绝道："伤民千百，不及一兵，民何罪乎？"

适逢熊克武说动了退驻汉中的刘存厚，引兵前来助战，他派部将田颂尧从陕西汉中率军飞奔而至，勉力攻破滇黔军叶荃营寨，一举夺取了剑阁的险要关隘，与滇黔军赵又新部蹀血激战于城北。川军邓锡侯部亦赶来助战，滇黔军总指挥赵又新拙于治军，其战斗力远不及顾品珍部，遭川军重创，被迫后撤。没等喘过气来，第二天，川军刘湘、杨森打开成都东门迎战前来围攻的滇黔军，双方发生激烈战斗。顾品珍部力不能支，连退守龙泉山都不可能，企图拼命扼守玉蟾关却又遭受川军阻击，后又逃奔到泸县。小峰顶一战，川军以猛烈的炮火打得他们溃不成阵，顾品珍引兵败走，意欲与赵又新部合拢，岂知赵又新已经毙命。顾品珍狼狈之极，只得带领残兵败将回归云南，请求治罪，号称川滇黔三省联军总司令的唐继尧，害怕顾品珍等滇黔将领会将此次惨败归罪于己，而今梦幻破灭，神不知鬼不觉地躲藏到香港避难去了。

民国十年（1921年）正月时来运转，顾品珍兼任云南督军和省长，大权在握，他有了施展治军治政才能的舞台，首先以严刑峻法整治乱糟糟的云南军界行伍，一心一意予全云南人民以休养生息的机遇。在百姓口头中广泛传诵着顾品珍爱民恤民的故事。他时常穿一件粗布衣服闲庭信步，仅仅带上一个弁兵相随而行，他道："我原本是昆明的一个读书人，岂敢以权势地位摆显威风？"有一些亲戚老表当上议员的，向他求取高官显位，他拒不答应，送他三千酬金，他慨然拒绝。有的竟至送上万元。他迅即招来行贿者，这议员兴高采烈，满以为可以得到高官了。岂知顾品珍事先请来法官在座，彰显出傲然道貌绝不给行贿者丝毫脸面。这且不说，顾品珍从容不迫地摆出贿赂罪证，提请在场法官以严明的法律规定予以严惩。从此以后，再无人敢于行贿买官了。

时于1921年正月，顾品珍举荐旅长金汉鼎代他行使全省军政要职，独自去海外考察。

岂知先前躲避香港的唐继尧觑准时机，趁顾品珍即将出行而金汉鼎尚未部署就绪，即刻奇袭广南，紧接攻入云南。金汉鼎手下将士强烈要求予以迎头痛击，而广大父老乡亲却请求和解，称述云南战乱多年，再不能打下去了。

顾品珍慨然回应："我实不忍再动干戈，伤害云南父老乡亲！"他只身一人骑一匹大马出城逃避，栖居在宜良鹅毛寨。唐继尧仍不放过，唆使匪徒进行搜索，顾品珍愤怒斥责："你们这伙蟊贼歹徒，岂敢无礼！"盗贼怯于阵势，退后站立，顾品珍举枪自杀，了此余生。何其悲壮惨烈，父老乡亲无不为之掩泣。

顾品珍精通相术，曾对镜自照叹息："我年纪不过四十三岁，然而性命短促，这是命中注定的啊！而一生从善如流，嫉恶如仇，此是为人的首先风范。我生活在人世，始终不渝保持高尚的道德情操。"待到死后，果真得到应验。顾氏亲族收拾遗体埋葬在昆明东郊。他留下四个儿子，个个皆年幼，被一个浙江友好收养了下来。想当年蔡锷将军任四川督军兼省长时，曾经跟四川的缙绅耆老摆谈："四川无论地理环境、人物形势皆在全国名列前茅，只要治理得法，不出十年就可建设成全国的模范省。以强川省者强中国，是我平生的心愿。哪会想到患上了严重的喉疾呢？"顾品珍生前也说过类似的话："川滇黔三省，是一家兄弟，不能团结互助，而互相攻打，这岂不是白白地让将士遭残杀，使人民百姓疲于逃命吗？即便是偶然获胜，也等于自杀，哪有什么脸面去见天下那些勇于担当，为民请命的豪杰志士呢？"

不幸的是继蔡锷将军病死之后，顾品珍也相继自杀。世人不独为川滇黔三省深表痛惜，凡是有见识有修养的人都会为天下百姓往后的生存发展心忧如焚。

纵观顾品珍戎马倥偬的一生，骆成骧感慨万千。

"唐太宗之征辽东也，御褐袍，穿穴不易，曰：'士皆敝衣，吾可新服耶？'郭璞自知命尽日中，而不肯为不义之屈。若品珍者民悦之，兵悦之，死无愧于心，九泉亦自悦也。其亦今之古人欤？吾与品珍，再见于成都，未尝交一言。驻资中三岁，未尝通一札。乡人称其不豫征，不派垫。败而过也，禁滥兵入城，身督后，兵尽去乃退。所过资阳、内江率如是，民思之至今不衰。前知事资阳杜浓，从事久，相知最深，言颠末最详。故揭其大略著于篇，以待后世之采访者观览焉"。

《顾品珍传》堪称骆成骧一生著述中，人物事件、情节故事最为详尽细密的一篇。骆成骧称，他在成都仅仅看见过顾品珍将军，却未曾说过一句话，顾品珍在骆的家乡资中屯驻三年，也未曾通过一封信。但是在这篇传记中，骆成骧所倾注的情爱最为深挚，字字句句无不充溢着浓浓的情感。对顾品珍一生的大不幸亦掬示出人间的大悲悯、大情怀。一个出生四川的状元，在其所叙川军与滇、黔军的殊死战斗中，他曾不止一次地高声赞美过川军浴血混战，驱逐滇黔军出川的丰功伟绩。却为何又转而颂扬滇军将领顾品珍呢？

这不能不涉及文学艺术作品，特别着意于一般中的偶然、个别与特殊。顾品珍当属滇军中的另类异人，亦如滇军前领袖蔡锷将军。

再则，大抵出自骆成骧沿袭《史记》太史公笔法，凡历史人物事迹皆须秉笔直书，忠于历史事实，要经受得住历史的考验。骆成骧惊异地发现，滇军将领顾品珍，他的人生理念、战略战术思想与乎川滇黔间的关系，皆蕴藏着十分值得尊崇与敬佩的宝贵品格。他旗帜鲜明地主张川滇黔三省应当亲如兄弟，不应互争雌雄而大动干戈。且对挑起这场战端的野心家唐继尧从始至终持批评态度。

四

骆成骧在廖平因病离任后继任国学专门学校校长，他竭力施行德、智、体全面发展的办学理念，其子骆凤嶙在回忆录《述略》中称：

> 民国九年，凤嶙归自德，鉴于大战之机尚伏，国于斯世临阵肉搏之术不可不讲，先君以为然。适成都有武士会，每年公开比赛拳足，纠纠者多鲁莽灭裂，规则不立，哄争时起。乃约集当时军政人士，代订章程执行之，后众推先君任会长，自是逐年比赛，始有一定规则。当时颇有自命新文化人士者，喜言武力迷梦，群以武术为非。先君不顾，尝为人作碑文得千金，尽捐之武士会。

骆成骧一生中研究最为深湛者当属育人育才的教育工作，他既承两千年的儒家传统，又合理地借鉴西方与日本行之有效的先进办学理念，创造性地付诸办学实践。他将在全省倡导武术，提高到"强国强种"的高度来认识与看取。他首先从孔子的学说中找到了传统的理论根据，"孔子云：'射以观德。'射之道，岂止于御敌强身哉！"

骆成骧身任国学专门学校校长，他绝不止于口头上讲要加强体育锻炼，而且要以结结实实的行动推向全社会。1921 年 10 月，创办四川武士会，在成都骡马市街尧光寺挂上了木牌，并楷书联语："勉诸君体育、德育、智育；期万世国强、家强、身强。"

不难发现骆成骧在他忠贞不渝从事的教育事业中，将体育视为增强国民素质的崇高地位加以提倡，而武术则是体育教学中一个十分重要的方面，中华武术传统承传上千年。骆成骧发起成立四川武士会不失为卓越的义举。他十分景仰历史上以武功取胜，闻名一世的英雄武将。就在他发起成立四川武士会这一年，他拜谒项王庙时，心潮汹涌，撰成七律：

项王庙

百战经营罢鼓鼙，半生意气结虹霓。
愤穿垓下重围外，耻率江东再卷西。
无可如何歌楚些，谁能遣此对虞兮。
英雄纵死精神在，得失千秋任品题。

在骆成骧心中，历史上的楚霸王项羽是崇尚武功，力大无穷，百战不殆的英雄。他力敌万夫，气贯长虹，不幸兵败垓下遭重围，耻于渡江而去，东山再起，他在楚地慷慨悲歌，被迫与虞姬挥泪诀别，痛何如哉！他人死精神在，英雄末路何其悲壮！他一生的功败垂成且留待后人品评吧！

骆成骧借古人的酒杯浇心中的块垒。他已五十六岁，一天比一天衰老，仍胸存浩然之气，他决不苟且偷生，一面负责办好四川国学专门学校，培育一批又一批国学人才，又孜孜于办好四川武士会，继承并发扬源远流长的中华武术。

四川武士会一经成立，首先在成都产生了热烈反响，省军政当局亦视为当年（1921 年）盛事。

他撰成《覆王督办函》，意欲得到军政当局的支持。王督办乃王缵绪，亦为当权军阀之一。骆成骧首先感谢王缵绪对筹办国技（武术）馆的祝贺与支持，"捧读瑶函，殷殷以国技馆为念，允为代求捐款，竭力勖助，以期国技馆早日落成，足见提倡盛怀，感佩无量！"紧接陈述为何创办武士会，兴建国技馆："成骧本不习拳勇，因武士开会，屡生胶葛，始被推为会长。窃念文事武务，古今并重，勉为经纪，以终会事。国技馆之筹画，事出众议。当日军界诸公辗转募捐，而战事以后东西分处，既非成骧直接所募，不便直接催收；兼阅报载各军粮饷均告匮乏，恐催收亦难生效。惟有坐待承平，以为后图。"骆成骧话及战事刚停，军阀东西割据，募捐不易，准备在全省出现承平气象后，再图谋募献活动。"现有募捐，惟有赖德祥（心辉）司令和蓝敬之（纪钲）师长，各千元已到账。至于各界人士零零星星凑集的钱，均作开会与修建事务所搬砖头的开销。"以下倾诉一己的苦衷，"成骧才力微薄，欲辞不得，欲办不能。荒芜之耻，实任其责。惟自武士会成立之后，军营学校渐增柔术一科，尚觉事势所趋，将来有发展之望。"骆成骧在艰难的处境中，日渐看到了所提倡的武术，无论在军营还是学校皆有所运用与推广，这是一线微茫的希望之光，给予他增添了继续倡导与兴办武术的信心和力量。他进而阐说："中国积弱已久，振扬国威，专望军人。成骧素性文弱，兼以衰朽，于世何所希望？吾民兼资文武，百废俱兴；加以谦怀若揖，所有部署之处，许以筹商：则成骧所朝夕祷祝而不敢上请者也。"发谦抑之慨后，提出今后开展捐赠活动的办法举措，"应请贵处先行筹画大略，由台端定期定地会议。成骧即当走赴，但使于事有益，决不拘定程式。此公益也，成骧复何私焉？"骆成骧毫不计较个人名利，只希望身任成都市政督办的王缵绪能将此事纳入议事日程，争取有所进展与收获。骆成骧身为文状元，却在晚年不遗余力，积极倡导武术，并视为强国强种的紧迫任务予以实施。他一心为国为民，磊落情怀，热心奔走的英勇气概，与乎真挚恳切的言辞，与官方书信来往，坦率交谈，无不令人感动与佩服。

在这一年里，骆成骧以日渐老迈之身，为办好国学专门学校和四川武士会，筹建国技馆日夜不停地劳碌奔波，虽然收到了一些成效，但是恶劣的社会环境挟制着他壮志难酬，备极郁苦。这年岁末，他将郁闷情怀发而为诗《寒夜偶成》：

> 一声歌调入青云，惊起楼鸦夜唤群。
> 高曲更无人唱和，满天白雪落纷纷。

一声满含悲情的歌调拍击云天，惊起楼前一片鸦鸣雀噪，曲高和寡，难入时流，想法真美，却万难付诸实施，瞻望前景，一片白雪茫茫，令人凄神寒骨。

骆成骧更在此前的《立冬》一诗中倾吐无尽的悲哀与失望，"立冬一夜雨，垂老几重衣。闭户几月尽，问人筋力非。徒衔精卫石，强息汉阴机。短褐朔风入，悲歌闻采薇。"立冬之后，一天天冷起来，衣服加了又加，也难以抵御严寒的侵袭。关门插锁，蜷缩在家中，精力已早不如从前。即便有着精卫填海的精神与毅力，连同硬撑着像庄子笔下的丈人，为经营自家园地，凿隧而入井，抑瓮而出灌，用力甚多，却见效甚微，短短粗布衣服怎能抵挡凛冽的北风侵袭，留下的是唱不尽的乱世悲歌。

第十九章
孤独不忘自信自强

一

爆竹一声一岁除，扯去旧符换新符。进入 1922 年，骆成骧快满五十七岁了。他在这一年元宵火树银花，爆竹声炸响，儿孙满堂，绕膝围坐，却心境凄凉，感慨万端。作《元宵》以抒愁绪。

> 元旦不出门，元宵不举樽。
> 悠悠忘岁月，忧忧听乾坤。
> 修竹寒同依，孤松瘦尚存。
> 故变零落尽，肝胆与谁论？

按照乡风土俗，正月初一一家老小坐在家中，大门不出，到了春节将尽的元宵杜绝饮酒，原本是鞭炮震天，火树银花，游龙戏凤的热闹节日。骆成骧却情怀冗冗，心绪悠悠，社会依然是那么纷纷扰扰，动乱不已。相依相伴的是园林中的竹子在寒风中战栗，亦似孤零零松树一息尚存。往日频繁交往的文朋诗友，一个个不是死去便是出走，就连心中的许多真情实话也难以倾诉了。1922 年元宵节，骆成骧体验着前所未有的孤单与寂寞。

骆成骧绝非无病呻吟，也并不是未能享有高官厚禄而顾影自怜。他心胸中永远装着的是国家社会和广大人民百姓的疾苦与诉求。他的诗歌始终继承着"为歌生民病"的现实主义传统。

在 1922 年里，他心系穷苦的农民兄弟创作诗歌《耕田叟》以寄情抒愤：

> 贼重兵愈多，兵多贼愈重。
> 公仆举趾高，国民剜肉痛。
> 路事征租捐，群儿争一哄。
> 兵事征房捐，诸将赌一弄。
> 元戎委城走，强敌掳城恫。
> 盗至苦哀祈，寇来劳迎送。
> 悉索望恢复，杂供逾正供。
> 回书责父老，父老已饥冻。

骆成骧一反昔日好用典故，借古讽今的曲笔，纯用普通百姓都能读诵的质朴语言，满腔义愤地控诉军阀混战，官绅盘剥，劳苦大众防兵防匪防盗，恶人当道哭诉无门，捐税叠加，难胜其负的悲惨境遇。"贼重兵愈多，兵多贼愈重。公仆举趾高，国民剜肉痛。"赋税加重，用以供养的是愈来愈多的官兵。官兵增多赋税愈益加重，已经形成了无法掌控的恶性循环。官绅一朝权势在握，便趾高气扬，威风十足，带给人民百姓的是刀子割肉般的痛苦。割据一方的军阀强征房产税，用以在街巷中豪赌，动辄一掷千金。先前盘踞的军阀一朝弃城逃跑，更加凶猛的敌军大肆抢掠。狗强盗破门而入，平民百姓苦苦哀求饶命，耀武扬威的敌寇来了，还得好酒好肉地慰劳。苛捐杂税，盘剥无度。那些丧失人性的兵匪官绅反要责难父老乡亲不乐于供奉捐税，痛心的是不少父老乡亲早已饥寒交迫，难以生息了哟！

骆成骧俨然以一个公诉人的身份，以诗歌语言，在大庭广众之中，控诉现实社会统治者形同虎狼的凶残面目与盘剥欺压劳苦大众的斑斑劣迹。这伙凶残的蟊贼，吃人肉、喝人血，无止无休，恶性循环，长此以往，民不堪命。这样的世道还能继续容忍么？又有什么办法，能够丝毫得以改变呢？满腹经纶的状元骆成骧也陷入了极端的困扰与苦恼。

骆成骧寻寻觅觅，上下求索，最终发现造成四川社会乱局的罪魁祸首就是拥有众多枪炮兵卒的军阀。他以《卖花婆》一诗，透过卖花婆的眼光，管窥到大小军阀搜刮民脂民膏、修筑豪门大宅，纸醉金迷的豪奢生活触目惊心的场景。

> 卖花入城市，过门忽惊惘。
> 昨日卖花人，相对劳梦想。
> 蓬荜换金漆，横楣高且敞。
> 荆布变绮罗，洞房深且广。
> 龋齿犹参差，膑目终鲁莽。
> 天渊分一朝，土芥较千两。
> 遂令讲武堂，已满人争往。
> 好去筐中花，点缀珠翠上。
> 归功担水夫，行觅千夫长。

骆成骧诗中的卖花婆有似曹雪芹笔下的刘姥姥进大观园，满目奇异，令人销魂动魄。不同的是，诗中的卖花婆进城卖花已非一日。刘姥姥过去从未进过大观园，感觉奇异，如入仙山琼阁，此所谓"大姑娘上轿第一遭"。她此后又去过两次，却一次不如一次，大观园终至走向衰败。而诗中卖花婆从乡下进城卖花突然发现一些街道房屋产生了改天换地般的崭新变化。昔日茅草土墙忽然油漆一新，金光闪闪，一改往日的粗布衣裳，穿上丝绸锦缎，住房变得深邃又宽敞。先前的龅牙腔参差不齐，难看死了，而今横目怒目，说话天一句地一句，粗鲁而又霸道。今昔对比天壤之别。视民如草芥。在他手中千两也嫌轻，家财万贯，意气洋洋自若。这都由于这伙人走进了行伍，不几年便混上了官长，因此讲武堂一类的军校最吃香，报名赴考者络绎不绝，填门塞户，拥挤不堪。筐中争奇斗妍的鲜花让太太小姐们买去，插在珠玉满头的鬓发上。要奉劝那些下苦力的担水户，赶快放下扁担水桶，挤进行伍，争当一名军官，往后吃香喝辣，金玉满堂。

状元骆成骧愈到暮年阅世愈深，他那支圆熟的文笔愈磨愈锋利，语态也分外辛辣。他将心中对大小军阀的怨恨与厌恶，借乡间老妇人卖花进城的耳闻目见，强烈地揭露和控诉了四川军阀在混战中抢掠钱财，过上豪华奢侈生活的罪恶行径。堪称"朱门酒肉臭，路有冻死骨"的1922年新版本。

怨愤归怨愤，牢骚太盛防肠断。日子总得过下去。骆成骧从不贪图富贵荣华，尤其憎恶军阀抢掠民财，中饱私囊，修建豪宅深院，过着穷奢极欲的糜烂生活。但是穷状元骆成骧依然怀有爱美之心，他见鲜花上市，油然涌生爱花惜花之情，作《花市》以寄志，其风韵旨趣与前诗《卖花婆》迥然不同。

强携壶榼上春台，不信群芳为我开。
仙女偶随花市过，诗翁同醉草堂回。
儿童摘艳分途去，蜂蝶寻香入院来。
自爱小园佳种里，暮年孤负子山才。

爱美之心人皆有之。一个有着真善美崇高求索的人，总会对大自然赐予的花香鸟语深情挚爱。骆成骧日渐老迈，心情也阴晴不定，时好时坏。当他看见满园春花烂漫，心神亦为之一爽，仿佛又回归到青春岁月。似乎姹紫嫣红的万朵繁花都是为我而自由开放。在这春暖花开的时节，一群群风姿绰约的美女竞相入花市观赏转悠；人们像朝圣一般兴致盎然地步入杜甫草堂饮酒赋诗；一群群乳气未干的孩童争相采摘鲜花相拥而去，留下一阵阵童稚的笑声；辛勤的工蜂和色彩斑斓的蝴蝶寻着馥郁的花香翩翩飞舞，游来往去，平添热热闹闹的喜庆氛围。他素来喜爱在小小的庭院中种植各式多类的奇花异草，可叹的是人到晚年尚未具备如同北周时期庾信那样老大诗更成的不竭诗才，杜甫在《戏为六绝句》中高声赞美："庾信文章老更成，凌云健笔意纵横。"倘若能像庾信那样老而弥笃，大器晚成，凌云健笔，意气纵横，那该有多美哟！

骆成骧身为晚清四川最后的一个文状元，与出生在成都郊外双流县青杠林的武状元彭阳春，堪称珠联璧合。骆成骧不仅以策试为光绪帝所看中，钦点状元，他雄才大略，力主革新，高倡依法治国，其政治眼光之高远、明慧，为世人所称道，在教育事业中立下了不朽的功绩。赋诗千余首，字字珠玑，美不胜收，依然以北周庾信为楷模，文章诗赋老更成，作为他精进不息的奋斗目标，给当代文人树立了楷模。

骆成骧借花市以喻志，他不因年衰体弱而失去了生活的信心与理想追求。

骆成骧从《花市》中看见了人生即便经受了太多的苦难，然而对真善美向往与追求，始终不会泯灭。它像一盏明灯照亮了未来生活的征程，也像一面猎猎作响，迎风招展的旗帜指引着人们勇往直前。

二

1922 年，骆成骧为四川乱局心怀忧虑，而又无能为力。他依然执着于教育事业，始终认为强国强身重在发展教育，唯有培育出一批又一批高素质人才，才有可能真心实意地为国家民族的生存与发展出谋划策，由乱到治。在 1922 年里，五十七岁的骆成骧不负众望，担任了四川大学筹备处处长。创办四川省大学是他一生孜孜以求的梦想。早在 10 年前蔡元培任教育总长时，只允许北京、天津等少数大城市办大学，骆成骧多次据理力争，而今有所松动。他以老迈之身，动员和组织各方面力量，积极筹备，辛勤奔走，甘之若饴。

1922年，在全国各地兴办大学，是一个具有划时代意义的转折之年。新学制公布，全国各地凡有一定基础与实力者，皆酝酿兴办大学。是年5月经川军总司令兼四川军务善后督办刘湘决定，四川高等学校管理处改为四川大学筹备处。一直热心这一事业的骆成骧被任命为筹备处处长。奈何刘湘忙于打仗，许多具体事务无时间也无心情办理，骆成骧徒有美好而又完整的蓝图，一时难以付诸实现，心中颇为焦虑。

东方不亮西方亮，此处受阻开新途。骆成骧以百折不回的毅力，速即在成都市羊市街筹建资属中学。骆成骧办学，既继承先贤优良传统，亦尽力吸取西方的先进办学理念，中西融合，形成了特立独行的办学思想。他长子骆凤嶙在纪念长文《述略》中称述：

先君与井研廖季平先生，同处尊经学院，既往还无间，而持论迥不相同。先君谓王湘绮为文好新奇，廖则专务新奇；然犹文士积习也。康长素以新奇为干誉干禄之具，其用愈广，望影趋风者愈众，内容愈不可问。康在京，曾一度乘夜来访，以廖氏绪余相诧，一经反诘，辄穷于词，转而言他。亦如是，后遂不再至。盖其所据以驳人者，根本殊脆弱；所主张者，本人亦自惝恍也。

骆成骧既与同事、文人朋友保持亲密友谊，又在学术思想、教育理念上自有其独特见解，从不苟且马虎，不失一个杰出教育家的卓异风范。

骆成骧十分重视中华传统文化的继承与发扬，他在教育教学中从不照本宣科，他勇于根据自身的认识与理解，编写出有完整体系的教科书，其代表作便是《国文中坚集》。他在序言中对汉语文字的构造及其法则规律作了精辟的阐释："夫积画成字，而六书之义生焉；积字成句，而九种之词判焉；积句成章，而六法之用利焉；积章成篇，而三要之观尚焉；积篇成册，而六体之变滋焉。象形、指事，以创其体；会意、谐声，以广其用，转注、假借，以济其穷，谓之六书。名、代、形、副、动、冠、介、助、叹，谓之九种之词。名者，实之宾也。有实物之名词，有实事之名词，有实理之名词……"如此纲举目张，条分缕析，将汉语的规则与结构特征作了简明扼要而又精确严密的概括与分析。

《国文中坚集》是他为四川国学专门学校学生编选的国文课本。他用以实现的是让众多生员具有坚实的国文基础，从而为今后的深入学习研究与创造发展作好必要的准备。

他寻根探祖，梳理国文源流，中肯地指出："国文之古者源于《尚书》典、谟、训、诰、誓、命，肇分六体。沿及周秦，派于汉魏，流别滋多，略具《文选》，今固未遑暇及也。"继而谈编辑体例，"前二卷以示其法，后三卷以举其要。起《尚书》，讫唐宋，凡百篇。"以下论述价值与意义，"诸生熟而精之，必有标准可观，阶级可循矣。仁义以定其心，经史以广其目，蕴之以为德行，发之为言语，施之为政事，古所谓经天纬地之文，方有待乎诸生，岂直为此拘拘者哉！"骆成骧编纂这本《国文中坚集》下功夫之深，体例之严整，内容之精要，寄望之殷切，令人肃然起敬，诸生熟读该课本，获益匪浅。

从家庭教育到学校教育，骆成骧堪称楷模与典范。他之所以成为一代卓越的教育家，缘于自幼就在父亲骆文廷的精心教育下励志苦读、精进不息，卓然成才。长子骆凤嶙在回忆录《述略》开篇就讲："先君幼年，初为文字，即惊耆宿。弱龄入成都，王湘漪一见特誉，许以远至。家贫急禄养，益博学精思以赴。中岁入仕，感清帝德宗特殊恩遇，期用世无负，则专为经世学术，屏绝一切为之。戊戌之祸，幸以不及。然终清之季，所职不越文字教育，文亦以无废。清社既渥，以义绝意仕进，拟教育终老，一切不问矣。既见党私狂炽，贪欲横恣，乃发愤昌言斥之；不足，更载之楮墨，形于诗歌。"骆成骧天赋极好，尤其恳于拜师向学，喜逢高师教化。他恳于学习，也善于学习。三十岁中状元，似乎稍迟了一点。历代许多状元、进士所不及者，他一辈子苦研学问，精进不息。他不似历代状元，一旦高中，便坐享高官厚禄，甚至攀龙附凤，当上驸马公，出入朝廷深宫，荫及子孙后代。他冷眼看取军政界的腐败与专制，从此决裂于仕途，矢志不渝地从事教育事业，成为一代杰出的教育家。他又不同于晋代陶渊明，因不为五斗米折腰而恃才傲物，逃避现实，归隐田园，"采菊东篱下，悠然见南山"。骆成骧却无时无刻不热爱国家与人民，无论环境如何艰困，心情怎样恶劣，也从未丧失生活的信心。他敢于嬉笑怒骂为人民，为百姓请命，替穷苦人家解忧，与仁人志士携手共进，从沉沉暗夜中瞻望未来生活的蔷薇色曙光。诚如黎巴嫩思想家纪伯伦所言："一个人渐臻完美的时候，会感到自己的广袤无垠的宇宙，是浩渺无边的大海，是始终在燃烧的烈火，是永远璀璨夺目的光芒，是时而呼啸、时而静默的大风，是裹挟着电闪、雷鸣、滂沱大雨的云彩，是浅吟低唱或如泣如诉的溪流，是春天繁花满枝、秋天卸下盛妆的树木，是高耸的峰峦，是深沉的山谷，是有时丰饶富庶、有时荒芜萧索的田园。"

骆成骧在军阀混战、百姓啼饥号寒的年代里，担任为民解难救困的筹赈局督办，为全四川的赈济工作作出了有口皆碑的巨大工贡献，他吟成《筹赈局》一诗：

> 平生不肯受人怜，领袖穷民强吁天。
> 谁理阴阳如丙吉？强分饥渴到颜渊。
> 胼胝甚矣无行橇，漏湿翛然有坐弦。
> 堆案文书翻未尽，夜深高枕不成眠。

骆成骧担任四川赈筹局督办，既感觉责任重大，又不免有几分尴尬。单就思想个性而言，他从来不吃嗟来之食，绝不轻易受人怜惜，却要充当全川穷苦百姓的代言人，喊天叫地地祈请政府及缙绅为苦难的灾民予以捐赠。要像汉时鲁国人丙吉一样不计较个人得失荣辱，勇于以大局为重；也要学孔子贤弟子颜渊，即便自家忍饥挨饿也要分一杯羹救济处于饥寒中的人。赈筹局不少办事人员赤着双脚访贫问苦，毫无车马代劳，住居的房屋亦不时渗漏，也无钱修补。办公室里文案堆积如山，实在难以尽阅，一心为许许多多忧心的救灾扶贫的公事焦虑愁苦，长夜难眠。这便是军阀混战所造成的天灾人祸，迫使他与赈筹局同仁所经受的精神与生理的磨难。

骆成骧同川中父老兄弟，日日盼望风调雨顺，和平安宁，可是军阀横暴，战火不息，民怨沸腾，纵使筹赈局没日没夜地工作，也于事无补。他顿生《感怀》：

> 儒衣还是旧诸生，进退何时见太平？
> 涧藻生多鱼自乐，庭花飞尽鸟空鸣。
> 河山分裂随新进，风雨飘摇弃老成。
> 樵斧渔竿谁是伴？岫云溪水两无情。

他感时伤世，信奉儒家学说的知识分子风貌依旧，不知何时才能出现承平气象，简直是望眼欲穿哟！河水中有繁茂的草丛，游鱼自然会怡然自乐，喻示人民百姓有了基本的生活保障才能合家欢乐，亦如庭院中花枝凋零，即便雀鸟也会空叫一场。而今到处都是军阀混战割据一方，占地为王，广大人民百姓长期处于风雨飘摇，有家难归的恐怖状态。衰败的老者横遭遗弃，病的病死，即便是上山打柴，河边垂钓也难以呼朋唤友，就连自然环境也恶劣得风雨无情。

骆成骧亦如安史之乱中的杜甫，一面为穷苦百姓流离失所，夫死子亡而哀不自胜，一面又以诗文唱和求得精神的抚慰与心灵的安顿。他雅称文友盛世英为诗坛中不可多得的诗中豪杰，大加赞誉，吟成《诗将赠盛先生》：

> 风霜脱匣剑光寒，江海浮天笔势宽。
> 引满难留弦上箭，飞升不走鼎中丹。
> 笙催鸾凤歌三叠，笛引蛟龙舞七盘。
> 横扫千军无劲敌，始惊飞将入诗坛。

骆成骧一反自古文人相轻的陋习，他将诗友盛世英，礼尊为诗坛一员剑拔弩张、骁勇无比的常胜将军。夸奖他的诗笔如宝剑一样锋利，寒光闪闪，不可逼视；他登山则情满于山，观海则意溢于海，笔势纵横，豪气冲天。他像一名气势雄壮的射雕手，拉满弓，弦上箭，百发百中。他的诗中有乐，鸾鸣凤歌，扣人心弦；他的诗时而柔美婉约，似吹一支横笛，悠扬曼妙的笛声足以引领龙腾蛟舞。盛世英笔力遒劲，横扫千军如卷席，谁也不敢妄自较劲，我们惊奇地看见飞将军盛世英光临今日之诗坛。

骆成骧身为首屈一指的文状元，对诗友盛世英毫无轻视或嫉妒之情，一诗吟罢，不能兴尽，又咏二首：

> 诗坛大将语惊人，取胜悬知笔有神。
> 晋服三强宁惧楚，魏连六国转攻秦。
> 英雄失箸情休隐，主客分途势已均。
> 压阵兵来逢塞井，不愁胆气不轮囷。

骆状元又从另一个侧面礼赞盛世英的诗风。他堪称诗坛大将，像诗圣杜甫语不惊人誓不休。他的诗常以神思高远而出奇制胜。他的诗如同战国时期，晋国足以使三国屈服，不惧西楚，自信自强，其诗性之纵横泱荡，势如魏连六国，一齐攻打暴秦一般浩大威猛。诗中昂扬的英雄气概，始终充沛弥满，主客分途，势均力敌。对方强军压阵，来势汹汹，盛世英依然气定神闲，胆壮气豪，英勇无畏。

以上系骆成骧从盛世英先生敢于挑战，勇于在诗坛一决雌雄的英雄气概的视角上进行探析，讴歌他的诗风镇定沉着，从容不迫，力战群雄，胆壮气豪，开风气之先。

骆成骧心怀景慕，元气淋漓，整整吟诵了四首，囿于篇幅，此不赘述。值得提及的是骆成骧的深情挚爱，恰似盛唐杜甫之于李白的颂扬，"白也诗无敌，飘然思不群。清新庾开府，俊逸鲍参军。渭北春天树，江东日暮云。何时一樽酒，重与细论文"。由此可以领悟，骆成骧不单是在殿试中独压群贤，以文章夺冠的文状元；且是思想境界、品格修养上堪称楷模的道德模范。高山仰止，景行行止。骆成骧之所以为全川乃至全国人民所深深怀念与崇敬，全在于德艺双馨，为万世之表。

骆成骧在礼赞诗友盛世英的同时，亦不忘在思想心性道德修养上砥砺前行，他借《寒花》以喻志：

> 迟暮怜花与我同，花偏笑我不禁风。
> 银丝逼老星星白，玉碗鏖寒月月红。
> 朱粉不施天与丽，冰霜相伴岁忘穷。
> 美人欲折嫌芒刺，留得盈盈在眼中。

这首赞花诗未曾标明是何种花，大抵冬天绽开的梅花，历代咏梅诗层出不穷，骆状元力图别开生面，便将己身的健康状态作映衬，彰显自出机杼、迥出时流的新颖构思。首句将自己与寒花相比并。"迟暮怜花与我同，花偏笑我不禁风。"他已是五十七岁，与在寒冬中煎熬的花朵相较，难免顾影自怜。精彩的第二句"花偏笑我不禁风"，仅此一句显现出寒花勇于傲雪凌霜，不畏风寒的坚贞品性；紧接哀叹头已白发，繁密如星星，多不胜数。可是寒花竟然似坚贞的美玉，月月红红艳艳。亦如晚清诗人苏曼殊所咏唱："几树寒梅带雪红。"寒花且具有"清水出芙蓉，天然去雕饰"的朴实自然之美，"朱粉不施天与丽"更为难能可贵的是"冰霜相伴岁忘穷"。它既勇于傲雪凌霜与严寒相伴却又不嫌贫穷，不艳羡富贵荣华。结句更显现出骆成骧爱花惜花微妙的心理情态，"美人欲折嫌芒刺，留得盈盈在眼中"。不似鲜花堪摘且去摘，出自对寒花的珍视与厚爱。"留得盈盈在眼中"为的是让世人都能得到美的享受，悦人耳目，由此夯实并彰显出博大深广的人文情怀。

三

1922年8月，川军第三军军长刘成勋被推举为川军总司令兼省长，随即召开军事会议，明令废除军制（以师为单位），将军队予以缩编，为打败刘湘、杨森，立下了汗马功劳的但懋辛为川东边防督办。为防吴佩孚、杨森进犯四川省，但懋辛率兵布防川东、川鄂交界的地域。

骆成骧目睹军阀混战，打得一塌糊涂的乱局，心中有着难以言喻的郁苦与烦恼，他以《题张叟七十小照》为题，兀自慨叹："巴蜀相攻苦未休，成都云阵接江州。庞公隐处多雏凤，莫遣功名亚武侯。"战火连绵不断，省会成都再难有一日宁静。要学历史上的庞统隐逸安命，休想像诸葛武侯那样戎马倥偬，争创武功。

他继而感叹："地覆天翻来亦常，老人应笑世人狂。商山睡足看余子，几许英雄满鬓霜？"战事折腾得天翻地覆，鸡犬不宁，早已成为四川生活的常态，那些阅历深厚的老年人觉得这些争城掠地的军阀尽都变成了疯子。还是安心实意睡好觉吧，醒来之后，看顾身边的儿孙，享有天伦之乐。历史上多少英雄豪杰当年扬鞭跃马，征南闯北，即便活着还乡，已是鬓发如霜，老态龙钟，只能顾影自怜，了此残生。

骆成骧代表广大川民厌恶并嘲讽战争狂人，他始终是一个和平主义者，乃出自"和为贵"的儒家思想。

他厌恶战争，痛恨军阀，愤世嫉俗，却不失独立的人格与人生崇高的价值取向，他作《残菊》以明志：

> 未迟已自怨姗姗，晚节谁知进退难。
> 佳色纵甘元亮掇，落英何忍屈原餐。
> 余生骨髓宁辞瘦，独立冰霜不惧寒。
> 邀醉一杯篓尾酒，莫教风雨更摧残。

晚秋菊花日渐凋零，骆成骧的一生誓志保持住高尚的道德情操，可是恶化的社会环境使他欲进不能，欲罢不忍，进退两难，十分尴尬。要学陶渊明那样消极避世，"采菊东篱下，悠然见南山"吗？屈原又何忍"朝饮木兰之坠露兮，夕餐秋菊之落英"呢？他这一生即便骨髓在喉，也甘愿忍受痛苦，坚贞不渝地特立独行，不惧冰霜严寒的侵袭。且吞下宴席上最后一杯酒吧，凭借热辣辣的酒力，抗御住凄风苦雨的侵袭。

此诗以残菊喻志，既哀叹残菊无可挽回的凋零命运，又赞赏它遭受冰霜侵袭仍坚强不屈的硬骨头精神，更着意于抒发一己爱花惜花、独立不倚的人品道德与高尚志趣。

骆成骧在 1922 年里，以五十七岁日渐衰老之身，面对无止无休的军阀混战所带来的困扰，心中的郁闷难以排解。他除了恪尽四川大学筹备处的职守，又积极筹办在羊市街建立的资属中学，还在四川法政学校与成都高等师范学校任课。工作繁忙之余，亦不忘以菊喻志，求得心灵的安顿。

他与晋代的陶渊明和而不同。同是爱菊赏菊，陶渊明隐逸于世外桃源，"采菊东篱下，悠然见南山"，绝不过问尘世的明争暗斗，求得耳根清净，是典型的道家思想，老庄哲学；而骆成骧也爱菊惜菊，他于审美观照中，吸取的是风吹雨打毫不惧怕，傲雪凌霜至于凋零却不自怨自怜，而勇于抗争。这是一种以天下为己任，积极入世的儒家思想。但他又不同于历史上诸多士大夫，他在取得状元这尖级学位之后逐渐看清看透了政治的腐败与恶浊，转而热心于培育品学兼优的高素质人才，"传道、授业、解惑"成为一辈子奋斗不息的职业选择，兼之以强国强身的武术会，乐此不疲。他培养人才的理想目标是德才兼备，德智体全面发展的一代英才俊彦。

他一天天老去，不时缅怀往事，遂成五言诗《杂咏》："岁晚二三子，天涯千万峰。不堪少年时，共听景阳钟。"一年将尽时尚有几个子弟，远在天涯海角千峰万岭向前攀跋奔波。回想青春少年时期，一听见晨钟敲响，即刻振衣起床，开始一天紧张的学习。"还乡十二秋，夜夜梦沧州。犹有数行泪，遥添湘水流。"青壮时期多在外谋生，不觉归还家乡四川已经十二年，天天晚上在梦中想见在北方的情景，那些难忘的人和事，已伴随着湘江滚滚滔滔地流逝了。此时此际，骆成骧回想到在成都尊经书院培育了他整整十年的王闿运（湘漪）老师，是这位学识渊深的恩师帮助与指导自己夯实了文化功底，方才有乙未年高中状元的善举，恩师将学业造化毫无保留地传授给自己。己身中状元后，恩师便离开四川到了北京，主持国史馆编纂工作，恩师亦不忘将自己安排在身边担任国史馆修纂，在他的亲切指导下精进不息。天不假年，恩师王湘漪（闿运）于1916年10月24日病逝，这是怎样的哀痛哟，"世道交丧，北辰安在？十日出天，群星堕海。孰为寒松，贯时不改？孰为潜龙，遯世无悔？泰山东倒，底柱西倾。起陆弥放，滔天益横。兰陵未死，孤留老成。中郎一去，虚无典型。维我夫子，得天独厚。八十五年，与古为友。……怀宝归楚，重读典坟。访古游蜀，兰风袭芬……出骚入雅，驰骋不绝……死生寒暑，望陇息肩。金台日月，玉垒山川。心乎爱恋，魂兮归旋"。恩师湘漪先生离世，骆成骧体验着天昏地暗、日月倒悬般的伤痛，亦如泰山东倒，砥柱西折。恩师八十五岁的生命历程，学识之广博，底蕴之丰厚，谁能比拼？无论在家乡湖南长沙，还是来四川讲学，他出骚入雅，纵贯古今。恩师的学术成就光比日月。其爱恋之深，如杜甫之梦李白："魂返枫林青，魂去关塞黑。"这种生离死别的痛苦，不胜煎熬，"不见君子，我心忉忉。白驹过隙，青云在霄。瞻望南极，仰天弥高。呜呼哀哉，尚飨"。昔日朝夕相见、牵手结伴的恩师，一旦驾鹤西去，令其悲摧得如同锥刺刀绞，时光流逝，已经 6 年。恩师如同青天上璀璨的星辰，抬头仰望，愈益崇高。

骆成骧年到五十七岁，不忘为恩师病逝渗血带泪撰写这篇《祭王湘漪先生文》。字字血，声声泪，深情难忘，刻骨铭心。

骆成骧继而缅怀自己当年精强力壮，而今却两鬓飞霜。"妙境随心到，山巅忽水滨。始知春梦里，不疑自由身。井水玉壶清，桐花彩凤鸣，泉深寒气早，先为报秋声。夜尽不思归，春深锦绣围。调歌惊百啭，对舞蝶双飞。浮海青天尽，登山白日低。哪堪双鬓雪，闲对一枝藜。"

回想 1913 年，岁至癸丑，时年四十八岁。七月盛暑，应弟子尹昌衡之约，前往雅安，终抵打箭炉（康定）镇守川边。身骑骏马，翻越崇山峻岭，进行西征。登邛崃大关，攀越凶险的九折阪，穿过滚滚滔滔大渡河上的泸定桥，何其万难不屈，意气昂扬，为反击英帝国主义的侵略，平定西藏分裂势力，智出奇谋骁勇异常。真个是"万里破寒空，蛟龙一发中。谁知弦上箭，不肯念头风。白马紫金鞍，骄嘶出将坛"。而今，以老迈之身，安坐闲庭，"尽日对修竹，无风以自凉。万重阴合处，高枕到羲皇。……展卷青灯下，遍宵向我明。百年看不厌，一豆故人情"。门前翠竹修篁，姿影婆娑，真有说不出的清幽与爽适。一旦疲倦，高枕酣眠，梦见远古，情也悠悠。及至夜晚，点灯夜读与书香为伴，以至于通宵达旦。诗书翰墨，百年不倦，用木制的高足盘盛上祭品，敬奠飞升天堂的亲朋好友，掏示出馨香一瓣。

骆成骧心中储藏的始终离不开"情本体"，他登山情满于山，观海意溢于海。待到 1922 年兵荒马乱，兼之年事渐高，无心也无力出川远游，进入大千世界再创事业辉煌。他只能退而拘守成都，筹办四川大学，又去羊市街创建资属中学，进四川法政学校和成都高等师范学校讲课，成日奔忙不息，日子倒也充实。无论时局怎样动乱，他不忘心中的信念，强国强种，重在兴办教育。他数十年如一日，在教育事业与诗文创作中执着追求，贵在他胸中贮藏着浩然之气。

"滚滚长江东逝水，浪花淘尽英雄。是非成败转头空。青山依旧在，几度夕阳红。"

第二十章
讨贼军痛失重庆

一

四川军阀杨森不甘兵败，逃亡湖北宜昌，竟然拜倒在大军阀吴佩孚脚下，腆着脸迎请吴佩孚派大军，助他打回四川，直系军阀吴佩孚借援杨森之名，行吞占四川之实。

1922 年 2 月 27 日，川军继续北进，邓锡侯与陈国栋两部退驻第二十二师田颂尧与第十师师长刘斌防区德阳、绵阳一带。田颂尧、刘斌大耍两面派，摆出一副和平公正的模样，表面上居间调解，阻止省军前进，随后又参与省征战，与省军在四川北部你争我夺，胜负难分难解。百姓流离失所，怨声载道。

川军多年来内讧不息，而今面对直系军阀吴佩孚在杨森参与下进犯川境，川军一时仍难以团结御侮。邓锡侯、陈国栋率军一同向成都进攻，川东防务甚为空虚，吴佩孚窥准时机，与杨森联手发起进犯。吴命令所属第八师师长王汝勤，施宜镇守使赵荣华为援川军副司令，率北军第八师两个混成旅，联合黔军袁祖铭带领五个混成旅向川东发起猛烈进犯。吴佩孚气度非凡，摆出一副大打出手的虎威架势，又命令所辖北军第七师师长吴兴田率军与前四川督军刘存厚部从陕西向川北发起进攻。他还嫌声势不够浩大威猛，同时命令川边镇守使陈遐龄协助杨森携手共进。吴佩孚自认是叱咤风云、扭转乾坤的大帅，还堂而皇之地发出所谓"援川"通电，道貌岸然地称述："西南（姓名报上以"X"代）等割据国土，糜烂地方，不得已乃援助在川'义'师，躬行讨伐，削平僭伪，殄灭凶贼，罪只独夫……"俨然一副正义之师讨伐孟贼的派头，沐猴而冠，假充正人。他派遣杨森为前敌总指挥，杨森纠集残兵败将，动员的兵力可谓阵容庞大，计有唐式遵第二师，并管辖任后楷、李樾、施增荫等混成旅，还有潘文华这川东清乡司令、吴绍文、雍光耀领衔的第一、二游击司令，以及罗伯膏、龚达、李远鹤、蔡时效等所纠集的地方军，于1923年2月15日一窝蜂地直扑长江水码头万县。2月19日，从陕西回来的刘存厚进驻要地绵阳。因其声势浩大，驻扎忠州的第一军第六师独立旅旅长杨春芳慑于阵势，当即倒戈投靠气势汹汹的杨森，并与杨森率领的大军联手，一齐向川军第一军发起猛攻。天有不测风云，突遇重庆发生惨烈的大火灾，重庆守军势单力孤，杨森乘机扼据万县，又于3月14日纠集吴佩孚所辖多部从万县出发，发出讨伐熊克武、但懋辛的通电，咒骂二人。"……居心煽乱，复勾结赖心辉等，无端播弄，擅开战衅，企图蔓延祸乱，障碍国家统一和平。苟再予宽容，非但庆父不诛，益增鲁难。……存厚等上为国家统一计，下为全蜀治安，乃联合同袍，共申讨伐……"杨森于3月26日，统率所部由万县出兵，迅速占领梁山、垫江，拼竭全力，锋锐直逼重庆。这场战乱，由于杨森不甘心失败，从湖北宜昌引狼入室，在重庆、成都各地挑起的战斗比前几年的任何一次都要酷烈。因其吴佩孚兵力雄厚，进犯四川的阵势尤为凶猛。但懋辛迫于杨森邀直系军阀吴佩孚兵逼重庆，势不可当，于1923年3月29日通电辞去川东边防督办之职。川军各部不甘败在逃亡湖北宜昌的杨森脚下，即便杨森狐假虎威，卷土重来，亦不足畏。川军在川东各部推举石青阳为川东边防军总司令，第一军第六师师长余际唐为前敌总指挥，混成旅长张冲、张子模等为副总指挥，同心协力抵御杨森的进犯。在重庆多地发生激战，杨森军凶猛无畏，凭借血性之勇，力克川军，终于占领了重庆。

此时此际的四川军阀早已严重丧失了什么主义信仰，丝毫不顾及人民百姓的生死存亡，一心为自身强占地盘，称王称霸进行角逐。争得天下的便是王，失去天下的就是贼，已成为军阀们的实用哲学。邓锡侯、陈国栋、田颂尧等也乘杨森攻占重庆之机，占领绵阳、罗江、德阳等地，直逼省会成都。刘成勋迫于无奈，于3月20日，通电辞去川军总司令之职，统率残部与熊克武一道退驻新津。4月5日，邓锡侯、陈国栋、田颂尧进占成都，与逃亡湖北投靠吴佩孚，重新杀回四川，占领重庆的杨森遥相呼应。

刘总司令已通电下野，方期和平有日。乃熊克武、但懋辛等仍盘踞东北西路，毫无悔祸之心。道路相传，彼等正勾结外援，意图反噬。不惜牺牲桑梓，破坏和平。……廷牧等为人民计，为军事计，若不预为之防，无以遏止寇虑。但军事大计，统一为上。现已公推邓锡侯为联军总指挥。……

骆成骧看罢报载这份通电，嗤之以鼻。长叹一声道："军阀混战，何日方休……"他琢磨熊克武、但懋辛肯定不会善罢甘休，定将以退为进，待到积蓄充足实力，东山再起，由此看来，还有几场好斗。

不出骆成骧所料，成都、重庆这两座闻名西南的大都市竟然全遭吴佩孚统驭的联军杨森、邓锡侯等攻占，熊克武、但懋辛备感奇耻大辱。他俩赌咒发誓即便脑肝涂地也得反攻成都。

熊克武身为前四川督军，他以为川民请命的名义，亲率第一军第八混战旅郑英部驰往遂宁，收集第一军所属各部。熊克武与但懋辛、赖心辉、余际唐等喝下辛辣的血酒，发誓不夺回成都决不回还。于1923年4月19日在潼南双江镇作出战斗部署，决定兵分三路，先夺回成都，再图谋川东重庆。

5月6日，张冲旅奋力攻占新店子，取道龙王庙，进抵石板滩，与川军第六师左右夹击吴佩孚所统驭的联军，将联军拦腰截为两段，激战一日。陈遐龄狼狈逃窜，邓锡侯等向西河场、彭县等地败退，后又退驻绵阳。熊克武、但懋辛、刘成勋、赖心辉等胜利返回成都，但懋辛气势犹酣，与喻培棣等虎跃龙腾追击北逃联军，并一举攻取绵阳，再次从陕返回要夺回在四川失地的刘成厚的陕军望风向北窜逃。

5月20日，攻占梓潼，吴佩孚派来进占江油的部队也败退逃走，邓、陈、唐、田等只得向边远的通（江）南（江）巴（中）及阆中方向溃逃。

骆成骧获悉熊克武、但懋辛、刘成勋所领川军夺回成都微微松了一口气。但他绝不认为市民从此可以居家安眠。他亦知杨森素以勇猛好斗闻名于川军，他在吴佩孚的支持下迟早会卷土重来。川民得以和平安宁，为时尚早。

熊克武、但懋辛所统驭的川军第一军与吴佩孚、杨森等组成的联军鏖战，联军岂肯甘拜下风？当联军部分主力正在成都以东的石板滩与川军第一军激战，呈胶着状态之时，杨森则于5月7日率军从重庆出发，奔赴隆昌，分兵三路予联军有力的支援，声势甚为凶猛，赖心辉力不能支，节节向成都方向败退。熊克武、但懋辛恐成都有失，集结兵力，顽强抵御。5月25日，杨森部与吴佩孚所辖于学忠部共六个团向石盘铺发起猛攻；何金鳌及北部一部共三个团向甑子场进攻；杨春芳等向白鹤寺发起猛攻。几经鏖战，战局似犬牙交错，一方狠狠咬住一方，绝不轻易松口。联军渐成败退之势。熊克武、但懋辛察觉联军以杨森部最为猛狠，当即指挥第六师余际唐部与第八混战旅从淮州进击乐至。并以大部人马直逼沱江两岸，紧紧逼迫杨森所率生力军。杨森部人困马乏，战斗力衰减，为保存实力，遂于5月30日率军撤退至资阳。熊克武、但懋辛、刘成勋所指挥的川军第一军与第三军占领要塞简阳。

吴佩孚自认是全国屈指可数的大帅，眼见出师不利，甚为恼怒，急切命令援州陕军第四混成旅刘宝善奇袭顺庆，企图与困境中的杨森部联手合围成都。岂知熊克武、但懋辛、刘成勋等所统驭的一军与三军早有防备，在营山城南冯家梁子激烈交锋，遭熊、但一军主力击退，仓皇向川北渠县撤退。

吴佩孚断没想到川军第一军、第三军这块硬骨头这么难啃。6月11日驻军隆昌，他自认兵多将广，急切调集黔军袁祖铭部率万余之众赶来救援，与杨森等联军协同作战。6月14日，在隆昌摆开宏大阵势。熊克武、但懋辛以誓师保境安民共御外侮相号召，官兵勠力同心，在隆昌城迎祥街、下长铺一带进行鏖战，联军出师无名，气势不振，节节败退。杨森败逃泸州，吴佩孚所率联军逃奔荣昌，袁祖铭号称万余黔军逃往大足。川军第一军乘胜追击，逐渐形成向吴佩孚统驭联军的据点合围之势。

孙中山先生正在率师北伐，今见川军前督军熊克武晓以大义，与但懋辛、刘成勋紧密团结，接连粉碎大军阀吴佩孚与杨森相勾结的联军，极为赏识。他不计前嫌欣然于6月4日以大元帅的名义任命熊克武为四川讨贼军总司令，刘成勋为川军总司令兼省长，赖心辉为四川前敌讨贼军总指挥。熊克武愈加精神抖擞，气宇轩昂。第一军军长吕超，第三军军长石青阳，连同但懋辛所统领的主力军，共为三军。6月24日，刘成勋通电复任川军总司令，兼管民政。

其间精神最为振奋的当属熊克武。在状元骆成骧看来熊克武颇具大将风度，他的这篇讨贼军布告叱咤风云，气震山河。骆成骧展纸吟诵，朗朗上口：

克武息影乡间，（既）一载矣。……南北对峙，川局未宁……障碍横生，宪章未就。延及去腊，战祸又开。而北敌乘隙侵入，东道糜烂。劫后遗黎，何以堪此！昨奉大元帅孙公电令，以讨贼重任相属。议会诸公、各军将领，亦复函电敦促，勖勉至殷。……溯自共和肇造，十有二年，中间大盗移国，叛帅称兵，浸成南北分裂之局，而川中历年事变，亦无不与大局相关，推其乱源：则曹锟、吴佩孚诸人，实尸其咎。……我西南诸省，凤以保障共和为职志，而主张联省自治。为辟中央集权，尤为曹吴所大忌。于是利诱威迫，力图破坏。扰粤祸闽，犹未餍足。尤复借辞统一，百计攻川。……所幸各军将士，咸懔亡省之惧，人怀致命之心；发愤图存，再接再厉，川人之不可侮，亦昭著于天下矣。……共和可毁，中国可亡，而北洋正统之说，必不可破，于此而忍与终古，则吾辈纵庇国贼之罪，将何以自解于神明？此则孙公不得已方用兵之故；亦（乃）吾辈为川省谋自治，为国家济安危，皆不能不忍苦须臾，而必出于讨伐之一途者也。……前岁川省会议，宣布自治，各军将领，一致赞同拒绝北廷伪命；文电腾布，曹吴非不闻之。而乃野心弗戢，多方窥伺，挑拨煽动，竟酿今日之祸。……前此川军各部，偶缘薄物细致之争，致演煮豆燃箕之惨。往事已矣，无庸讳言。今者寇骑深入，四郊多垒。所望捐除意见，共释前嫌。但期相见以诚，岂必成功自我。况曹、吴多行不义，既已自绝于国家，即在北方洞明事理者，亦所以屏障西南；廓清渝夔，即可以进窥武汉。

　　骆成骧诵读布告，心潮汹涌，热血激荡。他惊异于熊克武勇于跳出为一己之权势与其他军阀争抢地盘、壮大实力、拥兵自雄的狭小胸襟，能与孙中山冰释前嫌为国家民族实现民主共和，彻底推翻北洋军阀的专制统治，亦为川省的独立自治、保境安民奋臂一呼，扛起讨伐以吴佩孚为统帅的北伐大旗，团结全川将领中的志士仁人，共同抗御吴佩孚、杨森等联军的侵扰。现已接连打了几个胜仗，守卫住了省会成都，深感欣幸。

　　但是骆成骧很快觉察到吴佩孚此次纠集杨森、袁祖铭等进犯川境，他们虽然遭受挫败，但从联军固有实力作考量，不可小觑。一旦恢复元气，又将卷土重来。其胜负之数一时难以估量。一虑及此，不免忧心忡忡。

令骆成骧惊讶的是，刘湘在一、三军与杨森和吴佩孚联军鏖战中，耍两面派，坐收渔人之利。

1923 年 7 月 30 日，杨森、邓锡侯、刘文辉、陈洪范、陈国栋、田颂尧等十余川军将领也发出通电，拥戴刘湘出面收拾残局。刘湘摆出一副公正持平的模样，表示乐于调解，提出礼请北军出境，作为双方停战的先决条件，借以赢得川民的认同与理解。

刘湘深悉，绝对需要的是用足够的实力支撑发言权，他暗中召集旧部潘文华、唐式遵等在川南泸州一带与汤子模、石青阳、吕超等熊派部分军队进行战斗，用以削弱与分散熊、但兵力。他深知当前最具实力的对手是熊克武、但懋辛。刘湘与熊、但所辖部队叫阵，为的是表达对于杨森、邓锡侯、刘文辉、陈国栋等拥戴他出山主持川局的由衷谢忱。显然他貌似公道，实则倾向性在杨森、邓锡侯等一边。

骆成骧再次看清了杨森、刘湘一伙的丑陋嘴脸。刘湘等原本是他曾经教授过的弟子，但他不可能像关爱指导尹昌衡那样对待正在兴风作浪的刘湘一伙军阀。

骆成骧在政治思想上拥戴孙中山三民主义。他对孙中山为大元帅的北伐义举寄望甚殷。他从骨子里恨透了北洋军阀，从当年的袁世凯妄图复辟帝制，尔后段祺瑞独裁专横的铁血统治，迄今曹锟、吴佩孚一伙横行称霸。骆成骧深知吴佩孚支援杨森打回四川省，绝不止于帮杨森的狠心忙。吴佩孚的狼子野心是为了一统川、滇、黔并以此为根据地阻击孙中山北伐军，从而实现对全中国的血腥统治。故此，骆成骧深心支持熊克武、但懋辛听从孙中山大元帅的号令，驱逐北洋军出川。

重庆为长江上游的赫赫大都市，它位于长江与嘉陵江汇合处，水路、陆路交通皆发达，故此重庆为熊克武、但懋辛、刘成勋所率领川军第一军、第三军与杨森及其引入的吴佩孚北洋军争夺的焦点，骆成骧无一日不关注着重庆争夺战的发展态势。

杨森连同北军、黔军在隆昌大战败走之后，纷纷向重庆方向撤退。当时邓锡侯、陈国栋等亦驻守重庆。吴佩孚这老军阀自然清楚重庆所具有的重要战略地位与价值。他一再叮嘱杨森与北军各部，要不惜一切代价扼守重庆，此乃我师之生命线，如若重庆失守，将后继乏援。故此，杨森与黔军的袁祖铭以及邓锡侯、陈国栋等在重庆集结了大量兵力。

身为孙中山任命的讨贼军总司令熊克武，眼见刘湘也暗中加入了杨森、吴佩孚的北军行阵，意欲夺取重庆，单靠现有兵力恐难获胜。于是熊克武利用滇军首领唐继尧妄图称霸大西南实现川、滇、黔联合治理的心理，决计与唐继尧冰释前嫌，组成讨贼大联盟，在大元帅孙中山的号令下，以北伐的名义讨伐盘踞在重庆的吴佩孚北军及其帮凶。

此时唐继尧进军贵州，得胜回云南。唐继尧接到熊克武发来的函电欣喜若狂，当即发出通电表示响应。他派出滇军第二军军长胡若愚率领十二个团入川支援熊部。熊克武、但懋辛兵力大增，将士士气空前高涨。熊克武以最为隆重的仪式，迎接胡若愚率领的十二团滇军的胜利到来。此时熊克武在重庆浮图关这一狭窄地带，苦于左右皆有敌军扼守实在难以伸展拳脚。胡若愚率领的滇军一到，熊立即改变战略战术。一面派精锐队伍，架设机枪大炮据险扼守浮图关，一面大举转攻江北。

滇军胡若愚部以精锐之师从正面突破杨森阵地，攻占了险要的桃子垭。左右两翼在熊克武、但懋辛指挥下同时进行夹击。杨森断未想到来势如此猛烈。为了保存实力，只得向后撤退。兵败如决堤，主力军杨森已经败退，其他各部如鸟兽散，纷纷向长寿、垫江、邻水方向溃逃。杨森惊恐不能自胜，他与黔军袁祖铭仓皇乘坐日本轮船宜阳丸向万县奔逃。

1923年10月16日，熊克武、但懋辛率领讨贼军，一路高唱军歌胜利占领重庆。

杨森与袁祖铭所率川黔联军两万余人，此次重庆之役，熊军与滇军多达 3 万余人，鏖战二十余天，双方死伤 1 万余人。损失最为惨重的是重庆市民。一百多万人口的重庆市，大小街道横尸遍地，流离失所，啼饥号寒，如鬼哭神号。真个是"万户萧疏鬼唱歌"。其恐怖景象惨不忍睹。

骆成骧展读蜀报刊载的重庆战事，涕泪潸然。

熊克武、但懋辛、刘成勋为讨贼所取得的阶段性成果作出总结，再接再厉，一举驱逐贼军出川境，于 1923 年 11 月 8 日，又发出了通缉杨森、邓锡侯、陈国栋的电令：

> 杨森、邓锡侯、陈国栋此次勾引北房，招至袁寇踩蹦川省期年。该刘湘尤复助长凶焰，残民以逞，丧心病狂，莫此为甚。除电呈大元帅将该刘湘、杨森、邓锡侯、陈国栋、袁祖铭等军职及所得荣典一律褫夺并请通令缉究外，合行通电，一体严缉，务获解究。

骆成骧从报纸上读到这则通缉令，既为熊克武、刘成勋占领重庆所取得北伐阶段性胜利感觉欣幸，亦为刘湘、杨森、邓锡侯、陈国栋们一伙军阀投靠北洋军大帅吴佩孚感觉羞辱与痛心。尤其闻讯重庆大街小巷城内城外经二十余天血战，除双方伤亡万余人，市民百姓死伤难以计数。重庆市百万市民蒙受如此惨重的损失，似乎比昔日成都巷战的损失还要巨大。骆成骧悲愤得仰天长叹："巴蜀战乱何时了！"

就连攻占重庆，得胜的将领赖心辉目击硝烟中的重庆浮图关，挥泪记叙："敌损约在五千内外，关外黄沙溪一带谷地，几被尸首填满。"

一将功成万骨枯，为骆成骧忧心忡忡的是：民贼屠夫吴佩孚绝对不会甘心重庆之失，必将卷土重来，再起战端，也许不久的将来，重庆将变为一座鬼城。

而另一位军阀刘存厚向来打得赢就打，打不赢就跑，跑得比兔子还快，且乘隙抢占边远地域，当熊克武与杨森在重庆鏖战二十余天，杀得天昏地暗，刘存厚从陕西分兵经南江、城口，进占达县。

二

吴佩孚见杨森一伙重庆失守，恼羞成怒。他岂能甘愿失败认输？气势汹汹地吼叫："凡是熊克武、但懋辛们占据的地域，都得给我一寸不少地抢回来。"杨森叫苦道："并非联军贪生怕死，也并非指挥失误，实在因为兵力不足。倘若拼死据守，奈何枪弹不足，后勤又供给不上，死伤的兄弟也够多了。倘若硬拼下去，官兵损失大半，吴大帅还能东山再起么？"

吴佩孚哑口无言，他抚摸着八仙胡髭，佯装出君子不记小人过的胸怀大度，叫诸位将领坐下一面品茗，一面商谈，集思广益，渐渐成竹在胸：责令北军卢金山、赵荣华扼守长江边上四川万县这人来客往的水码头，不得有半点差池；湖北督军肖耀南立即筹集钱粮，前来慰劳广大血战归来的将士；凡是此次重庆之战或指挥不当或抗御不力的将领通通不追究过失，要在下次战斗中将功补过。

一经作出诸上决定，在场将领长长地舒了一口气。责任最为重大的杨森感激涕零道："大帅英明，卑将下次战斗万死不辞！"

吴佩孚轻轻拍了拍杨森肩膀道："杨将军，好自为之。"

吴佩孚心中暗自思慎：这杨森勇猛有余，惜乎计谋不足。他反倒以为刘湘尚有雄韬伟略，宜当识拔重用。当即任命刘湘为川康善后办。他又考虑到袁祖铭远道从贵州来四川征战，实属不易，必须安抚住，又任命袁祖铭为长江上游总司令，借以代替孙传芳。

紧接着吴佩孚宣布了五路反攻的作战计划。

第一路邓锡侯；第二路杨森；第三路卢金山；第四路陈国

栋；第五路田颂尧。

他的战略措施是四川人打四川人，因为四川将领最熟悉四川地形，也最能揣摩熊军各部将的思想心理，此所谓以彼之矛攻彼之盾。至于什么鄂军、甘军多是些银样镴枪头，看似金光耀眼，实则上不了火线，一触即溃。

吴佩孚胸中，湖北将士并非完全无用。湖北钱粮充足，责成湖北督军肖耀南火速组织大批武器弹药与银钱迅速运抵万县水码头，绝对保证前线将士的需求。

在座的全体将士一反先前的沮丧，经此一番动员与部署，一个个活像刚充足气的皮球，兴奋得一蹦三尺高，一个个摩拳擦掌，跃跃欲试，争抢头功。

三

熊克武胸怀韬略，善于谋划，往往能急中生智，出奇制胜。但他依然存在心性上的短板，私心太重，不善于与共事者和谐相处。川军将领向来热衷于争权夺利，往往因分配不公，兄弟阋于墙，干得鱼死网破，还不肯罢休。

1923 年，孙中山任命熊克武为四川讨贼军总司令，颜德基不计前嫌，甘当熊克武指挥下的马前卒，意欲在北伐中立下汗马功劳。但他并非熊克武嫡系，对熊克武在占领重庆之后，组织安排战略战术上又鲜有发言权。且说颜德基与余际唐、喻培棣将北军追赶至丰都、垫江见无后援，恐孤军深入，险遭不测，便停止了追击。

杨森一伙不甘于重庆之失，立即组织北军杀熊军的回马枪。邓锡侯、陈国栋受到猛烈袭击，败退至张关铁山，赖心辉、胡若愚率部支援，双方暂呈相持状态。熊、滇各军因缺乏敌情侦察，一听见枪声以为敌人大军进击，滇军胡若愚早已丧失斗志，乘机后撤。杨森、邓锡侯、陈国栋等会师江北。杨森誓志要雪痛失重庆之耻，率军猛打猛冲，迅速抢占长寿、江北，与邓锡侯、陈国栋合击重庆，熊克武猝不及防，于 1923 年 12 月 13 日撤出重庆。

熊克武第一军第一、六两师与石青阳部贺龙、周西成两师分路向川北撤退。溃退之势如洪水决堤，难挽狂澜。唐继尧委派的滇军胡若愚部仓皇渡江，溃逃至贵州。可怜唐继尧的称王川滇黔三省的美梦，顷刻化为泡影。

最为荒诞的是，熊克武讨贼军驻扎泸州的杨春芳部，他最为崇尚的是有奶便是娘的实用主义哲学。他眼见熊克武、但懋辛率领的讨贼军已经溃不成阵，顿生附逆之心，公然将上级将领吕超捆绑起来，作为投靠贼军杨森的见面礼。他又暗自与联军刘文辉串通一气，发起对熊军的反击。

熊克武惊慌失措，不仅川东重镇重庆得而复失，就连川南也难有立锥之地了，只得下令各军撤出膏腴之地永川、荣昌、隆昌。投靠北军的杨春芳为了向吴佩孚献媚邀功，悍然领兵进逼内江。

骆成骧于 1923 年岁末获悉熊克武、但懋辛、刘成勋组织的讨贼军迅速遭杨森、邓锡侯、陈国栋连同所依附的吴佩孚北军给击溃，七零八落，如凛冽寒风中飘飞的枯枝败叶。

骆成骧跌足长叹道："熊克武呀熊克武，成则为雄败则为寇，辜负了孙中山大元帅委任你为四川讨贼军总司令的一番苦心了！"

第二十一章
挖掘传统文化瑰宝

一

骆成骧捧读熊克武于1924年2月2日向孙中山发去的辞职电文：

> 惟念受事已逾半载，军事仍无进步，实由克武才智浅短，督率无方。惟有引咎解职，候明令惩处，为督战不力者戒。并恳钧座迅简贤能，肩之重任。未奉明令以前，所有本军一切事宜，谨交赖总指挥负责。……

骆成骧读罢熊克武这则辞职电文，颓然瘫倒在椅子上，忍不住一阵呛咳气喘，他先前的预测是熊克武、但懋辛、刘成勋将会受到不少挫折。唯有在挫折中吸取血的沉痛教训而后振兴。断没想到败得一塌涂地，溃不成阵。

1924年2月22日，刘湘、杨森伙同黔军袁祖铭率军围困成都，26日邓锡侯、陈国栋攻取成都外围茶店子，将熊克武军与东道的联络拦腰切断。熊克武、但懋辛向来独自坐大，不善于与周边将领和谐相处、荣辱与共。在这危难关头，矛盾如疟疾一样突然爆发，将领们各怀异心，士无斗志，遂造成全线崩溃。熊克武咬紧牙关，收拾残部，退却到双流，又亡命地逃奔简阳。

1924 年 2 月 9 日，刘湘身骑战马与袁祖铭、杨森等缓辔而行，昂首挺胸，威威武武地进入成都市区。

可恼的是赖心辉原本是一只没有脊梁骨的癞皮狗，他完全辜负了熊克武予以的重托，竟然恬不知耻地向吴佩孚、刘湘摇尾乞怜："此次行动，唯以积甫两公命令是从，期早日促成统一，奠定川局。"

代总指挥赖心辉一旦投敌，其余将领如多米诺骨牌，一齐倾倒，纷纷投降反戈。熊克武、但懋辛、石青阳收拾残兵败卒，惶惶如丧家之犬，溃逃至贵州遵义，最终逃奔湘西。

此次军阀混战，熊克武、但懋辛以彻底崩溃告终。四川军阀连同吴佩孚所引黔军、甘陕军以及唐继尧所派滇军给四川人民带来的浩劫，罄竹难书。

骆成骧翻阅报纸所载有关新闻，真个目不忍视，耳不忍闻。

据《川报》载："正月邓军退潼梓城，市、乡、区所有粮食，悉被搜尽……粮已征至十五年而外，而半月内之一千、三千、二万、三万军饷，匪饷时时估筹……而兵、匪蹂躏人民之惨况，更令人目眦发指。"

骆成骧读到广汉所遭劫难，哽咽难以成声："县城外四乡被匪所烧屋宇三千幢以上，绑去人票二千余人，牵耕牛二三千条，以至广汉百里内外，野无居人。由新都至汉州，又由汉州至德阳、中江等处，路断行人。商旅怨嗟，百姓啼泣。至于抢无可抢，劫无可劫，烧无可烧，则决堰水以干其田……或尽拔秧苗，以断其收获……"

骆成骧悲怆不已，他这有声望的文化人，直面不少曾经相知相识的川军将领，一旦为了争城掠地，人性全失，一个个凶残如猛兽奇鬼。其心性之贪婪，手段之狠毒，置人民百姓于死地，饿殍遍野，死尸横陈，田野荒芜，民何以堪！他却如此无能为力，先前的筹赈局能有什么作用呢？他突然觉得在强大凶残的邪恶势力面前自己如此渺小、脆弱，似乎只能成为一个向隅而泣的可怜虫。

骆成骧在失望中望见了一线希望之光，他欣闻1924年1月24日，孙中山责成筹备陆军军官学校，任命蒋介石为筹委员会委员长。国民党召开一大后，苏联政府军事顾问团到达广州。同年5月初，孙中山任命蒋介石为黄埔军校校长，廖仲恺为党代表，戴季陶为政治部主任。第一期学员500名。

1924年春，四川省一、二两军混战基本结束，熊克武率一军残部逃离川境，绕道贵州、湖南，撤往广东。杨森占领成都，北洋军阀吴佩孚予以嘉奖，任命他督理四川军务。田颂尧帮办四川军务，邓锡侯任四川省省长，刘存厚任川陕边防督办。从云南潜入的袁祖铭任川黔边防督办，野心勃勃的刘湘委任为川滇边防督办。他很不满意北洋军政府的这一决定，迟迟不肯就职。刘湘仍以四川善后督办的名义行事。杨森似乎较刘湘更加急不可待，他自认军功最著，妄图以一己之力统一四川。

骆成骧从旁观察四川政局，喟然兴叹："一场所谓四川统一之战又要爆发了。"

骆成骧于1924年初作《甲子元旦》，对川境军阀混战予以无情的揭露与鞭挞、嘲讽：

> 又闭城门作战场，逃生无路食无粮。
> 不从自治声中死，便向共和梦里亡。
> 宪草一包难果腹，炮花几朵竟充肠。
> 怨天恨地吾何敢？罪在成都数仞墙。
>
> 得收场处早收场，闻道公刘欲裹粮。
> 猛将岂甘云独饱，饥民幸免日偕亡。
> 望空涸鲋三升水，断尽哀猿百寸肠。
> 自古成都无守法，易京郿坞有高墙。

一片雷声一炮声，杀人争地又争城。

人间楚汉原朋友，天上参商是弟兄。

千里阵来风雨快，三更梦断鬼神惊。

滇黔才退燕秦至，依样葫芦召外兵。

骆成骧对当年川内军阀混战予以穷形尽相的描绘与愤怒的谴责。

"又闭城门作战场，逃生无路食无粮。"他尖锐地揭露军阀们为谋取私利，已经发展到不顾人民生死存亡的地步，竟然关上城门，在街巷摆开战场，成千上万无辜的市民百姓作为牺牲品，躺倒在血泊之中。人民百姓逃生无路，生存无食粮。这样的惨景令人触目惊心。

"不从自治声中死，便向共和梦里亡。"军阀川省自治的口号喊得震天响，以此蛊惑军心为之出生入死，得到的是为实现共和而遭受死亡。所谓的按宪章依法治世，徒托空言于民生无补，战火纷飞打得昏天黑地，哪还顾得上百姓忍饥挨饿？"怨天恨地吾何敢？罪在成都数仞墙。"骆成骧悲愤不已，绝望到不敢怨天尤人，造成这诸多罪恶的元凶难道都归于居民百姓不该住在只有几仞高墙的成都么?! 此诗唱出了广大成都市民乃至全川人民对这场罪恶战争的诅咒与痛恨，对大小军阀为满足一己权欲而不惜千万百姓的生命生存为代价，进行的惨无人道的混战与厮杀，予以了无情的控诉和有力的揭露，剥离出他们吃人肉、喝人血的丑恶本性，从而儆醒广大人民群众团结一心，反对这场绝灭人性的军阀混战。

诗人骆成骧抢天呼地地哀号"得收场处早收场"，这些疯狂的军阀是该收场的时候了吧；"饥民幸免日偕亡"，难道要让人民百姓全部饿死或遭枪炮打死，将锦绣山川变成人间地狱么?!

而今已到了喊天天不应，呼地地无门的悲惨境地，"一片雷声一炮声，杀人争地又争城"。可恶的军阀，杀人争城争地，已是天怒人怨，依然无止无休，战火不断。"千里阵来风雨快，三更梦断鬼神惊。"纵横千里的广袤土地战火如雷雨交加，人民百姓梦魂惊断，就连天堂地狱里的鬼神都为之惊恐万状。四川人民多灾多难，云南贵州入侵的军阀才走一两年，北洋军阀吴佩孚又接踵而至。遭天杀的军阀杨森，学先前那些亡命之徒的样被其他军阀驱赶得如丧家之犬，又腆着脸皮去外搬兵，折腾得天怒人怨，鸡犬不宁。

　　骆成骧创作此诗的1924年1月，川战乱局苦不堪言，川第一军与二军之战快进入尾声。熊克武、但懋辛所率领的第一军败逃到北川，熊克武在潼州（三台）遭受到杨森的突然袭击，潼州（三台）失守。熊克武猝不及防，只身系绳索越墙出城奔逃到成都。

　　1924年2月2日，黔军袁祖铭、川军刘湘、杨森急速统领大军向成都东面发起进攻，抢占牛市口兵工厂，用以截断熊军的军援。紧接于26日，邓锡侯、陈国栋攻占成都东郊茶店子，切断了熊军东路，熊克武被迫败逃川南。刘湘、杨森、袁祖铭依附北洋军阀吴佩孚得意洋洋地进入成都。骆成骧《甲子元旦》为此而作。

　　骆成骧尤为刘湘、杨森投靠北洋军阀，引狼入室、狐假虎威，以胜利者自居，心中充满了憎恶，创作《夹道吟》予以辛辣的嘲讽。

　　　　　　夹道旌旗五色新，将军尊贵似天神。
　　　　　　奔狐脱兔临前敌，饿虎饥鹰向小民。
　　　　　　喜说南辕方暮楚，惊看北辙又朝秦。
　　　　　　尘中忽叱王尊驭，恐近元规解污人。

　　　　　　巾帼飞来大将边，受降人唱凯歌还。
　　　　　　耳风鼻火销魂地，形木心灰夺魂天。

岂有赋诗能退敌？差非学战可成仙。

锦官城阙雄如许，竟是谁家虎豹圈。

骆成骧目击刘湘、杨森、袁祖铭一伙无耻军阀，投靠逆时代潮流而动的北洋军阀吴佩孚，纠集一切可以利用的省内外反动将领，施用阴谋诡计，巧取豪夺，无所不用其极。其卑鄙恶劣令人发指。"奔狐脱兔临前敌，饿虎饥鹰向小民。"在诗人骆成骧眼中，这伙道貌岸然、威风凛凛的军阀，一旦战势不利就像狡猾的狐狸和胆小如鼠的兔子在强劲敌军的重炮轰击中没命地奔逃，而在手无寸铁的人民百姓面前，却穷凶极恶如饿虎苍鹰扑噬而来，恨不能吃肉寝皮。这伙无情无义、灭绝人性的军阀朝秦暮楚，丝毫不计人伦道德，忽而投靠北洋军阀，忽而邀约陕军、黔军，抢得天下便称王，失去天下沦为贼。

他极端蔑视刘湘、杨森一伙军阀乘胜进入成都那得意忘形的模样。只恨己身乃一介书生，哪有可能赋诗退敌呢？即便如此，也绝不趋炎附势，弃文学武，一旦得势，鸡犬升天。可叹昔日市井繁荣的文明城市，而今沦为豢养穷凶极恶的虎狼巢穴。

骆成骧在1924年春天，彻底看穿了刘湘、杨森一伙争抢到军政权力时，那可耻的嘴脸、狠毒的心肠与乎虚伪狡诈的伎俩。这种人峨冠博带，威风十足，传统的人伦道德丧失殆尽。听任他们横行霸道，川民往后的日子水深火热，不知何日才是尽头。

二

骆成骧作为德才兼备、名高位尊的高校校长，四川教育界首屈一指的精英人物，在这军阀称霸、万户萧疏鬼唱歌的悲惨境遇中，他为知识分子的不幸遭遇一洒同情之泪，作《书生》以感喟：

年年逐帅锦官城，得失公然问老兵。

竭尽铜山镇甲卒，虚回炮火吓书生。

重来半段枪犹在，一笑三军鼓不鸣。

私斗怯时公战勇，谁知此意铁铮铮？

骆成骧感叹省城成都年年岁岁都在走马换将，你唱罢了我登台，谁能分得清军阀间的是非得失呢？他们挖尽矿山，打造无以数计的枪炮，成日战火不息，吓得读书人连搭书桌的净地都难寻找。军阀中又有几人勇于公战，不为私斗，谁又是铁骨铮铮的真英雄呢？

1924年骆成骧已五十八岁，他依然从事高校教育，担任一些领导职务，育人育才是他庄严的使命，但他一天也未对当今四川的乱局视而不见，听而不闻。他坚定不移地维护全川七千多万的人民根本利益，与他们忧患与共，苦难同当。他仿效诗圣杜甫在安史之乱时作"三吏三别"的现实主义手法，不加粉饰地揭露战争施加给人民百姓的灾难与痛苦。这在当时，无论在四川还是在全国，他领先以格律诗形式，旧瓶装新酒，元气淋漓地抒写出贮藏在心中的悲愤与忧愁，痛苦与失望。他俨然一个高级画师，纤毫毕露，淋漓尽致地描绘出得意扬扬的军阀们狰狞的面目；他亦似高明的手术医师，活脱脱解剖出这些军阀的五脏六腑，站立在读者面前的是手持屠刀，杀人如麻面目狰狞的魔鬼，用以激发全省人民共讨之，全国共诛之。

骆成骧虽然是一介书生，他继承的是儒家宝贵的精神品格，在关乎国家前途命运与人民百姓生存安全的大是大非面前，他的头脑分外清醒，他的爱憎十分分明。他大义凛然慷慨陈词："莫嫌衰朽老书生，舌战归来又笔耕。每恨登坛轻拜将，遂教闭户重谈兵。干戈祸结悲儿戏，旗鼓威伸望主盟。牛犊已供刀剑尽，忍看田舍付屯营？"

他不辞年衰体弱，以一个时代精英的铮铮铁骨代表全川百姓的根本利益，敢于唇枪舌剑地与屠刀在握、满脸横霸的军阀要员面对面地争辩，已是唇干舌燥，仍不辞艰辛以犀利的文笔或吟诗或著文，写出那些激浊扬清、嫉恶如仇、为百姓争取生存与发展合法权益的文字。严峻动乱的时局，他已无法登场挥戈领兵讨伐敌顽，却要闭门关锁谈论兵法，与大权在握的军阀结成怨仇不可视为儿戏，多么盼望能有贤士勇将充当盟主。军阀们凶残得要斩尽杀绝，岂能眼睁睁地望见广袤的田野变成屯兵如林的屠杀人民的疆场?!

此时此刻辛弃疾、文天祥等勇于为国家民族生死存亡争斗的英雄豪杰，化而为状元骆成骧心中的楷模，成为猎猎作响、迎风招展的一面面旗帜，成为了敢闯激流险滩、惊涛骇浪的舵手。

骆成骧疾恶如仇，心潮难平。他是那么钟情于久居的文化名城成都。他备感心雄万夫，却已鬓发添霜，廉颇老矣！他感慨四川多的是将帅，又有哪一个是真心诚意为国家民族的发展前途作谋划，为全川百姓的福祉作考虑的呢？一思及此，他感觉可怕的孤独。最终颖悟到毕竟是一个文人，且握紧手中的笔，写出些为民请命的诗文吧，遂又创作《锦城》：

> 锦城春晓乱鸣笳，万里心雄鬓已华。
> 将帅比肩谁有国？儿孙满眼我无家。
> 疗饥战士工餐粥，止渴厨人解进瓜。
> 诸葛苟全真不易，笔耕还我旧生涯。

在文学思想上，骆成骧是一个地地道道清醒的现实主义诗人。他凭借已经走过58年的生命历程，对于现实的恶劣环境以及自身的优长与短板皆有清楚明白的认知与了解。他只能也必须以务实的态度看取当下。他已不止一次地叹惋，虽然雄心万丈，然而鬓发已衰，手下儿孙满堂，弟子三千，可是英才匮乏，贤才难求，时刻体验着后继乏人的孤独与失望，可怜得给上阵杀敌的战士供奉一碗稀饭也艰难，只能是进瓜解渴，无以充饥。要想成为三国时期诸葛亮那文韬武略的全才实在不易，且让自己量力而行，继续执着于写诗作文吧！

三

这年夏天，骆成骧去成都东门外相距约 50 华里的龙泉驿茶店子石经山游览，即兴撰写《石经山云歌赠演明》一诗，抒发出晚年寄情山水、儒佛道互补的人文情怀与志趣追求。即便细雨霏霏也阻挡不住他登山游览的雅兴，"朝云带雨飞上山，千峰万岭云雨间。人随云雨相往还，暮云含月凝不流"。虽然山中有雨，但他一直畅游到日暮月出。"空山六月疑高秋，人与云月共淹留。山云可攀不可束，山月可携不可掬，山人可亲不可渎。"骆成骧像唐代诗人王维一样喜爱游山玩水，且以诗歌的形式描绘山川的幽静、恬美与谐适。而 20 世纪 20 年代的骆成骧有其自成机杼的独特领悟与审美情趣。他深心赞美六月的石经山凉爽得如同金秋，这大抵是游人的普遍共识，而他自有其特别之处。"人与云月同淹留"，他高山观月分外亲切，人与天上的云月和谐共处，相恋不舍。这是天人合一的天道观与人生观的艺术书写。继而转入对山中佛寺的虔诚膜拜，"伟哉楚山真气多，远祖如来近达摩。观洞尘世如风波，一身屹作须弥柱，四海归来此山处。山与楚山共千古，有时绮语戒不定。偶偕猿鹤斗清韵，寥天寂寂闻钟磬。演师传灯灯转明，儒佛一家同化城"。他向往山寺的清幽与寂静，皈依以慈悲为怀，不滥杀无辜的佛天佛地、佛法佛规，他甚而高声赞叹："伟哉楚山真气多，达祖如来近达摩。"佛教远祖如来与南朝时期来自天竺的达摩止于河南少林寺，面壁九年羽化而登仙，何其相似乃尔！从山上观测尘嚣，世上有太多的风波与烦扰。山寺中钟磬之声何其清越，恍如天籁。儒佛一家是骆成骧置身山寺的思想认同与奇妙感受，但他绝无逃避尘世、出家当和尚的思想意趣。他依然热爱生活与生命，一辈子励志勤学苦读，在人文学术的精神高地上攀登不息。"四山风雨读书声，我生如云惯羁旅。虚作天章不飞雨，流石焦山恨炎暑。朅来访山兼访师，早晚诵经仍诵诗。"他在山寺中依然不忘吟诵诗书与风雨相唱和。他平生喜爱云游四方，此次登临石经山既是游兴所致，亦兼有拜访佛法大师的雅兴；既虔诚地诵读佛经，亦酷爱吟诗作赋。佛儒互补乃骆成骧晚年身处兵荒马乱中的思想追求与人文情怀。

军阀混战，社会动荡，民不堪命，冤狱遍于圜中，骆成骧满怀愤慨为民申冤请命，作《萧女狱》，诗人蘸着血泪写下诗行：

> 欃枪百丈扫牛宿，绿珠一声碎金谷。
> 污泥岂肯容白沙？曲栈何曾傅直木？
> 针攒十指签入肠，烈女心坚姑手毒。
> 不见针签只见钱，法官盲心吏盲目。
> 嗟尔生冤死更冤，冤魂夜夜仰天哭。
> 哭声彻天天不闻，天聋地哑冤填腹。
> 呜呼，十三年久生阎王，十八重深活地狱。
> 安得天开一线明？雷霆击破皋陶屋。

星移斗转，天枪星光芒百丈横贯主牺牲的牛宿星，像晋代烈女绿珠一声玉碎葬金谷。满眼污泥浊水的黑暗现实哪里容得下坚贞如白沙的萧女呢？歪斜的栈房哪能用直木支撑？针刺十指竹签戳肠，烈女心性坚强，姑子竟然这样心狠手毒。法官贪赃枉法，不去追究狠毒姑子杀人的罪证却见钱眼开，良心全失。法官贪的是昧心钱，官吏有眼无珠，丝毫不尊重客观事实，哪能秉公断案呢？令人慨叹的是生前遭受冤屈，死后冤上加冤，冤魂不屈，仰望茫茫苍天夜痛哭。即便哭声撼天动地，天帝也充耳不闻，天聋地哑冤屈填胸，愤懑无以排遣。啊呀呀，屈死阎王殿长达十三年，黑暗现实如同十八层活地狱。怎么才能在沉沉地狱中望见一线光明，天怒人怨，让风暴雷霆轰毁这污枉的行刑屋吧！

充满人道情怀的骆成骧如同元代杂剧作家关汉卿深入底层民众，对他们的灾难痛苦备极关注，勇于站在平民立场塑造独特的艺术形象，唱出他们悲切而怨忿的呼声。《萧女狱》可看比元人杂剧传世名著《窦娥冤》的 20 世纪 20 年代版。诗中的萧女虽未像元人杂剧中的窦娥赌咒发誓她的冤魂要血溅三丈白练，六月飞雪，三年大旱。然而诗中"嗟尔生冤死更冤，冤魂夜夜仰天哭"，其艺术震撼力堪与《窦娥冤》媲美；"安得天开一线明？雷霆击破皋陶屋"不也与关汉卿一样悲怆地呼号："天也，你错勘贤愚枉做天！"骆成骧与历史上的关汉卿心中充溢的是儒道情怀："为天地立心，为生民立命，为先圣继绝学，为万世开太平。"磊落情怀，光比日月。

四

骆成骧为民请命的儒士情怀，到了晚年愈益成熟圆融，身处乱世，恶人当道。他心中充满了怨恨，四处一片混茫，苍颜白发，日暮途远。但他失望而不绝望，厌世而不避世，在人生信仰上，他儒、佛、道交融并渗。他崇尚优良的传统文化，中华民族多灾多难。然而华夏文明传承五千年，虽然积贫积弱，却始终未灭。他在沉沉暗夜中眺望微茫的曙光，他始终认定中华民族生生不息，勤劳勇敢，不畏强暴，勇于战斗，也善于战斗。他在 1924 年里已作《朱儿行·和毛西河》以喻志，诗中描述历史上一个姓朱的十一岁小孩，面对张牙舞爪的猛虎毫不畏惧，终于吓走了猛虎，奇迹般挺了过来。骆成骧从中华民族坚强勇敢的视角上热情颂扬。他笔力千钧，叱咤风云，令人涌生浩然之气，自强不息。

"朱家小儿年十一，半学耕耘半跳掷。出入依父如依天，须臾不见呱呱泣。"这年刚十一岁的朱家小儿，乍看似乎尚无特别之处。他一边学习耕田种地，一边学习武艺，并非生长在豪门大族，也无高明的秀才或武士教他。他像一株野草，沐浴着阳光雨露自然生长。下写他身处的地域环境竟然是虎狼出没的山野，"山林人兽揉杂居，老农开地地无余。深入虎穴初不觉，乍投虎口终难脱。虎如噬人忘避人，儿知有亲忘有身。儿身一奋勇如虎，虎心一惊窜如鼠。仓卒威加百万兵，三尺奇肱五尺杵"。骆成骧笔下的朱儿并非具有超凡的武功，他也不是持刀挺枪决心与猛虎大战一场。他仅是一个农家出身的普通男孩，不自觉地陷入虎穴。可贵的是，他突然面对猛虎绝不像众多大人小孩一样，惊骇得浑身颤抖，以至于失魂落魄。他却陡生万丈豪情，"儿身一奋勇如虎，虎心一惊窜如鼠"。他勇于面对，临危不惧，竟然摆出与虎搏斗的威武架势，很快吓得猛虎像老鼠一样狼狈逃窜。由此可见骆状元诗中的朱儿绝不雷同于《水浒传》中的武松景阳岗打虎，也不同于李逵为给母亲报仇，忿然杀死四虎。朱儿全凭本能的血性之勇吓走了猛虎，堪称打虎英雄中的异类。这首《朱儿行》独特的思想艺术价值也在这里。骆成骧一往情深地赞颂："仓卒威加百万兵，三尺奇肱五尺杵。始知忠孝通鬼神，能遣雷霆出腰膂。"他发觉人乃万物之灵长，尚有许多潜能智慧值得发掘，朱儿退虎堪称范例。他据此阐说，人生的幸福就在于将潜藏的智慧与才能尽情开发出来，从而享有自我实现的高峰体验。据此观照骆成骧诗中朱儿退虎的英雄奇迹，便在于揭示朱儿突然面对凶恶的猛虎丝毫不心惊肉跳的心理。他特立独行、临危不惧的良好心理素质与敢于跟猛虎针锋相对的英雄壮举，依然离不开自幼"半学耕耘半学掷"。他充分施展了日常田间劳动与喜爱投掷的武术本领，出奇制胜。骆成骧高声赞美："仓卒威加百万兵，三尺奇肱五尺杵。始知忠孝通鬼神，能遣雷霆出腰膂。见者惊疑心似灰，闻知感叹泪如雨。"这十一岁的朱家小儿瞬间爆发出胜过百万雄兵的伟力，仅以三尺多的身高，手握五尺长的木杵竟施展出吓退猛虎的强劲战斗力。由此教人们领悟的是忠孝节义崇高的伦理道德足以驱神避鬼，且能驱遣雷霆万钧，这神奇的功力出之以躯体腰背臂膀。令眼见者感觉疑惑，却让闻听者感动得泪如雨下。普天之下，泱泱中华，多的是英雄豪杰，怎能才让那些愚顽不冥的人有所觉醒呢？

骆成骧借朱家小儿驱逐猛虎的奇闻轶事，用以唤起国人的自信自强，也是他当年为何倡导武术，兴办国术馆的动因。"强国强种"是他习文崇武的宗旨。面对积贫积弱的中国社会现实，骆成骧誓志于高等教育，在他的教育理念中，仅仅学一些文化科学知识，让智力得到发展是不够的。他所认定的教育方针是德、智、体、美全面发展，在学校及全社会提倡武术，只要长年累月地坚持下去，像十一岁朱家小儿这样的英雄虎胆是完全可以练就的。他认为应该以朱家小儿为榜样，培养勤劳勇敢的优良品格，蔚然成风，长此发展，强国强种大有希望。一旦外敌侵侮，全民皆兵，众志成城，保家卫国，勇于担当。此乃华夏优秀文化的伟大传承，多么希望能在这辈人中发扬光大！其拳拳之心，殷殷之盼，令人掩泣！

五

骆成骧德智体全面发展的教育理念，具化为强国强种不止于在《朱儿行》一诗中得到生动体现。他还在《四川营（相传秦良玉在北京驻兵处）》一诗中挖掘出中华民族女性也存在勇于征战杀敌灭寇的奇伟潜力。他一反"女子无才便是德"的封建训条，高倡男女平等，巾帼不让须眉的现代文化思想与实践认知。他心中的秦良玉，这位生长于17世纪的杰出女性，乃四川忠县人。明万历年间，马千乘出征播州（今贵州遵义市），秦良玉身为女性却敢于统领五百精兵参加战斗。其后马千乘瘐死狱中，秦良玉自告奋勇担当主将，朝廷大加奖掖，任命她为总兵官。她旗帜鲜明独特，自号白杆兵。天启元年（1621年），她不辞千里征战，率军援辽。崇祯三年（1630年），她不忍心大厦将倾，在国家民族面临生死存亡关头，希图挽狂澜于既倒，在最严峻的时刻，引兵援京。尔后她又回到家乡四川，与张献忠作殊死较量。竹㡊坪一仗，秦良玉不幸战败。尔后张献忠建立大西政权，秦良玉仍以老迈之身领兵对抗，直至病死。

骆成骧在中华民族妇女武功文化的传承中，发掘出明末秦良玉这块瑰宝，厚爱有加，接连创作出《四川营》与《秦良玉》两诗予以颂扬。

四川营

屏臣误国累吾君，大猎乾坤一火焚。
女胆忧天无远道，蛮心向日起孤军。
男儿南八心先死，贼子朱三势已分。
白杆五千人去后，沧桑几度吊斜曛。

骆成骧直面社会乱局，发思古之幽情，他无限叹惋无能的臣僚无法肩任国家重任而使君王社稷难保，好端端的河山狼烟四起，战火弥天。竟然出现了女中英豪秦良玉，忧国忧民挺身而出，心雄气壮，率领孤军，勇于征战。她多像唐代安史之乱中，巡使南霁云向贺兰进明求援，贺兰按兵不动，南霁云义愤填膺，当场拔剑，斩下血淋淋的手指，拂袖而走。睢阳眼睁睁地遭受沦陷，敌酋逼迫南霁云快投降吧。张巡厉声呼号："南八，男儿死耳，不可为不义屈！"南霁云终至慷慨就义。

骆成骧创作此诗时，他油然联想到唐代古文大家韩愈的名作《张中丞传后叙》所记张巡与南霁云在安史之乱中扼守睢阳寡不敌众，壮烈牺牲的历历往事。叛贼朱温封为梁王终遭其子朱友珪所杀，不得其终。这女中英豪秦良玉亲率白杆兵五千，旗帜鲜明，受人青睐，人世沧桑变幻无常，秦良玉的英雄业绩，光比日月，令人铭记。

骆成骧之于秦良玉的崇敬之情难以尽述，他紧接直呼其名，又写下《秦良玉》一诗：

> 金玉三章动御毫，云霄万古义声高。
> 更怜宫掖纤纤手，亲与将军绣锦袍。
> 五千深入想凤仪，两字忠贞百世师。
> 自有丹心青史上，不须空咏木兰诗。

他礼赞秦良玉身为一个女子竟让君王所感动，挥笔予以表彰，秦良玉忠义为国的气概直冲霄汉。相比之下宫中那么多受到宠爱的嫔妃，只配给秦良玉将军用纤纤玉指绘制龙飞凤舞的战袍。骆成骧对于秦良玉大难当前，勇于挥戈上阵的熊威虎胆作了多么热情的赞颂：秦良玉跟成天与君王歌舞翩跹，饮酒作乐的宫妃相比孰高孰低，自有天壤之别。

骆成骧继而赞扬女将秦良玉将军彪炳史册，其英名堪与花木兰媲美，她忠贞不渝的献身精神当为百世之师。

骆成骧在这一年里，他将而今争权夺利，不顾百姓死活的川军将领作鲜明的对照，又撰成四首诗，名曰《将军》，囿于篇幅，仅录一首，管窥一斑：

> 人望牙旗避马行，雕戈金甲意纵横。
> 门前万里堂千里，不见流民只见兵。

眼下的四川，军阀们耀武扬威，在广袤的土地上纵横驰骋，军阀们修建的豪宅大院比比皆是，而今已是四野无村民，即便流离失所的难民也都死得差不多了，铺天盖地席卷而来的兵奔马嘶。如此兵荒马乱的日子，何时才是尽头。骆成骧的忧国忧民之思已达到了病入骨髓的境地。任其恶性发展，将会是白骨遍于野，千里无鸡鸣。

第二十二章
晚年诗歌的道德激情

一

1925 年 3 月 12 日 9 时 30 分，孙中山病逝于北京铁狮子胡同 11 号。

他临终之前留下遗嘱，强调指出：要达到中国之自由平等，必须唤起民众联合世界上以平等待我之民族，共同奋斗。并且强调"开国民会议及废除不平等条约，尤须于最短期间，促其实现"。

噩耗传出，举国哀悼。3 月 19 日，灵柩达至中山公园；24 日举行公祭，前往吊唁者多达 70 余万人次。4 月 2 日，灵柩移往西山碧云寺。

当孙中山先生在平息叛乱，抱重病北上谈判期间，四川军阀却为瓜分疆土而纷争不息。

1925 年 2 月，段祺瑞政府任命投靠北洋军阀的杨森督办四川军务善后事宜。杨森凭借把持兵工厂有较为雄厚的实力，企图用武力统一四川省。杨森自不量力，野心勃勃地发动了一场"统一之战"，却以彻底失败而告终。杨森不甘心失败，撤退时纵火焚烧兵工厂。枪厂起火，烈焰腾腾，工人们奋力扑救，亦难以扑灭火势。所幸大部分厂房尚存，反杨的各路军阀纷纷争抢这座兵工厂，彼此争斗不下。刘湘到成都后，以四川军务办名义委托他的军法处处长任兵工厂总办。

刘湘虽经北洋政府命为四川军务督办，但缺乏权威性，军阀们仍各自为政。刘湘为总揽川局，召开四川善后会议，以张澜为议长，他又任命刘思忠为兵工厂总办。

1925年6月，四川各军合谋反击杨森所谓的"统一之战"，在重庆组织了声势浩大的川黔倒杨联军，公推袁祖铭为联军总司令，邓锡侯为副总司令。是年8月，杨森兵败，退出成都，重又潜逃到湖北，投靠北洋军阀吴佩孚。

这之前，邓锡侯的省长职务被杨森免去，他只能以师长的名义驻军重庆浮图关。他仰慕状元骆成骧，请他去重庆浮图关作客。邓锡侯心气不舒，骆成骧吟诗《邓将军招饮李园（园在浮图关前）》以酬谢。

起笔便写浮图关形势之险峻，李园建造之雄奇。"危崖千仞一飞楼，三江争入楼底流。将军延我楼中坐，怯胆变勇娱忘忧。渝城形势险天下，此时控扼真咽喉。"继而劝慰邓锡侯戎马倥偬，暂时休整，乃不二的选择，"将军百战今少休，好整以暇佳遨游。为选山林旷且幽，携客沽酒罗珍馐。坐中鸾凤杂蛟虬，目光眉气难比侔"。这儿有山有水，既宽广又清幽，山珍海味饮酒行乐。在座的既有如鸾似凤的美女贵妇，又有蛟龙般遒劲的武将。一个个无不眉飞色舞，气宇不凡。"姿意来往如沙鸥，前平后险随淹留。……左右隔林屡见面，东西穷路仍回头。……松梢亭上凉悠悠，直视千里无拘囚。"极写居此浮图关真乃得天独厚，要山有山，要水得水，不仅气候清幽，且视野开阔，望不断的清水隐隐，流不尽的绿水悠悠。"请君起舞为君讴，男儿出世几春秋？欢日苦短劳日稠，胜地良朋不易求。快心一日足千古，眼前富贵如云浮。君看暮色苍苍处，一声山鸟啼钓辀。"骆成骧作为邓锡侯将军延请的宾客，真诚地奉劝邓，人的一生时光有限，点数起来欢乐娱悦的时候少，劳碌奔波的时日多。像浮图关这样山高势险下临江河，树木蓊郁，环境清幽的胜地十分难得。敞开襟怀过好每一天吧，不要贪图什么富贵荣华，只不过是过眼烟云。邓将军哟，放眼观看苍茫暮色吧，飞鸟归林，啼叫之声，平添乡愁。

骆成骧平生厌绝仕途，但他名望甚高。直至暮年，仍结交了不少朋友，多是教育文化界的英才俊彦，亦不乏军界政界的高官显位。只不过，在军阀混战中，他彻底看穿了这些军阀无一不野心勃勃，无一不贪婪无厌，无一不尔虞我诈。此次拜访的邓锡侯并非如当年尹昌衡那样肝胆相照的挚友与诤友，而系萍水相逢的礼节性交往，且邓锡侯从省长宝座上下台不久，未免失落，甚而郁郁寡欢。骆成骧作为宾客，劝其知足常乐，再不必为一己之荣华富贵你争我斗。暂且皈依自然，安度来年吧！

二

骆成骧力倡和平主义，缘自于他所信奉的儒家学说"和为贵"。1925年重庆之行，他带着给四川各地将领谈和的庄严使命，尽其可能，促成对抗的双方乃至多方得以和解。为的是四川经多年战乱已是满目疮痍，百姓怨声载道。他虽不是握实权的达官贵人，却以其状元的至高学位，载誉全川全国。他半是劝解，半是旅游，重庆之行，收获颇丰。他确乎有点成就感，算是为广大川民办了一点积善积德的实事好事，接连吟诗数首，寄意遥深。

诸公见和重叠前韵

风尘京洛滞佳游，物外云山空自幽。
一旦殷周同甲子，五年楚汉共春秋。
苦思福地藏仙洞，愁见儒宗学道流。
至德犹龙无不可，欲将齿舌同刚柔。

骆成骧畅抒诸位川将暂时取得和解的愉悦情怀，看山山青，观水水美，不失为佳游。"物外云山空自幽"，不可让云绕雾绕的山野风光空自清幽，宜当美美地欣赏，好好享受。"一旦殷周同甲子，五年楚汉共春秋。"历史上一旦殷周在历法上取得了共识，多年争战不息的楚汉也会有数年的休战与和平。"若思福地藏仙洞，愁见儒宗学道流。"如果能深深思考一齐欢聚在这样的洞天福地的目的，何愁和为贵的儒家道统不能源远流长，惠及今世呢？

骆成骧在第三首，更将旨趣予以鲜明表达。

> 蜀中都督在东关，一柱高擎天地间。
> 野老共沾严尹酒，乡军休撼岳家山。
> 纶巾羽扇留千古，渝舞巴歌起百蛮。
> 有暇登临军更整，不成倒载不须还。

四川都督坐镇川东牢牢地把守住关碍险寨，气派雄浑，大有顶天立地的豪壮与坚劲。而自己只不过是赋闲的野老，如同唐代的杜甫，在郑国公严武的热情侍候下，锦官城（成都）里举杯把盏，将军兵力雄厚，如同历史上所共称撼山易撼岳家军难。将军像三国时的诸葛亮羽扇纶巾，运筹帷幄，所享盛名流传千古，千里巴渝为之狂歌劲舞，将军拨冗登山临水军威更加森严，且让大家畅饮美酒，不醉不休。

川军内部矛盾错综，直接间接地关系到各自的政治、军事、经济利益。个个皆从私心出发，骆成骧纵有三寸不烂之舌，将川局乱相以及人民百姓的合理诉求讲得一清二楚，入木三分，也难以真正说服众多川将。即便口头上达成和解，一转身又因个人欲求得不到最大满足而重新产生冲突，以至于爆发战争。故此，骆成骧感慨万千，又撰写七律四首，题名《将归成都呈瞰江楼同寓诸君》。伍应奎先生特为此诗作注："甲子春二月先生以刘甫澄礼请赴渝备顾问。至则刘帅辟馆舍于后伺坡之瞰江楼，坐对南山，轩窗开朗。同寓者为资阳李秘书长公度，青神邵顾问明叔，荣县刘顾问哲群，暨其弟著存秘书应奎数人而已，暇则围棋赌酒，流览江山，至足乐也。亡何，巴蜀复有相攻之举，先生力谋劝阻，不可，遂行。故三首有舌存胆在之意，即指此也。"

> 久涸英雄作漫游，忽思狂简动归愁。
> 实抛泮水船中柁，虚缀公庭冕上旒。
> 墨客岂当杨大眼？经师还忆贾长头。
> 待君偃武修文日，许脱戎衣论九畴。

> 渝城自古说炎方，曝少寒多麦未黄。
> 窗对南山风凛冽，楼观东海日苍凉。
> 禄渠以外书三箧，秦赵而还智几囊。
> 倾尽常谈生已还，柴门空闭郑公乡。

　　骆成骧临离开重庆，将回归成都时，其情感意绪大不如前诗所述，惆怅与失落充溢满纸。他与诸位同仁深味现实川境，特别是军阀之间矛盾冲突之复杂错综，难解难缠，远远出乎意料。人性险恶令人触目。"久涸英雄作漫游，忽思狂简动归愁。实抛泮水船中柁，虚缀分庭冕上旒。"多日与将军结交漫游，多多少少达成些共识，忽然看见满篇狂言的函简，立刻产生了回归之思。这无异于行船在狂涛巨浪中顿失舵手，空有堂而皇之的峨冠博带、位高权重。骚人墨客岂能担当如此重任？不过依然盼望偃武休战，弃武从文，脱下军装，附庸风雅，谈经论道，诉说人生诸多旨趣，将是不二的选择。

　　重庆从古至今是有名的长江上游的火炉，眼下却晴热天日甚少，阴冷居多，麦苗都未黄熟。战乱给人民百姓带来的灾难何其深重，千家万户不见炊烟，一派萧瑟凄凉，户户灶毁锅破。军阀们你争我夺，一州尚未收取赋税又产生了瓜分领地的战乱。唇枪舌剑，无止无休，意欲胜过三国时期能言善辩的秦宓，论胆量强不过常胜将军赵云吧。一点也不用对赫赫大将军作揖磕头，甘拜下风。

在将军门下天天吃肉喝酒，二人皆已白头，未免令人笑话。才疏识浅，岂敢笑傲英雄俊杰？学识也不足，耽误了将军的宏图远虑。天天住在豪华别墅，珠玉满堂，令人眼花缭乱。时间一长，一个个精神闲散，临江楼台眺望天高地迥，眼下所见隐隐青山尽掩没在烟雾缭绕、细雨飘飞之中，瞻望前景，一派浑沌！

骆成骧与同道诸公，在刘湘邀请下乘兴而来，败兴而归，心中充满了郁闷与尴尬，大有早知如此，何必当初之慨。为了排解愁绪，他又撰成《早行》：

> 羁旅何必恋去留？澄江如练月如钩。
> 极星示我分南北，霜露侵入变夏秋。
> 万事只凭朝气锐，百年常恐夜光投。
> 不因尘网相牵率，哪得逍遥作远游？

老年人生最为忧心的是日暮途远，前程茫茫。每每是黎明即起，鸡声茅店月，人迹板桥霜，常恐路道崎岖，成日奔波不息，待到日暮天黑，才能打点歇宿。夜尽天亮公鸡先觉，一鸣天下皆白，翻越崇山峻岭，老马识途，独具耐力。可叹己身直到晚年依然奔波不尽，不遗余力。然而瞻望前景一派模糊浑沌，看不见柳暗花明，不知何处才是尽头。谁是贤明的尧舜，谁是狼心狗肺、作恶多端的盗跖，宜当分道扬镳，断不可善恶不分，误入歧途。像古代历史上的杨朱，迷途知返，弃旧图新。

骆成骧置身军阀混战刚刚停息，争战的风烟又将卷起，他努力保持清醒的自觉，然而风云多变，四川连同全中国今后会出现什么变化与挑战却心中无底。纵观全国风云，一生从事国民革命的伟大领袖孙中山先生不幸于 1925 年 3 月 12 日病逝，其损失之大，如巨星殒逝，举国哀痛。中国共产党成立才几年，又遭遇五卅惨案。

此时，骆成骧久居的四川成都不如全国其他城市反帝怒潮如火如荼，但是各地传来的信息，亦给他思想意绪强烈震动。

骆成骧虽属封建文人，但他那颗炽热的爱国爱民之心，无日不耿耿于怀。他在这一年中写下的《喜雨》借景抒情，曲折地表达了全国各地持续开展的爱国反帝运动的深心向往。

北斗高难酌，西江待欲枯。
兆民天上惜，万物雨中苏。
喜气宜推食，欢声抵赐脯。
看门看路客，未敢恨沾濡。

骆成骧创作此诗时，可能春天已过，但他盼得的及时雨，喜之不尽。他感慨天高地远，旱象一天重似一天，炽热的阳光几乎要将河水烤干了。亿万人民仰望茫茫苍天，祈盼着雨云聚积，喜雨降临，人世间的庄稼、树木、花草喜逢甘霖，万物复苏，一派喜气盈盈，狂欢之情胜过美食嘉脯。打开屋门，望望行走的客人吧，重又劳碌奔走忙碌，哪怕汗水打湿了衣襟，也掩抑不住心中的欢悦。

乍看这是一首单纯描画喜雨降临，人们欣喜若狂，触景生情的诗歌。然而联系特定的社会时代背景，正当五卅反帝爱国运动持续高涨，全国各地云集响应，一生以强国强种为崇高使命的诗人教育家骆成骧能无动于衷么？他从波翻浪涌的反帝爱国运动中看到了国家民族的希望，人民百姓的爱国热情蓬勃高涨如大旱之望云霓，"忽如一夜春风来，千树万树梨花开"。他深深理解，反帝爱国的五卅运动完全有别于军阀混战。军阀们勇于内斗却怯于公仇。欲强国富民，只有团结一心，共同御侮，舍此，别无选择。

三

骆成骧已满六十岁，在当时落后的医疗条件下，六十花甲，堪称活足了寿诞。自古道：人满七十古来稀。骆成骧满六十岁，健康一日不如一日。他似乎隐隐感觉留下的时日不多。回顾一生感慨多多，他对学道工医多所向往。《张笠仙学道工医六旬索题》所寄寓的身事之感，耐人玩味。

> 嗟我与君皆乙丑，我生夏五君秋九。
> 居乐清闲就寿昌，我生憔悴甘奔走。
> 锦里逢居三十年，葛巾羽扇何翩翩？
> 不期白发生双鬓，玉立诸郎又眼前。
> 人生如寄谁能保？服食求仙苦不早。
> 闻说深山有灵芝，披云试访山中老。

日月如梭，一晃骆成骧与知友张笠仙都是六十岁的老者了。骆出生于乙丑年（1865 年）5 月，张笠仙生于同年 9 月，彼此无长幼之差，仅有夏秋之别。张笠仙的生活习性却与骆有所不同。张乐于清闲欲健康长寿，而骆成骧健康不佳却甘于奔忙劳碌。在一生中相互结交已经整整三十年，常见张笠仙身穿粗布衣，头缠丝巾，真乃风度翩翩，不知不觉已是鬓发斑白，成为垂垂老者。张老弟如玉树临风，姿态潇洒，展现在众人眼前。骆成骧如同北宋苏东坡感慨人生如寄，时刻铭记苏东坡脍炙人口的名诗《和子由渑池怀旧》："人生到处知何似？应似飞鸿踏雪泥。泥上偶然留指爪，鸿飞那复计东西。老僧已死成新塔，坏壁无由见旧题。往日崎岖还记否？路长人困蹇驴嘶。"骆成骧在人生理念上与北宋苏东坡有所趋同，即认为人生如寄，似飞鸿雪泥。在相似之中，亦有所差别。苏东坡一生坎坷，但他能随遇而安，甚而可将

流放之地像家乡一样喜爱，即便道路崎岖，人困驴嘶也一样从容
洒脱。而骆成骧虽也像苏东坡一样东南西北，走过许多地方，但
他中老年一直住居与老家资中舒家桥七里沟相距不太远的省会成
都，颇有归属之感。他自始至终都是巴蜀之子。

四

骆成骧身为四川最后一个状元，未及享有高官厚禄，一生致
力于高校事业，时时刻刻不忘为民纾困，用锋利的诗笔揭露与斥
责军阀横行无忌。他的诗歌创作，尤其是在中晚年，对军阀们卑鄙
的伎俩，残民以逞的胡作非为，予以愤怒的鞭挞。直至去世前的
1925 年冬，他仍以《将军行》一诗表达对双手沾满鲜血的军阀予
以无情的揭露，为川民百姓倾吐心中的郁苦，提出人之为人的生
存诉求。

> 横行诸将皆屠伯，原涂肝脑川流血。
> 一怒谁安天下民？相争共斗角端国。
> 惟公有罪公自知，杀人盈野竟何施？
> 三军百战灰千冢，两敌重逢酒一厄。
> 疲民残民志未逞，予圣予武心难展。
> 穷威纵比献忠多，遗爱何如诸葛远。
> 水火连年热又深，送公东去且悲吟。
> 愿持百家秦宫镜，回照群雄一寸心。

骆成骧创作此《将军行》缘于驱逐军阀杨森之后，于 1925
年冬，军阀刘湘以四川善后办的名义在省会成都召开善后分赃会
议。刘湘喜气洋洋地当上督办，刘文辉也分得一杯羹，当上了帮
办。黔军军阀袁祖铭却没有加官晋爵，心理很不平衡，他要求分
占"盐余"并将其驻地延展到宜宾、泸州等川南富庶之乡，仍未

能如愿以偿。他的怨愤无以排遣，重又联合战败的杨森，组织所谓四川讨贼军。强弩之末势不能穿鲁缟者也。刘湘兴师动众，打得袁祖铭狼狈逃窜，一直奔往湖南常德。

骆成骧直面川内军阀无止无休的缠斗，说到底就是为了称霸一方，拼命掠夺百姓的财富。骆义愤填膺，不抒不快，发而为诗，严厉谴责，"横行诸将皆屠伯，原涂肝脑川流血。一怒谁安天下民？相争共斗角端国"。他指鼻戳眼地咒骂这些军阀都是凶狠的刽子手，折腾得肝脑涂地，全川各地哪儿都在鲜血流淌。他们仅为一己之私称雄称霸，闹得天翻地覆，哪儿想到给广大人民百姓一点儿和平安宁？只顾在大好山河东征西战，全还不知晓满手血污，罪恶滔天。这群人除了杀人如麻，尸陈遍野，还晓得干什么呢？各路军阀混战一场又一场，死伤者无计其数，一座座坟冢铺天盖地。转而敌对双方又握手言欢，酒酣耳热。这种残民以逞的罪恶伎俩，哪儿还有一点仁义道德呢？你们穷兵黩武，杀人之凶残胜过历史上张献忠屠川，为什么一点也未想到要像三国时期贤相诸葛亮那样给川民做一点实事好事呢？睁大眼睛看一看吧，人民百姓早已陷入水深火热，为什么不能掬示一点儿悲悯之情呢？何不以秦宫中的宝镜照看一下丑恶的嘴脸，唤回一丁点儿做人的良心呢？

骆成骧愈到年老，胸中的愤懑愈益强烈。他那为民请命的人生价值选择也愈加鲜明恳挚。

状元骆成骧没像刘再复这样以杂文的形式纤毫毕露地描画出军阀们的凶忍之相，却在其心性的丑恶与狠毒的描写上如出一辙。"横行诸将皆屠伯，原涂肝脑川流血。"如此绝灭人性的大屠杀、大灾难，从心性本质上作审视，这些千夫所指的军阀不正是"蜂目而豺声"的忍人么？这些残忍的军阀传承的不是人性善，而是与之针锋相对，或者说异化了的人性之恶。骆成骧合理而又颇有创造性地继承了杜甫、白居易为歌生民病的现实主义诗歌传统，给 20 世纪 20 年代的中国四川留下了史诗般的沉痛记忆。

第二十三章
生命的最后时日

一

骆成骧厌倦军阀混战，虽口诛笔伐，仍无以排解深心的愤懑。适逢刘成勋任命为川边督办，后加任西康屯垦使兼管民政事宜，邀骆成骧去雅安主持文官考试。这之前于春节过后，一些贤才俊彦和部分武术爱好者共同发起成立射德会，骆成骧公推为四川射德会会长。

骆成骧身为文状元，却热衷提倡武术，缘自于他"强国强种"的教育理念，所希望的是一代英才能文能武，德智体全面发展。几年前他便发起创办国术馆，在一定程度上受到了长子骆凤嶙从德国留学归来的启发与诱导，骆凤嶙在怀念父亲的长文《述略》中曾谈及此事。

骆成骧于1926年3月又发起成立四川省射德会，并推举为会长，堪称创建四川国术会、创办国术馆的纵深延续与发展。惜乎成立不久，他因受刘成勋之邀赴雅安主持文官考试，结束后，乘登览之兴，感染风寒，从此大病不起，时耶命耶？

十多年前他陪伴贤弟子尹昌衡上任川边经略史，何其年富力强、意气风发，而今年已六十一岁，鬓发斑白，健康大不如前。但他受人之托，不得不打起精神，主持刘成勋在雅安发起的文官考试，他仍雅兴不减，创作七言长调《刘屯使饯别金凤寺》。

他的旅游诗愈加成熟圆融，诚如杜甫所述："晚节渐入诗律细"，"新诗改罢自长吟"。骆成骧这首长调有似杜甫《秋兴八首》，他对蒙山之险峻奇特予以出神入化的艺术描绘："金凤山崖蒙山麓，丛丛玉简森如束。崖中有寺人不知，路险山高隔尘俗。玉楼金殿何庄严？半藏山顶半山腹。门外苍围千树松，墙隔翠拥万竿竹。又有瑶池琅玕流，只宜清咽不宜浴。晨汲须眉光可鉴，夜视星月寒可掬。"骆成骧将金凤山路险山高，藏有佛寺的独特环境与乎令人赞叹的寺庙建筑皆作了逼真而又细腻的描画。苍松千株，粗壮几人围；翠竹万竿，沿墙种植，何其清幽迷人！更有瑶池细流，可以口饮不可澡浴。足见其圣洁脱俗。清晨打水，清澈可鉴，夜晚星月朗照，寒泉可掬。由此可见，骆成骧艺术功力达至一个新的境界：造化精工，穷形尽相。

"老人击壤垄苗青，孺子濯缨江草绿。锸云渠雨水自来，肩摩毂击人相逐。如此膏腴天下稀，谁能尽此天穷蓄"。骆成骧久居省会成都看厌了战火连年、狼烟四起，广大百姓离乡背井，难有一日清平。而今来到雅安地区远离尘嚣的蒙山金凤寺，是这样的清幽迷人，人们过得多么安闲自在！堪称四川战乱中一块乐土。以下赞誉刘成勋戍边的政绩并代为谋划，"灵关自古称形胜，闭汉开唐著前录。此地可为筹边楼，想公计划早应熟。逢掖虽非锁钥才，屯田三策偶然读。况今西南尽属公，军令分明远人服。不须令史勒燕然，何用文园檄巴蜀？虚声过听成嘉招，束帛千旌动茅屋"。他称赞雅安地区从古至今皆称风景名胜之地，汉唐以前早有历史记载，这可建设成镇守边关的战略要地，想来刘屯使早有周密完整的计划。当今川西南大块疆土皆属屯使管辖，军令严明，百姓信服。不必命令史官勒名于山崖之上，也无须请文人雅士撰写檄文在巴蜀之间大造声势，但愿能积累资金帮助修缮贫困人家破旧的茅屋。最终他抒发一己之感慨，"唯笑支离余此身，东西南北无归宿。何年风雨解谈心？何地江山许容足？翻然脱网博青云，愿为公氓事樵牧。不然改服礼空王，十五年前发已秃。

重携家酿邀严公，山灵应不厌尘躅。三复龙宫鹫岭诗，再酬江月山光曲。"骆成骧觉其以老迈之身，应邀赴雅安主持文官考试，实乃晚年快事。今又能在金凤寺中畅饮饯别酒，盛情美意感激不尽。由此他想到自身已是六十一岁的垂垂老者，完好的一生而今已是枯枝败叶般支离破碎，一辈子东南西北地奔走效劳，却始终未能寻找到理想的安身立命之处。但不知在此一别哪年哪月，再能与君相会，掏心掏肺地诉说深情隐衷？亦不知什么地方才是他最佳的立足之地。骆成骧深心向往挣脱世俗的羁绊，愿作一个能为公众效劳的打柴翁和牧羊人。如若不情愿改换衣装进寺庙当和尚，再说他十五年前便开始脱发，已无须剃度。畅想自己将再次带上美酒佳肴邀请朋友，登览胜境不辞跋涉，重新抒写登临灵山胜水的诗篇，对着江水月光酬唱冗冗情怀。

二

骆成骧暮年雅安之行堪称最后一次壮游，人到垂暮，此番远行，十分难得，他分外珍惜。这是他对大好山河的真心热爱，也是他对晚年生命的珍视。回顾一生，他畅游过许许多多的名山胜水，既有内陆的，也有海疆，甚至东渡日本求学亦不忘探奇览胜。有似盛唐的李白一生好入名山游。他不同于诸多文人雅士那样放浪形骸，将身心与自然风光浑然一体，从有我之境进入彻底放松的无我之境。他每去一个地方，大多是为了办理公务。他这种偷闲之游，难免负载时而轻松时而沉重的使命意识，因为，他从来不愿虚度年华，无时无刻不在"哀民生之多艰"，不能不为人民百姓急困解难。故此，为民请命是他晚年身处战乱中的四川一个挥之不去的情结。与其说他哀叹己身难以寻找到一个安身立命的净土，不如说他在灵魂中为川民哀叹与饮泣，亦如杜甫所咏唱："安得广厦千万间，大庇天下寒士俱欢颜。"世上疮痍，笔底波澜。骆成骧胸中激荡着大渡河汹涌拍击云天的狂涛巨浪，他不

尽情抒发出此行的千情万绪便无以安眠。故此，他又创作了记录雅安之行的长调《登蒙山饮茶歌（丙寅四月）》

这首长调既是前诗的延续，更具思想艺术涵蕴，他特注前言："丙寅四月，西康屯垦使刘禹九约主试文官，蒲江知事刘季刚、名山知事杨利宾为襄校员，胡礼之为筹备员。试毕，刘公饯送于蒙山麓之金凤寺。因登蒙顶游永兴寺，至天盖寺观蒙茶，遂由名山、蒲江归成都。"

骆成骧简要地记叙了此次雅安之行的缘由及其屯垦使刘成勋款待的盛情及饯别游蒙山的雅怀，抒写此长调似蒙山灵泉，从心底里汩汩涌流。

此诗似觉较前诗更为激情洋溢，如大渡河水滚滚滔滔，掀腾起发自心灵的触天巨浪。

"谁将海度珊瑚树，种向蒙山老烟雾。五峰撮指擎向天，七株正在掌心处。我生好古兼好奇，壮观每尽通天路。五岳归来已倦游，恋恋乡山心所慕。少壮遍陟岷峨峰，东望蓬莱小邱墓。南岭北塞两如发，昆仑几缕来东注。正思返驾穷西荒，莽莽万重山回互。划然双崖相对开，控蕃抑诏键滕固。"此乃骆成骧一生中最后一首长调。诗篇开笔便拓展出超凡脱俗的艺术意境，以其可上九天揽月，可下渊海捉鲨的雄伟气势，描画蒙山神奇的景观："谁将海底珊瑚树，种向蒙山老烟雾。"世人皆知蒙山的云雾茶享誉川内外，唯有好山好水才宜种植出受人喜爱的香茶。诗作命题为《登蒙山饮茶歌》，决定了这首诗与蒙山特产茶有密切关联。骆成骧由蒙山之高峻，且云遮雾绕联想到大海的深邃辽阔，与乎海底植物的繁茂丰富、珍奇宝贵，故有海底珊瑚移植到巍巍蒙山之巅的神思妙想。一开篇便赋予了此诗出类拔萃的瑰玮品格。"五峰撮指擎向天，七株正在掌心处。"他将险峻的五峰比拟为人的五指，直撑天空，五峰见其高峻雄伟，撮指映衬其小，却因生长在人手中，倍觉亲切温暖；"七株"虽数量不多且在掌心，有似心爱的珍宝，足见其对蒙山茶树的喜爱与亲近，此乃骆成骧心灵情感的投射与外化。紧接抒写一生喜爱名山游的生活习性，"我生好古兼好奇，壮观每尽通天路。五岳归来已倦游，恋恋乡山心所慕。"骆成骧与北宋王安石对于山光水色有相似的认知，王安石《游褒禅山记》称："世之奇伟瑰怪常在于险远，非有志者不能至也。"骆成骧好古兼好奇，哪怕高远得如同"通天路"，他也顿生雅兴，不辞登攀。他一生之中，云游奇山异水，尽兴方归。但他心中仍牵挂着浓浓的乡愁，"恋恋乡山心所慕"。他是四川的骄子，蒙山虽距家乡资中和常居的成都有较远里程，毕竟尚属川境。他依然视蒙山为"乡山"，打心底里恋慕。由此引发他对少壮时期的难忘回忆，"少壮遍陟岷峨峰，东望蓬莱小邱墓"。少壮时，他游览过号称天下之秀的峨眉山，还有青城山，13年前他也曾与尹昌衡一道以总参议的名义西征，去打箭炉康定，那时候何其精强力壮，意气风发！

此时，他正要从雅安返回成都，"正思反驾穷西荒，莽莽万重山回互。划然双崖相对开，控蓄抑诏键滕固。乘兴曾逾飞越关，嘉招又抵平羌渡。蔡蒙两过不一登，咫尺无缘愁攀附。幸逢三子刘杨胡，校士同心游同趣"。正准备辞行雅安归返成都，却被此地莽莽重山叠岭所迷醉。眼前的山势奇险如同鬼斧神工，一剖两开，峭壁悬崖耸天立地。兴之所致，飞越险关，奇迹般抵达嘉州的平羌渡。他游兴益酣，待到"日光足力同尽时，极地穷天身不悟。但觉身外元气青，茫茫斤挥八极空无据。再有奇峰不敢登，侧身一寝百无虑。半夜雷雨洗崖腹，起来万壑开清曙。纵横邪正争雄尊，谁能一一问陶铸？……人间何事不可求？浪窥天奥天应妒"。年已六十一岁的骆成骧此时此际分明成为一个旅游狂，天都快黑了，脚已酸软，他仍欲穷天极地攀越山崖，观览胜境。然而岁月不饶人，元气大损，再想游遍天下奇观只能是空想。即便有再神奇的峰峦也无力登攀，不过，只要睡上一夜好觉，就会迅速消除疲劳，委实不足多虑。半夜突然雷雨交加，冲刷着万壑千崖。天亮时雨过天晴，朝霞吐艳。要风得风，要雨得雨，真个心想事成。此番登览蒙山之悦心悦意，只怕天神也会嫉妒。骆成骧一生之中，似乎此次蒙山之游，其悦耳悦目，悦心悦意，悦志悦神，远远超过他先前的任何一次。

他为这赏心乐事，顿生感慨："一生能踏几山云？何人解饮九霄露？试汲蒙泉煮蒙茶，爰是升庵旧题署。文采风流四百年，后生更比前生误。矫首空蒙日月私，挥毫聊借江山助。仙耶佛耶种茶人，锡杖飘然渺难驻。从来大名擅八区，不朽定烦神呵护。郊天礼废无用期，至今憔悴困阴沍。片叶勺水臣先尝，云中望断飞龙驭。且随猿鹤归去来，时时引领西南顾。"他回顾流逝的岁月，一生之中虽游览过名山胜水，但毕竟屈指可数。又有何人能真正体验到渴饮甘露的欣悦？他打上蒙山清悠悠的洁净泉水，用以煎煮蒙山春茶，这番品茗的清香与滋润，前朝四川另一位状元杨升庵已经题记咏唱过了。杨状元的文采风流迄今已 400 年，他这后出的状元较之当年的杨状元定会有更多的失误。仰望日月空蒙，倏然飞逝，信笔挥毫借助江山美景吟诗题名，传之后世，实乃快慰平生。蒙山种茶人过的是神仙佛祖一样清闲潇洒的日子，何其令人景慕！手杵拐杖飘飘欲仙，双脚云走四方永不歇息。自古以来人的成名大多缘于四面八方地游走，人欲永垂不朽尚须神灵的呵护与厚爱。昔日隆重的郊天大礼久已废弃，而今憔悴衰败被阴霾所困扰。用叶片掏上清泉率先品尝，仰望彩云间翔龙舞凤，令人艳羡。且让他驾鹤西归吧，时刻不忘带头领先游走于西南的名山胜水。

骆成骧临别雅安时的蒙山之行，畅饮蒙山名茶实也快慰平生。

据载，他不仅游览了金凤寺，还兴致盎然地畅游了永欣寺、天盖寺。人到暮年，大多乐于皈依佛法，尤其是禅宗。骆成骧晚年并未成为虔诚的佛教徒，然而儒佛互补则是他思想信仰的重要支柱。他像历代儒士一样热爱生活和生命，他积极入世，在仕途上居然高中状元，为世人所仰慕，堪称川人骄子。他曾任四川省临时议会议长。但他的志职不在升官发财，而在为强国强种兴办教育，特别是高等教育，培育德智体全面发展的栋梁之材，是他矢志不渝、殚精竭虑的终极理想和追求。

然而，这理想与追求，却为他生活的乱糟糟的军阀混战的现实社会所严重干扰，他每前进一步，或为四川高校教育办成几件实事、大事，都会遇到不少挫折与障碍。他常常为之郁闷难排，只得以游山玩水拥抱大自然求得心灵的安顿。骆成骧力求在人与自然之间沟通，和谐相处，寻找生命的价值与意义。他厌弃现实社会的权利纷争，甚而对军阀们争城掠地，鱼肉百姓深恶痛绝，口诛笔伐。他也善于从儒释道互补中求得心理慰藉。在他晚年的生活意趣中，寻访名山中的佛寺是一个惹人注目的看点。他不知不觉地接受与亲近禅宗。

勿妨再度玩味他《登蒙山饮茶歌》，"不惮崎岖探禹功，敢辞薄劣追尼步？""仙耶佛耶种茶人，锡杖飘然渺难驻。""且随猿鹤归去来，时时引领西南顾。"他乐于在山中追随"尼步"，甚而赞誉山中种茶人求仙拜佛，有如佛道所向往的驾鹤西去，飘入茫茫天宇。

骆成骧堪称典型的儒家文化的传承并发扬光大者，但到晚年因军阀混战，连年动乱，己身为之向往与奋斗的依法治国的太平盛世始终无法实现，思想心理、精神情感郁苦愤懑，只能从儒佛道互补中求得安顿与调适。故此，骆晚期诗带有些禅宗色彩亦不足为奇。

他的1926年雅安之行，在刘成勋的盛情接待下，不但为当地文官考试作出了良好示范，且在蒙山之游中，获得了酣畅淋漓的山野生活体验与精神愉悦。哪会想到岁月不饶人，如此高强度的跋涉登攀，造成极度疲乏，他依然硬挺强撑，以至于染上风寒。1926年7月1日回归成都，从此卧床不起，他再也不能像《登蒙山饮茶歌》那样放浪形骸，拥抱名山胜水，抒写情志昂扬的瑰丽诗篇了。他头昏眼花，痛苦异常，抱病写下《病中随笔》：

灯下诗成眼半花，小儿掩口笑涂鸦。
竟难手画如心画，始觉生涯困智涯。

　　一辈子笔耕不辍，创作诗歌千余首的晚清状元骆成骧，因此次雅安之行，蒙山旅游透支过度而病倒在床。已是两眼昏花，仍强撑危弱的病体，抖抖颤颤地吟诗创作，孙儿笑话他像在涂鸦。看似在说笑话，实际上心里痛苦得血泪交进，当代作家巴金暮年亦有类似情感体验。巴金年逾八旬，因丧失爱妻肖珊之恸，行走都甚为艰难，不仅老眼昏花，且两手颤抖，他仍强撑病体，每天写两三百字，写成一篇即送香港《大公报》发表。终于以残年余力写了一百五十篇，命名为《随想录》，全部在《大公报》刊载，成为他毕生创作最后一个巅峰。早巴金几十年的骆成骧赴雅山之行的 1926 年才六十一岁，身体状况比巴金晚年好，尚能攀越蒙山的陡峭峰峦，且兴致盎然地咏诗酬唱，他怎么也未想到尔后因伤风寒便会走到生命的终点。从《病中随笔》的情感心态考究，他只不过两眼昏花，写字吃力，还在以调侃的笔调吟唱。然而到了丙寅（1926 年）六月二十日所写《病中赠弟》竟成了他的绝笔。

大柚盈盈小柚垂，满庭同气上连枝。
强留老干当门户，待尔荣华少壮时。

万绿丛中一树斜，紫荆秀出照窗纱。
为怜兄弟能交让，天遣长开百日花。

惠连朝夕共绸缪，无复想思结梦游。
几日观莲携手出，池塘青草一登楼。

据《吴虞日记》："七月初一，八月八号，立秋。骆成骧自雅考试吟诗归，于中历六月二十八日未时死。"

又据《骆状元诗文注·骆成骧年谱》载："七月一日回成都。阴历六月二十日，有绝笔《病中赠弟》。阴历六月二十八日未时病逝于成都寓所。"

由此可知这首绝笔《病中赠弟》，作于骆成骧病逝前八日。从他创作这三首七绝的心态作考量，他重病中念念难忘的是老家资中舒家桥七里沟老屋，缅怀屋前屋后熟悉的风物。结满了大大小小果实的柚子树，枝叶浓密足以给门庭遮阴蔽日，每望见这硕果满枝的柚子树，就会联想到兄弟少壮成才时的风采才华。

他又回想到绿丛中，紫荆花树一枝独秀，掩映着薄薄的窗纱。兄弟之情亲同手足，经常在一起，得天独厚一年四季鲜花盛开，绚烂如云似霞。

他还联想到历史上的谢惠连兄弟朝夕与共，如胶似漆，而今他却抱病卧床无缘再携手同游。回想当年屋门前塘水中荷花盛开，袅袅婷婷，迎风摇曳，何其多姿多彩，美丽如画。

我们无法知道骆成骧在离世前一个星期创作这首绝笔诗时，是否真正知道命在垂危，从"无复想思结梦游"，他确知病症不轻。一生好入名山游的骆成骧已预感到再难以恢复健康。可是他仍抱有回舒家桥七里沟老家与兄弟一道观赏池塘荷花的愿望。莲花出自此诗并非偶然，一则家乡七里沟以盛产莲藕与甘蔗著称，再者此时正当六月炎天，荷花正开。他是多么想念自家的骨肉兄弟，又是多么想念故乡的山水风光。蹊跷的是骆成骧绝命诗的最后一行居然是"几日观莲携手出，池塘青草一登楼"。他定然想念一生以香草美人为喻的屈原和撰写《爱莲说》的周敦颐，也自然会想到诗仙李白的"青水出芙蓉，天然去雕饰"。

已如前述，骆成骧论实际的身体素质应该至少活到七十岁，乃至八十岁。他雅安归来发病只不过伤风感冒，如能及时送进大医院或延请名师诊治至少可以多活十年八年。他之过早病逝，当归罪于军阀混战，百业凋敝，省政府无钱财，也无心思精力改善民生，兴办现代医院，招聘中西融通的名医，为广大市民生命健康服务。

弥留之际病床边，发妻韦氏一直守护着他，她用蒲扇驱逐蚊蝇，在炎夏中送给一些清凉；她见他饭吃不下，又调制家乡舒家桥七里沟盛产的藕粉，一调羹一调羹地喂进他口中。当他从孱弱甚至近乎麻木的口舌，品味到这出自家乡香甜的藕粉时，他颤抖着乏力地抓住韦氏的手道："素呀，你我成亲快四十年了吧，回想洞房花烛夜，我揭开盖头帕拥你在怀里，那时多有劲呀，相处的日子比吃七里桥的藕粉还香甜。第二年你就给我生下又白又胖的儿子凤嶙，之后又接连生下凤钦。可是我长年在外奔波，你兀自独守空房，里里外外一把手粗活细活抢着干。婚前在娘家是千金小姐，学会的是描红习字，挑花绣朵，好一双白如葱根的纤纤素手，自从嫁到舒家桥七里沟，烧锅煮饭，缝补洗浆，养儿教子，哪一件都离不得你。从此你手指头一天磨粗磨短，渐渐结出茧花，可是你到了老年还在孙儿的摇篮边哼唱最动情的《摇篮曲》，直哼唱得我眼眶流泪。这成婚后的四十年你付出太多太多，我回报的太少太少。这沉重的负债只能下辈子在阴间里偿还了……"说着说着，骆成骧声音愈来愈微弱，昏花的眼睑还盈满了泪珠。

"老爷，快别说了。我这辈子嫁了个状元公知足了……"韦氏掏手帕擦拭着他消瘦脸颊上的泪珠子。

他一阵呛咳，又吁吁气喘。韦氏旋即给他喂上几勺子人参汤，气息暂趋平匀。

一会儿，他魂牵梦绕、时时思恋的贤弟子尹昌衡看望他来了。这尹大将军早已脱下将军服，身穿长袍马褂，急匆匆地走进病房，失声道："弟子来迟了，请受弟子一拜。"尹昌衡将瘦长的身子下跪在病榻前。

危病中的骆成骧听见贤弟子尹昌衡的说话声，恍如天籁之音，他激动得声嘶力竭地回应："昌衡，你总算来了。老朽去日不多，只怕是见最后一面了。"

尹昌衡立起身，紧握住他苍白失血的手宽慰道："恩师不必气馁，好人一生平安，才六十出头，日子长着呢！"

"唉，人生有命，富贵在天。我乐天知命，已享尽天年。往后还望弟子慎保健康，有空来我家照看照看。我这一生云游四海，欠家人太多太多，已无力偿还。祈请贤弟子助一臂之力，倘能如此，我在天堂也当结草衔环涌泉相……相报……"说到这里已是老泪纵横。

骆成骧刚昏厥过去，突然天边传来轰隆隆的雷声，闪电像金色的长鞭狠狠抽打着地坝边的石梯，忽而像炽烈的火球不住地在阶沿滚动，发出惊天动地的爆炸声。紧接暴雨哗啦啦倾盆而至。昏迷中的骆成骧蓦然为雷鸣、闪电、暴雨所震惊，"哇……"一声撕心裂帛的叫唤，睁眼环视奔涌而入的亲人，一把抓住靠近床沿的长子凤嶙，含泪叮嘱，"千万照顾好你娘——"

他拼竭最后一口气，话还未说完便手一摊，驾鹤西去了。

时耶命耶？在成都寓所，博学多识、宅心仁厚的一代英才病死在战乱不息的 1926 年阴历六月二十八日。20 世纪 20 年代巴蜀天空中一颗璀璨夺目的文宿星陨落了。

他的去世，对 20 世纪 20 年代的高等教育与诗文创作皆是甚为惨重的损失。

骆凤嶙在《述略》中泣诉父亲死后的哀荣。

先君之殁，各地亲知及不相识，纷以挽词相寄。就中佳制甚多，今所忆昔，如熊啸崖副议长"萃湘蜀三千里师友渊源，只健笔雄文，远承壬父；溯明清六百载儒生遭遇，惟高风亮节，足媲升庵"之健举。刘豫波之"记从讲舍储英才，每偕杯酒余暇，秋影一灯愁乱世；归去天门望云日，剩有文章幽怨，泪痕满纸识孤臣"之沉郁。颜雍耆侍御"合志同方，营道同水，平生风义兼师友；富贵不淫，威武不屈，潇洒人间一丈夫”之磊落。方和斋学司"提学一官同，我闻三晋云山，人思教泽歌芹泮；状元千古艳，留得半塘秋水，楼对清漪似桂湖”之闲雅，又忘名者之"归来本第一仙人，不堪回首京华，故宫满地生乐黍；此去亡无双国士，莫似羁魂帝子，春树深更托杜鹃”之凄婉，及"濡染大笔何淋漓，万言策恸哭陈之，内翰文章冠天下；不意清诗久零落，广陵散从兹绝矣，升庵作述阿谁”之壮阔，俱情文互生，含蓄不尽。每一念及，不知怅感之何从也。

众多文人雅士撰挽联致祭，写诗文尽哀，一代巴蜀巨子溘然长逝，留存的是宝贵的文化遗产，为民请命、强国强种的磊落情怀。其高风亮节光比日月。

1926年11月，长子骆凤嶙扶柩归葬，墓在四川资中双龙镇同川大坟包村桂花树山梁上。1946年夫人韦氏逝世，与之同葬。

骆成骧带着病苦与遗憾过早地离开了人世，他的英名与伟绩永远留在四川，特别是家乡资中人民心中。在成都有骆状元巷，在资中有状元街，在老家舒家桥七里沟，由四川省人民政府命名为"状元村"，并于2017年正式脱贫。骆成骧及其夫人韦氏的坟墓安葬在老家房侧。这儿土地富饶，有望不断的青纱帐甘蔗林，兴办着甜透心肠的糖房。每到夏天，清水荷塘，莲花袅袅婷婷地绽放出或粉红或洁白的花朵，勤劳的乡亲们用当地盛产的蔗糖搅拌进白鲜鲜的藕粉之中作为纪念，生于斯长于斯的骆状元最圣洁的祭品，也成为络绎不绝前来瞻仰骆状元遗迹的宾客们最喜爱的美食佳肴，品味到的是骆状元去世都化不开的浓浓乡愁。

一代巨子飘然西逝，巴蜀大地世代流芳。